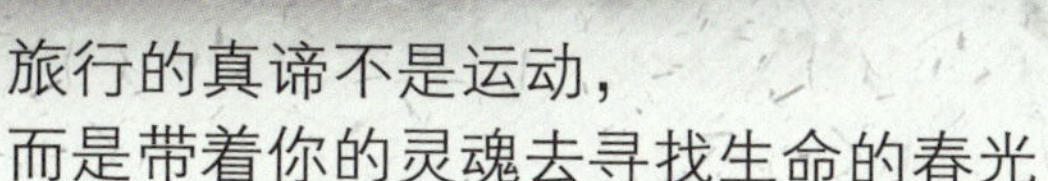

胜景撷英

国内旅游散记

（下）

曹进堂／著

图书在版编目（CIP）数据

胜景撷英：国内旅游散记：上下册 / 曹进堂著
. -- 北京：中国商业出版社，2023.12
ISBN 978-7-5208-2735-5

Ⅰ. ①胜… Ⅱ. ①曹… Ⅲ. ①游记—作品集—中国—当代 Ⅳ. ① I267.4

中国国家版本馆 CIP 数据核字 (2023) 第 230374 号

责任编辑：朱丽丽

中国商业出版社出版发行
（www.zgsycb.com　100053　北京广安门内报国寺 1 号）
总编室：010-63180647　编辑室：010-63033100
发行部：010-83120835/8286
新华书店经销
北京美图印务有限公司印刷

*

710 毫米 ×1000 毫米　16 开　61.75 印张　764 千字
2023 年 12 月第 1 版　2023 年 12 月第 1 次印刷
定价：298.00 元（全二册）

* * * *

（如有印装质量问题可更换）

目录

四川

重庆

贵州

云南

陕西

宁夏

新疆

附录

后记

福　建

游走厦门鼓浪屿

2001年5月上旬，我和爱人随中国国际旅行社组织的旅游团，到福建厦门和武夷山风景区游览，在厦门下榻于丽轩大酒店。

这是我第二次去福建。第一次是1968年下半年我到省会城市福州外调，住福州军区招待所。虽在福州住了四天，但由于工作安排得较紧，又处于“文化大革命”的特殊时期，所以在福州只是到闽江看了看，任务完成后我们就到杭州去了。

这次到厦门，纯粹是旅游，所以感到一身轻松，尽情地游览各个景点。

美丽厦门之印象

厦门原是一个四周环海的孤岛，古称“鹭岛”。因为这个岛屿山色绮丽，常年绿荫，雨水充沛，食物丰富，引来无数白鹭栖息，成为岛上一景，故名“鹭岛”。1956年修建了连接北岸高集半岛的海堤后，厦门才成为半岛。后又修建了厦门大桥、海沧大桥，厦门与陆地的交通便通行无阻了。

我们到达厦门的当天下午和晚上，首先游逛了城市街景。厦门这座大花园究竟有多美，无须我来描绘，我从当代诗人郭小川的《厦门风姿》这首诗中摘录几句，就知道它有多美了。

他写道：一片片的荔枝林哟，一行行的相思树；一缕缕的轻烟哟，一团团的浓雾；外边是蓝茫茫的东海哟，里面是绿油油的人工湖；两旁是银闪闪的堤墙哟，中间是金晃晃的大路；凤凰木花开红了一城，木棉树花开红了半空；榕树好似长寿的老翁，木瓜犹如多子的门庭；满树繁花，一街灯火，四海长风；百样仙姿，千般奇景，万种柔情……

“海上明珠”鼓浪屿

俗语云：“不游鼓浪屿，枉费厦门行。”因此，第二天早餐后我们便到素有“海上明珠”之称的鼓浪屿游览。

鼓浪屿是位于厦门岛西南隅的一座小岛，中间是将近700米宽的鹭江海峡，水深浪急，岛屿的面积不足两平方千米。岛屿之名，源于很久以前，岛的西南角礁石滩上矗立着一块中空巨石，涨潮时浪涛击石，声如擂鼓，因而得名“鼓浪屿”，那块巨石也被称为“鼓浪石”。随着海滩的变迁，鼓浪石也慢慢地退居“二线”。虽仍临海迎风，但波涛已不能撞击巨石。但在狂风大作之时，人们仍能隐约听到闷鼓声。

据介绍，在明朝前，鼓浪屿还是一个人烟稀少的荒岛，屈指可数的居民住的是原始民居，但自然环境相当幽美。明代天启年间有文人作诗赞曰：“连天荡溟渤，小峦揭突兀。古树夹寒烟，兴波相出没。”绘声绘景地描述了鼓浪屿在海阔天空、烟波浩渺中的风姿。

明末清初，民族英雄郑成功在鼓浪屿建寨驻兵，训练水师，以完成“驱荷复台”的伟业。1661年，他挥师东征，收复了被荷兰侵吞38年的祖国领土。从此，“鼓浪屿”与“郑成功”的名字一起，扬名于世。

在第一次鸦片战争中，清政府被迫与英国侵略者签订了丧权辱国的

《南京条约》，包括鼓浪屿在内的厦门成为五个对外通商口岸之一，鼓浪屿沦为西方人的租界，外国人纷纷到此建房定居。随后，各种别墅、教堂、教会学校、教会医院和商业服务业设施，以及公馆、领事馆等陆续建起。不少当地早年出国的华侨也纷纷回来到鼓浪屿建“离宫”别墅，到20世纪初，南洋华侨先后在这座岛上建了近千栋各式各样的小洋楼，还建了幼儿园、女子学校、医院、报馆，引进了钢琴、风琴等西方乐器。中国人、外国人、归国华侨聚于此地，中国的传统文化、华侨文化和西方文化相互交融，构成了中西合璧的“国际社区”，并享有“万国建筑博览会”的美誉。

荟萃在鼓浪屿上的著名古建筑，保留至今的还有30多座。既有亭台楼阁的古典园林、尖顶钟塔的欧洲哥特式教堂、小巧玲珑的日式公馆，也有欧洲特别是英国、意大利式的别墅。如天主堂、福音堂、春草堂、八卦楼、八角楼、金瓜楼、番婆楼、船楼、皓月园、菽云花园、观海别墅、亦足山庄等。尤其是位于笔架山北麓的鼓浪屿地标建筑“八卦楼”，楼的主人历经十几年的辛劳，建成了一座集清真寺、希腊神庙、罗马教堂和中国古典式于一体的中西合璧建筑，规模宏大，别具一格。抗日战争胜利后，这一建筑曾一度成为厦门大学的新生院，1983年被辟为“厦门博物馆”，陈列面积近5000平方米。

19世纪中叶，随着西方基督教在中国的传播，西方音乐也开始涌进鼓浪屿，从而影响并促进了当地音乐的发展，培养出了一代又一代著名的音乐家，如我们所熟悉的演奏钢琴协奏曲而红极一时的殷承宗等。据导游介绍，如今鼓浪屿的钢琴拥有率居全国之首，有一百多个音乐世家。2000年1月，在鼓浪屿南部靠海处的菽庄花园建成了一座钢琴博物馆。馆里陈列着诸多展品，最吸引人的是爱国华侨胡友义收藏的40多架历代钢琴。其中有稀世名贵镏金钢琴，有世界上最早的四角钢琴和最早最大的立式钢琴，有古老的手摇钢琴、脚踏自动演奏钢琴，以及用8只脚踏奏的钢琴等。另有各种款式的风琴500多台，其中大型管风琴“诺曼比尔”最受注目。

厦门鼓浪屿一隅

在这个国内独一无二的钢琴博物馆里，几乎年年举办“鼓浪屿钢琴节”暨全国青少年钢琴比赛，因而鼓浪屿被人们称为“钢琴之岛”“音乐家的摇篮”，并被中国音乐家协会正式命名为“音乐之岛”。

在鼓浪屿，我还买了一把玩具式手风琴，作为纪念品放在家里欣赏，有时也弹几下听听响声。几年后一位好朋友带着他的孙子来我家做客，那孩子看到后爱不释手，我只好“忍痛割爱”，将其送给了那位小朋友。

鼓浪屿是座步行岛，根据当地法规，禁止机动车和自行车通行。据说岛上只“养”着一部消防车，但常年不用。因怕生锈，过一段时间就在深

夜出来活动活动。我们去游览，当然也是步行。

鼓浪屿到处都是小街小巷，较长的街只有一两条，其他的都是羊肠路和“八卦巷”。那些街巷时宽时窄，道路也是忽高忽低，走在里面如同进了迷宫。我们跟着导游时上时下，左拐右转。路两边时见深宅大院，或欧式花园，时见各式洋房或闽南风格的民居。时有古老的榕树倚老卖老地斜倚在院墙边，倒是攀墙附壁的藤葛绿油油的。稍宽一点儿的街巷两旁开有小商店、小吃店、咖啡店等。漫步在这古老而神秘的街巷中，除有一种淡淡的花香外，还会时不时地听到悠扬悦耳的琴声。我不由得想起了曾经看过的一首散文诗，其中一段写道：“鼓浪屿琴声悠扬，日夜在海天回荡。有多少人间失落的梦，都在这里珍藏。珍藏点点星光，珍藏鸟语花香。天有情，海有爱，我们拥有你美丽的厦门港。”

我和爱人游览鼓浪屿后，她曾写过一首七绝诗：“天高涛涌海无垠，鼓浪飞出鼓乐音。琴奏和弦绝妙曲，古今人赞鸟惊魂。”随后，我们去游览鼓浪屿的著名景点“日光岩”，原称“晃岩”。

日光岩位于全岛中央偏南的龙头山顶峰，海拔90多米，是全岛的最高处。相传在古代，这里的岩石、树木一到夜晚便熠熠闪光，如同阳光映照，因而得名“晃岩”。1641年，郑成功到鼓浪屿囤练水军时，发现这里的海光山色胜过日本的“日光山”便把“晃”字拆开，改“晃岩”为“日光岩”。

进山门后沿着右侧的晃岩路前行，过一个月洞门便是日光岩寺，据说它建于明朝正德年间（1506—1521年）。由于建在洞顶上一巨石的天然石洞，当地人俗称“一片瓦”，那片“瓦”指的是洞顶之巨石。到了清朝同治年间（1862—1874年）又建了一座大佛殿，供奉着弥勒佛塑像。寺前右侧不远处有一座莲花庵，为尼姑庵堂。

继续往山上走，沿途石壁上时见题刻，在一巨大石崖上的两幅竖写的题书令人印象深刻；即“鼓浪洞天”和“鹭江第一”，分别是明朝万历年间和清朝道光年间的名士所题，笔法苍劲，流畅自如。“天风海涛”“闽海雄风”等巨刻也很醒目。

走着走着，一方刻着“龙头山寨”的白色石碑映入眼帘，我还以为是过去落草为寇的“山大王”的山寨呢！原来这个“龙头山寨”是当年郑成功驻守鼓浪屿时屯兵的山寨，现在还可以看到岩石上有一些圆孔，那是郑家军的兵士搭建帐篷时开凿出来系绳索的。抗日名将、前国民党十九路军军长蔡廷锴到此见景生情，挥笔写下七绝一首：“心存只手补天工，八闽屯兵今古同。当年古垒依然在，日光岩下忆英雄。”

再往上便到了古避暑洞，洞口左上岩石上的“古避暑洞”四个大字，系清朝末年台湾文人施士洁题写。这个山洞较为奇特。一是洞两旁的石壁竟然支撑起从天而降的花岗岩巨石，给人以“泰山压顶”之感。二是洞中天风如浪，扑面而来，海涛呼啸，声如擂鼓，石刻“鼓浪洞天”的题意即取此景。三是洞内明亮干燥，通风凉爽，“避暑”之洞，名副其实。

在古避风洞左上侧立有一亭，此地是郑成功训练水师的遗址。不远处是一座1962年1月28日落成的“郑成功纪念馆”，是为纪念郑成功收复台湾300周年而建的，里面系统地介绍了郑成功不平凡的一生。

登上海拔92.76米的日光岩，见岩顶筑有圆台。站立峰巅，凭栏俯瞰，厦门和鼓浪屿全景一览无余，就连海中的金门岛也隐隐可见。时有雾气袭来，绕过山头，“填”满峡谷，然后随风溜到海面去了。那种“雾锁山头山锁雾，天连水尾水连天”（顺念倒读均可，结构词语是一样的）的景色，沁人心脾，愉悦之情，油然而生。

遥望海面，近海舟帆往来，远处舰艇游弋，海峡那边便是台湾岛。这令人情不自禁地想到民族英雄郑成功披甲执剑，指挥战船数百艘，将士两

万五，浩浩荡荡，扬帆远航，直扑台湾岛。经过八个月的鏖战，终于收复了被荷兰侵占了38年的台湾。只可惜，1949年国民党蒋介石带领残兵败将逃窜到台湾后，台湾又暂时脱离了祖国的控制。当然，统一是早晚的事，因为中国共产党有这个底气，中国人民有这个强烈愿望。台湾，是一定能回到祖国怀抱的。

乘船海上观金门

当天午饭后，我们乘坐游轮去看隔海相望的金门岛，就是我军从1958年开始炮击金门，而且坚持炮击20多年的那个金门岛，也是台湾管辖的离大陆最近的一个大岛。

游船从厦门鼓浪屿之间的鹭江一直向金门岛驶去，沿途风光无限。右侧鼓浪屿的山巅上，屹立着一尊洁白无瑕的郑成功石雕塑像，威严地凝视着台湾方向，似乎还要披甲登舰，再次去登临台湾。左边是厦门的思明区，高楼大厦鳞次栉比。到了海上回望，可以看到美丽的厦门大学和厦门最长的环岛路，还有曲折逶迤的海岸线，高低不同的峭壁和岩石，红房子点缀其间的碧绿山林。海上景色更是多姿多彩，海水碧蓝，水天一色，波涛起伏，鸥鸟翱翔，船舶穿梭，笛声阵阵，好一幅美轮美奂的海岛画卷。一阵《鼓浪屿之歌》的美妙歌声，更把人带进了这幅画卷之中："鼓浪屿四周海茫茫，海水鼓起波浪。鼓浪屿遥对着台湾岛，台湾是我家乡。登上日光岩眺望，只见云海苍苍……"

观景正在兴头上，船速突然放缓，金门岛映入眼帘。但游船不能靠近，只能在离岛一二百米处绕行半圈，游客站在甲板上遥望金门岛，岛上的房屋、树木、行人，以及在墙上写的孙中山提出的"民主、民权、民生"几个大字，都看得清清楚楚。我当时想，金门岛离厦门这么近，中华人民共和国成立后我们竟无力解放它，可见当时我们的海军实力是何等薄弱。自改革开放以来，大陆与金门的贸易往来十分频繁，人员交流也颇多，这为将来和平解放打下了良好的基础。我们盼着包括金门岛在内的台湾地区早日回到祖国的怀抱。

天南锁钥胡里山炮台

要说厦门与金门交流最方便且能隔空喊话的地方，非胡里山炮台莫属。我们从金门以西的海面返回厦门后，便到胡里山炮台参观。

胡里山炮台位于厦门东南隅的突出部，三面环海，地理位置非常重要，军事价值得天独厚，历史上被称为“八闽门户，天南锁钥”。

据介绍，建造胡里山炮台始于清光绪年间，是我国东南沿海一座较为完整的海防守备军事要塞。说是炮台，其实是一处极为重要的军事基地，由战坪区、兵营区、后山区，以及城堡、城楼、城墙、城门、战壕、炮台、弹药库、操演场等构成，建筑风格兼具西欧和我国明清时期的特色。虽经100多年的风雨侵蚀，至今仍保留完整，成为研究我国海防军事史、洋务运动史和早年兵工建筑技术的珍贵史迹，也是厦门与金门对峙70多年的重要历史见证。尤其是新中国成立后的前30年里；在胡里山炮台区与金门隔空喊话的历史烙印，深深地留在了胡里山景区，如对台广播站旧址，陈列在瞭望台战地服务部里的老照片等。

在胡里山炮台参观，令人印象最深的是那门被称为“炮王”的克虏伯大炮。清朝末年，西方列强依仗坚船利炮，屡犯我国沿海疆土。为了抵御敌寇的侵略，清政府便在战略要地胡里山建造炮台，并耗巨资从德国购买了口径260毫米、全长13.96米、重60吨、最大射程10460米的克虏伯巨炮，部署在胡里山半地堡、半城垣式的炮台里。据说这门大炮在抗战中曾击沉日寇军舰，为保家卫国立下了赫赫战功。

据有关部门核查，这门克虏伯大炮之大，是19世纪全世界同类型火炮之最，堪称“世界原址保存最完整最大的后膛装古海岸炮”。因此，已被列入《2000年世界吉尼斯名录大全》。我们纷纷站在大炮一侧拍照留念。

在胡里山炮台景区，我们还参观了厦门荣光宝藏博物院。这是胡里山炮台管理处与新加坡亿兆宝石私人有限公司联合创办的文化展览博物院，分为世界古代战炮陈列馆、世界古代宝剑陈列馆、世界奇石陈列馆、古树化石展示区和星球等五个部分。共展出13世纪以来世界各国的炮铳、枪支、名贵刀剑和武士甲胄近500件，以及色彩、纹理呈现出山川河海、花木虫鸟、飞禽走兽等各种形象的天然奇石3850件。各种展品具有鲜明的知识性、趣味性和较高的艺术鉴赏价值。给我留下深刻印象的是那块酷似五花肉的“肉石”。肥瘦相间，色彩逼真，简直与真的五花肉难分真假，不愧是天造地琢的“天下奇石”啊！

“谈情说爱”上厦大

厦大，厦门大学也！

过去曾流行着一句话：“想学知识考北大，谈情说爱上厦大。”不是说上厦门大学学不到知识，而是指这座校园依山傍水，风景秀丽，环境幽雅，很适合年轻人谈情说爱，因而被誉为“最美丽的大学”。

20世纪五六十年代，作家雪克创作的小说《小城春歌》，写的就是在战争年代厦门大学闹学潮和大学生参加革命的故事，其中诚挚的爱情故事

厦门大学校门

形象动人，情节感人，极受男女青年的青睐，拍成电影后，风靡全国，我就是那时候知道厦大的。

厦门大学建在连绵起伏的五老峰山腰处，面朝大海，背靠青山，前临鹭江，后有万山植物园。一侧是千年古刹南普陀寺，另一侧是美丽的白城沙滩，与鼓浪屿隔江相望。校园内更是风光无限，芙蓉湖畔绿树成荫，相思树下伴侣密谈，好一座最美的大学校园。

厦门大学是著名爱国华侨陈嘉庚先生于1921年出资创办的，是中国近代教育史上第一位由华侨在大陆创办的大学，示范意义和社会影响深远。

陈嘉庚先生是厦门集美区人，早年赴南洋创业，后定居新加坡，靠经营实业发家致富。这位爱国人士发家后始终不忘自己的祖国，不遗余力投资国内教育事业，斥巨资在厦门创办集美小学和厦门大学。

我们乘车过厦门大桥时，看到桥的东北角有一大片黄琉璃盖顶、中西合璧的建筑群。导游介绍说，那是陈嘉庚先生投资建设的“集美学村”。“村”里不仅有冠以“集美”二字的幼儿园、小学、中学、大学，而且还有大会堂、图书馆、音乐厅、体育馆、游泳池、龙舟池、医院、航海俱乐部等设施，完全是一个现代化的“学村”。对于这种闽南侨乡建筑特色，人们称之为“嘉庚风格”。

厦门大学的建筑风格，也是典型的中西结合模式，被人喻为“穿西装，戴斗笠”。鲁迅先生也曾感慨地说：“厦大便是将一排洋房摆在了荒岛的海边。”

据说厦大竣工后的一段时间里，由于缺乏著名师资，所以没有什么名声。1926年，厦大以重金在全国招聘名教授，薪水是上海复旦大学的两倍。于是，全国不少教授，尤其是包括鲁迅先生在内的北京大学的一些著名教授应聘到了厦大。这些人里既有国学家、史学家、文学家，又有语言学家、交通史学家、编辑学家等，大都被聘为系主任，当时就有“半个北大搬到了厦大”的说法。

厦大校门上方的“厦门大学”四个大字，系鲁迅先生书写，当时他在文学系任教。1926年深秋季节，他在校园内还发生过一个有趣的故事呢！

有一天傍晚时分，鲁迅坐在校园的一棵相思树下，思念身在广州的恋人许广平。一会儿又起身去捡落到地上的相思树叶。突然，一只肥猪跑来津津有味地吃起相思树叶来。鲁迅先生看到后竟然怒不可遏：代表爱情的相思树叶焉能被猪吃掉?便去驱赶肥猪。那肥猪可能太饿了，跑几步后又回头继续抢食树叶。就这样你来我往地“斗”了几个回合。这一生动场景恰被另一教授看到了，便问鲁迅为何与猪“决斗”？鲁迅笑着说:“这是不可告诉人的。”于是，鲁迅与猪“决斗”的故事，一时成为校内笑谈。1927

年1月，鲁迅干脆单方违约，毅然辞去厦大的工作，到广州与许广平相聚去了，但在厦大留下了一段佳话。2007年是猪年，春节，我写过一篇杂说：《猪年话猪》，在中国商业联合会举办的春节联欢会上演说，其中就提到了这个故事，受到一致好评。

多少年来，厦门大学培养出了许多顶尖人才，如著名数学家华罗庚，中国结构化学家奠基人、曾任中国科学院院长、全国人大常委会副委员长的卢嘉锡，曾在全世界轰动一时的《哥德巴赫猜想》的作者陈景润等。厦大，也早已成为全国重点大学。

千年古刹南普陀

与厦门大学一墙之隔有座著名的佛教寺院——南普陀寺。为了体现佛家慈悲为怀的教旨，在寺前建了两座大水池，一座是养生池，里面养着许多大鱼，吸引了许多游客围观。我绕池两圈观看，成群结队的大鱼不断地抢吃游客抛进池中的食物，有些大鲇鱼起码有十几斤重，胡须又粗又长。因是佛教圣地，据说从来无人到池中捕鱼。另一个是大荷花池，碧绿的荷叶铺满了水面。荷花是佛教的“圣花”，全国许多寺院里的观音菩萨不是站在或坐在荷花上，就是手托荷花，代表着圣洁无瑕。

南普陀寺始建于唐代，初名“普照寺”。在一千多年的历史长河中，这座寺院也是屡毁屡建，寺名也几经改换。清康熙年间，在收复台湾中立有大功的水师提督施琅（福建莆田人，1621—1696年）重建该寺。因寺内主要供奉着观音菩萨，位置又在观音菩萨的道场浙江普陀山以南，故改名“南普陀寺”。从那以后，香火更加旺盛，逐渐成为闽南著名的佛教圣地。

我们沿石阶拾级而上，进入寺院门，在中轴线上依山势坐落着天王殿、大雄宝殿、大悲殿、藏经阁。两旁是钟鼓楼、禅堂、客堂、闽南佛学院、佛教养正院等。各殿阁的两边由走廊连接，整座寺院完整严谨，其中大悲殿最具特色。

这座建在石砌殿基上的大悲殿，据说原殿完全是木质结构，后毁于大火。1930年采用混凝土仿木质结构的方式重建。大殿八角三重飞檐，斗拱层层叠架而起，整座建筑没用一根铁钉。殿内供奉着千手观音，香火异常旺盛。

寺的最高处是重檐式双层藏经阁，二层的玉佛殿里供奉着28尊缅甸玉佛，并珍藏着宋钟、元代七佛宝塔和数万卷古今中外的佛典经书。寺后摩崖上的特大“佛”字石刻，极为醒目。字高4.2米，宽3米，是清光绪三十一年（1905年）振慧和尚所书，是南普陀的重要一景。

厦门建城600多年来，她以宽大的胸怀兼容多种文化，吐纳世界风云。她虽然不是古都名邑，但在近代史上曾成为“五大通商口岸”之一（1842年8月29日清政府与英国签订的丧权辱国的《南京条约》，其中第三条是开放广州、福州、厦门、宁波、上海等五处为通商口岸），以及改革开放后被定为五个计划单列市之一（另四个是大连、青岛、宁波、深圳）。当地人自豪地说，不管风云如何变幻，鹭岛涛声依旧，鼓浪屿琴声依旧，厦门大学读书声依旧，东西方文化交流依旧，厦门人泡茶依旧。因为，厦门是块“风水宝地”。

现拟小诗一首，以作结尾。

闽南春光花满枝，琴房炮台最堪思。

日光岩顶登临望，宝岛复归无多时。

风光奇秀武夷山

游毕厦门，我们便随团到有着“碧水丹山”“奇秀甲东南”之誉的武夷山风景名胜区游览，住在武夷山市内。

武夷山，古称荆南山，位于福建省西北部，与江西省上饶地区毗邻。早在3800年前，古越先民就在这片土地上繁衍生息。周朝后期，隐居在此山幔亭峰的彭祖，带领两个儿子以“夸父逐日”的精神，劈山引水，开荒造田，将原来的荒蛮之地开辟成了一方人间仙境，从而赢得了山民的景仰和推崇。人们为了纪念他们的丰功伟绩，便从彭祖的两个儿子彭武、彭夷的名字中各取一字，将荆南山改为武夷山，尊彭祖为“开山鼻祖”。

秦、汉时期，不断有全国的名人高士到武夷山隐居修行。到了隋、唐两朝，宛如仙境的武夷山美名传到了中原地区，唐玄宗李隆基亲封的全国名山，其中就有武夷山。

宋、元、明、清各朝，武夷山不仅成为道教的“十六洞天”之地和佛教的兴盛之地，而且还成了理学家的“驻足之地”，其中最著名的是南宋著名理学家朱熹，他在武夷山生活了40年，在“武夷精舍”著书立说，授课讲学，终于成为一代理学宗师。

1999年，武夷山被联合国教科文组织列入世界自然遗产和世界文化遗产。这“双遗产”的突出价值体现在四个方面：一是保存了世界同纬度带

最完整、最典型、面积最大的中亚热带原生性森林生态系统；二是具有独特稀有的丹霞地貌景观；三是“古闽族”文化和“闽越族”文化的见证；四是朱子理学的发源地。从评价中可以看出，前两条评价的是自然价值，后两条评价的是文化价值。

三三九曲水，三十六环峰，奇形怪状七十二洞穴，突兀壮观九十九峻岩，这就是“采天地之灵气，夺日月之精华”的武夷山奇绝风光。

不过，武夷山景区的面积达70多平方公里，要在两三天内把10个风景区的100多个景点看个遍，那是不可能的。现仅将我们游览的部分景点作一简述。

武夷美感在于山

据介绍，地质学家曾多次对武夷山的地形地貌进行考察和研究。他们从一座座风骨刚健的赤褐色岩峰中，找到了“研究地球演变和丹霞地貌构造的一把不可或缺的钥匙”，解开了一道道凝固几万年的谜底。

在远古时期，由于地壳年长日久的运动，加之在重压下不断崩塌、雨水侵蚀、风化剥落等多种因素，使得地貌逐渐发生奇特变化：峰岩上升，沟壑下陷，山体因长年挤压而向东倾斜，山色因地热氧化而显红褐，因而被称为“丹山”。“丹”指红色的朱砂，又称“丹砂”。

武夷山是全国200多处丹霞地貌中发育最奇特最完整最富代表性的低山势风景区。整个景区千百峰峦凝紫叠翠，古木相间，翠竹掩映，尤其是那千姿百态的奇峰怪石和斑驳陆离的各色峰岩，令人惊叹不已！有的如瀑布垂帘，壁立凌空；有的如猛虎越岗，风骨刚健；有的如雄鹰振翅，欲飞蓝天；有的如玉女插花，妖艳婷立；有的如孤柱傲立，冷峻威严；有的如长龙横亘，卧岗欲眠；更有一绝，腰部裸展，即有许多峰岩顶部和下部竹翠松青，草木茂盛，而半山腰却光秃秃地杳无绿色，宛如跳草裙舞的美貌女郎曼展腰肢，因而被人们形象地喻为“穿裙戴帽，中间曝光”。见此景，忽地想起南宋爱国词人辛弃疾在《贺新郎》词中的名句：“我见青山多妩媚，料青山见我应如是。情与貌，略相似。”我不禁傻呵呵地问曾到过武夷山并留下墨宝的辛弃疾：“这优美的词句，你是为武夷山写的吗？”很遗憾，辛弃疾无语。

武夷山有36峰、99岩，峰峰都有故事，岩岩皆有传说。例如“凌云摩霄，临流九曲”的“武夷第一胜景”云游峰；“插花临水一奇峰，玉骨冰肌处女容”的玉女峰；“凤髓鸾胶天上有，世人休作等闲看”的接笋峰；“雄鹰独立健无伦，锐喙昂首实逼真”的鹰嘴岩；“一石横陈，壁立千仞”的仙掌峰等。

武夷山的峰岩大多峰体陡峭，顶部倾斜，气势雄伟。如闻名遐迩的天游峰。我们从九曲溪的上游乘坐竹筏顺流而下，漂流到六曲溪时老远就看到一座挺拔刚健的山峰。导游说，那就是天游峰，海拔虽然只有410米，却有“蓬莱仙境”之誉。九曲溪流竹筏上的游客，到此无不离筏上岸游览，因为“不游天游，等于白游”呀！

天游峰的侧面是大名鼎鼎的“晒布岩”景观，实际上是一条由北向南延伸的岩脊，直上直下，似刀削斧劈，面阔平坦，宛如晒布，默默地托着天游峰，既真实，又质朴，没有丝毫的躁动和张扬，其厚重的内涵使人想起“海纳百川，有容乃大；壁立千仞，无欲则刚”的哲理名言。

登峰凭栏眺望，武夷美景一览无余。眼前群峰悬浮，峰下溪水蜿蜒，纯净湛蓝的天，蕴含深红的岩，傲骨刚劲的松，温柔如黛的水，组成了“丹山碧水”的画卷。难怪明末地理学家徐霞客（名徐宏祖，号“霞

客”，著有《徐霞客游记》）考察天游峰后评价：“不临溪而能尽九溪之胜，此峰固应第一也！”

又如离天游峰不远的仙掌峰，一石横陈，犹如仙人巨掌。但整块岩石未有裂缝，顶天一矗，壁立千仞，既无承土，也未接峦，青苍洁净，浩气凛然，据说这是亚洲第一巨石。我在欣赏之时，突然想到一个字——矗。这是在告诉我们，做人就要像这块巨石一般，直直地立于天地间，勇于承载，敢于担当，做一个堂堂正正之人。

竹筏漂流九曲溪

山无水不秀，水无山缺色，只有山与水的天然结合，才是自然景观的最高境界，武夷山就是这方面的突出代表。

有人说：“武夷山的灵性在于水。”这话我认可。

武夷山有众多的清泉、飞瀑、水潭、水洞、山涧、溪流，到处流水潺潺，如诉如歌，给武夷山注入了勃勃生机，孕育了怡人之灵气，增添了无限动感，其中最具诱惑力的莫过于“曲曲山回转，峰峰水抱流”的九曲溪。

九曲溪发源于武夷山主峰黄岗山的西南麓，从武夷山的峰峦幽谷中绕了九曲十八弯，流到九曲溪的出口处，汇入崇阳溪，全长约9公里，故名“九曲溪”。

古人有“欲穷九曲水，先到武夷宫”之说。武夷宫在九曲溪与崇阳溪交会处的西北角大王峰山下，从这里的一曲逆流而上，直到齐云峰下星村镇的九曲之处。而我们则是“反其道而行之”，从九曲溪的上游星村镇之处的九曲，乘竹筏顺流而下，一直漂流到一曲的武夷宫处。

作者夫妇在九曲溪竹筏上

九曲溪景色奇绝，可谓一曲一景观，曲曲皆幽奇。

第九曲的突出特点是溪光秀色。从星村镇往东到嶂台附近的浅滩，可以说一马平川，溪水环抱绿洲，溪流也较平缓。南宋理学家朱熹当年从下游溯流而上到达此处后，曾作诗描写这里一派平畴沃野、山水相依的田园风情：“九曲将尽眼豁然，桑麻雨露见平川。渔郎更觅桃源路，除是人间别有天。”

从嶂台处前行，两岸平川变成了奇峰峻岩。九曲诸峰、狮子林、白沙潭、大小芭蕉石、孔雀开屏石等景观，座座山峰、岩石如出水芙蓉，形象逼真。

第八曲从芙蓉浅滩处峰回水转。主要景点是玉蕊峰、紫芝峰、环佩

岩，品石岩等。尤其是溪北的鼓子峰，宛如两朵莲花，十分好看。

第七曲仍以山峰、岩石居多，峰岩比肩，挺拔突兀。尤其是屹立在溪北的武夷山最高峰——三仰峰，三片巨石昂首向东，直插云霄，远看犹如三面厚重的旌旗迎风招展，自成气势。有诗赞曰："峰连三叠插空斜，白日寒生翠影遮。"

第六曲是九曲中最短，但景色却是最胜的一曲，被誉为"武夷第一胜地"的天游峰和仙掌峰便在其中。

六曲拐弯向南而去，与五曲之间有一个叫"云窝"的景点，那是云雾产生的地方,常有洁白轻柔的浮云往来其间。那任意舒卷的云雾，朦朦胧胧，亦真亦幻，似与游人捉迷藏，令人产生一种"水中望月、雾里看花"之感。

第五曲地势开阔，林木环拥，两岸丹峰翠壁，别有景致。明代文人邱云霄以传神之笔，生动地描写出了大自然的造化之功："五曲花开锦绣屏，青山无语静仪刑。楼前尽日东流水，独立苍茫晚对亭。"

第四曲从小九曲处折向北去，溪两岸有玉华峰、金谷洞、金鸡洞、卧龙潭、大藏峰、仙钓台等景点。奇特的大藏峰半壁斜覆水面，遮天蔽日，峰下的卧龙潭碧水无漩，深沉绝妙。明人黄仲昭有诗云："四曲回看天际岩，岩头空翠落毵毵（sān，形容枝条或毛发等细长的样子）。个中何物尤清绝，云影天水共一潭。"

此潭之所以叫"卧龙潭"，缘于一个民间传说。

在很早很早以前，这个深潭中蛰居着10条恶龙，经常呼风唤雨，兴风作浪，残害人民。曾与白蛇白娘子相恋的许仙得知后，决定惩恶扬善，为民除害。他手执七星宝剑，一连斩杀了9条恶龙，剩下的一条为了活命，叩头求饶，表示痛改前非，重新做条好龙。于是，许仙手下留情，令它潜回深潭，改邪归正，造福人民。从此，卧龙潭一直风平浪静，再无恶事发生。每当竹筏经过这里时，当地导游或撑筏艄公总要绘声绘色地向游客讲这个故事，进行一次正义战胜邪恶的教育。

第三曲在雷磕滩附近，九曲溪从这里折向南流，形成一道弯环。这一段的景点有小藏峰、上升峰、升日峰、金井涧等，尤以“仙船御风”之称的小藏峰最为有名。

小藏峰又称“仙船岩”。在竹筏上可以清晰地看到，在数十米高峭崖绝壁的一个奇异洞穴处，凌空半悬着一副船形棺材，被人称为“架壑船棺”。据说是3800多年前的越人丧葬遗物，也是一个至今未解的亘古之谜，成为武夷山的一大奇观。

第二曲两岸高峰岩壁秀美，峰巅草木葱茏，其中最著名的是位于溪流拐弯处的玉女峰。她与溪东的大王峰隔溪相望，含情脉脉。相传“大王”和“玉女”原是一对相亲相爱的恋人，但被罪恶的“铁板鬼”硬生生地给拆散了，变成了隔溪相望的两座山峰。但“铁板鬼”仍不死心，继续发坏，它变成了一块又高又大的“铁板嶂”岩石，至今横亘在两峰之间，监视着“大王”与“玉女”，不准他们走到一起，真是可恶至极。当然，这不过是人们根据丰富的想象，编出来的一个凄美故事而已。

九曲溪的第一曲，是整条溪水汇入崇阳溪的一段。溪两岸的景点除仙猿石、鲤鱼石、水光石、万春园、武夷宫外，其中大王峰最引人注目。大王峰高达599米，四壁陡峭，凌云摩霄，上丰下敛，巍峨壮观。我们下竹筏后，便到仿宋古街、武夷宫等处继续游览，最后到茶馆喝茶买茶。

到九曲溪乘竹筏漂流，确是一大精神享受。一条竹筏最多可坐6人。穿上浅红色的救生衣，外面再披一件塑料雨披，以防被溪水打湿衣服。游客依顺序上筏后，坐在固定在竹筏上的竹椅上，脚下的筏子也是竹竿做的，系好安全带，导游讲了注意事项，即准备开始漂流。

撑竹筏的艄公赤脚撑筏，撑篙技艺纯熟，一转身、一招手、用竿一点水，都透着娴熟，充满活力。当接到可以开始漂流的指令后，艄公用篙一点，竹筏离开岸边，迅速冲向水面。只见艄公撑着竹竿，轻巧地跳离岸边，如同猿猴般跃上筏头，令人惊叹不已！

在开始一段的平缓溪流中，艄公不紧不慢地撑着竹竿，悠闲自得地哼着山歌。到了一个景点，或多或少地介绍一番。竹筏之下，溪水清澈，深处墨绿，浅处透明。有的游客将手伸到水中，艄公见状，立马制止，因怕水中石头伤到游客。

河床有宽有窄，水流有急有缓。进入山区，山环水转，水绕山行，抬头可见奇峰，俯首可赏水色，在饱览山光水色中，不知是山在水中，还是水在山中。宋代抗金名将李纲赞曰：“一溪贯群山，清溪萦九曲。溪列绕岩岫，倒影浸寒绿。”

我老伴于芳茹游览了九曲溪后，曾作七绝一首：“碧溪峰树倒叠奇，衔水竹筏顺势急。山绕多弯无退路，豁然渡转探玄机。”

历史文化有底蕴

有位名人说：“自然景观离开文化与历史的积淀，充其量只是一种表层的亮泽。”而武夷山则是山奇水秀的自然景观与历史文化的积淀融和统一的典范。

首先，武夷山集道教、佛教、儒教三个不同体系的流派于一身，“三花”并蒂，和平共处，互相切磋，共求发展，实属罕见。

“自古名山僧占多”。在僧人、道士的眼里，武夷山就是一个名副其实的“佛地洞天”。早在1000多年前，武夷山就被道教列为“三十六洞天”的第16洞天。我们在一曲溪附近参观的武夷宫，就是唐朝天宝年间始建的著名道观。到北宋大中祥府二年，遵照宋真宗赵恒皇帝的旨意，将武夷宫扩建房舍300余间，南宋时成为全国9大名观之一。南宋理学家朱熹、诗人陆游、词人辛弃疾等25位名人，均在武夷宫担任过提举，主管观内诸事。千余年来，武夷宫一直是道教活动的中心。清朝中叶以后，宫观渐颓，现存的一座主殿为1990年重修，并在此地建了朱熹博物馆等古建筑。尤其是南宋理学家朱熹在武夷山开创了一代理学之先河，撑起了中国古文化的半壁江山，成为当时东南文化学术中心。著名诗人李商隐、范仲淹、陆游、辛弃疾，以及地理学家徐霞客、抗倭名将戚继光等历史名人，都在这里留下了珍贵的墨宝印痕。武夷山的400多处摩崖石刻，堪称是一座书法艺术的大观园，渗透着浓厚的人文色泽！那刚健遒劲或飘逸自如的笔势，无不给人以美的享受和艺术陶冶。

例如我们在畅游九曲溪中，沿途不时地看到两岸的一些摩崖石刻，这一景观与九曲溪巧妙融合，相互增辉，极大地增加了游客的观赏兴趣。途中我记下了让我非常景仰的民族英雄戚继光的手书石刻：“大丈夫既南靖岛夷，便当北平胡虏，黄冠布袍，再期游此。”说明武夷山的奇峰秀水和历史文化，对这位“一年三百六十天，日日横戈马上行”的大将军，也具有很强的吸引力。

在九曲溪岸边的崖壁上，还留有朱熹题写的孔子之言“逝者如斯”，把溪水之逝比作人生之逝。而北宋词人柳永则在此留有“今宵酒醒何处？杨柳岸，残风晓月”的千古绝唱。

历史上，武夷山曾出过两位著名文人，一个是北宋词人柳永，另一个是南宋理学家朱熹。

我在电视大学学习古典文学时，老师用一节课的时间专门讲柳永和他的词作。后来，我也看了不少柳永的词，对斯人及作品有一些了解。

柳永，原名“三变”，字“耆卿”，福建崇安县（今武夷山市）人，宋仁宗景祐年间考中进士。由于经历坎坷，怀才不遇，遂心灰意冷放荡不羁，经常出入青楼春院，为歌伎作词低唱。他的《乐章集》有词210多首，内容大多描写歌伎、浪子的恋情别绪，少妇的闺怨和失意文人的旅思，上层社会纸醉金迷的生活。当然也有描写城市风光、节日盛况、湖山秀美、江海壮丽等内容。

他不但善于作长词，而且精通音律，常与乐工合作写词。其词极富生活气息，多用民间俚俗语言（即粗俗不雅），生动易懂，加之音律和谐委婉，极受歌伎喜欢，争相吟唱，并风靡民间，甚至达到“凡有井水饮处，即能歌柳词”的地步。正如北宋文学家陈师道在《后山诗话》中所说：柳词因为“从俗”，所以“天下咏之”。

由于柳永是北宋较早专力写词的作家，又是写慢词的高手，对北宋词坛产生了较大影响。但从我的欣赏角度来说，既不喜欢柳永不拘礼法、玩世不恭、及时行乐的生活态度和浪子作风，也不喜欢他的那些纵情声色的格调不高的词。当然，我也不是全盘否定，柳永以婉约为主的词风，尤其描绘相思之情、离别之苦的词句，还是很有嚼头的。如《雨霖铃》中的“多情自古伤离别，更那堪、冷落清秋节”“此去经年，应是良辰好景虚设。便纵有千种风情，更与何人说”。又如《蝶恋花》中的“对酒当歌，强乐还无味。衣带渐宽终不悔，为伊消得人憔悴”。类似流传广泛的词句，我还是很喜欢的。

在离武夷宫不远处，建有一座柳永纪念馆，正门的牌匾上写着“一代词宗”，应当说这是对柳永最好的慰藉！

实际上，与武夷山相互影响最深的人物，则是南宋大名鼎鼎的理学家朱熹。

朱熹，号“紫阳”，南宋思想家、教育家、文学家，1130年9月出生于福建尤溪。在他14岁时，父亲朱松不幸病故，临终前将孤儿寡母托付给居住在武夷山的好友刘子羽。刘是南宋抗金名将，因与宋真宗意见不和，被罢官后回到故乡武夷山隐居。刘子羽是一个很讲义气的正人君子，不仅收朱熹为义子，而且还为他母子专门盖了一所名为“紫阳”的五间房屋，并拨给他一块土地种粮种菜，还挖了鱼池等。朱熹在这山峰林立、碧水潺潺、竹林掩映的清静之所，心无旁骛，专心攻读，18岁考取贡生，19岁考取进士，从此开始了半个多世纪的仕途和学术研究生涯。在他60岁大寿时，还写了一首怀念当时情景的诗：“忆往潭溪四十年，好峰无数列窗前。虽非水抱山环地，却是冬温夏冷天。绕舍扶疏千个竹，傍崖寒冽一泓泉。谁教失计东迁谬，惫卧西窗日满川。”

朱熹从22岁到65岁，一次次离开武夷山外出做官，但却一次次被罢官或主动辞官回归武夷山，因他的主张和处世法则与当权者格格不入。由于在仕途上屡屡碰壁，便于1183年54岁时归隐武夷山，一边潜心研究理学，一边招生讲课，推授自己的学说。一时间，武夷精舍成了我国东南传经讲道的圣地，武夷山也被誉为“道南理窟”。

理学，又称“道学”，是北宋出现的一种以阐释义理为主的唯心主义哲学理论。到了南宋，对理学颇有研究并极力推崇这种理论的朱熹，集北宋以来理学之大成，终于建立了一个比较完备的客观唯心主义思想体系。这个体系认定“理”是先天存在的，也是永恒的，无处不在。他认为封建的“三纲五常”就是“天理”的体现，鼓吹“君臣有君臣之理，父子有父子之理”，要人们各安其分。他还认为万物之理都在“我”心里，人们只

要通过“正心、诚意”等内心修养，就可以认识一切事物的理。由于这种理论契合了儒、道、佛教的一些主张，竟很快传播到了整个社会，并成为席卷全国的思想体系，甚至形成了“东周有孔子，南宋有朱熹；中国古文化，泰山与武夷”的文化地域观念。

但是，将朱熹与孔子比肩，我是不赞成的。唯心主义的思想体系怎能与被尊为儒家创始人、“圣人”、世界文化巨人之一的孔子相提并论呢？其社会影响力也没法比呀！

当然，我还是很钦佩朱熹这个人的，他创立了一种思想体系，对我国封建社会后期产生了较大影响。我也很喜欢他的文学作品，如那首脍炙人口的七绝诗：“半亩方塘一鉴开，天光云影共徘徊。问渠那得清如许，为有源头活水来。”还有那首千古绝唱的《九曲棹歌》，从九曲溪的一曲写到九曲，每曲四句，读来朗朗上口。如“武夷山上有仙灵，山下寒流曲曲清。欲识个中奇绝处，棹歌闲听两三声。一曲溪边上钓船，幔亭峰影蘸晴川。虹桥一断无消息，万壑千岩锁翠烟。二曲亭亭玉女峰，插花临水为谁容……五曲山高云气深，长时烟雨晴平林……八曲风烟势欲平，鼓楼岩下水潆洄。莫言此地无佳景，自是游人上不来……”这首棹（zhào，即船桨）歌情真意切，是最早对九曲溪各曲风景作出描绘的佳作，流传甚广。

传奇岩茶大红袍

武夷山产茶历史悠久，早在隋唐时期就已有大片大片地栽植茶树，宋代即把武夷山茶列为皇家贡茶。到了元朝，朝廷在九曲溪的三四曲溪畔设立御茶园，专种并采制御茶。当时有位名叫林锡翁的文人在《咏贡茶》诗中写道：“百草逢春未敢花，御花葆蕾拾琼芽。武夷真是神仙境，已产灵芝又产茶。”

武夷山岩茶最负盛名的是“大红袍。”

作者爱人在武夷山大红袍茶树前

包括大红袍在内的岩茶，据说每年只产一季。由于生长时间长，吸收了冬日之霜雪，夏日之雨雾，因而收获的岩茶含有丰富的微量元素和矿物质，喝起来味道比较香。20年前福建一位朋友送我一筒大红袍，包装非常精致，他说这是武夷山的真品，价格不菲，你们北方人可能喝不惯。不过我告诉你，喝大红袍要有耐心，冲泡第一遍喝着有点焦煳味，那是由一道炭焙工艺造成的，冲泡第二遍有点儿苦涩味，第三遍才出现甜味，第四遍感到有一种花蜜香味，越喝越淡，也越好喝。其他名茶，最多冲泡七次就没有茶味了，而大红袍冲泡九次仍有茶香，因而在全国名茶评比中，夺得“茶中之王”的桂冠。

哇，喝壶大红袍，竟有这么多讲究。我这个喝惯了绿茶的人，怎么也喝不出大红袍中的甜味和香气，可能是我不会品茶的缘故。平时喝茶，只求口感好，没有多少讲究。我们到武夷山的当天上午，便沿着全长4.3公里的“岩骨花香”漫游道，到九龙窠（kē，指鸟兽、昆虫的巢穴）崖壁上一睹“母树大红袍”的风姿，亲身体验武夷山岩茶的地理环境魅力。一路上，路两旁和山坡上随处可见茶园片片、极富层次感的茶树梯田，随着山势起伏纵横交错，栽植有条不紊且绿意盈盈，给人以田园诗画般的美感。当年朱熹一首“客来莫嫌茶当酒，山居偏与林为邻”的诗句，写出了他与武夷山与岩茶的结缘，传递出了浓浓的茶香味和人情味。

在离大红袍母树不远的一片茶园里，有十几位采茶女排成横队，每人一垅，熟练地在采摘嫩叶。我和老伴进园，在征得采茶女的同意并在她们的指导下，我老伴也学着采了一些嫩茶叶，微笑着放到采茶女的茶筐里。她们很有礼貌地说“采得不错”。我不失时机地拍下了老伴采茶的照片。后来她以“武夷的茶园”为题，写了一首纪念诗：“白云浮绕半山腰，雾锁深林偶见梢。低矮茶园留彩照，巧摘嫩叶沁馨飘。”

九龙窠，是指九条陡峭的长条岩壁，宛如九条横空出世的苍龙，矗立在幽深的峡谷中，各条岩顶又似龙头，故名“九龙窠”，闻名于世的三棵大红袍就生长在龙窠的缝隙中。缝隙内长年滴水不断，水中有枯叶、苔藓腐烂后形成有机物，使树下的土壤更加肥沃。加之树两旁的岩壁直立，挡住了日光的暴晒，日晒时间也较短，从而使得大红袍的品质别具一格，成为极品。

据介绍，生长在崖壁缝隙里的三棵茶树，是明末清初发现并开始采制茶叶的，距今已近400年的历史。至于“大红袍”名称的来历说法较多，甚至透着传奇，其中流传甚广的是“皇封”说。

传说古代有一位穷秀才进京赶考，路过武夷山时病倒路旁，幸被天心寺方丈看到。他叫来和尚将秀才抬到天心寺，煮了一碗茶给他喝下，第二天秀才的病竟然好了。他谢过方丈后继续赶路，结果在进京考试中金榜题名，中了头名状元，并被招为驸马，荣耀至极。第二年春天，他回到武夷山天心寺答谢救命之恩。老方丈领他到九龙窠，指着峭壁上的三棵茶树说，去年你路过这里得的肚子鼓胀病，就是用这几棵茶树叶煮水给你治好的。

状元听后十分感慨，向方丈和茶树谢恩后要求采制一盒茶叶进献给皇上。方丈爽快答应。第二天，方丈召集众和尚到三棵茶树下举行采茶仪式。焚香礼拜后，命怀有绝技的和尚登崖上树采茶，精心制作，装入锡盒。状元携茶回京后，正遇太后犯肚胀疼痛病，卧床不起，御医治疗也不见好。状元拿出那盒武夷山茶，向皇上和太后汇报了前因后果，并建议煮此茶让太后喝下，皇上应允，果然茶到病除。皇上大喜，将一件大红袍交给状元，让他重返武夷山，代表皇上去封赏。

状元郎不敢怠慢，立即动身返回武夷山，与方丈一起找到一位武艺高强的樵夫爬上悬崖，将皇上赐的大红袍披在茶树上，以示皇恩。从此，人们就把这三棵茶树称作“大红袍”，树上所产的茶叶，也成了朝廷的贡品，并逐渐发展成为武夷山的一个驰名品牌产品。

或许人们会问：原本名不见经传的三棵茶树，只因皇帝的厚爱和封赐，便名扬天下，成为国宝级的“茶中之王”。如果没有皇封，它能有此殊荣吗？

实际上，“皇封”只是外部条件，况且又是传说，如果茶叶本身没有真实的品质，也不会在全国举办的茶叶品评会上荣获“茶中之王”称号。实则得天独厚的生长环境和九条“龙气”的熏陶，才造就了三棵茶树独具的品质和韵味。我想，这才是“大红袍”能在今天仍然名扬天下的一个不

可或缺的重要因素。

我们站在崖下看着并议论着这几棵大红袍，树叶仍很茂盛，在靠峡谷的外侧也采取了相应的保护措施，即用石头垒起了垛墙。树右侧的崖壁上，从右到左刻着“大红袍”三个大红字，据说是1927年天心寺的和尚所写。

一趟武夷山，获益真不浅，起码让我知道了：

群峰竞峭不争高，九曲环流情势豪。

朱子穷理辟新系，茶王独尊大红袍。

江　西

江南名楼滕王阁

坐落在江西省南昌市赣江岸边的滕王阁，与湖北武汉的黄鹤楼、湖南岳阳的岳阳楼并称中国“江南三大名楼”。加上山东的蓬莱阁，合称“中国古代四大名楼”。其中滕王阁建的时间最早，距今已有1370年的历史。

我曾两次去过南昌，第一次是1966年10月中旬。当年我被济南军区选为国庆观礼代表，到北京参加国庆观礼后，随代表团乘专列到南方五省市参观，其中就有南昌和井冈山。但那次没看到滕王阁，因其在北伐战争中被反动军阀烧毁了。我们在南昌主要参观了“八一”起义指挥部、贺龙和叶挺指挥部、朱德创办的军官教导团旧址和朱德在花园街2号的旧居等。然后到“十万工农下吉安”的吉安市和井冈山参观。前几年我在《人生三杯水》一书中，分别以“我军诞生地——南昌‘八一’起义指挥部”和“万里神州第一山——井冈山”为标题，对“八一”起义指挥部和井冈山的革命斗争作了简要描述，并作词赞颂：

《露天霜角·“八一”南昌起义指挥部》：“疏星淡月，石破天惊夜，阵阵枪声激战，冲敌群，勇肃杀。 胜悦，走亦悦，去留谁共说？保存实力首选，率队伍，奔闽粤。”

《调笑令·井冈山》：“井冈，井冈，明珠镶嵌赣湘。旖旎风光如画，曾燃燎原星火。火星，火星，终照环球赤红。”

南昌位于赣江下游东岸，始建于汉代，古称“豫章”“洪都”。滕王阁建于唐朝永徽四年（653年），是唐高祖李渊的第22个儿子、唐太宗李世民之弟李元婴所建。

太宗贞观十三年（639年），李元婴任职于山东滕县，被封为“滕王”。后又分别任金州（陕西汉水流域）、苏州刺史，永徽三年转任洪州都督。据《新唐书·元婴传》记载，此人一生“骄纵失度”“数犯宪章”“借狗求置”“以丸弹人”“以雪埋人”“捽（zuó，即“揪”）辱下吏”，以至逼淫官眷、贪财好色，“所过为害”。即使在唐太宗丧期内，他仍与部属“燕饮歌舞，狎昵厮养”，毫不收敛。对此，唐高宗李治严厉警告他说：“人之有过，贵在能改。国有宪章，私恩难再。”但他不听劝阻，依然我行我素。特别到了洪州后，山高皇帝远，不仅大肆搜刮民财，而且时常强抢民女，人民对他怨声载道。

公元653年的一天，滕王率众到赣江东岸打猎，他见此处翠峰叠嶂，碧水如练，洲上鸥鹜（wù，野鸭）翔集，彩蝶戏飞，游兴大发。回府后便决定在江边建一座楼阁，以供自己游观享乐。于是下令加派捐税，动工兴建。数月后，一座宏伟壮丽的楼阁在江边拔地而起。滕王高兴至极，亲书“仙人旧馆”牌匾，挂于阁上。

随后，滕王又造青雀舸（gě，大船），经常率领僚属游弋江中，漫步洲渚。别看他一生风流荒淫，毫无政绩，但却很有文才。不仅善作诗赋，而且精于歌舞，妙解音律，尤其擅长书画，以擅画蝴蝶著称，是画界“滕派蝶画”的创始人。据说他画过许多蝴蝶画，最有名的是一幅《百蝶图》。他的画在当时就很珍贵，有“滕王蛱蝶江都马，一纸千金不当价”之说。所以新建的滕王阁，栏杆图案上大多采用蝶形或双蝶为

作者在滕王阁前

标记，也是对蝶画作者的一种纪念吧！

由于滕王在洪都游宴无度，荒废政事，搜刮民财，任意挥霍，唐高宗得知后下令削去他的官职，降职安置，先后到安徽滁州、寿州和四川隆州任职，但其仍不改贪黩（dú）本性。武则天称帝后，他曾任梁州都督，后死去。

滕王离开洪州后，洪州人改“仙人旧馆”为“滕王阁”。唐高宗上元二年（675年），初唐文坛“四杰”之一的王勃在省亲途中路过洪州，恰逢继任洪州都督的阎伯屿在重阳节为庆祝重修滕王阁竣工而在阁中举办宴会，并盛情邀著名才子王勃出席。席间，阎都督恳请各位名儒“作一《滕王阁记》，刻石为碑，以传后世。”

由于当地的文人墨客早已耳闻阎都督令其女婿写了一篇序文，欲想以此名利双收，出人头地，所以大家客客气气地予以婉拒。自恃八斗之才的王勃却当仁不让，当场铺展纸砚，端坐桌前，神情凝注，酝酿才思，挥毫以骈（pián）文形式，出神入化地写出了千古名篇《滕王阁序》，顿时满座皆惊。

“序”分4段，700余字，词清句丽，字字珠玑；音律谐和，意境开阔；佳句迭出，妙语连珠。他从洪州星象、地理地势，写到当地人才、特产和宴会之盛况。写楼阁：“层峦耸翠，上出征重霄，飞阁流丹，下临无地”；写秋景，“落霞与孤鹜齐飞，秋水共长天一色”；写感叹，巧妙用典，借古讽今，感宇宙之无穷，叹人生之有限。尤其所用四六骈文（每句前4字后6字），声调和谐，对偶工整。如“鹤汀凫渚，穷岛屿之萦回”；“桂殿兰宫，列冈峦之体势”；“渔舟唱晚，响穷彭蠡之滨”；“雁阵惊寒，声断衡阳之浦”；“天高地迥，觉宇宙之无穷”；“兴尽悲来，识盈虚之有数”；“萍水相逢，尽是他乡之客”；“老当益壮，宁移白首之心”；“穷且益坚，不坠青云之志”；“登高作赋，是所望之群公”；等等。最后，以七律诗收束全文。

滕王高阁临江渚，佩玉鸣鸾罢歌舞。

画栋朝飞南浦云，朱帘暮卷西山雨。

闲云潭影日悠悠，物换星移几度秋。

阁中帝子今何在？槛外长江空自流。

本想让其女婿名利双收、出人头地的阎都督，从开始的迁怒王勃强“出头”，到后来的盛赞王勃之佳作，来了个180度的大转弯。他钦佩王勃“落笔如有神助，真天才也！”“帝子之阁，有子之文，风流千古……，从此洪都风月，江山无价，皆子之力也”。并专设宴席，招待王勃，同时赠他500匹丝绸作为谢礼。

古人云：“文以阁名，阁以文传”，此言颇有道理。如武汉的黄鹤楼与崔颢的《黄鹤楼》七律诗，湖南洞庭湖的岳阳楼与范仲淹的《岳阳楼

记》，南昌的滕王阁与王勃的《滕王阁序》，都产生了同样的名阁名楼与名人诗文相互辉映的文化效应。正如清代诗人尚镕在《忆滕王阁》诗中所说："天下好山水，必有楼台收。山水与楼台，又须文字留。"这说明了山水—楼台—诗文相生相济的辩证关系。

一"序"招来八方游客，一诗引起千秋回响。《滕王阁序》问世以来，数不清的文人墨客、名人巨卿慕名前往，并发出"不登滕王阁，情何所系，魂何所倚"的感叹！他们以登阁题咏为荣，不仅登高赏景，指点江山，而且赋诗作画，激扬文字，抒发山河之恋，爱国之情，报国之志，从而产生了大量诗词。如历代的名人有：唐代的白居易、杜牧、韩愈，宋代的欧阳修、王安石、苏辙、朱熹、辛弃疾；明代文学家解缙、戏曲家汤显祖，清代文学家王士禛等，共留有诗赋1360多首（篇），从而使滕王阁成为当之无愧的千古名楼，甚至成了江西文化的象征。

大概谁也不会料到，声名狼藉、劣迹昭著的风流帝子李元婴为个人享乐而建的滕王阁，竟无意为洪州留下了一笔宝贵的文化财富。当然，滕王阁之所以名扬天下，得益于王勃的"序"，滕王不过是如蝇附骥尾，有幸连带留名而已。倘若没有王勃作"序"，滕王阁早就变成一堆荒土了。

王勃，字"子安"，唐朝文学家，山西河津人，公元650年生于一个书香门第家庭。17岁应举及第，授官职"朝散郎"，后被沛王李贤招为王府修撰。那时候诸王经常玩斗鸡游戏，王勃便书写了一篇《檄英王斗鸡》（檄，xí，檄文，指晓谕或声讨文章），假托沛王鸡传檄声讨英王鸡。高宗皇帝看后大怒，认为王勃是在挑拨王子之间的关系，下令将他逐出沛王府。后来，王勃又设法补了个虢（guó）州（今河南灵宝）参军。有一天有个罪犯逃到他家，他先是藏匿，后又害怕连累自己，便私自将他杀了。案发后被判死刑，其父也受到株连，被贬为交趾（今属越南）令。当年八月遇大赦免刑。第二年他从广州渡海去看望父亲，在海上溺水而亡，年仅26岁。

王勃英年早逝，未尽其才，令世人惋惜不已，包括唐高宗李治。据说高宗皇帝后来读了《滕王阁序》后，掩卷良久曰："其奇才也！"后悔当初不该把王勃赶出沛王府，并决定起用他。当高宗听说王勃已落水身亡时，深为叹息！

从文学成就来看，以王勃为首的初唐"四杰"（王勃、杨炯、卢照邻、骆宾王），代表了当时文学革新的前进方向。他们力求突破南北朝时期专写艳情的狭隘诗风，扩大诗歌体裁和内容，所写作品表现了积极的进取精神，在诗坛上占有重要地位。

王勃擅长五律、五绝，这两部分占其全部诗的大半。五律诗我最喜欢他的《送杜少府之任蜀川》："城阙辅三秦，风烟望五津。与君离别意，同是宦游人。海内存知己，天涯若比邻。无为在歧路，儿女共沾巾。"特别是"海内存知己，天涯若比邻"，成了脍炙人口的名句。五绝诗我最喜欢他的《山中》："长江悲已滞，万里念将归。况属高风晚，山山黄叶飞。"读来不仅朗朗上口，而且感到特别亲切，也许是我多次乘船游长江的缘故吧！

胜地几经兴废事，高阁今又枕碧流。象征着盛唐文化和建筑艺术的千古名楼滕王阁，如同一个历尽人间沧桑的历史老人，既经历了歌舞升平的昌盛年代，也备尝过满目疮痍的艰难岁月，尤其是各个历史时期的战火摧残。据当地历史资料记载，在1300多年里，滕王阁屡兴屡废达28次，其中唐代5次，宋代1次，元代2次，明代7次，清代13次。清朝宣统元年（1909年）第28次重修的滕王阁，到1926年10月9日就被反动军阀岳思寅以抵御北伐军为名下令焚毁。此后60多年，因种种原因未再重修，直到1989年10月8

日（农历重阳节）那天，第29次重修的滕王阁巍然矗立在滔滔赣江之滨，离唐朝所建的阁址仅有百米之遥。

新建的滕王阁主体建筑1.3万平方米。据说是参考王勃描写的原阁“层台耸翠、上出重霄，飞阁流丹，下临无地”的样子，以及宋人彩画《滕王阁》等，重新设计的仿古建筑，比历史上任何一座都瑰伟绝特。正如时任中共中央政治局委员的李铁映同志所说：“盛世建滕阁，滕阁显盛世。”

这座楼阁由中心主体、两层高台、南北二亭及回廊组成。中心主体共9层，其中高台以下2层，以上7层，357.5米。在第一层高台上，南北各有一座重檐方亭，南边的名曰“压江”，可能是镇压或压住赣江水不可泛滥成灾吧！北边的名叫“挹翠”，或许是采撷翠绿之意。两座方亭均有高低曲折有度的走廊与中心主体相连，烘托得恰到好处。

高台之上的一层，正门之上挂有用狂草书写的“瑰伟绝特”匾额，是唐代文学家韩愈所作的《新修滕王阁记》中赞美滕王阁的词句。门两侧的楹联是《滕王阁序》中的名句“落霞与孤鹜齐飞，秋水共长天一色”，是毛泽东的手书。据说毛泽东生前非常喜欢《滕王阁序》，1964年9月17日，他亲笔书写了上述两句赠给毛岸英的媳妇邵华，因此这一真迹弥足珍贵。

一层的前厅有一幅大型汉白玉浮雕《马当风送滕王阁》，是根据明代作家冯梦龙在《醒世恒言》一书的第40卷《马当神风送滕王阁》的神奇传说创作的。是说当年王勃借神的力量夜行700里，从九江如期赶到洪都滕王阁参加宴会并作《滕王阁序》的故事，直把观众带入了幽远迷人的意境中。

二层是“人杰厅”，主要看点是一幅江西历代名人图卷——《人杰图》，图上绘有自秦朝至清朝的80位各领风骚的江西籍名人，是根据王勃在《滕王阁序》中赞扬洪州“人杰地灵”而绘制的著名人物图。如东晋的

作者在滕王阁上眺望赣江与大桥

田园诗宗师陶渊明，唐代诗坛“八大家”中的欧阳修、曾巩，北宋词坛“花间派”词人晏殊、改革家王安石、江西诗派鼻祖黄庭坚、文学家杨万里，南宋民族英雄文天祥、大音乐家姜夔（kuí），明代戏曲家汤显祖、大科学家宋应星，援朝抗倭名将邓子龙，甚至还有政治上腐败透顶，但在文学、书法方面颇有成就的大奸臣严嵩，清初西画派代表人物罗牧、清代史学家蒋良骥，等等。这些群像人物，造型生动，格调雅逸，线条组织极有韵味，广受社会好评。

上到三层，只见在大门西侧陈列着枪刀剑戟等十八种旧兵器。走进正厅，屏壁上的《临川四梦》大幅绘画十分醒目。这幅高2.8米、长5.5米的壁画，以有着“中国的莎士比亚”之誉的汤显祖创作的《临川四梦》为主

旋律，采用浪漫的手法，表现出了汤显祖的四部杰出戏剧《紫钗记》《牡丹亭》《南柯梦》《邯郸记》的意境。此画是南昌画院著名画家阮诚先生设计创作、数人集体绘制而成的。

这一层的内厅是古宴厅，相传明太祖朱元璋在江西鄱阳湖打败第一支元末农民起义军陈友谅后，曾在这个宴会厅大摆宴席犒师庆功。踌躇满志的朱元璋乘着酒兴当场赋诗一首："雪压竹枝低，虽低不着泥。明朝红日出，依旧当云齐。"虽略显俗，却有英雄气概。

四层是"地灵厅"，与二层的"人杰厅"相对应。正厅的墙壁上有一幅长达28米的山水壁画——《地灵图》，描绘着江西省著名的山川湖泊，以体现江西物华天宝、人杰地灵之昌盛。如有"一夫当关、万夫莫开"之险峻的江西南端大庾岭梅关；赣东北玉山县境内有着"小黄山"之称的"三清山"；在道教史上有着极大影响、张天师在此炼"九天神丹"的鹰潭境内的龙虎山；著名革命圣地井冈山；素有"匡庐奇景甲天下"美誉的四大名山之一庐山；我国第一大淡水湖鄱阳湖等。这一长卷宏图系江西画院著名山水画家吴齐先生设计创作、集体绘制而成，充分表现了江西山川湖景的壮丽多姿。

五层的正厅墙壁上是苏东坡手书铜镌《滕王阁序》全文，其沉雄凝重的书法艺术与王勃的锦心绣口美妙散文珠联璧合。西厅展示着一幅大型磨漆画——《百蝶百花图》，画有千姿百态的彩蝶100只，贴金底色，石花盛开，彩蝶翻飞，一派富丽争艳景象，体现着后人对滕王阁的创始人、蛱蝶画鼻祖李元婴的怀念。

六层是古代礼乐厅，厅内有古戏台一座，台两侧陈列着仿古编钟、编磬（qìng，一种用玉或石制成的打击乐器），双凤虎座鼓、25弦丝瑟、竹乐"篪（chí）"、革乐"建鼓"、土乐"埙"（xūn，古代一种椭圆形陶制乐器，有五六个孔，双手捧着吹，声音低沉悠扬），等等。据说南昌各剧团的艺术家们常在这里轮番演出唐舞宋歌，将游人引入梦幻般的远古艺术世界。可惜，我们去参观时无缘巧遇这类演出。

由于最高层安装着水，电、通风等设备，游人禁上，所以游览只能到地上六层为止。

总的来说，新建的滕王阁，已布置成一座具有唐宋文化渊源和艺术氛围的高雅典丽的文化殿堂，充分体现了中华民族的文化精粹，反映了江西古文明的突出特色，成为国内外游客登临游览、以文会友、吟诗作赋、雅兴抒怀的人文荟萃之地。相信它将以中华文明之灿烂光辉永久地光照未来，令华夏儿女倾心向往，让中外游人流连忘返。

现作《登滕王阁》诗一首：

千秋名阁誉九州，雄踞东南慕王侯。

帝子歌舞一时兴，王郎序文百世流。

几经风雨几劫难，屡遭兵火屡重修。

物换星移今胜昔，雕梁画栋展新猷。

庐山风光甲天下

1993年7月上旬，我从南昌到庐山游览，途中先去游览了共青城，那是团中央的教育基地。到庐山后，住在庐山市区中心牯岭镇。

庐山概况

庐山位于江西省北部，北濒滔滔长江，南临浩瀚鄱阳湖，东西长约30公里，南北宽约75公里，总面积达300多平方公里。整座山体呈椭圆形，是一座典型的地垒式断块山脉，外险内秀，巍峨雄奇。我们常说的“三山五岳”中的“三山”（江西庐山，安徽黄山、浙江雁荡山）和“中国十大名山”（山东泰山、安徽黄山、四川峨眉山、江西庐山、西藏珠穆朗玛峰、吉林长白山、陕西华山、福建武夷山、山西五台山、台湾玉山），庐山均在榜中。

庐山又称“匡山”“匡庐”，这与一个姓“匡”的人有关。

相传商周时期，有一个名叫“匡俗”、字“君孝”的人在庐山学道求仙。此人既有学问，又有道术，人们便传说他是“神仙”，将他的住处称为“神仙之庐”（“庐”指茅舍）。周天子听说后，便屡次派人请他出山辅佐。但匡俗屡屡婉拒，并潜隐到深山去了。天子再派使臣去请，结果寻人无影，唯庐独存，人们纷纷说他“成仙去了”。从此，人们便把这座山称为“匡山”“匡庐”。

据介绍，最早以“庐山”之名被写进史书的，是西汉史学家司马迁所著的《史记》，书中有“余南登庐山，观禹疏长江”之句。晋朝孙放在《庐山赋》中亦有“浔阳郡南有庐山，九江之镇也”的记载（“浔阳”即现在的九江市）。

庐山风景

风景秀丽的庐山，是一座集风景、文化、教育、宗教、政治于一身的千古名山。绵延90多座雄峰，犹如九叠屏风，屏蔽着江西省的北大门。其中最高的主峰汉阳峰海拔1474米，昂首挺拔，直指苍穹。峰顶有一峭壁，名曰“禹王岩”。相传大禹到此治水时，坐在此处观察洪水流向，考虑如何疏通九江。峰上的一副对联写得好：“峰从何处飞来，历历汉阳，正是断魂迷楚雨；我欲乘风归去，茫茫禹迹，可能留命待桑田”。

在90多座雄峰中，风景最美的是海拔1358米的五老峰。我们去游览时，老远就看到五峰鼎立，恰似五位老翁并肩端坐。有的像入定盘坐的老僧，有的像俯首低吟的诗人，有的像昂首高歌的武士，有的像躬身挥斧的樵夫，有的像披蓑垂钓的渔翁，峰峰嶙峋傲骨，气势峥嵘。其中第三峰最为险峻，正如峰顶上的石刻所写：“日近云低”“俯视大千”。登峰向南远眺，鄱阳湖碧波万顷，水光潋滟。最高的第四峰峰顶有一奇景，即一棵弯曲云松，形如虬龙（古代传说中有角的小龙。“虬”，qiú）。曾经5次游历庐山的唐代大诗人李白写诗赞曰：“庐山东南五老峰，青山削去金芙蓉。九江秀色可揽结，吾将此地巢云松”（诗中的“削”为“耸立”之

意；“芙蓉”是荷花的别称；“揽结”指“采集”；“巢”是“隐居”的意思）。

从五老峰向西下行不太远，便是有着“千里鄱湖一岭函”的著名景点“含鄱口”。这“一岭”指的是状如鱼脊、横亘在五老峰和九奇峰之间的含鄱岭。此岭冈峦起伏，雄伟壮丽，云浓雾密，树木葱茏，宛如一条静卧的苍龙。由于古代地壳的剧烈变化，形成面向南方的巨大壑口，大有一口鲸吞鄱阳湖水之势，故而得名含鄱口。

在游览中，导游给我们讲了一个神话故事。

古时，开山老祖的女儿慧姑与鄱阳湖青年渔民潘丽相爱，后被巡山使者发现告密。开山老祖立即命两位山神化作两峰，形成了“横门”，不让相爱的一对青年男女见面。聪明的慧姑邀请七仙女高歌狂舞，诱惑两位山神离开岗位，她趁机下山去找心上人潘丽去了。开山老祖怒斥两神把关不力，便命开山大将斧劈横门，从此两峰也就裂开巨大坳口。有楹联形象地描述：“山侠来游容易入，横门虽设未常关”。

漫步在含鄱岭脊上极目四眺，北边大月山，南边汉阳峰，左前五老峰，右前太乙峰，群峰竞耸，延伸兀立。岭之南端，建有石坊，犹如山门，上端镌刻“含鄱口”三字，左、右分别刻着“湖光”“山色”。进门顺阶而上，云雾缭绕，似有飞天之感。上有伞状圆亭一座，名曰“含鄱亭”，红柱绿瓦，精美优雅。大片云雾飘至，琼亭似浮凌霄，似动非动，妙趣横生。

在含鄱岭中部有座方形亭——望鄱亭，造型奇特，绘制华丽。登亭放眼，鄱阳湖面，烟波浩渺，如同大海，纵览幽境，神清气爽。清代诗人曹树龙写得好：“高空谁劈紫金芙，远水长天手可揄。拟似巨鲸张巨口，西江不吸吸鄱湖。”

众多的流泉飞瀑是庐山的又一大奇观。首先是清泉多。如清冽味甘、被唐代茶圣陆羽誉为“天下第一泉”的“谷帘泉”；热气腾涌、沐浴舒适的温泉；凌空开卷、美如轻纱、悄然坠潭的“玉帘泉”；激湍冲石、晶莹如玉的“漱玉泉”等。

有泉必有溪，有溪多有瀑。庐山的飞瀑以“飞流直下三千尺，疑是银河落九天”而名扬天下，其中三叠泉瀑布和“开先”“马尾”双瀑最具特色。

“未到三叠泉，不算庐山客。”当地人如是说。

“五老峰北嵯峨巅，龙泉三叠来自天。”幽险奇伟的三叠泉瀑布来自庐山第二高峰大月山，海拔1453米。泉水依山势下泻，经五老峰被分为三级，最后倾注于九叠谷。沿途一波三折，上级如飘雪拖练，中级如碎石摧水，下级如飞龙走潭，落差为300余米，其中两次飞泻于大盘石上，珠溅九天，声震数里，气势磅礴，蔚为壮观。

据导游讲，若论庐山瀑布，最有名的还是秀峰上的“开先”瀑布，因为那是唐代诗仙李白在《望庐山瀑布》一诗中赞颂的瀑布。

有着峰秀瀑秀龙潭秀“三秀”之称的秀峰，位于庐山南部，因群峰竞秀而得名。如秀如仙鹤脆鸣、神采翩然的鹤鸣峰；秀如龟背穹起、似行非行的龟背峰；秀如双剑指天，青光逼人的双剑峰；秀如姊妹比肩、姿态丰润的姊妹峰；秀如虔诚菩萨，打坐诵经的文殊峰；秀如云烟缭绕，浑然若鼎的香炉峰等。上述六峰层峦叠嶂，峻伟诡特，故有“庐山之美在山南，山南之美在秀峰”之说。1983年8月下旬，我爱人于芳茹作为一机部老干部局的医生，随一批离退休干部到庐山健康疗养期间，写了十几首格律诗，其中就有一首《庐山秀峰》：“静坐漱凉亭，平瞧二剑峰。由来天上水，龙涧瀑流声。”

争奇夺秀、各具风采的六峰的确美如画锦，而开先瀑布则是锦上添花。这一名瀑系同一水源分流成了双瀑，东瀑从鹤、龟二峰间奔涌而出，下泻时喷散成数十百缕，形似拂动的马尾巴，故被称为“马尾水”。西瀑绕过双剑峰与龟背峰，从黄岩处下泻，悬挂崖上达数十丈高，被称为“瀑布水”，两瀑统称“开先瀑”。在雨水充足季节，两瀑奔泻而下，抛珠坠帘，泻入龙潭。如云如雾如雪如锦的瀑布，经灿烂的阳光照射，居然变成紫色云霞。李白的“日照香炉生紫烟，遥看瀑布挂前川。飞流直下三千尺，疑是银河落九天”，正是对这一奇景的生动写照。

开先瀑下的黄龙潭，三面峭壁矗立，瀑从正面飞流而下，宛如巨龙俯首坠潭，深不见底。传说在古代，潭内有条黄龙经常作孽，祸及人间。有一名为“彻空”的高僧倒扣神钟，化石镇龙。我们去游览时看到在峭石上刻有“降龙”二字，据说那就是彻空镇压黄龙的巨石，故得名“黄龙潭”。

站在瀑下龙潭边，凛凛凉气不胜寒。凝视着岩壁上留下的“飞涛”“雪浪”“不息”“忘归”等石刻，使人不仅对李白的千古名诗有了更深刻的认识，而且进一步体会到了庐山瀑布的雄奇与壮观！

庐山的奇洞又是一景。如狮子山麓的狮子洞；泉水涌流、贯穿全洞的涌泉洞；洞中有洞、洞外套洞的龙宫洞；白鹿书院所在的白鹿洞等，其中最有名的则是“天生一个仙人洞，无限风光在险峰”的仙人洞。

仙人洞在庐山西部的锦绣谷陡壁间，是一个由砂崖构成的天然洞窟。洞上岩石的形状参差如手，因而又名“佛手岩”。洞高约10米，深14米。洞深处有一清泉，常年滴水不止，名曰“一滴泉”，不知滴了多少年，早在《后汉书》（南朝范晔等撰写，记录了东汉196年的史事，共24卷，为中国24史之一）中就有记载。

作者在庐山如琴湖边

相传，唐代道教人士吕洞宾曾在此洞修炼成仙，成为全真道“纯阳祖师”和“八仙”之一，从而得名“仙人洞”。我爱人1983年游览仙人洞时曾赋诗一首：“佛手岩中住洞宾，百年修炼远红尘。朱公曾派人询问，御石碑前有华文。”诗中所提的“朱公”，自然就是在庐山建“白鹿洞书院”的朱熹了。

站在洞外回望，峰峦叠嶂，沟壑苍苍，树岩隐映，云雾茫茫。洞门左侧有一形似癞蛤蟆的巨石，名为“蟾蜍石”。令人称奇的是，“蟾蜍”身上生长着一棵奇松，虽根须外露，但枝叶苍翠，生机盎然，千年不倒。松树下的石面上刻有“豁然贯通”和“纵览云飞”八个大字，据说是晚清名人所题。

仙人洞进口处为一圆形石门，门上方的“仙人洞”三字格外醒目。左右楹联为：“仙踪渺黄鹤，人事忆白莲”。

走进洞中，只见正中耸立着一座石雕“纯阳殿”，殿中供奉着纯阳祖师吕洞宾身背宝剑的石像，因他曾拜师钟离汉专学剑术。雕像两旁的对联是：“称师亦称祖，是道乃是儒”。另一副是：“古洞千年灵异，岳阳三醉神仙”。其中的“灵异”源于一个传说。古时候，山下一位名叫“幸儿”的孝顺少年，因母病久治不愈。根据仙人指点，上山到佛手岩洞中取泉水治病，途中遇妖，危及生命，幸得吕洞宾相救。人们为了感谢吕祖的恩德，便在洞中立石像。我去看的那尊石像，据说是后来重新雕塑的。至于“岳阳三醉神仙”，可能是颂扬吕洞宾在湖南岳阳住的几年里发生的故事。

再往深处行，只听叮咚声，那便是“一滴泉”的滴水声了。泉水沿石而滴，滴入天然池中。池周围用石柱石板建有护栏，一是保护池水清澈，二是防止游人跌入池中。石柱上刻着：“山高水滴千秋不断，石上清泉万古长流。”

毛泽东生前多次去过庐山并登临仙人祠，据说他很喜欢这里和含鄱口的风景，尤其喜欢庐山的云雾。1961年8月23日—9月16日，中央在庐山召开主要讨论发展工业问题的工作会议，江青随毛泽东一起上了庐山，并在山上拍了许多风景照片。她从中选了几张，放大后摆在了她与毛泽东住处的客厅，其中就有一张“庐山仙人洞”。9月9日这天，毛泽东看到后非常喜欢，认为这张照片有灵感。他边看边沉思，然后提笔写了一首七言绝句：“暮色苍茫看劲松，乱云飞渡仍从容。天生一个仙人洞，无限风光在险峰。”并写上“为李进同志题所摄庐山仙人洞照”。“李进”，是江青的化名。

这不仅是一首优美的风景诗，而且是一首寓意深长的政治诗。当时我国面临着非常严峻的国内外形势。以美国为首的帝国主义阵营和当时已与中国为敌的苏联领导集团，从各方面对我国进行围困，以致造成国内经济相当困难。毛泽东从“暮色苍茫”和“乱云飞渡”中看到了坚忍不拔的“青松”，以及坚信可以从容不迫地跨越“险峰”，到达“无险风光”的境界。这象征着中国共产党和中华民族不畏强暴、不怕艰难险阻、始终勇攀高峰的大无畏精神和坚定信念，曾经鼓舞了亿万中国人。

游览仙人洞的当天，我们还去游览了形似提琴的“如琴湖”；以宋代文学家王安石“相邀锦绣谷中春”诗句命名的“锦绣谷”；以及唐代诗人、江州司马白居易诗咏桃花之处的“花径”。白居易的《大林寺桃花》诗为：“人间四月芳菲尽，山寺桃花始盛开。长恨春归无觅处，不知转入此中来。”我们去游览时看到的花径石门上镌刻的“花径”二字，据说是白居易的手书真迹。门两旁刻有“花开山寺，咏留诗人”的对联。然后我们沿山路到牯岭西北天池山上去游览大天池（双池）和池旁的护国寺，以及巨崖兀立、势如苍龙昂首的“龙首崖”。最后驱车到牯岭东北大月山山顶上游览小天池和建在剪刀峡上的“望江亭”等著名景点。

庐山美景中，气象万千的云与雾也是一景。

自古以来，庐山雨量充沛，年降雨日在170天左右。其多雨的原因是庐山地势高耸，加之江环湖绕，溪流众多，湿润气流受山体阻挡，被迫上升，从而兴云作雨，或形成薄云浓雾。据说全年有雾日近200天，而且瞬间形成，变化多端。有时上升到峰顶变成朵朵白云，有时弥漫在峡谷沟壑形成云海，有时变化成连绵起伏的雄峰峻岭，有时如浓烟滚滚笼罩山头，甚至连大诗人苏东坡看后都“不识庐山真面目”。正如有的学者所描绘：瞬息之间，弥漫四合，其白如雪，其软如绵，其光如银，其阔如海；薄或

如絮，厚或如毯，动或如烟，静或如练。朦胧、神秘、飘逸、妩媚。间或雨停之时，站在高处眺望，山峰在云雾中时隐时现；茫茫云海，时如波涛滚翻，时如晒场上的白棉。大自然的神秘变化，如影如形，如梦如幻。

在我去游览的两天里，时而细雨淅沥，时而雾气弥漫，间或雨停显亮，才能赏景观览。第二天早晨我一打开窗户，一团浓雾如妖魅般忽地冲进房间，着实把我吓了一跳。我旋即关窗，以防“妖雾”再袭。

庐山风景还有许多景点，我们只是游览了一部分，下面谈谈庐山的文化特色。

文化名山

由于庐山的自然条件优越，胜景甚多，自古以来吸引了诸多帝王将相、文人墨客到此游览、休养或隐居，还有的在此讲学，为庐山留下了大量而珍贵的文化遗产。如汉武帝刘彻和史学家司马迁；东晋著名僧人、佛学理论家慧远，书法家、文学家王羲之，田园诗祖陶渊明；南朝（宋）著名诗人谢灵运、鲍照；唐初著名书法家、被视为“唐人楷书第一”的欧阳询；唐朝诗人李白、杜甫、白居易、张九龄，文学家韩愈，著名书法家颜真卿、柳公权；北宋文学家苏轼、苏辙、王安石、范仲淹；南宋文学家陆游、文天祥，理学家朱熹，军事家岳飞，书画家米芾；元朝文学家、书画家赵孟頫，明朝开国皇帝朱元璋，书画家唐寅（唐伯虎），教育家王守仁，旅游家徐霞客，清代诸多名人和近代资产阶级改良运动领袖康有为等。他们为庐山留下了禹王座、汉王台、王羲之的“洗墨池”、慧远和尚主持的东林寺、陶渊明故居和他酒后醉卧之处的“醉石”、李白的“太白读书堂”、白居易的“白乐天草堂”和“花径”，朱熹创建的“白鹿洞书院”等名胜古迹和数千首锦绣诗篇。

例如：公元381年的东晋孝武帝时期，山西名僧慧远到庐山任东林寺住持。他在此居住的39年里，著有《法性论》《三报论》《明报应论》等经书15卷50本。他翻译的《华严经》《涅槃经》流传全国，为我国的佛教文化作出了较大贡献。

东晋文学家陶渊明（名潜，号元亮），因厌恶宦海生涯，41岁时从彭泽县令任上辞职后回归故里，在庐山康王谷（又称“庐山垅”）过起了田园生活。他在庐山写下了130多首田园诗和感怀诗，60多篇散文、辞赋。

如著名诗句“采菊东篱下，悠然见南山。山气日夕佳，飞鸟相与还。”“种豆南山下，草盛豆苗稀。晨兴理荒秽，岁月锄荷归。”清新、自然、质朴、生动，简直达到了出神入化的境界。他的三大奇文《桃花源诗并记》《归去来兮辞》《五柳先生传》，亦成为中国古典诗赋典范。

唐代著名浪漫主义诗人李白，有记载的上过五次庐山，并在五老峰下的九叠屏建有“太白读书堂”，写下了《庐山东南五老峰》等十几首著名诗篇。唐肃宗上元元年（760年），李白60岁时最后一次登庐山，为曾与他一同游过庐山的殿中侍御史卢虚舟作《庐山谣寄卢侍御虚舟》诗一首。全诗29句，诗句精妙，气势磅礴，将庐山描绘得绚丽如画。毛泽东非常喜欢这首诗，并于1961年9月将其中的四句亲笔抄录，赠送给庐山党委同志。即：“登高壮观天地间，大江茫茫去不还。黄云万里动风色，白波九道流雪山。”我们到庐山博物馆参观时，看到陈列柜里陈列着毛主席的这一手迹。

在庐山，朱熹的名字是与我国最早的讲学式书院“白鹿洞书院”联系在一起的。白鹿洞位于五老峰南麓，唐代文学家王勃在此隐居读书时养一白鹿，朝夕相处，出入相随，人称“白鹿先生”。加之此地周围四山围

合，形状似洞，故得名“白鹿洞”。南唐时曾在这里建立“庐山国学”，南宋淳熙元年，一代鸿儒朱熹在出任南康知军时重建白鹿洞书院，殿宇书堂达到300多间。朱熹亲自制定了《白鹿洞书院教规》和《训学教规》，以儒家传统政治伦理为支柱进行教学，以其深远的“理学”影响留载于我国的教育史册。

北宋著名文学家苏轼一生好游名山大川。元丰七年（1084年），他特地从湖北黄州到庐山游览，在《庐山游记》中写诗5首，最著名的一首是《题西林壁》（“西林”即庐山的乾明寺，也称西林寺）：“横看成岭侧成峰，远近高低各不同。不识庐山真面目，只缘身在此山中。”看吧，横看是一道道岭，侧看是一座座峰，远看、近看、高视、俯视，形状千变万化，各不相同，简直让人不识庐山真面目了，因为自己身在此山中。短短四句，形象地勾画出了庐山的奇貌和迷趣，不仅被传为千古绝唱，而且被视为哲理名言。

明朝著名书画家、“吴中四才子”之一的唐寅（字“伯虎”）44岁时游览庐山观音桥后，创作了名垂青史的画作《庐山三峡桥图》立轴画作。整幅作品构图精巧得体，工笔秀润细腻，山水灵秀峭丽。作者还在图上题诗：“匡庐山前三峡桥，悬流溅扑鱼龙跳。羸骖（léi cān，即瘦弱之马）强策不肯渡，古人惨淡风萧萧。”看来这是作者的内心写照，意境深邃，感染力强。这幅作品被世人公认为“诗、书、画三绝的艺术珍品”。

在庐山博物馆里，还看到唐寅写的一首七律诗《登庐山》，我也非常喜欢。“匡庐山高高几重，山雨山烟浓复浓。移家欲住屏风叠，骑驴来看香炉峰。江上乌帽谁涉水，岩际白衣人采松。古句摩岩留岁月，读之漫天为修容。”这简直又是一幅山水画，把庐山山峰直插云天和烟雨弥漫的情景刻画得活灵活现，词句也朴实优美，读来朗朗上口。

以上仅举了几个名人的事例，其他的还有很多。如南朝诗人谢灵运的《登庐山绝顶望诸桥》；鲍照的《望石门》；唐代孟浩然的《彭蠡湖中望庐山》；朱元璋在锦绣谷顶建的《御亭碑》；明代著名哲学家王守仁为《记功碑》写的碑文，以及刻在《照江壁》上的一首诗："昨夜月明峰顶宿，隐隐雷声在山麓。晓来却问山下人，风雨三更卷茅屋。"近代资产阶级改良运动领袖康有为曾三次登庐山，也写了好几首律诗，如"开土诛茅五老峰，手植匡山百万松。荡云尽吸明湖水，招月来听海会钟"等诗句也很优美。

庐山的宗教文化也有其独特性，即一山多教共存，如佛教、道教、基督教、天主教、伊斯兰教等，从4世纪到13世纪，庐山的寺庙、道观多达500多处。现存的名寺名观还有海会寺、能仁寺、真如寺、栖贤寺、秀峰寺、东林寺、归宗寺、黄龙寺、千佛塔，藏传佛教诺那佛院、仙人洞、老君殿等，各寺观都有自己的历史传说和神奇故事。如黄龙寺所谓"吕洞宾飞剑斩黄龙"的离奇故事。据传，吕洞宾自以为剑术高明，蔑视佛教。有一天他来到庐山黄龙禅院，欲试黄龙禅师法力。便趁其不备，飞剑斩之，结果刃不见血，禅师安然无伤。吕洞宾大惊失色，向前叩拜请罪。又如东林寺的"虎溪三笑"。据说文殊菩萨和鉴真大法师都曾到过东林寺。该寺住持慧远心无旁骛，潜心修行，送客从来不过虎溪桥，过则虎鸣。一日他与来访的陶渊明和道教理论家陆修静开怀畅谈。当慧远送他们走时，谈兴未尽，边走边谈，不知不觉过了虎溪桥。这时护寺石虎吼啸不止，三人恍然大悟，相对大笑，后被传为"虎溪三笑"。东林寺现尚存"虎溪三笑碑"和"三笑堂"，堂内展示着"三笑图"，还有学者的赋诗，其中两句是："三老风流笑口天，……送客过溪能几回？"

政治名山

说庐山是“政治名山”，且不说历史上那些帝王将相对庐山的青睐，也不说百年前西方殖民主义国家在庐山建了多少别墅教堂，只说中国共产党与国民党在庐山的有关活动，就基本了解其“政治名山”的含义了。这从参观庐山博物馆中可见端倪。

20世纪30年代，庐山就成了蒋介石、宋美龄的避暑之地。当时英国巴莉小姐将位于庐山河东路180号的一栋别墅转赠给了宋美龄，蒋介石将其命名为“美庐”，并亲书“美庐”二字，做成摩崖石刻，置于院内。自此，这栋二层楼西式别墅便成了蒋介石夫妇在庐山的住处，而且戒备森严，神秘莫测。

1937年夏，蒋介石把行政院从南京迁到庐山，庐山便成为国民党政府的第二个政治中心——蒋家王朝的“夏都”。蒋介石还在庐山创办了“军官训练团”，培养效忠于蒋的军官。1937年夏天，以周恩来为首的中共中央代表团上庐山就国共两党合作抗日与蒋介石进行谈判，促成了国共合作抗日。

1949年5月18日，庐山获得解放，“美庐”连同别墅内的陈设一起归属人民政府。我们到庐山博物馆参观时，看到了蒋、宋二人在“美庐”使用的部分物品。我记得的有刻着“安内攘外”四字的健身剑，盘正中烧制着有“蒋”字的万花盘，造型各异的银餐具、铜烛台，宋美龄的竹丝扇、首饰盒、檀香木雕龙足鼎、镂雕花鸟象牙，以及造型精美、质地细腻的瓷器用品等。

中华人民共和国成立后，毛泽东多次去庐山，1959年夏秋之间，他和

作者在庐山会议会址前留影

江青到庐山就住在后改称为“180别墅”的美庐别墅。1959年7月1日，毛泽东写了一首著名的七律诗《登庐山》：“一山飞峙大江边，跃上葱茏四百旋。冷眼向洋看世界，热风吹雨洒江天。云横九派浮黄鹤，浪下三吴起白烟。陶令不知何处去，桃花源里可耕田。”

在庐山，我们去参观了党中央在庐山召开的三次重要会议会址，以及庐山博物馆和坐落在脂红路175号、176号和河西路442号的三座美国式别墅，那是毛泽东、彭德怀和周恩来三人分别住过的旧居。

庐山会议会址坐落在牯岭河西路504号，是20世纪30年代蒋介石创办军官训练团时所建的三大建筑之一，当时名为“庐山大礼堂”（另两处是庐山图书馆、庐山传习学社，即军官训练团住所），新中国成立后改为

“人民剧院”，三次庐山会议在这里召开后又改为“庐山会议纪念馆”，参观后我们在纪念馆前拍照留念。

在参观坐落在芦林湖畔的庐山博物馆时看到，在馆的西南侧长廊玻璃柜中，镶挂着毛泽东、朱德、周恩来等老一辈无产阶级革命家在庐山活动的巨幅照片，再现了这些伟人的音容笑貌，以及他们和庐山人民在一起的感人场面。

正厅左侧，是毛泽东1961年召开中央工作会议时与江青的住处。右侧有张宽大的硬板床，左侧的大书桌上摆着文房四宝，桌旁有盏落地灯，毛泽东在庐山时就在这张桌上办公。室内还置放着五斗橱、鞋柜、衣架、沙发、躺椅等，简朴、素净而高雅。正中的玻璃柜中，陈列着毛泽东抄录的李白《庐山谣寄卢侍御虚舟》一诗中的四句诗，笔力雄健洒脱。据馆内工作人员介绍，庐山博物馆自1985年开馆以来，每年来参观的中外游客达30万人以上。

通过以上简要综述，“庐山奇秀甲天才”一目了然。我不记得是哪位名人对庐山的总结：三叠泉直泻青史，五老峰耸立古诗。仙人洞深藏抱负，龙首崖腾飞情思。含鄱口难吐感触，芦林湖汇集现实，花径走过历代名士，天池阅尽苍苍人世，白鹿体壮养于书院，东林绿荫尽染佛寺，可见蒋介石残留足迹，敬仰毛泽东居住旧址，匡庐奇秀甲天下，世纪巨著出自此。

1996年12月6日，庐山被列入《世界文化遗产名录》。世界遗产委员会对庐山的评语是：“江西庐山是中华文明的发祥地之一。这里的佛教和道教庙观，以及儒家的里程碑建筑（最突出的大师曾在此授课），完全融汇在美不胜收的自然景观之中，赋予无数艺术家之灵感，而这些艺术家开创了中国文化中对于自然的审美方式。”

七律 · 游庐山

难得登庐面目识，雄险妩媚竞称奇。

时云时雨时浓雾，忽峰忽瀑忽峻陂。

三叠飞泉千仞落，万顷碧鄱一望拾。

诗仙词圣留雅韵，桃源仙境毋置疑。

縱覽雲飛

河　南

宋都汴京开封城

在写游览开封前，先说几句中原大省河南。

在中华文明连绵不断的历史长河中，中华民族对“中”的偏爱是显而易见的，如“中州”“中原”“中国”“中部”等。这个“中”正是起源于河南这片“天地之中”的土地。

炎黄子孙，根在中原，中华民族的始祖黄帝（又称轩辕）亦发迹于河南。在当时残酷的部落战争中，他联合炎帝打败蚩尤，安定天下，从而被推为部落联盟领袖。

黄帝天资聪睿，足智多谋，传说他有很多发明创造，如会养蚕，制衣冠，盖宫室，造舟车，发明文字和历算，制定音律，精通医学，会看天象，统一诸国，安定天下等，因而被广泛认定是中华文明的人文始祖。自古直到近代，每年农历三月初三，成千上万的海内外华人齐聚黄帝故里河南新郑，虔诚地拜祭先祖，寻根故园。这一具有重要纪念意义的活动，被视为中华民族的精神家园。因此，2008年，黄帝故里拜祖大典被列入《国家非物质文化遗产名录》。

我曾十几次去过河南，或参加会议，或调查研究，或与爱人去游览。去过郑州、开封、洛阳、信阳、南阳、漯河、许昌、新乡、驻马店、平顶山、三门峡等十几个地级以上城市和六七个县及县级市，如新密、新野、内乡、镇平、登封等。

由于河南历史悠久，又是中国七大古都中的三都所在地——开封、洛阳、安阳，所以名胜古迹甚多。一踏上这片古老的土地，便立即产生一种忆古之感。

例如：到了七朝古都洛阳，会想到唐朝在洛阳建“东都”，武则天在位时常住洛阳；到了南阳，自然会想到刘玄德到卧龙岗三请诸葛亮；到了许昌，会想到曹操移驾许昌和关羽在许昌辞别曹操，千里走单骑和过五关斩六将，我还到关公祠瞻仰这位盖世英雄；车到新野县，我让司机停下，下车去摸地上的泥土，诸葛亮火烧新野的场面浮现在眼前；到了开封，立即想到宋朝开国皇帝赵匡胤定都汴京，“杯酒释兵权”，以及龙图阁大学士开封府包拯大公无私的形象；等等。

关于开封，过去只知道它是我国七大古都之一，是北宋的首都。1998年10月21日我和爱人从郑州到开封游览时，才知道开封曾是七朝古都。春秋时期，这里是郑国的领地，郑国公在此筑城，命名“开封”，即开疆封土之意。此后有七个朝代在此定都，即战国时期的魏国、五代时期的后梁（907—923年）、后晋（936—947年）、后汉（947—950年）、后周(951—960年），以及后来的北宋（960—1127年）和金朝，其中最辉煌、最闻名是北宋。

公元960年，后周殿前都点检（禁军统帅）、宋州归德节度使赵匡胤在开封以北的陈桥发动兵变，当即回开封即皇帝位，建立宋朝，将开封改名为东京（又称汴京、汴梁），在此定都。宋朝在开封历经9帝，共168年，是开封历史上最为辉煌的时代，据说也是当时全世界最为繁华的大都市。

在五代（后梁、后唐、后晋、后汉、后周）十国（北方的北汉，南方

的吴、南唐、吴越、前蜀、后蜀、楚、闽、南平、南汉）时期的50多年里（907—960年），诸国纷争，战乱不止。宋朝建立后，赵匡胤与其弟赵光义（原名赵匡义，宋朝第二位皇帝，即宋太宗）用了20年的时间，结束了封建割据的混乱局面，统一了全国，宋朝首都东京逐渐成为全国政治、经济、交通、文化中心。

前些年，我曾看到过好几篇盛赞宋朝社会制度和社会生活的文章，甚至用“宋朝，我爱死你了！”“我最愿生活在宋朝”等词语来表达。理由是宋朝重文轻武，改革与经济发展并行，思想与现实并重，“大俗”与“大雅”兼备，是最适合人们生存和生活的时代。

东京城作为宋朝的首都，在前朝所建城池的基础上不断扩建，形成了由外至内三层城垣，即外城、里城和宫城。外城周长50多里，城墙高四丈。城墙外离墙15步有一条环形护城壕，名叫“护龙河”，深二丈五尺，宽250步，河岸杨柳茂盛，郁郁葱葱。城垣上每百步设一座防御设施，名曰“马面战棚”，又称“马头”。四周有12座城门，其中正门四座，南曰南薰门，东曰新门，北曰封丘门，西曰新郑门，都是两重直门建筑，宏伟壮观，显示了京师的庄严气派。

里城即旧城，又称“阙城”，周长20多里，四座城门也很雄壮。

宫城又称“皇城”，位于里城中央偏西北，周围5里，是朝廷中央机构所在地和皇族居住区，共有六座城门。南面的三座是：正中宣德门，左右各有一座掖门。东为东华门，西为西华门，北为拱宸门。门皆金钉朱漆，镌镂龙凤云状，上覆琉璃瓦，朱栏彩槛，下有两座阙亭相对。大内全是宫殿式楼阁，金碧辉煌，壮丽无比。

东京的大街整齐宽阔，四通八达。街道两旁，柳槐成行，一片碧绿。从皇城宣德门到外城南薰门的御街俗称“天街”，宽达200多步。全城大

开封龙亭的杨、潘两湖

街小巷中的商店、酒楼、饭店、寺观等不计其数。四条河流穿城而过，桥上车水马龙，桥下舟楫往返。京城内外，风光园林80多处，给繁华的帝都平添了幽雅的色彩。

关于北宋首都东京的繁华，《水浒传》在多处作了描写，其中第六回描写鲁智深到了东京，但见："千门万户，纷纷朱翠交辉；三市六街，济济衣冠聚集；凤阁列九重金玉，龙楼显一派玻璃；鸾笙凤管沸歌台，象板银筝鸣舞榭；满目军民相庆，乐太平丰稔之年；四方商旅交通，聚富贵荣华之地；花街柳陌，众多娇艳名姬；楚馆春楼，无限风流歌妓；豪门富户呼卢，公子王孙买笑。景物奢华无比并，只疑阆苑与蓬莱。"第七十二回也有精彩的描写，如"天街上尽列珠玑，小巷内遍盈罗绮"等。

耳听为虚，眼见为实。关于北宋首都东京经济社会的繁荣，我们从北宋著名画家张择端的传世作品《清明上河图》中可见端倪。

我曾在好几个博物馆看过临摹的大型《清明上河图》，其主题是北宋汴京清明节的繁华热闹场景，堪称北宋社会生活的“百科全图”。

这幅流芳百世的画作大体分为三部分。第一部分主要描绘京郊农村风光：荒野老树，村舍土路；三五农民，结伴进城；河中货船，争相竞驶。第二部分以虹桥为中心，桥上行人来来往往，摩肩接踵，人气旺盛；河两岸各类商铺林立，人们忙着交易，民居鳞次栉比。第三部分城门内外街道纵横，商店酒肆杂陈，车水马龙，人流如潮，一派喜气洋洋的热闹景象。

从整幅图画来看，画家张择端用写实的笔法，细腻展现了农、商、医、官、吏、僧、道、妇女、船工、车夫等各个阶层的鲜活形象。场景有河港池沼、城门民房、大街小巷、店铺酒肆等。人物活动有推舟的、乘船的、拉车的、骑马的、坐轿的、步行的、交易的、聚谈的、闲逛的、饮酒的，等等，为人们展现了一幅活生生的风俗画。而且章法构思巧妙，结构合理，变化起伏，引人入胜，令人叫绝。

以上是从“平民化、世俗化”的视角体现北宋生活的繁荣。再从人文化、雅俗化来看北宋的人文精神和理性精神。由于北宋实行“偃武修文”政策，通过科举制度选拔人才，建立了一个庞大的文官社会管理体系，所以文人雅士和各类文献性作品甚多。如“唐宋八大家”中北宋的欧阳修、苏洵（苏轼之父）、苏轼、苏辙（苏轼之弟）、王安石、曾巩等六位散文家（另两位是唐代的韩愈、柳宗元），文学家苏舜钦、周敦颐、秦观、黄庭坚，史学家、文学家司马光，书画家米芾、文同、李唐、郭熙，农学家李公麟、蔡襄、王诜，还有一些发明家、科学家、音乐家、数学家、建筑学家、文物收藏家等。北宋的文学作品，除著名诗词、散文外，还有许多著作，如《太平御览》一千余卷，小说总集《太平广记》294卷，《宋太祖实录》80卷，《东京梦华录》《梦溪笔谈》等，不胜枚举。

可惜，宋朝后期的徽宗、钦宗二帝，在北方辽、金不断南侵的情况下，不仅继续实施“重文轻武”的政策，疏于军事建设，而且政治腐败，贪图安逸，重用奸臣，横征暴敛，穷奢极欲，导致社会矛盾激化，农民起义风起云涌。1127年1月27日，金军南下，渡过黄河，直取东京汴梁，大肆烧杀抢掠，然后劫掠徽宗、钦宗二帝，连同太后、皇后、妃嫔、公主、亲王、大臣及各种手工业工匠计3000多人，押回金国，当作奴隶。因这一年是北宋靖康二年，故被称为“靖康之变”或“靖康之难”。

开封的名胜古迹很多，由于时间关系，我们只游览了大相国寺、龙亭、开封府、包公祠，并观赏了开封的市花“菊花”。

大相国寺天下雄

大相国寺坐落在开封市自由路路北，我们从南门进入后，看到寺僧们正在做佛事，排着队双手合十，边走边诵经。

据介绍，开封大相国寺是我国汉传佛教十大名寺之一，与洛阳的白马寺、登封少林寺、汝州风穴寺并列“中原四大名寺”，也是我国历史上第一座“为国开堂”的“皇家寺院”。所以，该寺在我国佛教史上具有重要地位和广泛影响。

大相国寺始建于南北朝时的北齐天保元年，初名“建国寺”，后毁于战火。唐景云二年（711年）重建。第二年，睿宗李旦为纪念他由“相王”继承皇位，下诏改“建国寺”为“大相国寺”，并亲题寺名匾额，一直沿用至今。

古典小说《西游记》第十回和第十一回则说唐太宗李世民梦游阴曹地府，花了开封人士相良存放在阴司里的库银后得以还阳，为了还这笔“债”，便下诏敕建相国寺，即今大相国寺。

北宋时期，大相国寺得到较大规模的扩建，占地面积达到36万平方米，合540多亩，辖64禅律院。整座寺院殿阁辉煌，庄严绚丽，僧房鳞次栉比，花卉满院皆是。由于寺院与宫廷毗邻，寺院住持由皇帝册封，规格至高无上。这里也成为皇帝常来休闲游览、祈祷、举办喜庆活动和进行外

作者夫妇在开封大相国寺留影

事活动的场所，因而被誉为“皇家寺”。

关于大相国寺在北宋时的辉煌，《水浒传》第六回描述：“山门高耸，梵宇清幽。当头敕额字分明，两下金刚形势猛。五间大殿，龙鳞瓦砌碧成行。四壁僧房，龟背磨砖花嵌缝。钟楼森立，经阁巍峨。幡竿高峻接青云，宝塔依稀侵碧汉。木鱼横挂，云板高悬。佛前灯烛荧煌，炉内香烟缭绕。幢幡不断，观音殿接祖师堂。宝盖相连，水陆会通罗汉院。”

大相国寺现存的古建筑有山门、天王殿、大雄宝殿、罗汉殿、藏经楼和东、西两阁等，雄伟壮观。

山门是一座4柱3门的琉璃砖牌楼，宽8米，中门高8米，中门两边的侧门各高6米，顶部以绿色琉璃瓦覆盖，两端设有飞檐。牌楼上的匾额“大相国寺”，系1958年重建时由中国佛教协会会长赵朴初所题。

走进山门，只见鼓楼前立有一尊鲁智深倒拔垂杨柳的雕像。众所周知，当年鲁智深到大相国寺后，方丈知人善用，让他看管菜园子。为了震慑一伙想欺负他的泼皮，他当众倒拔垂杨柳，吓得泼皮们服服帖帖，传为一段佳话。后来的大相国寺方丈不忘鲁提辖那拔树神力，为他塑了雕像，置于山门之后、鼓楼之前，以其大长大相国寺的威风。

在钟楼内，悬挂着一口重达万斤的巨钟，名为“相国晨钟”，是为清乾隆年间铸造。

天王殿内供奉着弥勒佛和四大天王塑像，其建筑形式并无特别之处。再往里走是大雄宝殿，这是全寺的主殿，面阔七间，进深五间，清朝顺治和乾隆年间两度重修，占地530平方米。从殿外看，重檐歇山顶，上覆黄绿琉璃瓦，气势恢宏。殿内供奉着释迦牟尼、弥勒佛和药师佛三尊高大佛像，金碧辉煌。东西两壁前的台阶上立有18罗汉塑像；墙壁上有佛家壁画，显然是不久前的作品。

据介绍，大相国寺大殿的墙壁上曾有唐代著名画家吴道子的珍贵作品。吴道子，又名道玄，河南禹县人，曾任山东兖州瑕邱县尉，后赴洛阳学画，与雕塑家杨惠之拜著名画家张僧繇为师。在唐代，许多画家、雕塑家都是在寺院成名的，这与西方国家早年的画家、雕塑家都是在教堂、修道院成名的极为相似。

有一天，吴道子的老师了解到大相国寺准备搞一幅壁画，便将他的爱徒吴道子介绍给老方丈，由他来完成这一任务。年轻的吴道子深感责任重大，反复思考谋划，以不负老师和方丈的厚望。

一个夏日的晚上，吴道子在月下仰望星空，只见皎洁的月光散射着万道亮光。他突发灵感，立即回屋取了画笔，走到大殿壁前，挥毫泼墨，一气呵成，一幅《文殊维摩菩萨像》跃然壁上。第二天一早，老方丈与众僧进殿诵经，忽感微风习习。定睛一看，这微风竟是由壁画中栩栩如生的文殊菩萨的衣带飘飘而生。老方丈惊叹：“真乃神来之笔，吴中生风呀！”

吴道子主要从事寺观壁画的创作，被唐玄宗召入宫中，经常随驾巡行。所画佛像，笔势圆转，衣袂轻飘，形成了“吴中生风”的独特风格。他特别善于运用线条的飘动变化和力量来表现人物形象。他所画的人物各有特色，从不雷同，神情逼真，给人以灵活的动态感，富有生机。如寺院中的“执炉女子”画，简直达到了窃眸欲语的地步。他为唐玄宗画嘉陵江风光，三百里景色，一日而就，玄宗对其称羡不已，因而被称为“画圣”，在当时画坛上起着领袖作用。

吴道子的师兄杨惠之自知在绘画方面是无法超越师弟吴道子的，便专事雕塑。他用壁雕形式在大相国寺创作了500罗汉塑像，其立体形体的真实感令人感叹。后来，他为不少寺院塑造了许多形象各异、栩栩如生的佛像，造型神奇生动。他在京都留杯亭为多名著名演员雕塑的泥像，形象逼真，人们从背后都能看出每尊泥像是某某演员，因而被称为“塑圣”。世有“道子画，惠子塑，夺得僧繇神笔路”之说。

大雄宝殿后的罗汉殿，据说原有的500罗汉像，但在1927年被毁。我去参观时看到的8组140多尊罗汉塑像是1983年新塑的，各尊罗汉像姿态不同，神情各异，生动传神。中间有天井院，院中心建有17米高的八角亭，亭顶又立有铜宝瓶，瓶高1.7米。亭内立有一尊千手千眼观音雕像，是用一棵大银杏树雕成的，高7米，全身贴金，四面造型相同，是清乾隆年间的遗物，非常珍贵。

龙亭大殿万寿宫

开封的著名胜景龙亭，其实不是亭，而是建在一座巨大的青砖台基上的殿堂，北宋的皇宫就在此处。金灭北宋后，皇宫毁于大火。金朝（1115—1234年）末年，龙亭一带成为皇宫禁苑。到了明朝，朱元璋的第五个儿子在此建起了周王府，后因黄河泛滥波及此地，随之荒废。清雍正十二年（1734年），河南总督王士俊在周王府废弃的煤山上建了一座万寿宫，内设皇帝牌位，当地文武百官到了皇帝的寿辰之日，便集体到此朝贺遥拜，以示对皇上的忠诚。在封建社会里，皇帝被尊为"真龙天子"，因而将此地称为"龙亭"，我们去游览时已辟为"龙亭公园"。

龙亭公园的南大门，悬挂着一块写有"午门"的竖匾。门两侧立有一对石狮，东边是足踏绣球的雄狮，意为"狮子滚绣球"；西边是膝下依偎着幼狮的雌狮，显示着猛兽母也慈。

进午门后，沿着一条湖中大道往龙亭走去。大道两旁各有一个较大的湖，西边的湖水清澈，是宋朝忠臣良将杨业（又名杨继业）家的湖。东边的湖水浑浊，是大奸臣潘美（又名潘仁美）家的湖。宋代以来，民间就流传着"杨湖清，潘湖浑，忠臣奸臣清浑分"的说法。这是世代人民借自然景物对爱国家族杨家将的颂扬和缅怀，对陷害忠良的卖国贼潘仁美的仇视和诅咒。

我上学的时候看过一些关于杨家将的小人书，后来又阅读过关于描写杨家将抗辽抗西夏的书籍，欣赏过歌颂杨家将的戏剧和影视剧，对杨家将的传奇人物和英勇事迹记忆很深。我站在两湖中间大道的玉带桥上凝视西湖，似乎看到了杨家将披盔戴甲、持刀挥戈抗击外敌侵略的身影；似乎看到了年近60的老将军杨继业挥着金刀在厮杀；似乎看到了杨继业被害后佘老太君怒上金殿告御状，而昏庸的皇帝宋太宗却袒护包庇奸臣潘仁美，佘太君一怒之下带领全家罢官归隐；似乎看到了在国家危难之际，佘太君识大体、顾大局，又毅然带领全家抗击辽兵；似乎看到了杨家的七郎八虎、八姐九妹和那烧火丫头杨排风，以及晚辈杨宗保、穆桂英等不畏强敌，一马当先，英勇善战的场面。再看湖水浑浊的东湖，似乎看到了潘仁美阴险狡诈的丑恶面目……

开封龙亭大殿万寿宫

历史是人民创造的，广大人民对历史人物的忠、奸、功、过，世世代代都在评说。宋代以来的许多口头文学、文字文学和戏剧、影视剧，对杨家将的歌颂和对潘仁美等奸臣的鞭挞，已经充分证明了这一点。

我所站立的玉带桥，是一座用汉白玉和青石雕砌而成的拱桥，长40米，宽18米，最高处17米，桥下有5个涵洞，游船可从洞中穿行。不过，游客一般不愿到东湖，忌讳那边的“浑浊”，怕奸臣的阴险灵魂玷污自己。当然，这不过是一种心理作用罢了。

从玉带桥继续前行，离龙亭大殿不远的地方有一座造型奇特、装饰华丽的建筑，名曰“嵩（sōng）呼”。我不解其意，故意问我爱人：“这嵩呼是什么意思？”她却反问：“难道你知道？”“反正我不知道。”

导游说：“嵩”由“山”和“高”组成，“嵩呼”就是“山呼”“高呼”“皇上万岁！”这是清朝开封地方官员在皇帝寿辰之日到“万岁宫”为皇帝拜寿的地方，拜寿时总要山呼“万岁”！

再往上就是龙亭大殿了，据传，北宋皇帝上朝的大殿就建在此地。大殿坐北朝南，高26.7米，坐落在9米高的殿基上，面阔9间，进深5间，象征着皇帝“九五”至尊的神圣地位。

龙亭高踞台基之上，殿前有72级台阶。两边的台阶中间，是用青石雕刻着云龙图案的石板台阶，称为“蟠龙御道”。龙泉大殿是国内罕见的高台式建筑，突兀的台基把宫殿高高托起，犹如天上宫阙，金碧辉煌，蔚为壮观。

走到大殿门前，只见朱柱上挂着一副楹联：“话七朝事，尚评清浊两湖水；登百尺台，徒叹盛衰万寿宫”。大殿正中，是宋太祖赵匡胤大宴文官武将的蜡像，讲的是公元916年，刚刚当上北宋开国皇帝的赵匡胤“杯酒释兵权”的故事。

话说960年正月初三，掌握北周兵权的都点检赵匡胤奉旨抗击辽兵进犯。部队行至开封东北40里的陈桥驿时，早已策划好的赵匡胤在众将的簇拥下，黄袍加身，篡夺了北周皇位，建立了宋朝。但他寝食难安，生怕手下将领也会像他一样夺了他的皇位。961年秋天的一天晚上，赵匡胤大摆宴席，酒喝到一定程度，他长叹一声，说道："古人说，'皇帝轮流做，明天到我家。'谁不想当皇帝呀！今天我赵匡胤坐在龙座上，不知明天龙座之上坐的又是谁？如果有一天你们的部下将一件黄袍加在你们身上，那时你们能做主吗？"

众将听后，惊骇不已，纷纷表示"万岁快出个主意，我们一定照办"。

宋太祖不紧不慢地说："人无非追求荣华富贵，子子孙孙都不贫穷罢了。如果你们交出兵权，你们和我之间没有猜疑那多好啊！你们回到老家去，多多地添置田地房屋，再买一些美女歌伎，天天喝酒，这才叫朕放心，你们也快活，这么办怎么样？"众人不住叩头，表示"好，好。"

第二天，众将借口有病，纷纷要求辞官回乡，宋太祖一一批准。然后他又解除了京中禁军和地方节度使的军权，同时任命文官担任军队要职，这就是"杯酒释兵权"的故事。正由于北宋"重文轻武"，导致了百年后的灭亡。

看着这组蜡像，摸着据说是赵匡胤坐过的龙墩，想想北宋曾经的辉煌和耻辱的灭亡，心中真是五味杂陈。可又一想，是该歌颂还是该抨击，那都成为历史了，龙亭仅是更迭人世沧桑的象征，北宋也成了中国历史的一个符号。

开封府与包公祠

在宋代，全国共有四个京城和京府：东京开封府、西京河南府（洛阳）、南京应天府（商丘）、北京大名府（大名）。由于朝廷设在开封府，从而被誉为“天府”“天下首府”。

开封府是主管京都的衙署，地位非常重要，所以开封府的知府大多由亲王或有威望的重臣担任。据《开封府题名记碑》记载，自宋朝建立后的145年里，共有183人担任过开封府府尹（知府）。其中有后来当了皇帝的宋太宗赵匡义、宋真宗赵恒、宋钦宗赵桓。另外还有后来担任宰相的寇准、王安石，尚书司马光，太师蔡京，名相范仲淹，龙图阁学士欧阳修、苏轼，宰相兼枢密使晏殊，抗金名将宗泽等。包拯是第93任开封府府尹，说明仁宗皇帝对他非常倚重，已将他视为股肱之臣了。

由于开封府衙署坐落在宫廷之南的包公东湖岸边，所以又称南衙。历史上一直流传着“包公倒坐南衙”之说。同时流传着“衙门口，朝南开，有理无钱莫进来。”而包公倒坐南衙，面向朝廷，表示他对朝廷的忠心。

走进府衙，只见院内竖立着一块名曰“戒石铭”的巨石。正面刻着“公生明”三字，出自《荀子·不苟》中的“公生明，偏生暗”之句。提醒为官者要公正无私，一心为公，明察秋毫，莫偏听偏信。巨石的背面刻着“尔奉尔禄，民脂民膏；下民易虐，上天难欺”。告诫官员：你的俸禄是人民给的，你要洁身自好，一心为民，为官一任，造福一方；百姓易被欺负，但上天难欺，你在干，天在看，水能载舟，亦能覆舟。

开封府的正厅，又称“大堂”，是知府发布政令、处理政务和审理重大案件的地方。堂前摆着皇帝赐给包拯的龙头铡、虎头铡、狗头铡，对罪大恶极者可以先铡后奏。

过了正厅是梅花堂，据说当年包拯就是在此“倒坐南衙”亲审大案的。另外一个院落叫“潜龙宫”，是宋仁宗赵祯为纪念他父亲宋真宗曾做过开封府尹而建的。潜龙宫内，供奉着曾经做过开封府尹的太宗、真宗、钦宗三位皇帝的塑像，以示开封府是藏龙卧虎之地。

在开封府的西南角有一座名叫“府司西狱”的监狱，里面设有男女牢房、死囚房、囚车和刑具。看到这座监狱和铡刀，想起包拯怒铡忘恩负义、杀人灭口的驸马陈世美，以及他那为非作歹、杀人奸女的亲侄子包勉的传奇故事。“判狱无私心如白日照，持躬有节笑比黄河清”，正是包拯为官的写照。

我曾有过两个疑惑：一是开封府在宋朝建立后的145年里，竟然换了183位知府，平均9个多月换一次，为何如此频繁？二是如此多的开封知府，为何只为包拯在开封府不远的湖边立祠呢？参观了开封府和包公祠后，才知其中端倪。

当时，开封是全国最大的城市，人口约有150万，各项公务十分繁重。最大的难题是，京师权贵多如牛毛，皇亲国戚和显官巨宦聚居京内，其中许多奸贪相互勾连，无法无天，极难秉公究治。另外，开封府的六七百名官员和属吏，大都是朝廷亲信和权贵大臣们的纨绔子弟，这些人疏于职守，懒惰成性，无才无德，贪赃枉法，勒索钱财，无恶不作。甚至稍不如意，就施展阴谋诡计，戏弄刁难长官。在这种政情复杂、人情诡谲

的环境中，稍不注意，就会反遭其陷，蒙受不白之冤，范仲淹任开封府尹时，就因得罪了宰相吕夷简而被逐出京城。所以说，开封府尹职位虽为显要，但也颇有风险。继包拯之后担任开封府尹的欧阳修就说过："居者不由以迁，则由以败，而败者十常四五。"就是说，有近一半的开封府尹不但未得到升迁，反而丢官落职而去。包拯就是在这样的境况下，登上了一座风光无限的险峰。

开封府机构相当庞大，各类府吏六七百人，除主管19城厢、134街坊外，还管辖着京畿（jī）16县24镇，各种事务性工作不胜其烦。一身正气的包拯到任后头脑比较清醒，他知道仁宗庆历新政失败以后，贤能被贬，奸邪当道，朝廷处在腐败龌龊之中，开封府的境况也不例外。要想激浊扬清，治理好京城，绝非易事。但他志在为国，绝不苟且偷安。他依法治府，改革旧制，不畏权贵，大公无私，决心大干一番，开创出一个新局面。现举几例。

改革旧制，威严治府。

开封府旧制规定，"凡诉讼不得径造庭下，府吏坐门，先收状牒，谓之'牌司'"。就是说，过去老百姓到开封府告状，不能直接到大堂上向府尹递交申诉状，必须先将状纸交给守门的府吏，由他转呈府尹。他趁机敲诈勒索，谁给的钱财多，他就给谁往上送。送不起钱财的，即使冤情再大，递了诉状，也是杳无音信。

对于这一弊政，包拯予以改革："开正门，径使（诉讼人）至庭，自言曲直。"也就是敞开府衙大门，允许诉讼人直接到公堂交纳状纸，面陈冤屈。这样，府吏就失去了营私舞弊的机会。同时，包拯依法果断地处置了一批奸吏，吏风很快清明起来，为治理开封打下了一个良好的基础。

关于包拯不畏权贵、秉公执法方面，也有一个典型案例。

开封包公祠

包拯出任开封府府尹的1057年秋天，一连下了三天大雨，开封城里积水成灾，大批房屋倒塌，许多难民无家可归。造成这种灾难的主要原因，是一些皇亲国戚和官员在惠民河上私自修筑堤坝，把河面圈为私人荷花池或养鱼塘，致使河水不能畅通，雨大时溢出河面，造成水灾。其中仁宗皇帝的爱妃张贵妃的伯父、三司使张尧佐的“青莲池”，就占去河面的十之七八。为了救黎民百姓，包拯冒着皇帝问罪的风险，不怕张尧佐的威吓，与其斗智斗勇，率领民工毅然拆除了张府的“青莲池”。其他官宦见此情景，也都把自己所圈的荷花池和养鱼塘拆除，从而消除了水灾隐患，受到了广大人民的称赞。皇帝虽想替张尧佐说话，见包拯如此大公无私，又顾及京师的安全，还是支持了包拯的正义行动。如此一来，包公威名大震，“贵戚宦官为之敛手，闻者皆惮（dàn，畏惧，害怕）之”“童稚妇女亦知其名，呼曰‘包待制’”。就

是说，包公成了皇亲国戚、显官巨宦闻风丧胆的铁面无私人物，同时也成了刚正不阿、无人不晓的“包青天”。

包拯主持开封府，在疾恶如仇、惩恶扬善方面旗帜鲜明，“凛然不可夺其节”（《包公墓志铭》语）。案件不管涉及谁，他都能秉公执法，严惩不贷。我们在开封听到的“包公怒铡亲侄包勉”，就是一个典型案例。

有一天，包拯到赤桑镇巡视，遇一老妇状告包公的亲侄包勉，诉说包勉在此为官，欺压百姓，为非作歹，杀她儿子，强奸她儿媳，摔死她孙子，祈求包拯秉公办案，严惩包勉，为她申冤。

包公听后，异常惊愤，立即派人捉拿包勉，但总也捉不到。这时包公夫人亲自出面说情，称包公自小由嫂子抚养成人，不应忘恩负义，惩治嫂子的儿子，求其赦免包勉。但被包公拒绝。为了说服、教育夫人，他让夫人在大堂屏风后听审，终于被老妇人的血泪控诉所感动，主动交出了窝藏的包勉，同意依照国法严处。最后，包勉被铡，包公在历史上又留下了一段佳话。通过以上表述，我原来的两个疑惑，也就迎刃而解了。

1994年8月初，我和爱人曾游览过安徽合肥包孝肃公祠，我在本书前半部以“色正芒寒包公祠”为题，写了一篇文章。到了开封，为了不留遗憾，我俩又去游览了开封包公祠。

开封包公祠大门气势雄伟，上书“包公祠”三个金色大字，两旁的楹联是：“春秋有序人民不亏时彦（“彦”指有才德之人），宇宙无极伟业尚待后贤”。祠内建有大殿，二殿、东西配殿、半壁廊和碑亭等，布局规整，色调淡雅，庄严肃穆，建筑物上的油漆彩绘全是宋代风格。

走进大殿，只见正中有一尊高达3米的包公坐像，蟒袍玉带，威严端庄，正气凛然。山墙上镶嵌着反映包拯政绩的彩色壁画。殿内陈列着关于包公的历史文物、典籍和包氏家谱，其中最吸引人的是包公奏议集。

据传，在包公逝世后的第三年，他的门生、时任庐州知府的张田，从包公的儿子那里得到了包公生前的全部读书草稿，从中挑选了最为重要的171篇加以整理，分为10卷，题为“孝肃包公奏议集”，在庐州、开封等地刻印，从而流传下来。人们评论说：“奏议词气森严，确乎不拔，百世之下，使人读之，奋迅其精神。”

包公祠二殿匾额上写的是“峭直清廉”；楹联为“峭直传今古，清廉著史乘”（“史乘”指史书）。殿内陈列着北宋《开封府题名记》碑和包公画像、字迹、诗篇、家训的拓片。东西配殿主要以艺术的形式展示着包公的历史故事与传说。院内配置着各种精美的石雕、假山、喷泉和园圃等景物。整座建筑凝重典雅、碧水掩映、花木繁茂、环境优美，此处就不一一细述了。

最后，草拟小词一首：**《思帝乡·游开封》**，作为结尾。

秋日游，菊花铺满畴。千古龙亭霸气，仍风流。

府衙包公铁面，永不朽。两湖辨忠奸，潘水滫（xiǔ，臭水）。

九朝古都洛阳城

谁家玉笛暗飞声，散入春风满洛城。

此夜曲中闻折柳，何人不起故园情。

这是唐代诗仙李白笔下的洛城，即现在的洛阳。

洛阳是中国七大古都之一，我曾去过五次，其中参加会议两次，调研和采访两次，与爱人去游览一次。其间看过不少有关洛阳的历史资料，游览了白马寺、龙门石窟、关林（关羽葬首之林）、牡丹园等，所以对洛阳有些许了解。

历史上，洛阳曾是九朝首都，即东周、东汉、曹魏、西晋、北魏、隋、唐、后梁、后唐。后又听说洛阳是十一朝、十三朝古都，但我在洛阳听到的都说是“九期都会”。其根据有二：一是《河南府志》和《洛阳县志》两本志书记载的都是“九朝古都”；二是洛阳定鼎南路五贤街口以西，原有一座清朝建造的过街三门木质大牌坊，牌坊两面各有四个斗大的字，东面是“九朝都会”，西面是“十省通衢”。两千多年来，这九朝古都兴兴衰衰，历尽沧桑，正如北宋史学家、文学家司马光在诗中云：“烟愁雨啸奈华生，宫阙簪裙归帝京。若问古今兴衰事，请君只看洛阳城。”那么咱就简略地看看这座洛阳城吧。

东周存世514年，一直定都洛阳。刘邦灭秦建立汉朝时在洛阳登基，但他根据当时的天下大势，定都时以“长安主，洛阳辅”。他虽然以长安为主要首都，但在位的八年中，七次到洛阳，坐镇将直接威胁大汉王朝的“东方八异姓王”韩信、英布、彭越等一一消灭，巩固了汉朝根基。

到了东汉，光武帝刘秀将帝都改为“洛阳主，长安辅”。原因有三：一是洛阳位于“天下正中”，自古就是帝都，在此定都可彰显皇权的正当性；二是洛阳水运交通便利，洛河、伊河、涧河、瀍（chán）河、马家河、惠济河、金水河等四通八达，既能迅速出兵，又能发展商贸流通；三是洛阳离他起家的南阳较近，容易得到各种支持。

三国时，魏王曹操死后，其次子曹丕袭位，不久代汉称帝，改国号“魏”，定都洛阳，大造宫殿，但他在位仅七年就去世了。

公元265年，司马昭之子司马炎建立晋朝，称“晋文帝”，定都洛阳。南北朝时期的北魏孝文帝也选择洛阳为帝都。

以上几个朝代的都城遗址，洛阳的朋友领着我们驱车到市区以东去看过。此处北枕苍翠的邙山，洛河从此地穿过，如今已是一片农田和不少村庄。如果没人介绍，谁也不会想到在此地的数十米深处躺着一千多年前的东汉、曹魏、西晋和北魏四个王朝的都城。据说有的地方已在考古中进行了挖掘，出土了不少泥塑佛像等文物，而绝大部分仍保护在地下。

公元569年，隋炀帝即位后，为便于对辽东用兵，帝都转为“洛阳主，长安辅”。一是在洛阳大兴土木，修建宫殿和宫苑，城市面积一度扩大到47平方公里；二是调集上百人兴修运河，六年间完成了沟通黄河、海河、淮河、长江四大水系的大运河，水路可达华北，便于运兵运粮；又可通江南，便于他到江南游览。大业元年（605年）8月，隋炀帝为了到江苏扬州看状如牡丹的琼花（又名“醉八仙”），乘龙舟及各种船只万余艘，劳民伤财。这个杀人不眨眼的暴君，视民命如草芥，死后亦为世代人民所

不齿。

到了唐代，唐太宗李世民极想移都洛阳。原因有二：一是在隋末战争中，他在洛阳一带消灭了隋朝赫赫有名的王世充、窦建德两大军事集团，从而扬名。二是便于对唐威胁最大的辽东用兵。但李世民三次征辽，未获全胜。唐高宗即位后，在位33年，在洛阳就住了11年，并在对辽东的战争中获得完胜。公元690年，中国第一位女皇帝武则天在东都洛阳即位，改国号为“周”，在位15年，基本都住在洛阳。她重用的能臣狄仁杰，官至宰相，是当朝著名的清官。武则天在洛阳曾铸九州铜鼎，其中豫州（夏朝初年，禹划九州，洛阳属古豫州）鼎高一丈八尺，其他鼎各高一丈四尺，鼎上饰刻着山川物产图画等，共用铜5607万斤。又铸12属相（子鼠、丑牛等）各高一丈。至于武则天的功过，自有历史评说。

唐高宗和武则天长期住在东都洛阳，推动了这座城市的繁荣，当时人口达到上百万。从商业市区来说，长安只有两个，洛阳却有三个，且规模都很大。市内多达120多个行业，400多家商店，3000多家酒肆。“每岁商胡祈福，烹猪羊，琵琶鼓笛，酣歌醉舞”，商业气息和文化气息浓厚，成为当时闻名遐迩的国际化大都市。

汉魏时期的洛阳城在现在的洛阳市以东，而隋唐时期的洛阳古城遗址则在洛河以南、市政府以北，所以游客前去怀古比较方便。为了最大限度地保护古城遗址，政府规定不许在此地盖高楼大厦，不许随便破坏地基等。

为了便于游客游览，在定鼎门遗址上建了一座仿唐博物馆。这座仿古建筑有三扇宫门，走进去后，可看到遗存的石礅、门道、隔墙、阙门、涵洞、马道等，马道上还残留着古代的车辙、人的脚印和骆驼蹄印等，为人们提供了很大的想象空间。

洛阳的名胜古迹非常多，仅5A级就有龙门石窟、龙潭大峡谷等五个风景区，4A级有白马寺、关林等16个风景区或风景点。

在唐诗里，写到洛阳的诗句很多，在我的印象里就有：王维《洛阳女儿行》中的“洛阳女儿对门居，才可容颜十五余”（“才可”即“恰好”）；杜牧《东都送郑处诲校书归上都》中的“悠悠渠水清，雨霁洛阳城”；杜甫《闻官军收河南河北》中的“即从巴峡穿巫峡，便下襄阳向洛阳”；《恨别》中的“洛城一别四千里，胡骑长驱五六年”（“洛城”即洛阳）；张说《蜀道后期》中的“秋风不相待，先到洛阳城”；孟浩然《洛中访袁拾遗不遇》中的“洛阳访才子，江岭作流人”；王昌龄《芙蓉楼送辛渐》中的“洛阳亲友如相问，一片冰心在玉壶”；綦毋潜《早发上东门》中的“时命不将明主合，布衣空惹洛阳尘”；张籍《秋思》中的“洛阳城里见秋风，欲作家书意万重”；白居易《燕子楼》（其三）中的“今春有客洛阳回，曾到尚书墓上来”；等等。这从一个侧面说明，洛阳在当时的文人墨客心目中，还是有很大分量的。

我在洛阳重点游览了龙门石窟、关林、白马寺，到牡丹园欣赏了盛开的牡丹花；到东都商厦等几家商业企业进行调研或采访，其中以《怕输不是硬汉子——访洛阳东都商厦总经理于素有》为题的专访文章，刊登在了《中国商业法制》杂志1993年第7期上，受到业内好评。

唐朝末年，黄巢农民起义军中的将领朱温降唐，被授予左金吾卫大将军，不久篡唐自立，建立后梁，于公元907年称帝，建都开封，后迁都洛阳。从此，腐败的唐朝分崩离析，中国进入五代时期。923年，后梁被后唐所灭，李存勖（xù，“勉励”之意）称帝，建都洛阳，13年后又被后晋所灭。960年，后周赵匡胤发动陈桥兵变，建立宋朝，定都开封。自此之后，再也没有哪个朝代在洛阳定都。因此，洛阳的名胜古迹，基本都是

一千多年以前的宝贝了。

现拟小诗一首：《游古都洛阳》

洛水邙山列，地轴从此分。

诸侯争霸业，盛衰留遗痕。

九朝尽王气，千古护烟云。

携妻游名胜，虔诚上龙门。

龙门石窟佛万尊

举世闻名的龙门石窟，与甘肃敦煌的莫高窟、山西大同的云冈石窟，并称为“中国古代佛教石窟艺术的三大宝库”，已被联合国教科文组织列入《世界遗产名录》。

龙门石窟位于洛阳市南郊12公里处。此处“双峰对峙，一水中分”。即西边的龙门山与东边的香山对峙，中间是湲湲北流的伊河，形似天然门阙，因此，自春秋战国以来，获得了一个形象化的名字——伊阙。

龙门是洛阳最著名的旅游胜地，早在唐代就被视为第一胜景，正如白居易所说：“洛都四野山水之胜，龙门首焉。”

自古以来，龙门是重要的军事要塞。公元前293年，秦国名将白起在此打败魏、韩联军，尸横遍野，鲜血染红了伊河。公元前256年，东周王朝与几个诸侯采取“合纵”战略，在此处成功地阻断了秦军攻打韩国的通路。到了隋朝，隋炀帝在洛阳建都，洛阳城正对着伊阙，隋炀帝又以“真龙天子”自居，故将“伊阙”改为“龙门”，一直沿用至今。

公元493年，北魏孝文帝拓跋元宏迁都洛阳，并把云冈石窟的雕凿艺术带到洛阳。由于龙门的风景优美，山石坚硬，便组织雕凿艺人在伊河西岸石壁上凿窟雕佛。6年后孝文帝病死，其子孝武帝拓跋恪（kè）继位。为超度父亲孝文帝和母亲文昭皇后，他在龙门山开凿宾阳洞，历时24年，用

工80多万个，完成了一座规模宏大的佛像洞窟。窟内两壁镌有三列佛龛，刻品琳琅满目，其拱额和佛像背光精巧富丽，图案纹饰丰富多彩，供养人像姿态虔诚持重，生动逼真。

我们去参观宾阳洞时，看到洞壁斑驳陆离。导游介绍说，原来洞口内侧两壁上分别刻着皇帝礼佛图和皇后礼佛图，图中两人的肖像冠冕堂皇，侍从者尊卑有序，装饰有别，各持鲜花和供品排列成行，个个栩栩如生。遗憾的是，这两幅杰作早已被盗，现藏于美国纽约市博物馆。

另外，北魏时期，诸王、妃嫔、百官、贵戚、宦官、僧尼等也都争相凿龛造佛，如有名的古阳洞、莲花洞、魏字洞、石窟寺等，都是这时候建的，其中古阳洞是支持孝文帝迁都的一批王公贵族和高级将领开凿的。那一时期在伊河两岸南北长约一公里的地方，所开凿的佛龛佛像数以万计，题记数以千计，远远望去，景色奇伟壮观，令人惊叹不已！

龙门造像题记，实际上是造像者的祝愿文字，刻在洞窟的石壁上。其内容大多是祝愿亡灵升天，也有祝愿在世的人健康安全，万事如意。据说这些题记具有很高的历史文化价值。

一是题记是用方体魏字写出来的。魏字是中国书法史上独树一帜、别具一格的字体，以雄健有力的姿态为书法界所推崇。《龙门十二品》就是从数以千计的题记作品中精选出来的，其拓片早已风行于全国，闻名于世界。

20世纪70年代初，周恩来总理在龙门石窟博物馆遇见有卖《龙门十二品》拓片的。酷爱书法艺术的周总理对这一珍品久已向往，鉴赏再三后想买一套。一问价钱，每套500元。他摇摇头，恋恋不舍地放下碑帖。在场的洛阳市领导见状后说：“总理，我们送您一套吧！”周总理转过头来批评道：“你这个同志怎能说这样的话，国家财产怎可随意送人？”这件事后来被写入了《洛阳市志》，成为洛阳市一茬又一茬党政领导干部廉洁自律对照检查的一面镜子。十几年前，我听洛阳商会的同志说，当年周总理喜爱的《龙门二十品》每套已涨价到100多万元，且已成为严禁拓临的国宝。

二是“题记”多是当时宗室权贵所作，具有一定的历史价值。例如《高太妃》题记，记载着她是孝文帝的庶母（皇帝的妾），孝文帝南征时，她率宫人送行至伊阙。大军走后，她登山许愿，祝孝文帝马到成功，因而成为孝文帝南征的一个十分有趣的故事，也是不可多得的历史资料。

龙门石窟从北魏开凿，后经东魏（534—550年）、西魏（535—556年）、北齐（550—577年）、隋、唐、北宋，一直到清末，1000多年间先后在伊河两岸和东西两山的崖壁上营造窟龛、佛像、题记等不计其数。在现存的2100多个洞窟中，还有窟龛2345个，碑刻题记2700多块，佛塔40多座，造像10万多尊。其中最大的佛像高达17.14米，最小的仅有2厘米。这些千姿百态的佛像，雕刻圆润精致，佛像表情生动，充分体现了各个朝代皇家的意志和劳动人民的高超技艺，反映了不同时代的造像风格，是中国乃至世界著名的艺术宝库。

到了唐代，从唐高宗李治到唐玄宗李隆基开元年间的近百年里，在龙门开凿石窟、雕刻佛像的热情一直不减，尤其是在武则天时期达到高潮。据《造像铭》记载，公元672年，武则天捐脂粉钱两万贯，于龙门西山南部的半山腰凿山建奉先寺露天石窟，建成了唐代石窟中规模最大、艺术最精湛的摩崖型群雕。其中最为耀眼夺目的是位于摩崖佛龛后壁正中的卢舍那大佛雕像。这尊佛像在设计水平、体量、雕刻技术、艺术表现形式、视觉效果等方面，都居龙门石窟造像群榜首。当年武则天率领满朝群臣参加了卢舍那佛像的“开光”仪式。

“卢舍那佛”即“大日如来”，是释迦牟尼的报身佛、法身佛。“卢舍那”是“光明遍照”之意。这座石佛高17.14米，其中头高4米，耳长1.9米，面部圆润，眉如彩月，嘴角微翘，含笑不露，发纹呈波浪状，身披通肩式袈裟，从右肩回绕到左肩，袈裟的纹线如曲波，如水流，条条流畅自然，富有韵律感。头部微低，凝视前方，妙相庄严，气宇轩昂，神态高雅，姿态可人，令人敬而不惧。

我们从不同的角度观赏这尊卢舍那大佛像，并在最佳位置拍照留念。不论你在何处看大佛，那温文尔雅的神情中带有几分帝王的威严，可能是为了迎合武则天吧。在慈祥的面孔中又含有几分淡淡的漠然。从侧面看，大佛的微笑中透着一股神秘感，尤其是从左侧仰视，佛的笑意蕴含着一种慈爱，令人顿生亲切感！

奉先寺露天石窟的雕像，让人感到震撼的不只是卢舍那大佛，还有严谨持重的迦叶、温顺虔诚的阿难两位弟子，以及端庄矜持的两位菩萨，蹙眉怒目的两位天王，威武刚健的两位大力士，尊尊佛像布局严谨，刀法圆熟，令人大饱眼福。

我曾三次到龙门观赏石窟。第一次是从洛阳东南的平顶山去的，所以我们到龙门山后从南到北看了个遍。后两次是从洛阳市内去的，从伊河石拱桥处沿着蜿蜒的山道上山，道路两旁的石崖处到处是密密麻麻如蜂窝的窟龛，里面雕刻的佛像是根据石窟的大小“定身”凿刻的。可惜的是，在上千年的战火动乱中，有些已经残缺不全，不少佛头被人盗走。倒是那些高大的石佛像大都保护得比较完整。从北往南，我记得的高大石窟有：禹王池、潜溪寺、摩崖三佛龛、宾阳三洞、万佛洞、老龙洞、莲花洞、唐字窑、奉先寺、药方洞、古阳洞、火烧洞、石窑洞等。这些地方的雄壮石窟和佛像的确令人震撼，那可是我国劳动人民特别是技艺高超的工匠们，怀着一颗虔诚的心和巧夺天工的手，成年累月地站在又高又险的架子上，用锤子、斧子和錾（zàn）刀在裸露的岩石上，一锤一锤、一斧一斧、一刀一刀地雕刻出来的。这是一笔多么丰富多么珍贵的历史文化遗产啊！这充分体现了我国古代劳动人民的聪明智慧和精湛的雕刻艺术，令人骄傲和自豪！

作者在龙门石窟

从龙门山上下来，在石拱桥处休息片刻后，便到伊河东岸的香山区游览，因那里也有不少景点，如香山寺、万佛沟、唐代著名诗人白居易墓园等。

伊河东岸的香山，因盛产香葛（藤本植物，可入药，茎皮可制葛布或造纸）而得名。在唐代，香山寺名声很大，信奉佛教的武则天常到该寺游幸，并时常在寺中举办“龙门诗会”，命群臣赋诗，唱和行乐。

武则天也很会作诗，如她在思念唐高宗李治时所作的七言绝句《如意娘》：“看朱成碧思纷纷，憔悴支离为忆君。不信比来长下泪，开箱验取石榴裙。”又如，她游览了洛阳名胜九龙潭后作五言律诗一首：“山窗游玉女，涧户对琼峰。岩巅翔双凤，潭心倒九龙。酒中浮竹叶，杯上写芙

蓉。故验家山赏，唯有入松风。”

唐会昌（武宗李炎年号）二年（842年），著名诗人、刑部尚书白居易退休后，选择香山作为幽居之所，自号“香山居士”，过起了饮酒、赋诗、学琴、旅游的自娱生活。在他的著作《白氏长庆集》中有不少吟咏香山的诗句。如《两山避暑二绝》：“六月滩声如猛雨，香山楼北畅师房。夜深起凭阑干立，满耳潺湲满面凉。”“纱巾草履竹疏衣，晚下香山蹋翠微。一路凉风十八里，卧乘篮舆睡中归。”又如《香山寺二绝》之一：“空门寂静老夫闲，伴鸟随云往复还。家酿满瓶书满架，半移生计入香山。”

据说白居易退休后还四处游说募捐，开凿龙门八节险滩，为民造福，在他的人生旅途中留下了灿烂的一笔。公元846年8月，这位75岁的文坛巨星在洛阳陨落。其家人遵其遗嘱，将他葬于龙门香山峰顶，著名诗人李商隐为他撰写了墓志。由于香山峰顶状似琵琶，加之白居易的叙事诗《琵琶行》流传甚广，后人遂将香山峰称为“琵琶峰”。后来又在这里建起了一座诗廊环绕、碑刻林立的“白园”，并以白居易的字“乐天”为名在白园中建了一座“乐天园”，塑了一尊白色的白居易坐像。白居易墓地古柏葱茏，墓碑上刻着“唐少傅白公墓”。因白居易在唐文宗（826—840年）时官至太子少傅，世称“白少傅”。我两次去瞻仰，都在墓前行鞠躬礼，以表敬意！

现作《洛阳龙门游后感》一首：

探奇览胜到龙门，窟龛遍崖护法身。
千里伊河成史镜，万尊古佛不退轮。
沧桑未改伊阙貌，浩劫犹留斧凿痕。
遗存弥珍闻天下，琵琶峰顶悼诗魂。

关林观瞻武圣人

关林，是在洛阳以南七公里处埋葬三国时期蜀国大将关羽首级的地方。我曾两次去过关林，都是游览了龙门石窟后顺便去观瞻的。

凡是看过《三国志》和古代小说《三国演义》以及电视连续剧的人，对威风凛凛的关羽并不陌生。关羽，字“云长”，（黄）河东解县（今山西运城地区临猗县）人。东汉末年，关羽杀了当地豪强，亡命至涿郡（今河北省涿州市），遇刘备、张飞，三位豪杰一见如故，在桃园结为异姓兄弟，立誓“同心协力，救困扶危，上报国家，下安黎庶（百姓），不求同年同月同日生，只愿同年同月同日死。皇天后土，实鉴此心。背义忘恩，天人共戮！”

刘备三兄弟起兵后，不久败于东征中的曹操。当时三人被打散，张飞落草为寇，刘备投奔袁绍，关羽护着刘备的甘糜两位夫人暂归曹操，极受优礼。在曹操与袁绍两军对垒中，关羽力斩袁绍的两员大将颜良、文丑，被曹操封为“汉寿亭侯”。后得知刘备的下落，坚辞曹操，带着两位嫂夫人过五关，斩六将，投奔刘备，兄弟三人重聚，充分体现了他的忠义之心。后随刘备南征北战，东冲西杀，成为蜀国“五虎上将”第一人。

1997年10月下旬，我到许昌调研。第二天回郑州时，汽车刚出许昌，司机师傅建议我到当年关羽不辞而别，曹操追至一座桥上赠给关羽一件锦袍和一盘黄金的地方去看看。我高兴应诺，因离许昌不远。过去的那条河已基本无水，但桥仍保修得很好。我下车后到桥上走了一个来回，并在矗立在桥头的关公雕像前拍照留念。然后过桥去参观坐落在一片树林中的关公祠，边看脑海中边呈现《三国演义》中描写发生在许昌的许多故事，令人回味无穷。

东汉建安十九年（214年），关羽镇守荆州。这期间，他打败了曹操的得力大将曹仁，收获了襄阳，随之在樊城水淹七军，擒获了曹军大将于禁，威震天下，展现了他的智和勇。

此时，孙权趁荆州空虚之机，袭取荆州，关羽败走麦城，中了吴军的埋伏，被孙权斩首后，将首级献给时在洛阳的曹操，妄图嫁祸于曹。曹操识破了孙权的阴谋，便将计就计，命用檀香木为躯，连同关羽的首级，以王侯之礼葬于洛阳南郊，并派官吏守护，因而就有了关羽“头在洛阳，身在当阳”之说。当阳县位于湖北省宜昌市东北部，是关羽遇难之地。关羽的首级送到了洛阳，躯体当然留在了当阳，1400多年前就在城东15公里处建有“关公庙”。

在中国历史上，关羽的确是一位传奇人物。人们还以“关公”“关帝”“关老爷”誉称，将他视为“义”字的化身，故而受到人们的尊敬，历代帝王也纷纷为他封号。

例如：蜀汉后主刘禅追谥关羽为“壮缪侯”（缪，móu，如“未雨绸缪”，指雨来之前就把房屋之类的建筑物修好等）；北宋徽宗赵佶先后追封关羽为“忠惠王”“义勇武王”等；南宋高宗赵构加封关羽为“壮缪义勇武安王”；明孝宗李眘（shèn）加封关羽为“英济王”；明神宗朱翊钧崇封关羽为“协天大帝”；清顺治帝封关羽为“忠义神威关圣大帝”；清雍正帝命天下直省郡邑皆立关庙，赐春、秋两祭，加5月13日诞祭；乾隆帝追谥关羽为“神勇”，加谥“灵佑”，封号为“忠义神武灵佑关圣大帝”；嘉庆帝加封关羽为“仁勇”；道光帝又加封“威显”；等等。整个封号可概括为“忠义神武灵佑仁勇威显关圣大帝”。

洛阳关林

也许是乾隆皇帝命“天下直省郡邑皆立关庙”的缘故，清代以来在全国兴起了建关庙的热潮。各地纷纷踊跃集资建庙，基本做到了“一县一文庙”（孔庙），“一村一武庙”（关帝庙）。据民国时有关方面统计，全国的“武庙”数量大大超过了其他各种庙宇，“关羽”“关公”“关帝”的英名，广泛地扎根于人民心中。我清楚地记得，新中国成立时，我们村还有一座关帝庙，位于村中间路北，庙前有一个水湾，庙的东侧是曹福胜家。庙内正中是关公坐着的塑像，红脸黑须，手握直立的青龙偃月刀；两旁是

他的义子关平及部将周仓的塑像。庙不大，但建在较高的台子上，我和其他男孩曾爬上去，到庙内看了个遍。回家后父亲给我讲了关羽的故事，令我钦佩不已！

历朝历代，广大人民如此虔诚地供奉关羽，崇敬的是他的“忠、义、仁、勇”精神，也就是封建礼教所提倡的“三纲五常”中的“仁、义、礼、智、信”五种道德标准。这种精神是华夏民族的传统美德，是炎黄子孙做人的规范，也是一种文化信仰。因为信仰是人的精神支柱，是实现愿望的依托，也是追求的目标。诚然，不同阶层的人供奉关羽，一般来说有着不同的祈求。比如，官员是为秉持法度，为其正身；农民祈愿风调雨顺，五谷丰登；工人祈望国泰民安，物流通畅；商人视关羽为“武财神”，意在仁中求财，义中取利；军警愿以关羽为榜样，英勇不屈，精忠报国等。但不管是哪个阶层的人，其信仰之本还是在“忠、义、仁、勇”之中。

那么，埋葬关羽首级的地方为何称“关林”？是不是该处树木繁多、翠柏成林的缘由呢？

实则不是。

在封建社会里，对墓地的称谓是有等级制度标识的。大体来说，皇帝的墓称“陵”，如东陵、西陵、黄帝陵、十三陵、中山陵等；王侯的墓称“冢”（zhǒng），规模较大，我的家乡过去在庵顶村以南就有一座冢，当地百姓称之为“冢子”，我每次去王封村我舅舅家，必从那座冢子前经过；平民百姓的墓称“坟”；而圣人的墓才称“林”，如山东曲阜孔子孔圣人的墓地就称孔林。清康熙四年，康熙帝玄烨尊称关羽为“夫子”，与孔夫子并称。雍正八年，雍正帝胤禛追封关羽为“武圣”。既已被封为“夫子”和“圣人”，这武圣人就与文圣人孔子享受同样的礼仪了。埋葬文圣人孔子的地方称为“孔林”，埋葬武圣人关羽的地方自然也就被称为“关林”了。

作者在河南许昌关羽雕像前留影

从关林现存的碑记中可以看出，此处“汉时有庙，年久毁坏”。明朝万历年间重新建庙植柏，清乾隆年间加以扩建，形成了现今的规模：占地百亩，翠柏800多株，殿宇廊庑150多间，石坊4座，碑刻100余方，大小石狮铁狮120多座，以及关羽雕像和墓冢。整座关林殿宇堂皇，古柏苍郁，景色幽雅，气氛静穆。

到了关林大门前，只见矗立着一对大理石雄狮，据说高达2.7米，是洛阳现存明代最大的石狮。大门额上悬挂着一块金字匾额，上书“关林”二字。朱漆大门上镶嵌着9行金黄色乳钉，每行9颗，据说是吉祥之数。大门东西两侧各有三门道石坊一座，是清道光年间所建。坊额和坊柱两侧刻有对联，我仅记了几副，如坊额上的“刚健中正，博厚高明”；“乃神乃圣，允文允武”。坊柱上的对联：“义存汉室丹心耿，志在春秋浩气长”；“劲气常摩星斗，精忠

直薄云天”等。

关林的仪门额上有慈禧太后的题匾“威扬六合”。六合指东、南、西、北、上、下六方。据说八国联军进北京时，光绪皇帝和慈禧太后先是逃到山西太原，后到陕西长安，一年后由长安返京。他们到洛阳后，莅临关林瞻礼拈香，慈禧题“威扬六合”“气壮嵩高”二匾；光绪帝题“光昭日月”，悬挂在了二殿门上方。离开洛阳时发帑银（帑，tǎng，帑银即国库银）千两，明示用以整修关林。

仪门东侧嵌有“关圣帝君像刻石”，相传是南宋抗金名将岳飞为缅怀关羽而刻。西侧是“关帝诗竹”刻石，石面上竹叶飘洒，巧构成诗：“不谢东君意，丹青独立名。莫嫌孤叶淡，终久不凋零。”

从仪门到大殿，有一条用石雕栏板护围的甬道和月台，始建于明代万历年间，清乾隆时又按帝王宫殿式样修建。甬道两边栏板之间的柱头上，都雕有大小不一、形态各异的石狮，共104个，如同两列卫士夹道护卫。月台长24米，高8米，台中置设明清两代制造的一对铁花瓶和一座铁香炉，专供人们进香祈祷之用。

过了钟、鼓楼是一座拜殿，又称“启圣殿”，是每年举行祭祀时百官谒拜的场所。拜殿东端悬挂着一口明朝万历年间铸造的大铁钟，西边放着大刀一柄，长3.5米，重108斤。

大殿与拜殿相连，是关林最大的一座建筑，高约26米，总面积760平方米。殿顶用琉璃碧瓦覆盖，殿脊上饰以各种神兽，四檐角饰以韩信、周瑜、罗成等武将为关帝保驾，并悬以铁马金铃，每当风摇柏树之时，风铃叮当作响，煞是好听。

大殿内正中是关羽坐像，高达6米，雕成于明代万历年间。关帝头戴12冕旒（liú，古代帝王礼帽前后悬垂的玉串）帝王冠，身穿锦缎绣龙袍。凤眼蚕眉，长髯飘洒，面贴赤金，端严正坐。义子关平按剑于左，虬（qiú）髯周仓持刀于右，另有大将廖化等四位侍者，香火缭绕，参拜者络绎不绝。

大殿正门上，明代木刻的高浮雕关羽故事图依然清晰，如桃园三结义、三英战吕布、三顾茅庐、水淹七军、单刀赴会、挑战袍、斩蔡阳、斩华雄、斩车胄、斩颜良、斩文丑等，还有二龙戏珠、凤凰戏牡丹等。刻工精细，构图美妙，反映了明代的木刻技术水平。

由于时间关系，二殿、三殿、戏楼、石坊、碑林等只是走马观花看了一下，最后认真看的是关冢。

在关冢前的石坊上，刻有不少楹联，如“浩然之气塞天地，忠义之行澈古今”；“千秋志气光南洛，万古精灵映北邙”；“英雄有几称夫子，忠义惟公号帝君”；等等。

关冢占地250平方米，高10米，周围用砖筑墙，围墙上有清康熙年间修筑的石墓门，门额有“钟灵处”（凝聚山川灵气之意）三字。墓门两侧的对联是：“神游上宛乘仙鹤，骨在天中隐睡龙”。

关林多翠柏，据说有八九百棵，成排成行，苍翠蓊郁，古朴壮观，最老的树龄已有300多岁，使关林景色独具特色，也昭示着关公精神万古长青！

现作《关林颂关公》诗一首：

精忠贯日义参天，志在春秋豪气展。

赤兔疆场行万里，青龙险隘过五关。

叱咤风云百战勇，匡扶社稷一片丹。

声威并著彻古今，江山永固共笑谈。

释源祖庭白马寺

笔者多次去洛阳，其中三次游览了举世闻名的白马寺。

白马寺位于洛阳城东10公里处，创建于东汉永平十一年（68年），是佛教传入中国后创建的第一座寺院，故称“释源祖庭”（“释”，佛教始祖释迦牟尼的简称）、“中国第一古刹”。

佛教之所以传入中国，传说源于一个皇帝的梦。

据古籍记载，东汉明帝刘庄夜梦一位金人，身高丈六，项有白光，飞绕殿庭。次日对群臣说起，并问此梦是何意。

大臣傅毅奏曰：“西方有神，其名曰佛，形如陛下所梦。”

明帝听后，信以为真。便派遣郎中蔡愔、中郎将秦景等十余人，于永平七年（64年）出使天竺国（今印度），拜求佛经和高僧。蔡愔等人行至大月氏国（今阿富汗至中亚一带）时，遇到两位天竺国佛教学者、高僧摄摩腾和竺法兰，便以国家名义邀请他俩到中国国都洛阳传经、译经。两位高僧欣然同意，便一同以白马驮着佛经、佛像，经过千辛万苦，排除千难万险，终于来到洛阳。汉明帝刘庄不仅厚待二僧，而且敕令在洛阳建造僧院。僧院建成后，考虑到是白马驮经来到洛阳的，故取名“白马寺”。

到了白马寺门前，只见左右有两匹石雕白马对峙而立，据说是宋代的

作者爱人在白马寺前留影

作品。马鞍两侧，雕有盛经书、佛像的布袋，马首稍垂，姿态沉着，略有疲乏之状，在一定程度上刻画出了当年翻山越岭、长途跋涉、驮经东来的形象。

俗话说："外来的和尚好念经。"这两位从"西天"来的高僧确实十分敬业。他们在洛阳一起编译出了最早的汉文佛经《四十二章经》，竺法兰还陆续译出了《十住断结经》《法海藏经》《佛本生经》《佛本行经》等佛经典籍。汉明帝刘庄非常珍视这些佛学著作，下令保存在皇室"图书馆"——兰台石室中，佛教在中国的社会地位从此被正式承认，这就是我国佛教史上著名的"永平求法"（"永平"是汉明帝刘庄的年号），它比唐代玄奘西天取经早了近600年。

在近2000年的岁月里，白马寺几经兴衰。东汉时中原地区仅有的几

处佛寺，基本是信奉佛教的西域商人建的，因那时不准汉人出家当和尚。直到西晋，汉人削发为僧者渐多，当时洛阳的佛寺达40多座。北魏时期（386—534年）大兴佛教，洛阳周围的佛寺竟然发展到1367座，仅西域来的僧人就有3000多，相传为佛教禅宗初祖的南天竺僧人菩提达摩也于此时来到洛阳并到了白马寺，白马寺成为当时最大的寺院之一。但是到了北魏末年，战乱频仍，洛阳城遭到严重破坏，白马寺也未能幸免。

隋、唐二朝，佛教兴盛，尤其唐代武则天极力推崇佛教，钦命宠僧薛怀义主持大修白马寺，并多次亲临指导。

据说武则天扩修后的白马寺规模比现在的规模还要大。寺前耸立着高大的石牌坊，寺周河水环绕，寺内殿阁辉煌，偏院花木遍地，满院鸟语花香。唐代诗人王昌龄夜宿白马寺时写诗赞道："月明见古寺，林外登高楼。南风开长廊，夏夜如凉秋。"

但是，佛教势力的扩张，影响了国家的赋税收入和兵力、劳动力的来源，当时的统治者感到是一种危机。唐会昌五年（845年），唐武宗李炎下令灭佛，除东西二京（洛阳、长安）左右街各留四座寺、各郡只留一座寺外，其余的全部摧毁，勒令几十万僧人还俗，但白马寺是留下来的，只是僧人减少了许多。

到了北宋，宋太宗赵光义下牒文敕修白马寺，并命著名文人撰写了《重修西京白马寺记》。宋徽宗赵佶下牒文追封最早来洛阳的天竺高僧摄摩腾为"启道圆通大法师"，追封竺法兰为"开教总持大法师"。由于皇帝的重视，白马寺又兴旺起来，寺内僧人再次达到千人以上。

元朝至顺四年（1333年），朝廷在白马寺刻立了《洛阳白马寺祖庭记》碑，记述了白马寺的建寺史。石碑字体端庄劲秀，据说是元代大书法家赵孟頫所书。此碑立于寺内左侧，至今犹存，是该寺珍贵的历史艺术品。

明朝嘉靖年间，又一次对白马寺进行了大规模整修。据大殿前的《重修古刹白马禅寺记》碑文记载，这次兴修了前后大殿、包厢、法堂、钟楼、鼓楼等数十座建筑；新塑了许多佛、菩萨、侍从等雕像；新修了大门三洞、石狮一对、砖石砌石台阶和道路，配置供器多件，植树千株，共占地62亩。我们今天所看到的白马寺，大体上就是此次重修保存下来的规模和布局。

白马寺坐北朝南，山门为牌坊式，三个弧形洞门是用砖和青石砌成的，石上刻着工匠们的名字，从字体看，应是东汉遗物。

白马寺为一长方形院落，进门后迎面就是天王殿，该殿突出“四大天王”护法护佛护天下。殿内正中央有一较大的木雕贴金佛龛，顶部和四周共雕刻着50多条不同形态的龙，雕工精细，活灵活现，系清代木雕精品。佛龛内供奉着弥勒佛像，赤脚打坐，笑容满面；右手持念珠，左手握布袋，形象生动，和蔼可亲，是一尊明代夹纻（zhù，即苎麻）干漆造像。

弥勒佛像两侧，是“四大天王”站像，各持法器，护卫四方。四大天王俗称“四大金刚”，即东方“持国天王”，身为白色，手持琵琶；南方“增长天王”，身为青色，手持宝剑；西方“广目天王”，身为红色，手缠一龙；北方“多闻天王”，身为绿色，右手持伞，左手持银鼠。四大天王手下各有八大名将，代为管理所属的山川、河流、森林、土地和地方小神。弥勒佛背后是护法神韦驮天将塑像，左手持降魔杵，右手擎须弥天，他的主要任务是护持道场。

天王殿后面是明代重建的大佛殿，是僧众举行宗教活动的场所。殿正中设一佛坛，坛上端坐着佛教创始人释迦牟尼佛，左右两侧分别是文殊、普贤两位菩萨，这一佛二菩萨合称为“释迦三圣”。

注目观看“三圣”，释迦牟尼体态端庄，神情慈祥。双目欲睁似闭，

超脱观世。文殊手持“般若”（bō rě，佛教用语，“智慧”之意）经，智慧渊博。普贤手握“如意”钩，德行圆满。大殿后门内，和气善良的观世音菩萨面北而坐。因她常穿白衣，表示明心之洁净，亦称“白衣大士”。到了唐朝，因避讳唐太宗李世民中的“世”，“观世音”后被称为“观音”。

大佛殿之后是元代重建的大雄殿，又叫大雄宝殿。殿内正面置有特大木雕贴金双层佛龛，龛额正中雕刻着一只金翅大鹏鸟，鸟两边各有三条飞龙，佛龛内供奉着三尊主佛，坐在中间莲花座上的是“娑婆世界”的释迦牟尼佛，左边是“东方净琉璃世界”的药师佛，右边是“西方极乐世界”的弥勒佛，这三佛被称为“横三世佛”。在三尊主佛前，两位护法神韦驮、韦力分立两边，殿内两侧为十八罗汉像。这十八罗汉姿态不同，神情各异，或合掌坐禅，虔诚无比；或双目圆睁，神态奇异；高龄罗汉深沉含蓄，年轻罗汉坦率纯真。那位左手托小龙的罗汉最引人注目，袒胸赤脚，右手拈珠侧举，骨突突的肌肉表示他有无穷的力量，连“龙”都被他玩于手掌之中。而他身边的一位罗汉则持杖坦坐，安然自若。两者对比，一猛一柔，一张一弛，性格鲜明，形象逼真，栩栩如生。

这座大殿的三尊主佛、两位护法天将和十八罗汉，是元代以纻麻、丝、漆作原料制成的“夹纻干漆”造像作品。这种传统工艺造出来的像，造型美，重量轻，结实坚牢，经久不坏。而殿后门面北而立的韦力天将，是白马寺内唯一的一尊元代泥塑作品。

大殿东西两头的墙壁上，镶嵌着木雕千佛壁龛，里面雕有各种形态的小佛5056尊，可谓群佛荟萃。这是我国古代杰出的造像工匠们，用他们的创造才智和灵巧的双手，创造出来的一组佛教造像珍品，是不可多得的文物瑰宝。

大雄殿后是一座接引殿，又叫“立佛殿”。殿内供奉着佛教崇拜的“西方三圣”，即：中为阿弥陀佛，左为观世音菩萨，右为大势至菩萨，均为清代作品。

最后一座大殿是建在清凉台上的毗卢殿。清凉台是一座东西长42.8米、南北宽32.4米、高6米的砖砌高台，雄浑古朴，蔚为壮观。相传这是东汉明帝刘庄避暑、读书的地方。天竺国两位高僧摄摩腾、竺法兰到洛阳后，就在这座台上禅居和译经传教。第一本汉文佛经《四十二章经》就是在这里问世的。在台上建的毗卢阁内的后壁上，现在还嵌着一方《四十二章经》石刻。读者欲知经中写的什么，现录一章供阅：“佛言，观天地，念非常，观世界，念非常，观灵觉（心），即菩萨，如是知识，得道疾矣。”

建在清凉台中部的毗卢阁是明代重建的，飞檐翘角，彩棚朱柱，巍峨挺拔。殿内供奉着被称为“华严三圣”的三尊佛，中为毗卢遮那佛，即“大日如来”，据说是释迦牟尼的法身像。左为文殊菩萨，右为普贤菩萨，均为清代所塑。殿内两侧置有经柜，藏有诸多经书。

毗卢阁前，东有摄摩腾殿，西有竺法兰殿，以纪念古印度的两位高僧。这两位高僧圆寂后，都葬在了白马寺内，坟墓就在东西两侧偏院的松柏林中。两座弧形圆冢用石块镶砌，冢前的石碑系明代崇祯七年（1634年）所立。

综观洛阳白马寺，由南往北，在中轴线上建起了五重殿阁，加上两侧的钟楼、鼓楼、偏院、长廊和诸多厢房，如法堂、禅堂、祖堂、客堂、斋堂、玉佛殿、卧佛殿等，布局规整，左右对称，体现了我国古代建筑艺术和建筑风格。殿内的精美造像，不仅有木雕、泥塑和珍贵的“夹纻漆”造像。而且还有铜雕、玉雕等。如高约1米的玉佛，铸有“释源”字样的铜器、焚香炉，泰国友人赠送的高7.2米、重8吨的铜质镀金大佛等，都为白马寺增添了光彩。

1961年，国务院公布洛阳白马寺为第一批全国重点文物保护单位；1983年，又被国务院定为汉族地区佛教全国重点寺院。

咏《白马寺》

白马万里负经囊，禅师东渡奔洛阳。

天子醉心圆佛梦，古刹日纳千炷香。

洛阳牡丹甲天下

早就耳闻“洛阳牡丹甲天下”之说。但在20世纪90年代三次去洛阳，都没赶上牡丹盛开的季节。2005年四五月间，我两次到洛阳参加会议，会后有幸到牡丹园观赏了久负盛名的洛阳牡丹花。

据相关史料载，牡丹原产于河北、山东、岭南地区，秦汉时还是野生植物，仅作为药物使用。到南北朝时期，人们才将其培植为观赏之花。隋朝定都洛阳后，酷爱花卉的隋炀帝杨广，嫌帝都花卉品种太少，便从易州等地移花20余箱植于御苑中，其中就有红、黄两个品种的牡丹，据说这是洛阳引进牡丹的最早史料。

说起洛阳牡丹，绕不开唐朝女皇武则天。

史称，武则天登基后入住洛阳，牡丹随之转盛。“天后武则天又从家乡西河移来五千株牡丹植禁苑中，由此京国牡丹日夜寖盛。每暮春之月，遨游之士如狂焉”（摘自《牡丹赋并序》。

我在洛阳还不止一次地听到另一种传说。宋人吴俶在《江淮异人录》中说：“武后诏游上苑，百花俱放，牡丹独迟，遂令贬于洛阳，后洛阳牡丹甲天下也。”即广泛流传的武则天醉贬牡丹的故事，而且传得神乎其神。

传说武则天当了皇帝后，在一个大雪纷飞的日子里醉酒发威，下诏命

令皇苑中的百花在一夜间全部开花。众花仙不敢违抗皇命，冒雪绽放，唯独牡丹依然凋零。武则天大怒，下令焚烧牡丹园，一株不留。但她仍不解气，又下令连根拔起，贬出长安，扔到洛阳邙山，叫它断种绝代。

可没想到，无故遭遇劫难的牡丹遇到雪后湿土，竟然扎了根，来年春天全部复活，翠绿铺满了邙山。邙山人见状，家家移栽，户户培植，牡丹便在洛阳繁殖成片。

由于洛阳牡丹不畏威权，傲骨铮铮，骨焦心刚，矢志不移，因而被人们赞誉为“焦骨牡丹”。

在洛阳，人们自豪地称牡丹为“洛阳花”，唐代诗人李商隐在所写诗中就有此称谓：“远把龙山千里雪，将来拟并洛阳花。”

由于牡丹雍容华贵，艳冠群芳，在唐代就已成为皇家御苑的首选花卉。尤其通过唐玄宗李隆基和贵妃杨玉环的大力推崇，以及文人们的争相歌咏，洛阳牡丹饮誉天下。

唐朝天宝年间（742—756年），皇宫御苑里的牡丹开得正艳。唐玄宗和杨贵妃在观赏中一时兴起，命大诗人李白前来赋诗助兴。李白当场赋《清平调》三首，描写了白、红等几色牡丹绽放得娇艳。第一首，“云想衣裳花想容，春风拂槛露华浓。若非群玉山头见，会向瑶台月下逢”，以“群玉”作比喻，写的显然是白牡丹。第二首，“一枝红艳露凝香”，写的自然是红牡丹。第三首，“名花倾国两相欢，常得君王带笑看。解释春风无限恨，沉香亭北倚阑杆”，将牡丹与杨贵妃的倾国之美刻画得淋漓尽致，成为千古绝唱。

“看来谁作韶华主，总领春芳是牡丹。”在唐代，文人墨客形容牡丹之美简直到了无以复加的地步。一是将牡丹与绝代佳人西施相媲美，如白居易的“绝对只西子，众芳唯牡丹”。二是以“国色天香”形容牡丹。如诗人李正凡在《咏牡丹》诗中所写："国色朝酣酒，天香夜染衣。"著名诗人刘禹锡在《赏牡丹》中写出了"唯有牡丹真国色，花开时节动京城"的优美诗句。三是誉称牡丹是"花中之王"。如诗人皮日休不仅视牡丹为"独立人间第一香"，而且直言"落尽残红始吐芳，佳名唤作花中王"。四是将牡丹视为"倾国倾城"之花。如诗人罗隐的《牡丹花》诗："似共东风别有因，绛罗高卷不胜春。若教解语应倾国，任是无情也动人。"

洛阳有俗谚："谷雨三朝看牡丹。"在唐代，每到谷雨前后，一城洛阳牡丹，绝盛千古春色，一派"万枝红艳露香凝"的美丽景色，赏者如潮，诗人便适时地用诗句写下了这种繁华景象。白居易在《买花》诗中写道："共道牡丹时，相随买花去""一丛深色花，十户中人赋""家家习为常，人人迷于悟"。他在另一首诗中描写牡丹"花开花落二十日，一城之人皆若狂"，写出了当时洛阳城赏牡丹的盛况。"牡丹妖艳乱人心，一国如狂不惜金"，诗人李亦真则写出了人们迷恋牡丹的狂热和牡丹的珍贵。

到了北宋，洛阳牡丹达到了鼎盛时期，洛阳也成了全国牡丹栽培中心，并有了"牡丹冠天下"的盛名。由于牡丹为花中极品，一派富贵景象，故又被称为"富贵花"。北宋思想家、文学家周敦颐说："牡丹，花之富贵也！"又说："牡丹之爱，宜乎众也。"前一句是对牡丹文化意蕴的精辟概括，后一句是说牡丹之所以富贵，是大众所爱，迎合了大众的心理。

有意思的是，北宋朝廷重臣、文学家司马光不仅对春日的牡丹喜爱有加，写诗赞曰："洛阳春日最繁华，红绿丛中十万家。谁道群花如锦绣，人将锦绣学群花"，而且对谷雨后的牡丹仍然赞赏有加，如他写的赞美白牡丹的诗句："谷雨后来花更浓，前时已见玉玲珑"，诗意雅

致，情趣盎然。

北宋文学家欧阳修在洛阳做官时，对牡丹花情有独钟，著有《洛阳牡丹花记》。他写的“洛阳地脉花最宜，牡丹尤为天下奇”的诗句，道出了洛阳牡丹生长的得天独厚的自然条件。他的“客言近岁花特异，往往变出呈新枝”的两句诗，则写出了洛阳牡丹佳品迭出、千姿百态、艳丽迷人的景色。

南宋女词人李清照的父亲李格非是北宋名官，博学多才，廉洁奉公，他在北宋末年新旧党争中，因站在苏东坡一边而被诬为“元祐奸党”，相继外放、罢官。他当时写过一部名叫《洛阳名园记》的书，书中记述：“且天下之治乱，候于洛阳之盛衰而知；洛阳之盛衰，候于园圃之废兴而得。”又说：“洛阳花甚多，而独名牡丹曰花。”此书的传世，更助洛阳牡丹扬名中外。

到了明、清两朝。“牡丹热”热到全国，山东菏泽、安徽亳县也成了牡丹驰名产地，据说菏泽牡丹达到万亩之多。不知何时，牡丹成了“中国十大名花”之一。这十大名花是：牡丹、梅花、水仙、荷花、山茶花、桂花、杜鹃花、兰花、菊花、月季花。将牡丹列为“十大名花”之首，可以说名副其实。因为，“天下真色独牡丹”；“果然不愧花王号，独占春风第一天”（清·袁玫）。

一千多年来，雍容华贵、花容艳丽的牡丹，牵动了多少文人墨客的情愫，他们在诗画、辞赋、戏剧、歌曲中都留下了牡丹的香魂。诗人将红牡丹比作“彩凤”“霞冠”“红艳袅烟”；将白牡丹喻为“裁云”“缀雪”“素华映月”等。明代戏曲家汤显祖则用“牡丹”为戏剧起名，如著名的剧作《牡丹亭》，戏中的主角杜丽娘自比牡丹。

尤其是历代画家大多青睐画牡丹，且创新题材层出不穷，在对牡丹精

作者在洛阳牡丹园

神的表达上各展所长，画风各显神通。一般来说，宫廷画家侧重表达牡丹的雍容华贵。如五代时期后蜀的宫廷画家黄筌在画牡丹以及山水、竹石、花鸟时，擅长用勾勒法，即以细淡的墨线先勾画出所画对象的轮廓，然后填以色彩，画出来的牡丹雍容华贵。他的画作很多，如《太湖石牡丹图》《山石牡丹图》等。他的两个儿子继承了他的画技和画风，都是著名的画家，因而被称为“黄家富贵”。他们的画风对宋代画院花鸟画产生了重大影响。

历史上，帝王绘画并不鲜见，但帝王、帝后画牡丹注重突出高贵堂皇的特色，为画赋予一定的皇权象征。清朝乾隆皇帝和慈禧太后都喜欢画牡丹，尤其慈禧太后的作品极富富贵之态和皇家气质。

文人墨客画牡丹主要表现牡丹个性的一面，不以色彩示人，追求的是一种精神。许多文人擅用水墨绘牡丹，令人感到有一种清新脱俗之感。如明代著名画家唐寅、沈周、陈淳、周之冕等人的水墨牡丹，都是珍稀之宝。

在民间，牡丹被人们视为富裕、美好、幸福的象征。有些画作以牡丹配玉兰或海棠，寓意是“玉堂富贵”；有的以牡丹配四季花卉，寓意为“四季富贵”等。

近几十年来，歌颂牡丹的歌曲也很流行，如著名歌唱家宋祖英唱的《盛开的牡丹》：“你用天地间最美的生命，点点温暖万户千家，你是盛开的牡丹，国色天香只为滋润天下……遍洒芬芳，同醉天涯。”又如著名男歌唱家蒋大为唱的《牡丹之歌》：“啊，牡丹，百花丛中最鲜艳；啊，牡月，众香国里最壮观……”听着令人心醉，百听不厌。

据介绍，洛阳牡丹园较大的有四五座，我去参观的“洛阳神州牡丹园”位于白马寺对面，占地600多亩，是全市规模最大、位置最好的牡丹园。其突出特色是：汇天下牡丹之精品，聚四季名花于一园。

这座园林的大门门楼系盛唐时期的建筑风格，园内呈山水园林景观。除众多牡丹外，还有两件传世之宝：一是数年前形成的、世界罕见的牡丹石；二是有一棵树龄达300多年的“牡丹王”，被人们称为当今中国牡丹的“活化石”。

“神州神奇神圣地，花国花海花映天。”在牡丹观赏区和高科技四季牡丹展示区，种植着国内外名优牡丹达一千多个品种，共三四十万株。这些牡丹花朵硕大，品种繁多，花色奇绝。据介绍，该园的牡丹分为三类、九色、十种花形。

“三类”是：单头类，即单头花；重头类，即双头花；混合类，即三头以上的牡丹花。

“九色”，指的是牡丹花的颜色。一是红色，如洛阳红、唇红、大红一品、迎日红、葵花红、霓红焕彩等品种；二是白色，如白妙、鹤白、香玉、景玉、白珊瑚、白雪塔、夜光白等品种；三是黄色，最珍贵的当数“姚黄”；四是粉色，如鲁粉、赵粉、粉中冠等品种；五是紫色，如魏紫、葛巾紫等品种；六是蓝色，如紫蓝魁等；七是绿色，如豆绿、贵妃插翠等品种；八是黑色，如冠世墨玉、乌龙卧墨池等；九是复色，即一朵花有几种颜色，如红白色的松村鹤及烟笼紫、八束狮子、银红巧对等。

据说在诸多品种中，“姚黄”和“魏紫”是驰名中外的珍品，分别被誉为牡丹“花王”和“花后”。“姚黄”系千叶黄花牡丹，出自姚黄家族。有诗形容：“姚黄一枝开，众绝气如削。”意思是只要姚黄一开花，其他品种的牡丹都像泄了气的皮球，因谁也比不上又美又香的姚黄。北宋元丰年间，洛阳进献给当朝皇帝宋神宗一朵姚黄，花大一尺二寸，香艳无比。神宗一见，惊喜万分，竟不顾君临天下的身份，兴高采烈地将姚黄插到头上，其痴迷程度，可见一斑。

“魏紫”，俗称“千叶红花”牡丹，出自魏仁溥家，是与姚黄齐名的名贵牡丹品种，但比姚黄开花晚一些。宋代文学家欧阳修在《绿竹堂独饮》一诗中赞曰：“姚黄魏紫开次第，不觉成恨俱零凋。”金代诗人元好问也有诗赞道：“魏紫姚黄有重名，洛阳车马闹清明。”每到牡丹盛开季节，姚黄、魏紫以及“贵妃醉酒”“乌龙卧墨池”等名贵牡丹，吸引着国内外游客和洛阳城内居民蜂拥观赏，甚至忘记回家。正如一首诗所写：“看花长到牡丹月，万事全忘自不知。”

我们徜徉在牡丹园圃，一会儿观赏这一片，一会又去看另一片，花田实在是太多了。看到花大艳丽的各色牡丹，便停下来相互拍照。大约两小

时后，我们又到高科技四季牡丹展区游览。据说这是当今唯一的一年四季牡丹盛开的科研之地。

最后，我们到商品综合区购物。可以交易的品种虽然很多，但主要有两大类。一是种类众多的牡丹盆景，二是各式各样的牡丹工艺品。为了便于携带，我买了十几个牡丹瓷盘，盘中烧制着各种颜色的美艳牡丹花，回京后赠给亲朋好友。

花开歌盛世，花谢孕生机。观赏了洛阳牡丹，不仅大饱了眼福，增长了知识，而且明白了一个哲理：国运昌时花运昌，国运颓时花亦萎；或者说，国兴则花荣，花荣国更兴。今天，我们国家在中国共产党的领导下，犹如盛开的牡丹花，焕发着勃勃生机，史诗般地为实现中华民族伟大复兴的中国梦，坚持不懈地奋斗着。我坚信，洛阳乃至全国其他地方的牡丹，也一定会越来越繁盛，鲜花越来越香浓！

最后咏《洛阳牡丹》一首：

生就国色又天香，世人誉称花中王。
娇容笑对贵妃妒，傲骨敢抗女皇狂。
魏紫醉态迎百客，姚黄艳质压群芳。
九代帝都添胜景，如今声名满洛阳。

嵩山与嵩阳书院

我曾四次去过嵩山，主要游览了少林寺、中岳庙、嵩阳书院等著名景点。由于嵩山位于郑州和洛阳之间偏南一点，我前两次是从洛阳去的，游览后回到郑州。后两次是从郑州去的，游览后去了洛阳。

势如卧龙的嵩山

嵩山，位于郑州市西南90公里的登封市境内，东西长约60公里，横卧在登封市区以北3公里处，势如卧龙，雄峙中原，远在春秋时期就有了“中原第一名山”的美称。

史书载：“嵩高，中岳也，萃两间之秀，居四方之中。”这“两间之秀”，是指嵩山位于太室山和少室山之间。这两座山各有36峰，峰峰有名有典，主峰峻极峰海拔1440米。全山层峦叠嶂，峻拔秀丽，涧幽泉清，寺庙林立，树木葱茏，名胜古迹遍布。

由于嵩山“居四方之中”，雄镇中原，因而成为我国“五岳”中的“中岳”。它虽然不如东岳泰山雄伟，不如西岳华山险峻，不如南岳衡山峻美，不如北岳恒山雄奇，然而，“山不在高，有仙则名”。嵩山的“仙”，在于它诱人的山川风貌，灿烂的古老文化，独特的演变历史，丰

富的地下宝藏。

历史上，嵩山既是中原的战略要地，又是封建帝王的游览胜地。据介绍，西汉元封元年（前110年），汉武帝刘彻游历嵩山，不过当时名叫崇高山。他进入山区后，忽然听到山中有三呼“万岁”之声。他感到十分惊诧，问天天不言，问地地不语，便认为这是“山神显灵”所呼之声，顿时心情大悦，连下三道诏令；一是将他到过的山峰命名为“万岁峰”，上建“万岁亭”，下建“万岁宫”，以应山呼“万岁”之意。从此以后，历代臣民拜见皇帝时山呼“万岁”，据说由此而来。二是令祠官增建“太室祠”，即现在的中岳庙，并禁止在此伐木砍树。三是划山脚下的300户为嵩高县，县衙设在太室祠，县令兼任祠官，衙祠合一，并对全县人民免除劳役等。

东汉光武帝刘秀、隋炀帝杨广、唐太宗李世民、唐高宗李治等，都曾游览过嵩山。武则天称帝后当年就到嵩山峻极峰建了一座“登峰坛”，后立“大周升中述志碑”一座，自我歌功颂德，并改年号为“登峰”。又曾到嵩阳书院前建造“朝觐坛”，诏令将“嵩阳县”改为登封县，一直沿用至今，已有1300多年的历史。

清代乾隆皇帝于1750年十一月初到嵩山游览，游历了嵩阳书院、中岳庙、少林寺等景点，登上了峻极峰。所到之处，题词赋诗，树碑立传。他所写的登峻极峰诗，就颇有气势：“嵩山好景几千秋，云雨自飞水自流。远观南海三千里，近望西湖八百州。万里长江飘玉带，一轮明月滚绣球。好景一时观不尽，天生有份再来游。”

历史上，嵩山是佛、道、儒三教汇集之地，佛寺、庵院、道观、书院遍布全山。佛教鼎盛时期，仅山下就有72座寺院，素有“三里一寺，五里一庵”之称。如少林寺、会善寺、法王寺、龙潭寺、莲花寺、清凉寺、嵩

作者夫妇在嵩阳书院大门前留影

岳寺塔等。道教的中岳庙、白鹤观、中岳行宫等，以及儒教最有名的嵩阳书院。

另外，山上多洞穴，为古代道士炼丹修道、高僧修行、隐士避世之所，如老君洞、二仙洞、老母洞、炼丹庵、达摩洞、唐代韩愈洞等，数不胜数。

嵩阳书院名天下

坐落在嵩山南麓太室山脚下的嵩阳书院，是我国古代“四大书院”之一。另外三所书院是：湖南长沙的岳麓书院，江西庐山的白鹿洞书院，

河南商丘的睢阳书院。由于商丘在古代称为“应天府”，故“睢阳书院”又称“应天书院”。按照现在的话说，这四大书院都是当时的“名牌高校”“最高学府”。

据介绍，嵩阳书院这座建筑始建于南北朝时期北魏孝文帝太和八年（484年），初名“嵩阳寺”，为一佛教寺院，僧侣曾达数百人。隋朝年间（581—618年）改名为“嵩阳观”，唐代又改为“奉天宫”，成为道教活动场所。到了北宋，宋仁宗赵祯将其改为“嵩阳书院”，又成了儒教活动的殿堂，此后一直是历代著名学者讲授经典之所。元、明、清三朝，都分别对嵩阳书院进行了整修与扩建，占地面积曾达到1700多亩，并有诸多藏书，成了一所历史悠久、规模宏大的官办书院。宋代朝廷命官、著名大儒范仲淹、欧阳修、司马光，理学创始人程颢、程颐，文学家杨时、吕海，范仲淹的儿子、曾任北宋宰相的范纯仁，北宋太常少卿、南宋宰相、抗金名将李纲，南宋理学大儒朱熹等都曾在该书院讲学。巧的是，嵩阳书院的旁边就是宋朝皇室的家庙“崇福宫”。由于此地环境优美，常有当朝重臣名士闲居于此，他们也乐于到书院讲学，从而使嵩阳书院的名气更大。

北宋史学家、文学家，英宗时龙图阁学士，神宗时御史中丞、西京（洛阳）御史官司马光组织修撰的我国第一部编年体古代通史《资治通鉴》，第9至21卷（共294卷）就是在嵩阳书院和崇福宫完成的。这部鸿篇巨制经过司马光等人19年的艰苦工作，终于成书。书中记载了从战国到五代一千三百六十二年的兴衰史，宋神宗看后十分欣赏，特赐书名《资治通鉴》。后人称赞此书为“天地间不可无”“学者亦不可不读”之书。

明、清两朝，嵩阳书院继续为国家培养了大量治国理政人才和文化才俊，许多进士、举人和官员都曾就读于这座书院。

我们从山下停车场沿着长长的石阶往上行走，两旁是翠绿的修竹和树木。往上看，一座明清风格的建筑矗立在山坡上，山峦环拱，环境古幽，景色宜人。

嵩阳书院院内千年古树

过了写有“高山仰止”的牌坊式仪门，就是嵩阳书院。只见书院门额上悬挂着一块写有“嵩阳书院”的牌匾，据说是后人仿苏东坡的手书写的，笔力遒劲奔放，隽永俊朗。

大门两侧挂有一副对联：“近四旁，惟中央，统泰华衡恒，四塞关河拱神岳；历九朝，为都会，包伊洛瀍（chán，河名）涧，三台风雨作高山”，可谓胸襟高阔，气势磅礴。

整座书院南北长128米，宽78米，具有古代建筑风格的殿堂、房舍上百间。从南向北，共有五个院落，依次为：卷棚大门三间、先圣殿、道统祠、讲堂、藏书楼。东西两侧是配房，如“程朱祠”（理学家“二程”和

朱熹的祠堂）、丽泽堂、博学斋学舍等。西偏院还保留着清代的考场。院内走廊的廊壁上，镶嵌着不少历代文人墨客的题字和留言，其书法各有特色，也很珍贵。

先圣殿，又称“先师祠”，里面供奉着与嵩阳书院有关的先师先贤和圣人的雕像。殿内正中，供奉着儒家创始人孔子和他的四大弟子雕像，文化气息很浓。凡到此参观者，无不礼拜孔圣人。

其后是“道统祠”，祠内供奉着唐尧、夏禹和重视教育的周公姬旦的石像，后壁悬挂着他们曾在嵩山地区狩猎、治水等活动的画像。

道统祠后面是讲学授课的讲堂。讲堂门两侧的对联是：“满院春色催桃李，一片丹心育新人”。讲堂是平房，前后都有门，相对相通；学子的书桌摆在两边靠墙处，中间通道较宽；讲师的座椅、教案和学子们的课桌、板凳古香古色，可见，讲堂的环境相当不错。

令我感兴趣的是，成语“程门立雪”的来历竟然在这里。

“程门”，是指北宋思想家程颢、程颐两兄弟，他们都是理学学派的创始人，因他俩是洛阳人，人们又称他们是“洛学派”。程家兄弟在嵩阳书院施教10年，名声很大，威望很高，很受文人学子的崇拜。据《宋史·杨时传》载：学子杨时、游酢（zuò）冒着大雪到嵩阳书院拜见程颐，而且是第一次拜见。当时程颐正在讲堂打盹，杨、游二人都是尊师重道之人，为了不打扰程颐休息，便冒雪站在门外雪中等候。待程颐醒来，门前积雪已有一尺多厚。因此，“程门立雪”这一成语，意为尊师重道，苦心求学。

书院的最后一座建筑是藏书楼，藏有古籍2000余件，其中最珍贵的当数《武后金简》（复制品），即武则天称帝后向天帝祈福的手书金笺。

除此之外，嵩阳书院还有两大景点。一是在书院大门外西侧竖立着一方“大唐碑”，全名为“大唐嵩阳观纪圣德感应之颂碑”，刻立于唐天宝三年（744年），由碑座、碑身、碑额、云盘、碑脊五层雕石组成，高达9米多，宽2米多，厚1米多，重达80多吨，而且造型别致，素有“中原碑王”之称。

据介绍，大唐碑正面的碑文系礼部尚书李林甫所作，主要内容是记述嵩阳观道士孙大仲为唐玄宗李隆基炼丹九转的故事。然后由吏部侍郎、著名书法家徐浩用八分古隶楷书书写，刻在了石碑上。字迹工整，圆润雄劲。碑座和碑顶上，雕刻着武士、游龙、麒麟、雄狮、云朵等，图案精美，形象生动，被历代金石名家视为珍宝。

据说这座唐碑的背面原无文字，明代被雷电击毁了碑后的半面。当地传说，李林甫是唐代的一个大奸臣，口蜜腹剑，臭名昭著，这种坏人作的碑文怎能长久立于嵩阳书院这座高级学府门前呢？是上天差遣雷公电母来击毁它的。但又怕损害大才子徐浩的手书，才将没有字的背面碑顶劈去一半，以示对李林甫的惩罚，但徐浩的手书却完好无损。后来有人在石碑的背面刻有一首唾骂李林甫的诗：“道旁林甫碑，读之面发赤。心惨似剑矛，言甘如醴蜜。唐家圣德辞，出自奸谀笔。天怒春雷轰，勿久污太室。”

第二个著名景点是，书院内现有两棵“汉封将军柏”。

据介绍，西汉元封元年（前110年），汉武帝刘彻登嵩山峻极峰后，来到书院这个地方游览。他一进头道门，看见一棵柏树身材高大，枝叶茂盛，一时兴起，信口封它为“大将军”。再往后走，看见中心院内另一棵柏树比第一棵大好几倍，但金口已开，没法更改，便封这棵更大的柏树为“二将军”。随从官员感到武帝加封得不合理，便委婉地向皇帝提示：“这棵柏树比前棵柏树大”。汉武帝则说：“先入为主。”再往前走，见

到第三棵柏树比第二棵更大，武帝说："再大你也是三将军了。"

据当地人戏说，由于汉武帝封得不公，所封的三个"将军"都有情绪。三将军认为自己是嵩山地区最大的柏树，被封为"三将军"不合理，一怒之下气死了（实为明朝末年被火烧毁）。二将军感到自己比大将军大好几倍，却被封为二将军，实在委屈。由于气性太大，把肚子气炸了，直到现在，树干下还有一个大洞，游人可从中往返。大将军较有自知之明，认为自己既没有二将军大，也没有三将军粗，却被封为大将军，深感惭愧，因而经常低着头，弯着腰，谨慎地生长。后世有人写诗讽刺："大封小来小封大，先入为主成笑话。三将军恼怒被气死，二将军不服肚皮炸。大将军羞愧低下头，金口玉言谁评价？"

这三棵"将军柏"，从受封至今已有2130多年的历史。但其树龄到底有多大，说法不一。中国佛教协会原会长赵朴初生前到嵩阳书院游览时曾看过这三棵柏树。他在诗词中写道："嵩阳有柏，阅世三千岁。"也就是说，这三棵柏树距今已有3000多岁。而当代有植物界专家推断，已有4500年的历史。究竟有多大高龄，至今尚无确切定论。

据介绍，这三棵大将军柏树，除"三将军"在明朝末年被烧毁外，其余两棵至今仍在顽强地生长。虽然树身老态龙钟，却遒劲挺拔，枝叶茂盛。尤其二将军柏，高约20米，围粗13米，宽幅19米，是我国最大最古老的原始柏树之一，虽然树干下穿了一个大洞，游人可从中穿过，部分树皮也有脱落，但生机尚盛，枝叶犹茂。正如清代文人李觐光所赞："翠盖摩天迥，盘根拔地雄。赐封来汉代，结种在鸿蒙。皮沁千年雪，叶留万古风。茂陵人已矣，此柏自青葱。"

游览了嵩阳书院的主要景点，我和爱人便到西偏院服务处去买纪念品，那里最吸引游客的是有位四五十岁的男同志当场有偿为人作诗。我俩分别报上姓名、生辰和职业，他拿起毛笔装模作样地端详了我们的面相，然后分别为我俩作七绝诗一首。还别说，内容非常符合本人情况，而且对仗押韵，毛笔字也很清秀俊雅，更珍贵的是，盖有“嵩阳书院”的图章。我还买了一份“曹”姓的起源、发展历程和在全国分布情况的图册。但这些宝贵资料可能因为搬家和装修房子的缘故，不知弄到哪里去了，实为可惜。

最后，草拟小诗二首：《嵩阳书院》

一

嵩阳书院名天下，施教鸿儒誉万家。
求知学子雪中立，桃李无处不飞花。

二

千古名院书香浓，司马范程育精英。
周柏唐碑稀世宝，老态颓衰亦有情。

道教洞府中岳庙

到河南嵩山游览，大多去看三大景点，一是嵩阳书院，二是道教“第六小洞天”中岳庙，三是有着“天下第一古刹”之誉的佛教寺院少林寺，我曾四次去游览后两个著名景点。

中岳庙位于登峰市以东4公里的山坡上。从外部看，此庙院依山势倾斜而建，从低到高，山峦环拱，翠松掩映，红墙绿瓦，金碧辉煌，据说是五岳中现存规模最大最完整的道教古建筑群。

中岳庙由南向北，长度650米，南低北高，相差37米；左右对称，宽166米；中轴线甬道宽4米，全部用磨光的青石铺成，总面积近11万平方米。

中岳庙中轴线上的建筑共分7进院11层。由南往北依次为：中华门、遥参亭、天中阁、配天作镇坊、崇圣门、化三门、峻极门、嵩高峻极坊、中岳大殿、寝殿、御书楼。中轴线两侧的跨院建筑有太尉宫、火神宫、祖师宫、九龙宫、神州宫、小楼宫等，共同构建成一座完整的古代建筑群。现存的殿、宫、楼、阁、亭、台、庑、廊等明清建筑近400间，金石铸器200多件，自汉代至清代的古柏300多棵。宽阔的庭院，大片的草地，古老的松柏，林立的碑刻，衬托着前后相连的亭台楼阁，使中岳庙显得更加幽深雅致，古朴庄严。

中岳庙

“道教”一词最早出于《老子想尔注》中，它渊源于古代的巫术，尤其是秦汉时期的神仙方术。东汉顺帝时（126—144年），今江苏丰县人张道陵时任江州（今重庆）令。此人博通五经（《诗》《书》《易》《礼》《春秋》），弃官后潜入四川大邑鹄鸣山修道，以潦草难识的字迹和图符著道书，自谓神鬼能知而凡人不可知，倡导以符咒驱鬼治病和“辟谷”。并创立“五斗米教”，即凡人捐五斗米即可入教，历史上被视为道教创始人。他以老子的《道德经》和《正一经》为道家主要经典，尊老子和黄帝轩辕为教主，崇尚自然，到处传教。后在全国流行开来。道教宫、观、庙在各地名山星罗棋布，著名的有“36洞天”“72福地”，教派也多了起来，如“太平道”“全真道”“上清教”等，成为我国主要宗教之一，对发展封建文化起到了重要作用，诸多“洞天”“福地”，也成为祖国锦绣河山的著名旅游胜地。

中岳庙是道教在嵩山地区侍奉中岳神而修建的。因在近两千年的封建社会里，流传着“山山有主，岳岳有形”之说，祭岳封神成为一种旷世大典。其目的不外乎“以神之灵，塑神之形，俾（bǐ，意为‘使’）神之明，福我苍生”。如果哪一个朝代没有举行祭封活动，似乎说明他的宏图大业还没有成功，没有“受命于天”。这种封神活动，一直延续到清朝末年。

在历史的长河中，嵩山的道教之所以繁盛，一是按照古代水、火、木、金、土“五行”之说，中岳属于土位，土是“地”的意思，唯有土才能配天，即“天地神灵”，传说黄帝与轩辕就是以“土德”称王于天下的。因此，道家就说五岳中的中岳地位最为珍贵。而中岳嵩山掌管“中部神灵”，所以历代帝王非常重视中岳庙的建设和对中岳神的祭祀。二是嵩山有着丰富的文化背景、神奇的历史传说、诸多的神话故事，道教借以扩大宣传影响，并尊称中岳嵩山为“第六小洞天”，尊称中岳庙为“第六小洞天”之“洞府”。因而历朝历代在这里修道成名的道士非常多。实际上，自东汉末年以来，这里一直被道教占据。

据介绍，中岳庙的发展史可用六句话来概括：始建于秦，扩建于汉，迁徙于北魏，兴盛于唐宋，废弃于元朝，重建于明清。

据《山海经》记载，秦代就在嵩山建了太室祠，专供祭祀天地神灵，这是中岳庙的前身。

汉武帝刘彻游览嵩山时由于听到山呼“万岁”之声，认为是神灵所呼，在连下三道诏令中，其中有一道就是加增太室祠，推动了道教的发展。

北魏时期，为使已改名为“嵩岳庙”的庙址有一个更好的地方，曾组织三次迁徙。太武帝拓跋焘还把祭祀中岳神的嵩岳庙正式改为道观。自此，嵩山就与道教结下了不解之缘。

到了唐朝，朝廷很重视道教，张道陵的后代承传了“天师派”，张氏教主多次受到皇帝召见和宠遇，武则天还封张氏教主为“国师”。

万岁通天元年（696年），武则天游历嵩山时加封嵩山为“中岳”，将嵩岳庙改为“中岳庙”，尊神岳天中王为“神岳天中大帝”，天灵妃为“天中皇后”，改嵩高县为“登峰县”，这使中岳庙声望大增。唐玄宗李隆基在位时不仅重新进行整修装饰，而且扩建了殿宇，使中岳庙更加宏伟。

北宋年间，宋太祖赵匡胤、宋真宗赵恒先后按照开封皇宫的形式大修中岳庙，增建牌楼、行廊、殿宇等950多间，并在院内遍植松柏，添置金妆神像，绘制壁画470多幅，整座庙宇面积达到37万平方米，规模宏大，联云映日，雕梁画栋，金碧辉煌，达到鼎盛。

但到元朝初年，由于多年战火不断，庙房只有700余间了，而到元朝末年，仅存百余间。

明、清两朝，对中岳庙进行过多次整修、重建和增建，现在的规模和样式，是清乾隆帝按照北京皇宫的布局重建的，故有“深山故宫”和“小故宫”之称。

在抗日战争中，中岳庙遭到日军轰炸，后又遭到国民党13军第8师的破坏，毁掉了许多古建筑。中华人民共和国成立后，党和政府多次对中岳庙进行修缮、翻修和重建，从根本上改变了之前残垣断壁、破烂不堪的景况，成为国务院公布的全国第一批重点文物保护单位和重要的旅游景点。

我几次到中岳庙游览，都是从名为“中华门”的南门进入。这座门原是木质牌楼式，原名“名山第一坊”。1942年改为砖瓦结构，开有三孔拱形门洞的庑殿顶牌楼式大门，并更名为“中华门”。门内外上额写有“嵩峻”“天中”“依嵩”“带颖”8个字，意思分别是：嵩山峻峭，天之中心，背依嵩山，颍水如带环绕，巧妙地概括了中岳庙雄踞中原、山河环拱的地理形胜。

在中华门前两侧的方亭里，各立着一尊东汉刻制的石雕像，高约1米，头顶平整，身着长袍，腰束革带，手握剑柄，轮廓古朴，造型大方。据当地导游介绍，这个石人名叫“翁仲”，是中岳庙象征性守门人。据说秦国有一员猛将，名叫阮翁仲，身高丈三，头颅硕大，威风凛凛，秦始皇派他领兵镇守临洮，匈奴闻风丧胆。由于他抗击匈奴立有大功，死后秦始皇特地为他铸造了一尊铜像，立于咸阳宫司马门外，号为“翁仲”，寓借其神勇威武的名声，作为守门将军镇凶避邪。后来，凡在宫府、庙观、皇帝陵前立的石人石马等雕像，均称为“翁仲”。

据传，清代乾隆皇帝一次带着一帮文武大臣到嵩山览胜，还特意带了一个名叫卢文远的翰林。他们到中岳庙祭奠天中王时，乾隆看到了翁仲石雕像，便问“这是何人？”卢文远匆忙回答：“仲翁。”此后他又两次把“翁仲”说成“仲翁”。这两个字一颠倒，意思就变了，“翁仲”是石像、铜像的总称，而“仲翁”则成了“二老头”。因兄弟俩称为“昆仲”，“仲”是老二，“翁”指老头，“仲翁”不就成了“二老头”了吗？一个在翰林院担任机要文书、为朝廷起草文件的翰林，屡次说错字，乾隆皇帝非常生气，当即就把卢文远贬到江南任“通判”去了，并写了一首《贬去江南作通判》的打油诗，故意把每一句诗的后两个字写颠倒：“翁仲何缘作仲翁，十年窗下欠夫功。枉在朝里作林翰，贬去江南作判通。”还在最后附了两句：“陈力就列，不能者止。”意思是，有多大的能力，就做多大的官；没有能力，就自己退出去。既讽刺了卢文远知识浅薄，又点明了他贬卢文远的理由。

实际上，卢文远被贬并不冤。因为此人并无真才实学。他是一个宦官家的纨绔子弟，在“乡试”“会试”中靠他父亲暗地贿赂，才得了“秀才”，中了“举人”。到“殿试”这一关，恰巧礼部的主考官是他父亲的结拜弟兄，于是找人替卢文远写了一篇文章，瞒过朝廷，做了翰林官。因为别人替他写的那篇文章的确很好，后来被乾隆所知，便认为卢文远很有才华，故这次出游带上了他，结果丢人现眼，被贬江南。

走进中华门，可见建在墩台上的一座黄琉璃瓦重檐八角亭，名为“遥参亭”。我不解“遥参”之含义。导游说，过去举办祭奠岳神时，人山人海，晚来的人只好在这里远远参拜，以了心愿，故名“遥参亭”。

再往后是“天中阁”，原名“黄中楼”，是中岳庙原来的大门，至今门额上还保留着“中岳庙”三个大字。明代进行修建时，根据“嵩高正当天之中”之意，易名“天中阁”。这座建筑面阔5间，高约7米，红墙黄瓦，朱柱雕梁，居高临空，气派宏大。古人为此赋诗曰：“高高在天中，云天更几许？举手撼天关，欲与天上语。”每句都有“天”，不愧天中之阁。

崇圣门东侧的古神库和四尊铁人，也很引人注目。据说那是原来放祭品的地方，宋代在对中岳庙进行大修时，因怕毁坏旧有的神像，便小心翼翼地把许多旧神像安置在此地，以示敬意。到了清代，在此地建了一座四角单檐砖亭，名为“古神库”。并在库周四角各立一尊铁人，高约3米，武士风度，握拳振臂，挺胸怒目，威严生动，通称“镇库铁人”，我还站在一尊“铁人”右侧拍照留念。

我对道教总有一种“神神道道”的感觉，走到“化三门”听过介绍

后，这种感觉就更甚了。

何谓“化三门”？据清代《重修中岳庙碑记》解释：“化三门者，取三才（天、地、人）变化之义也。”道教传说，人体内有“三尸神”，专门残害人体，并暗记人的过失，在庚申日趁人熟睡时告知神灵，陷害人体。但“三尸神”最怕“化三门”，人们只要通过化三门，就能化掉体内的三尸神，保证身心健康。因此，化三门又被称为“消灾门”“吉祥门”。当然，这不过是道教的一种骇人的传说，一种崇神的信仰。尽管如此，凡是到中岳庙参拜或游览的人，无不在本院道士或导游的引导下从化三门通过，以增加对道教的神秘感。有的人可能好奇，有的可能有“信”的成分，我则感到好玩，起码了解了道教的相关知识。

再往前走是峻极门，又称“将军门”，这是中岳庙中心院内峻极殿的大门，800多年前的金代始建，现存大门是清乾隆年间重修的。门阔5间，五彩斗拱，雕梁画栋，气宇轩昂。中门两侧，各立一尊守门将军，高5米，腰围4.8米，白脸的叫李用，黑脸的叫朱海。中岳庙的道士说，早先修建中岳庙时，他俩出力最多，贡献最大，且从不计报酬，死后为其雕了塑像，立于峻极门中门的两侧，守护大殿。因此，峻极门又称“将军门”，这“将军”指的就是他俩。

中岳大殿的前面有一座“嵩高峻极坊”，又称“迎神门”。坊起三架，门额上的四个大字《崧高峻极》，据说是清康熙皇帝御笔所题，源出《诗经·大雅·崧高》“崧高维岳，峻极于天”的诗句，“崧”即“嵩”。这座牌坊式大门斗拱四起，密集重叠，黄琉璃瓦盖顶，雕梁画栋，极像北京故宫的承光门，是全国现存的清代木结构精品之一。

中岳大殿又名“峻极殿”，是中岳庙道教举办重大活动的中心大殿，其形制与北京故宫的太和殿相仿。据说原始大殿在明朝末年毁于火灾，现存的大殿是清代重建。大殿占地面积一千多平方米，面阔9间，进深5间，共有房屋45间。整座大殿黄瓦重檐，饰以彩绘，工艺精美，雄伟壮观。

大殿前设有拜台、龙路、石狮和高约3米的宋代大月台，周围饰石雕栏杆。在大月台的下面，有两座创建于乾隆年间的八角重檐亭，匾额分别写着“御香亭”和“御帛亭”。由于这两座亭中都有乾隆皇帝立的诗碑，所以通称“御碑亭”。亭子斗拱高架，檐角飞翘，形制精致，古香古色，据说是清代八角亭建筑的精品。

大殿外檐下，悬挂着十几块匾额，殿门之上的“威灵镇佑”大匾，是清代咸丰皇帝爱新觉罗·奕伫（zhù，意为“智慧”）御书，墨底金字，古朴典雅。

殿内地面铺着光滑的青石，殿顶的天花板饰有彩色图案。大厅正中有一座雕刻华丽、占有10间房屋面积的特大神龛，龛内供奉着武则天加封的中岳大帝天中王坐像，高达3.6米，身穿金袍，姿态威武，仙童、侍臣和守护神像恭顺尔雅地分列两旁。神龛外，站立着两尊镇殿将军雕像，高约6米，甲胄光亮，执锤而立，威武无比。殿内东侧的木架上悬挂着一口明代万历年间铸造的重达千斤的大钟，敲钟时声传十余里。殿内西侧的木架上则有一具口径1.30米的牛皮大鼓，据说是1985年新添的。

从峻极门到北面的中岳大殿是一个很大的院落，在院落东西两侧，宋代就建有72间廊屋，但在明末被烧毁，清代重建，现有廊屋90间。这是两座令人魂摇意夺的廊屋，北端雕有包括阎罗王在内的“十帝阎君”雕像，面部一律朝南。廊屋南端是“四大文曲星”（宋代寇准、包拯，明代海瑞，还有我未查到是哪个朝代的王延龄）和“四大武曲星”（三国时的关羽，宋朝岳飞，唐初大将尉迟敬德和高文正）的坐像。东端廊屋是72尊阎王坐像，西端廊屋是72小鬼站像。当地百姓传言：“东廊房，西廊房，72

个大阎王；九间九檩朝王殿，72间暴杀厅。”这是道教宣传弃恶从善的一种手段。

再往后是天中王与天灵妃夫妇居住的寝殿。殿中神龛内供奉着“王”与“妃”的坐像，两位侍女塑像分立左右。龛内两端的木榻上，躺着天中王的雕睡像，天灵妃着便服陪坐在榻旁，人们俗称其为“睡爷爷”“坐奶奶”。寝殿天花板上镶嵌着“游龙”“翔凤”彩色图案，意为龙凤并驾。

中岳庙中轴线上最后一座殿堂是御书楼，原名“黄箓殿”，创建于明代神宗年间，是历代收藏道教经典符箓（道教的秘文秘录）的地方。清代皇帝到中岳庙举行祭祀活动时，大多都在这座殿题碑或书写铭文，所以才把原名“黄箓殿”更名为“御书楼”。据介绍，楼内收藏着《道经》和其他经典，还有木刻道经板100多块，以及23件清代朝廷祭祀中岳庙的告文碣碑等。

中岳庙两侧的五六座稍小一些的神州宫、祖师宫等，我们只是走马观花地看了看，印象不深。但中岳庙大院里的一百多座古碑我倒是颇感兴趣，因为碑中有历史，有文化，有故事。

如北魏文成帝刻立的《中岳嵩高灵庙碑》，叙述了重修中岳庙的情况，文字系嵩山著名道士寇谦之书写。

元朝最后一个皇帝元顺帝宣旨刻立的《圣旨碑》，上书“圣旨”二字。

宋朝宋真宗赵恒御制中岳醮（jiào，祭神）告文《八棱碑》。

明朝万历三十二年（1604年）刻立的《五岳真形之图碑》，上刻五岳形状，概括了五岳山势的主要特征。

四名状元写的“四状元碑”。在中岳庙东华门和西华门内，各有状元碑两座、宋代碑三座、金代碑一座。前四座因碑文都是当朝状元写的，故而被称为“四状元碑”。

清代还立了一座无字碑，因碑上未刻一字。据说是中岳庙功德无量，无法用文字来形容，故立此碑，以示纪念。

而我最喜欢的还是那些碑上刻有诗歌的石碑。如刻于明代万历年间的《解五岳图赠少林寺僧洪川广令歌碑》，上有七言诗一首：“夜坐不厌山中月，昼行不厌山中云。云飞月落兴无尽，按图指点岗峦分。此图真形号最古，天壤名山惟有五。芙蓉日见在东南，莲花仙掌开西土。”字体行中有草，纤细流畅。

清代乾隆帝曾多次到中岳庙拜谒，立碑5座，其中有4座作诗刻于碑上，均为草书字体，潇洒畅顺，圆润柔媚。其内容或为表达重修中岳庙的功德，或为抒发游览嵩山的舒畅心情，如《谒岳庙》诗文：“堂堂正正的，巍巍焕焕京。到来仙气象，果足庆平生。惬我长年愿，陈兹祈岁情。忽闻鸾鹤韵，疑有列仙迎。”

令人难以想象的是，此处竟有刻着北洋军阀吴佩孚三首诗的两座碑。据说1927年5月吴佩孚在郑州与冯玉祥作战时，三面被困，兵退巩县，他翻越嵩山暂住中岳庙，书赠老道士弋元法（号“仙守”）三首诗，其中第三首我看挺符合当时的情势：“民国军人尽紫袍，何人肯与民分劳。玉杯饮尽千家血，红烛烧残万姓膏。天泪落时人泪落，歌声高处哭声高。平居漫说民生重，苦害民生是尔曹。”

其他诗碑还有十几座，元、明、清三朝的较多，有皇帝、状元立的，有河南巡抚、登封知县立的，也有文人雅士立的。另有明、清朝臣奉皇帝敕命到中岳庙祭礼祈丰的《御祭中岳告文碑》20多座，在书法上均有一定造诣，具有重要的历史文化研究价值。

中岳庙的另一大特色是古柏甚多。进入庙内，“路从古柏荫中转，殿

向云峰缺处开”。据介绍，中岳庙共保留着汉代以来的柏树近千棵，其中汉至清代330多棵，中华人民共和国成立后栽植的2600多棵。在古柏中，汉代至南北朝时期、树龄在2900年至1300年的有47棵；唐至宋时期树龄在1200年至800年的有58棵；宋末至清代、树龄在700年至200多年的有230多棵。最高的古柏达14.5米，最粗的树围达6.2米。柏树品种大多是侧柏和刺柏，还有少量的桧柏、龙柏、香柏、地柏等。

中岳庙的这些古柏，经过数百年甚至2000多年的风雨，有的皮苍根露，有的老干嶙枝，姿态奇特，形状各异。如风动尾颤的“凤尾柏”，螺旋盘绕的“盘龙柏”，形如狮头的“狮子柏”，卧姿安然的“卧羊柏”，身如奔鹿的“奔鹿柏”，攀枝嬉戏的“猴柏”等，千姿百态，魅力诱人，成为庙内一大风景。

说来有趣，1993年6月10日我第一次去中岳庙时，进门走了约20米，一位60多岁的男子一把将我从“天路”拉到一棵古柏下，郑重其事地对我说：“我给你相相面，说得准，请赐6块钱，图个吉利；说得不准，分文不取。”

我摆了摆手说：“谢谢，我不信这个。”因为我是一个无神论者，从来不信“相面”“算卦”之类的把戏。

“让他相，让他相，说准了，我们付钱。”河南省商业厅的两位同志打趣地怂恿。

相面者还未等我答话便抢着说：“你是农村出身的苦孩子，你现在在中央大机关工作。你没有后台，但你有才，你是靠能力上去的。”我顿时一愣。

“你曾有过三次‘死’，但都没死成，因为你救过三次人，这叫善有善报，好人有好报。不过，你今后可能还会有一难。你是不是还救过人？

如果有，难可消；如果没有，全凭你的造化了。”

“打住，不必再说了。”我掏出10元钱给他，“不用找了。”

我和几个同伴边走边聊，我说：“还别说，这个相面的说得还真靠谱，我确实救过几个人。说我是农村出身的苦孩子、在中央机关工作、没有后台，都说对了，怪哉！”

后来我以“我也咬过人”为题写了一篇文章，刊登在1998年11月10日的《北京晚报》上。还自娱自乐地写了一首小词《卜算子·相面》：“巧口簧舌蜜，数说生死意。难却强卜众怂恿，旋即入闹剧。懵懂听相语，诌扯尚靠谱。玄机诡秘颇蹊跷，勾起往事忆。”

最后作《**游览中岳庙**》小诗一首：

千年古刹接氤氲，殿阔柏荫道院深。

旧时祈雨望穿眼，盛世甘霖看如今。

中州古刹少林寺

少林寺，位于河南省登封市西北12公里处。因建在嵩山少室山下的茂密丛林中，故名少林寺。少林者，少室之林也。

少林寺是我国负有盛名的佛教寺院，是声名煊赫的禅宗祖庭，在中国佛教史上占有重要地位。古人称誉它为"古刹中州数少林"，"少林胜迹冠中州"。尤其是1982年一部武打电影《少林寺》，更让这座千年古刹以及少林武功闻名海内外。那部电影的插曲《牧羊曲》，至今我还记得唱词："日出嵩山坳，晨钟惊飞鸟，林间小溪水潺潺，坡上青青草。野果香，山花俏，狗儿跳，羊儿跑，举起鞭儿轻轻摇，小曲满山飘。"

1994年至2006年的十几年间，我曾4次去游览少林寺，听了寺史介绍，看了大部景点，乘坐缆车上山，欣赏武术表演，印象颇深。

少林寺发展轨迹

据介绍，少林寺始建于南北朝时期的北魏太和十九年（495年）。印度僧人跋陀（又称"佛陀"，意为"有觉悟的人"）来到佛教盛行的中国北魏境内，很受孝文帝元宏的敬重，便在离京都洛阳不远的嵩山少室山下敕建少林寺，让跋陀在寺中传授主张"自我解脱"的小乘佛教，僧众曾达

作者爱人在少林寺留影

数百人。

北魏孝明帝（元诩）孝昌三年（527年），另一位印度僧人菩提达摩航海来到中国，经广州、南京，北渡长江，慕名前来少林寺，广集信徒，专门传授禅法。达摩既不著书，也不讲学，不立文字，专注“壁观”坐禅。即面对墙壁，盘腿而坐，在“明心见性，一切皆空”上下功夫，在思想深处“练魔”，实际上就是闭门思过，自我修养。人们说：“达摩传法一字无，全凭自己下功夫。”

达摩在少林寺后面五乳峰的一个天然山洞里面壁9年（从527年至536年，亦称10年），不讲法，不持律，终日合着眼，默然面朝壁。打破壁，祖佛成，空全身，全身精入石，灵石肖全影。我还站在影石前拍照留念。

不过原石已被毁，现在的影石系后人摹刻。中华人民共和国首任国务院总理周恩来当年到日本求学时，曾作“大江歌罢掉头东，邃密群科济世穷。面壁十年图破壁，难酬蹈海亦英雄”。其中的“面壁十年图破壁”，指的就是达摩在少林寺“面壁影石”的典故。周总理借古喻今，告诫人们只有吃大苦、耐大劳，才能有所作为。

北周武帝建德二年（573年），武帝宇文邕（yōng）下令禁止佛、道二教，少林寺遂遭废弃。六七年后，北周静帝宇文阐和隋朝隋文帝杨坚先后重修少林寺。到了唐朝，少林寺僧兵协助秦王李世民征服隋朝末年大将王世充，顿时名扬全国。

据文献记载，唐王朝建立之初，王世充盘踞洛阳，自立皇位，号称“郑王”。唐太祖李渊派二儿子秦王李世民前去平息，结果被王世充的大将王仁则围困。在这紧急关头，少林寺和尚昙宗、志操等13人见义勇为，率众起兵，打败了郑兵，活捉了王仁则，为李世民解了围，并迫使王世充降唐。这就是历史上有名的少林寺“十三棍僧救秦王”的传奇故事。电影《少林寺》淋漓尽致地描写了这一故事情节。

当时，秦王李世民对少林寺僧兵的义举采取五条措施给予嘉奖，一是为这些僧兵树碑立传。现在少林寺天王殿东侧还有唐太宗李世民的御书碑，13个和尚的名字刻在碑上。二是宴请和尚，允许少林寺僧开戒动荤，不禁酒食。三是对立功最大的13个和尚加封官职，昙宗和尚封为“大将军僧”，其他每人赐给紫罗袈裟一件。四是赐给少林寺田地40顷，水磨一具。五是特许少林寺招收僧兵500名，自立营盘，食用归公。由于朝廷的大力支持，少林寺发展很快，建筑面积很快就达540多亩，僧徒2000多人，名扬国内外。

唐太宗之后的唐高宗李治、武后武则天以及后来的11位皇帝，也都

“优崇佛教”，经常驾临少林寺。但到了唐武宗时期（841—846年），这位由宦官拥立的皇帝李炎异常崇尚道教，追求长生不老，在一伙道士的蛊惑下，大举灭佛，顺我者昌，逆我者亡，全国大小寺庙被拆除44600多所，寺院数千万顷良田被没收，26万余僧尼被迫还俗，少林寺亦遭废弃。迂腐的武帝不久因服用金丹中毒，在位仅6年，33岁即殒命黄泉。

到元、明至清初，少林寺的社会地位又被抬得很高，在称呼上加以“祖庭少林禅寺”“大少林禅寺”等尊号。尤其明朝达到鼎盛时期，中外僧徒，云集少林，演武礼佛，施者如岳，来者如归市，明朝先后有8位王子到少林寺出家。

1928年，少林寺被军阀石友三放火烧毁，熊熊大火持续燃烧了45天。恶有恶报，作恶多端的汉奸石友三在抗日战争中被他的部下军长高树勋和师长毕植宇活埋，完全是罪有应得。

新中国成立后，党和政府参照明代少林寺的建筑风格进行了重建和修葺，使得这座千年古刹得到新生。

少林寺主要胜迹

山门

我每次去少林寺，司机都将汽车停在宽敞的广场上，下车后便看到一座高大的牌楼，上书“嵩山少林”四个大字。过了这个大门，沿着小溪河旁的一条马路往里走，再过一座小石桥，就到了少林寺山门。门额上方横匾上的“少林寺”三字，系清康熙皇帝亲书，上方镶嵌着“康熙御笔之宝”方印，黑底金字。山门东西两侧，各有一座掖门，俗称“偏门”。我和其他游客一样，争相在山门前拍照留念。

少林寺山门面阔三间，红墙绿瓦，方门圆窗，是清雍正十三年（1735年）所建、1974年重修而成。山门前的“八”字墙外，有两座明嘉靖年间建造的石坊，东西对称，坊上分别写有“祖源谛本”“嵩少禅林”。山门外左右两旁，各有一头清代刻立的大石狮，威风凛凛地守护着少林寺。

走进山门殿内，只见佛龛中供奉着大腹便便的弥勒佛，手持布袋，笑口常开，人称“大肚弥勒佛”“皆大欢喜佛”，或“布袋佛”。佛家说，弥勒佛胸怀宽阔，爱憎分明，对好人笑脸相迎，对坏人和妖魔鬼怪痛恨异常，抓住后将其放入布袋，以示惩罚。有副对联写得好：“大肚能容，容天下难容之事；慈颜常笑，笑天下可笑之人”。

那么为何要把弥勒佛供在山门呢？因为他的意愿是：“端庄庄，坐山门，喜看世间光辉照；笑哈哈，迎来客，祝福极乐永无穷。”因而弥勒佛又被称为“迎宾佛”。

佛龛后面的木雕像，是护法金刚韦陀菩萨，身穿将军服装，手持一根宝杵，其职责是保护寺院的安全，所以也将他安置在山门内。

碑林

从山门到最后面的千佛殿，共有七进院落。穿过山门，是一条斜坡大甬道，直达天王殿前。大甬道两侧，整齐地排列着诸多石碑，虽高低不一，参差不齐，却排列有序，共有石碑、题记400多品，被人们称为“少林寺碑林”。另外，在碑廊也竖立着若干碑碣。这“碑林”与“碑碣”上刻有许多文人墨客撰写或书写的碑铭。正如清代名儒景日昣（zhěn，“明亮”的意思）在诗中所称：“少林古碑密如栉，高低竖卧各为质。松柏掩映发幽光，大半出自名人笔。”兹列举以下几通碑。

《大唐天后御制诗书碑》：碑文是武则天在少林寺为她母亲营建灵塔时所作，由当时的著名书法家王知敬书写，其字“如麒麟之腾跃，类鸾凤之翱翔”。

《三教圣像碑》：碑文刻在《大唐天后御制诗书碑》的后面，在碑的上部题有唐肃宗李亨的《三教圣像赞》，如“佛教见性，道教保命，儒教明伦，纲常是正”，以及百家一理、万法一门”等。在“赞语”下面是三尊线刻画像，中间是佛教创始人释迦牟尼，左右分别是儒家创始人孔子和道教创始人老子，表明佛、儒、道三教合流，和平共处。

《达摩一苇渡江图像碑》：系明朝天启四年（1624年）河南太守所立。碑上的图像，是根据达摩渡江北上的传说而作。

据传，普提达摩是天竺国（古印度）香至王的三儿子，自幼拜释迦牟尼的大弟子摩诃迦叶之后第27代佛祖般若多罗为师。有一天他问师父：“我得佛法之后，应到何地传化？”师父对他说：“你应该去震旦国（古印度对中国的称呼）。但你到震旦国后，不要住在南方，那里的君主喜好功业，不能领略佛理。”

于是，达摩遵照师父嘱咐，驾起一叶扁舟，乘风破浪，漂洋过海，历经三年，到达广州。笃信佛教的梁武帝萧衍听说后，派使臣将达摩接到南京。由于梁武帝信“自我解脱”的小乘佛教，而达摩信的是大乘佛教，主张面壁静坐，普度众生。所以二人话不投机，达摩便决定渡江北上，去找适合自己的佛教之地。

达摩拜辞梁武帝后，便到了长江岸边。只见江水湍急，滚滚东去，既无桥梁，又无船只。他焦虑地走来走去，突然发现岸边不远处坐着一位老太婆，身边放着一捆芦苇，便恭敬地向老人施礼并说道：“老菩萨，我要过江，怎奈无船，请您老人家化根芦苇给我，以便代步。”

老人见他身材魁伟，仪表非凡，举止坦然，便点头称许，抽出一根芦苇送给达摩。达摩双手合十，一声“阿弥陀佛”，接过芦苇，告谢老人而

去。他把芦苇放入江中，只见一朵芦花昂首高扬，五片苇叶伸展开来，达摩踏于芦苇之上，飘然过江。

达摩顺利过江后，手持禅杖，信步而行，见山朝拜，遇寺坐禅，最后到了嵩山少林寺。他看此地群山环抱，丛林繁茂，环境清幽，佛教兴旺，是一处真正的佛门净土，便决定落脚少林寺，开辟道场，宣讲禅宗。自此以后，达摩便成为中国佛教禅宗初祖，少林寺亦被称为中国禅宗祖庭。这通《达摩一苇渡江图像碑》，就是由此而立的。

从唐朝到清代，少林寺碑林历代书法家的杰作珍品皆有。如唐太宗李世民亲笔签名的《告少林寺主教碑》；北宋文学家、书画家苏轼所书的《观音像赞碑》；黄庭坚书写的《祖源帝本碑》；北宋书画家、鉴赏家米芾所书的《第一山碑》，行书奇伟秀丽，纵逸飞扬，殊有“一夫当关”之势；还有北宋书法家、官至朝廷太师的蔡京用楷书书写的《石壁之塔》刻石。由于在许多书里看到他是个大奸臣，所以印象深刻。元代书法家、文学家赵孟頫用行书书写的《裕公和尚碑》，字迹劲秀潇洒；明代大书画家董其昌用草书书写的《道公禅师碑铭》，字体遒健俊逸，柔润养眼；还有清皇帝乾隆御制诗书碑；等等。其他石碑由于碑文或书法的作者我不熟悉，所以未一一记录。

锤谱堂

在山门内西侧，有一排长廊，廊后有房40多间，名曰：“锤谱堂”。堂内用木雕或泥塑的形式，对少林寺的起始、发展、练功、功夫的套路、国防功能、僧兵战绩等作了概述展示。陈列着十几组、200多个锤谱像，如坐禅、练功、大小红拳、六合拳、通臂拳、罗汉拳、昭阳拳、螳螂拳、醉拳等，以及十三棍僧救秦王、小山和尚挂帅出征、月空法师平倭寇等典型事例，千姿百态，十分壮观。正如社会上所流传的：“赫赫少林拳，创始在中原。盛誉满世界，技威扬河山。”

这就奇了。佛门应以清净为本，僧人应以慈悲为怀，为何少林功夫能够流传千年而且闻名于世而不衰呢?

据说这武功缘起于达摩。

当年达摩在山洞中长期壁观，过于困倦时就起来活动活动筋骨，并创造了18个健身动作，称为“罗汉十八掌”。后经弟子们长期演练发展、充实、提高，形成了一套成熟的拳法，名为“少林拳”。

据介绍，少林拳风格独特，立足实战。其套路结构紧凑，刚柔相济，非打即防，动作敏捷，进退均在一条线上，称为“拳打一条线”。手法曲而不曲，滚出滚入，运用自如。身法注重掌握重心，起落进退，灵活无滞。步法轻灵稳固，守之如处女，攻之如猛虎，善于声东击西，指上打下，佯攻而实退，视退为进，虚实并用。正如有的歌谣所说：“眼法到处周身遂，起落进退一气摧。手眼身步协调用，一气呵成显神威。”又云：“秀如猫形斗如虎，动如闪电行如龙。劲发丹田达指尖，声发如雷魂魄惊。心身到处意推山，拳不华丽实能用。”据史料载，宋朝开国皇帝赵匡胤，明太祖朱元璋，梁山好汉武松、鲁智深，中华人民共和国开国上将许世友等，都在少林寺学过艺，练过拳。

由于少林寺和尚精通武艺，因而历代皇帝对少林僧兵特别器重，多次利用僧兵参加军事活动。如元朝时少林寺福裕和尚因保国有功，死后被追封为“晋国公”；明朝初年，少林寺500僧兵追击元王，为保家卫国立下战功；明代少林寺小山和尚三次挂招讨帅印，抗击倭寇，屡立战功；明嘉靖年间，日本海盗进犯我国沿海一带，少林寺月空法师率众僧奔赴松江一带，打击倭寇，月空法师壮烈捐躯；明朝正德年间，少林寺三奇和尚受朝廷宣调，镇守三陕有功，被御封为提督；等等。可见少林功夫和少林武僧

名不虚传。正如锤谱堂的几副对联所写：“奋铁棍，发神威，横扫倭寇；壮山河，贯长虹，名扬千秋”。另一副：“安良除暴，几度为国立战功；钟灵毓秀，历代传续武林风”。

寺内的天王殿和大雄宝殿，我看与全国其他寺的天王殿、大雄宝殿并无二制，只是在大雄宝殿里悬挂着清康熙帝的御书《宝树芳莲》匾。钟楼内也有两件珍贵文物，一是金代铸造的大铁钟，重达11000斤，粗4人围，敲钟时声闻30里。二是明代弘治年间铸造的地藏王铁像，距今已有500多年的历史。

大雄宝殿以东的紧那罗殿南侧，有一座清《乾隆御碑》，碑文是五言律诗一首：“明日瞻中岳，今宵宿少林。心依六禅静，寺据万山深。树古风留籁，地灵夕作阴。应教半岩雨，发我夜窗吟。”

藏经阁

藏经阁又名“法堂”，位于大雄宝殿的后面，是少林寺讲法藏经的场所，1993年重建。据说原来的藏经阁藏有经书12大柜，共5480卷，以及元、明、清三朝的大藏经和少林拳谱秘籍、明大藏经铜版、清《少林寺志》木版、达摩面壁影石等珍贵文物，可惜全部毁于1928年反动军阀石友三放的大火。东西两壁的经柜中收藏着《中华大藏经》，以及少林武术典籍等。藏经阁前的甬道以东，放置着一口明万历年间铸造的大铁锅，重达1300斤。在大铁锅以西，有一盘明代刻制的大石磨，上扇磨盘上刻有“嘉靖四十三年造”等字样。

方丈室

穿过藏经阁，再登上一层较高的台阶，便是方丈室，面阔5间，绿琉璃瓦覆顶，是方丈（又称“住持”）起居与理事的地方。清乾隆十五年（1750年），乾隆帝游少林寺时，当晚就以方丈室为行宫，住了一宿，因此这方丈室又称“龙庭”。乾隆还以御书相赠：“登封何必全规李，竹室无妨小似卢。”

方丈室悬挂着八个大镜框，镜框中的人物是佛门八大高僧的图像。几副楹联也十分引人注目，如：“古迹林立，阅尽华夏三千年历史；名山纵横，览遍中州八百里风光”。又如：“松室夜灯禅影静，莎庭春雨道心空”。

作者在少林寺

达摩亭

达摩亭又称“达摩殿”“立雪亭”，位于方丈室后7米高的台阶之上。对于参观这个亭子，我很感兴趣，因为以前就听说过“立雪断臂”的传奇故事。

达摩亭面阔3间，殿内佛龛中供奉着禅宗初祖达摩的铜质坐像。两侧的四尊泥塑像分别是禅宗二祖慧可、三祖僧灿、四祖道信、五祖弘忍。佛龛上方悬挂着清乾隆帝题写的《雪印心珠》匾额。

相传，当年达摩从广州到南京后，曾去听神光和尚讲经。神光当时傲

气十足，曾对达摩不敬。当他后来知道那个外来的和尚就是达摩时，后悔不已，便从南京赶到河南少林寺，要拜达摩为师。达摩知他有傲气，恐他无诚心学禅宗，便婉言谢绝。但神光并不气馁，步步紧跟达摩。达摩在洞中面壁坐禅9年，神光一直在他身后合十侍立。9年后达摩从山洞回到少林寺，神光也跟到了少林寺，可谓锲而不舍。

时值严冬，达摩在少林寺达摩亭坐禅，神光依旧侍立亭外合十以待。入夜，天降鹅毛大雪，积雪埋到了神光双膝，浑身上下如同披了一层厚厚的毛绒银毯。但神光坚持双手合十，面向达摩亭，虔诚地在雪窝里站了一夜。

第二天一早，达摩一开门就看到了大雪中的神光，问他“你这是干什么？”神光坚定地回答：“向佛祖求法。”

达摩沉思片刻说：“要我向你传法，除非天降红雪。”聪慧的神光意识到这是圣僧在指点他禅悟的诀奥，便毫不犹豫地抽出随身携带的戒刀，猛地向左臂砍去，只听“咔嚓”一声，顿时鲜血飞溅，一只胳膊落到雪地里，染红了地上的积雪和他的衣衫。神光右手放下戒刀，弯腰拿起血淋淋的左臂，围着达摩转了一圈，又侍立于“红雪”之中。

这“立雪断臂”的壮举，达摩看得一清二楚。他感到神光傲气已消，信仰禅宗的态度虔诚而坚定，遂将衣钵、法器传予神光，并为他取法名“慧可”。慧可忍受着剧烈的伤痛，双膝跪在雪地里，恭敬地用右手接过禅宗佛法，顶礼拜谢！

从此，慧可接替达摩，成为少林寺禅宗第二代，称为“二祖”。为了纪念他“立雪断壁”的壮举，寺僧们将“达摩亭”称为“立雪亭”，乾隆皇帝题写“雪印心珠”匾额后，名声就更大了。

传说达摩有了接班人后，便离开少林寺，去了洛阳龙门千圣寺，于北魏大和年间端坐而逝。按照佛教礼仪，将他葬于洛阳西南熊耳山，并为他建造了墓塔，以示永久纪念。

千佛殿

千佛殿是少林寺最后的一座大殿，也是少林寺现存的最大的佛殿。殿中间的大型木质佛龛中，供奉着明代铜铸莲花座毗卢佛像，上方悬挂的匾额“法印高提”，以及对联“山色溪声涵静照，喜园乐树绕灵台”，系清代乾隆帝御书。

殿内东、西、北三面墙壁上，是明代绘制的五百罗汉朝毗卢大型彩色壁画，面积达320多平方米。画面背景从上至下分为三层，分别为山林、风云、水浪，上面绘制着五百罗汉，形态表现各异。有的在朝觐上尊，有的持钵显法，有的高谈阔论，有的降龙伏虎，等等。画面虽宽大，但设计紧凑，精美绝伦，是我国壁画艺术中的珍品。

令人惊叹的是，在千佛殿的砖地上，有48个站桩坑，俗称“脚窝”，是当年寺内武僧们练武时跺脚留下的遗迹。殿内周围陈设着枪、刀、剑、戟、棍、棒之类的练武兵器，使人不由得想起“十三棍僧救秦王”的战斗场面。

塔林

我每次游览完少林寺，都和同伴到塔林转一圈，因为那也是少林寺的一个著名景点。塔林位于少林寺西侧约300米处的茂密树林中，占地面积达1.4万平方米，是我国最大的佛教古塔建筑群。

据说佛塔起源于印度，又称“浮屠”，最早用以藏舍利和经卷等珍贵文物，以方形、八角形居多，层数一般为单数，最高为七级，俗话说“救人一命，胜造七级浮屠”，这“浮屠”指的就是佛塔。

佛塔传入中国后，大多用以埋葬僧骨，少林寺的塔林实际上就是该寺历代和尚逝后的坟茔。塔林中的塔，有高有低，有大有小，有的华丽一些，有的简单一点。据说这是根据逝僧生前在佛教中的地位、佛学修养、

威望高低等方面的条件，来决定建造塔的大小和层级，以表功德。

据介绍，少林寺塔林现存的砖塔240多座，约占原来古塔的二分之一，其他的古塔都被历年来的山洪河水冲毁。现存的古塔中，有唐、宋两朝各两座，金代10座，明代148座，其余的是清代和年代不详的墓塔。

古塔的层级分别为一、三、五、七级，高度均在15米以下，每座塔上都有塔铭和佛像。塔的造型多种多样，如四方形、六角形、八角形、直线形，有的像花瓶，有的像喇叭，等等。

我们在塔林中，学着《少林寺》电影中武僧与敌人周旋的样子，跑来钻去捉迷藏。唯独我和爱人去的那次两人没有离开过，因为她到了那个环境，心理上有点儿紧张，我只好形影不离地陪着她。

少林寺历代习武成风。据说过去有一座演武厅，是少林寺武僧习武练拳之地，可惜早已不复存在。20世纪80年代，党和政府帮助少林寺重新建起了一座演武厅，更名为“少林寺武术馆”，建筑面积7000多平方米，教练都是武林高手，每年的中外学员都在千人左右，是我国目前最大的一座武术馆。2006年我们去少林寺参观时，专门到这座武术馆看了一场少林功夫表演，大饱眼福。演出方还邀请两位观众与武术学员一起上台学练“蛤蟆功”。我在中国商业联合会工作时的同事何文钦自告奋勇，上台学练。他那既认真又大胆，而且形象逼真的表演，不仅惹得几百名观众哄堂大笑，而且获得了头等奖——一盘少林功夫录像带。

少林寺游后感

中岳嵩山下，幽寂隐禅林。

丈室壁观影，佛殿足痕深。

武僧搏倭寇，碑铭警后人。

念慈菩萨道，回首一长吟。

张衡“两仪”揭天地

标题中所说的“两仪”，指的是东汉著名科学家、文学家张衡发明的能够观测星象和其他天文现象的“浑天仪”，以及能够测定地震方向的“地动仪”。

关于张衡的科学成就，过去学习中国通史时曾经学过，不过讲得过于简单。2007年3月中旬我到河南调研并参加南阳市商业工作会议时，曾到张衡博物馆参观，并拜谒了张衡墓，大体了解了张衡的生平事迹和科学成就。

张衡博物馆位于南阳市南郊石桥镇，这里既是张衡的出生地，又是他的长眠地。我们下车后，就看到了馆前的汉阙（门楼）和其他仿汉建筑。步入大门，中轴甬道两侧的汉式石人石兽相对而立。右边的花园里安放着“浑天仪”模型，基座上刻着张衡的《东京赋》；左边的花园里安放着“地动仪”模型，基座上刻着张衡的《西京赋》。

甬道北端的张衡享堂，有两副对联高度评价张衡对世界天文学的影响和贡献。一副是：“胸怀宇宙君先觉世犹未觉，步涉星河世未登君已先登”。另一副是：“浑天地动惊寰宇，名赋妙词誉九州”。

享堂之后是张衡的墓园，墓园前有两座石碑，明清时期加盖了牌楼，既显得庄重，又可以起保护作用。过了牌楼后的一个月亮门，直到张衡墓。因张衡在世时官至尚书，墓碑上刻着“汉尚书张公墓”。我从右至左

缓缓地绕墓一周，并在正面深鞠一躬，以表达对先贤的崇敬之情。

张衡的墓园在北魏地理学家、旅游家、文学家郦道元的《水经注》中有记载："凡来宛（南阳）的游客文人无不策马驱车，到此访古寻幽，凭吊拜谒。"初唐文坛"四杰"之一的骆宾王（另三位是卢照邻，王勃、杨炯）路过张衡墓时，曾写下"日落丰碑暗，风来古木吟"的诗句。

张衡博物馆展示着他的不少著述，以及有关研究张衡的文章和书籍，也有关于他生平的介绍。

张衡（公元78—139年），字平子，东汉建初三年（78年）生于河南南阳，当时名叫"西鄂"。年少时家境贫寒，但他极为好学，17岁时离家出走，到长安进行地理和人文风俗的了解，第二年到洛阳旁听"太学"，时达6年之久。

这期间，张衡熟读了《四书》《五经》，写出了著名的汉赋《七辩》。离开太学时，他已经是通五经、贯六艺的博学青年才俊，被南阳太守鲍德举为主簿。这虽然是一个主管典籍文书、办理日常事务的官员，但他干得非常出色。公务之余，潜心文学创作，积几年之功，创作出了"二京赋"，即《东京赋》和《西京赋》。这两篇赋叙述了东京洛阳和西京长安的政治形势、自然形胜、风俗物产等景况，描绘出了东汉的强盛。同时无情地讽刺了王公贵族的糜烂生活，并寓以规劝统治者修改政治、爱护人民之意。如文中说："夫水所以载舟，亦所以覆舟也！"这两篇佳作不仅内容丰富，议论纵横，而且文采飞扬，辞藻华丽，历代传诵。

几年后，南阳太守鲍德离任，张衡随之辞归，回家倾心钻研哲学和自然科学，并迷上了西汉思想家、无神论者杨雄的《太玄经》。《太玄经》仿《易经》著述，以"玄"为宇宙万物的根源。而张衡最感兴趣的是研究天文、历法和机械等自然科学。东汉永初五年（111年），汉安帝刘祜（hù，

作者在张衡地球仪前留影

意为“福”）听说张衡学识渊博，便派公车将他从南阳接到朝廷，历任郎中、太史令，负责天文历法等方面的工作，官至侍中，侍从皇帝左右。后因反对谶纬（chèn wěi，秦汉时巫师预言吉凶祸福的隐语叫“谶”，汉代附会儒家经书的神学迷信叫作“纬”）迷信，被宦官排挤出朝廷，到河间出任相，四年后又被召回朝廷出任尚书，61岁逝于尚书任上。

张衡一生精于天文、历法和机械，主张宇宙结构的“浑天说”。

西汉和东汉时期，社会对天文历法已很重视，因为它关系到广大农民四季劳作和经济发展。但对天体结构的认识说法不一。第一种是“宣天说”，但说法盲目，无根无据，已经失传。第二种是“盖天说”，认为“天象盖笠，地法覆盘”。但此学说“考验无状，多所违失”，不为史官所采

用。第三种是以张衡为代表的“浑天说”，认为天地之象如卵之裹黄，“天成于外，地成于内；天体于阳，地圆以动；地体于阴，故平以静”“天转如车毂（gǔ，即车轱辘）之远也，周旋无端，其形浑也，故曰浑天”。由于这种学说对于天体结构的解释比较近于实际，故被史官采用。

张衡在研究中写了一部专著《灵宪》，他在书中说：“月光生于日之所照，魄生于日之所蔽，当日则光盈，就日则光尽也。”并提出了“宇宙是无限的”这一科学论断。为了验证他的论断，他制作了《灵宪图》和《浑天仪图》，并记录了2500颗恒星，据说与近代观察到的恒星数目相近。公元111年，他根据“浑天说”创制了世界上第一台用水力发动的天文仪器“浑天仪”，类似现代的“天球仪”。

据介绍，浑天仪是一个直径8尺，用精铜铸成的立体空心球体，里面有一根铁轴贯穿轴心，天球可绕铁轴转动。铁轴和球面有两个交点，一个是北天极，一个是南天极。球面上标有28星宿等恒星和刻度，并有赤道、黄道、二十四节气等标记。这个浑象球体连接在装有一组齿轮的机械上，与漏壶连接起来，利用漏壶里的水的流力发动齿轮转动，带动浑天仪绕着铁轴旋转，一天转一周，较形象地显示星辰的起落和天象运行情况。据说浑天仪制成后，张衡坐在屋里全神贯注地注视着这台仪器，一会儿说：现在第一颗星正从东方升起，某一颗星已升到天空正中，某一颗星正在西方降落。人们每每跑到室外去看，星星的位置与张衡说的基本一致。

公元132年，张衡又成功发明了震古烁今、世界上第一台观测地震方向的候风地动仪，简称“地动仪”。

史料记载，东汉时我国各地地震频发，仅公元96年至125年的30年间，就有23年发生过较大地震。公元121年9月的一次大地震，波及35个郡，不仅房屋城墙遭到很大破坏，人员伤亡也很惨重。由于古代人迷信鬼神，认为地震是鬼神作祟，因而异常害怕。张衡是个科学家，他认为地震是一种自然灾害，应当研究地震发生的规律，如能早发现，可避免人员伤亡和财产损失。为此，他潜心进行研究，于汉顺帝阳嘉元年（132年）发明了地动仪。

地动仪是用青铜铸成的，直径8尺，形状像个大酒坛。作为装饰，顶端有个隆起的铜盖，可以打开。雕刻着山、龟、鸟、兽的精美图案和篆文。在内部的中心，立有一根上粗下细的柱子，紧靠着里面的八道机关。与八道机关相连接的是趴在外面的八条龙，龙头分别对着东、南、西、北、东北、西北、西南、东南八个方向，龙头朝下，龙尾朝上，每条龙的嘴里都衔着一个铜球。八条龙头底下，各蹲着一只铜铸蛤蟆，昂首张嘴，作接球之姿，如果哪个方向发生了地震，仪器内部的立柱就会倒向震区所在的方向，触动哪个方向的机关，连接该机关的龙头就会张嘴吐球，落入蛤蟆嘴中，并发出“当啷”一声的响声，工作人员立即向上司报告，派人去了解地震情况。

据介绍，张衡发明的地动仪放在京城洛阳一间观察地震的屋子里。东汉永和三年（138年）的一天，西北方向的龙头突然张嘴吐出铜球，说明西北方向可能发生了地震。几天后，千里之外的陇西（今甘肃东南部）派人快马加鞭进京报告，几天前他们那里发生了地震。经查日期，正好是地动仪面对西北方向那条龙吐球的那天。这说明，张衡发明的地动仪是准确可靠的。

张衡发明的地动仪是世界上首台记录地震的仪器。欧洲在公元1880年才制造出类似的仪器，比张衡晚了1800多年。东汉书法家、文学家崔瑗在张衡的墓碑上，盛赞张衡“数术发明穷天地，制作侔（mòu，是说数术、发明两者相等）造化。”

关于张衡的国际影响，看看享堂台阶下一个模型上的介绍就知道了：1970年，国际天文学联合会将月球背面一座环形山命名为“张衡山”；1977年将太阳系中编号为“1802”的小行星命名为“张衡星”；2003年，将太阳系中编号为“9092”的小行星命名为“南阳星”。这些具有国际性、永久性的命名，是崇高的国际荣誉，也是中华民族的骄傲！在饭桌上，当地有位领导笑谈：“张衡的影响，在国际上比在中国大，在中国比在河南大，在河南比在南阳大。”又说，“可能在我们跟前，时间长了就不以为意了。”

张衡一生长期担任太史令和尚书职务，没有再升迁，不免被人嘲讽。但他显得很超脱，平淡从容以对，一门心思地专注科学研究，正如他自己所说：“苟纵心于物外，安知荣辱之所如？”到了晚年，还心系国家安危，感叹时政衰败。他继承《楚辞》的比兴手法，写出了流传至今的《四愁诗》。全诗用民歌的重复回环形式，突出了伤时忧世的主体。其中有“路远莫致倚惆怅，何为怀忧心烦伤”等句。格调新颖，情感真挚，一破浮艳不实的文风，是我国最早的七言诗，也是我最喜欢的古诗之一。1979年5月18日，我还模仿着这首诗的形式，写了一首《四愁诗》，也是四章，每章7句，每句7字，各章结构相同，每章举一个远方地名，按东西南北排列，很有意思。

参观张衡博物馆，比较多地了解了东汉科学家张衡这个人物，增长了知识，增强了对张衡的敬佩感。正如小诗《颂张衡》所写：

才华高如世，诗赋纵论深。

“两仪”揭天地，德艺示后人。

卧龙岗上谒孔明

“南阳诸葛亮，稳坐青纱帐。布好八阵图，专捉飞来将。”这是我少年时期父亲让我猜的谜语，打一昆虫，谜底是蜘蛛。

从那时起，“南阳”“诸葛亮”就记在了心里。后来又看了《三国演义》的小人书、小说、电视连续剧，刘玄德到南阳卧龙岗三顾茅庐礼请诸葛亮出山的精彩故事，给我留下了深刻印象。既然到了南阳，何不去看看武侯祠和诸葛茅庐呢？

诸葛亮（公元181—234年），字孔明，生于东汉光和四年（181年），琅琊阳都（今山东沂南县）人，三国蜀汉政治家、军事家。幼时父母双亡，随叔父诸葛玄先到江西南昌，后到湖北襄阳隆中，当时襄阳属南阳郡。其叔父死后，“亮与弟诸葛均躬耕于南阳”，“所居之地有一岗，名卧龙岗，因自号‘卧龙先生’”。他在此处博览群书，熟谙时事，自比管仲（春秋初期思想家，齐国上卿，辅佐齐桓公成为春秋时期的霸主）、乐毅（战国时燕国大将，率军攻齐，先后攻下70多城，战功卓著），怀有政治志向。东汉建安（汉献帝刘协第三个年号）十二年（207年），刘备根据谋士徐庶的推荐，三顾茅庐求教，恳请诸葛亮出山相助。诸葛亮深为刘备的诚意所感动，便把自己多年来潜心观察时局和与有识之士议论天下形势所形成的一整套见解和盘托出。他建议刘备在“天时、地利、人和”方面，充分发挥“人和”的优

势，以弱为强，以人心服天下，先占据荆、益二州，然后安抚西南各民族，联合孙权，整顿内政，再伺机分兵两路，进击中原，一统天下，恢复刘氏汉王朝的帝业。这番见解，后人称为“隆中对”，令刘备钦佩不已。从此，诸葛亮加入了刘备集团，“卧龙”腾飞，开始了叱咤风云的政治生涯。刘备高兴地对关羽、张飞说：“孤之有孔明，犹鱼之有水也！”唐代诗人白居易也有诗云：“鱼到南阳方得水，龙飞天汉便为霖。”

关于刘备“三顾茅庐”是发生在河南南阳卧龙岗，还是发生在湖北襄阳以西的隆中？历史上曾争论了上千年，我在20世纪80年代初上电大时就听说过这种争论，但我是倾向于“南阳说”的。理由有三：一是，诸葛亮在他写给后主刘禅的《出师表》中自述：“臣本布衣，躬耕于南阳。”说明他在南阳过着农耕生活无疑。二是，《三国演义》第36回谋士徐庶向刘备介绍，诸葛亮的叔父诸葛玄卒后：“亮与弟诸葛均躬耕于南阳……所居之地有一岗，名卧龙岗，因自号为‘卧龙先生’。此人乃绝对奇才，使君急宜枉驾见之。若此人肯相辅佐，何愁天下不定乎？”《三国演义》第38回的一首诗，也说的是南阳卧龙“豫州（即刘备，因他曾任豫州牧，故被人称为‘刘豫州’）当时叹孤穷，何幸南阳有卧龙。欲积他年分鼎处，先生笑指画图中”。我猜想，诸葛亮和其弟早先可能住在襄阳城西20里的隆中。其叔父死后，他与弟搬到了南阳卧龙岗躬耕。因两地离得不是很远，都属于南阳郡。三是，诸葛亮于234年病殒于五丈原后，他的部将黄权即率族人在南阳卧龙岗建庵祭祀。时称“诸葛庵”。

持“襄阳说”者的根据是，《三国志·蜀志·诸葛亮传》裴松之注引《汉晋春秋》中说：“亮家于南阳邓县，在襄阳城西20里，号曰隆中。”但从地图看，邓县（现河南邓州）离北边的南阳较近，现仍属南阳；襄阳现属湖北，在邓县以南，且距离较远。

作者坐在南阳三顾祠门口留影

“两阳”之争，持续了上千年。到了清朝同治年间，争论更加激烈，甚至争论到了朝廷。当时，曾任翰林院编修，又五任南阳知府的湖北籍人顾嘉蘅为平息这场争论，写了一副楹联：“心在朝廷，原无论先主后主；名高天下，何必辨襄阳南阳。”意思是，诸葛亮辅佐刘备、刘禅父子两代君主，不分先主、后主，都一样忠心耿耿。既然诸葛亮名高天下，名垂千古，又何必为他在哪里躬耕而争论不休呢？这副楹联写得的确高明，既不得罪原籍的襄阳人，又不得罪做官所在地的南阳人，从而平息了这场旷日持久的争论。这副楹联至今挂在南阳武侯祠大拜殿内，被称为“中原第一联”，可见社会评价之高。

那么，祭祀诸葛亮的祠为何叫“武侯祠”？

诸葛亮辅佐刘备于公元221年在成都称帝，国号“汉”，史称“蜀汉”。次年，刘备病殁，死前嘱诸葛亮扶助刘禅继位。刘禅继位后，封诸葛亮为“武乡侯”，死后追谥号“忠武侯”，后人尊称其“武侯”。为纪念诸葛亮的杰出功绩，人们在河南南阳卧龙岗、四川成都市、奉节县白帝城（现属重庆市东部长江北岸）、湖北襄阳古隆中、蒲圻南屏山、长江西陵峡黄牛山（湖北境内）、甘肃礼县岐山、陕西岐山县五丈原、陕西勉县定军山等九处皆建有武侯祠。我不仅参观了南阳卧龙岗武侯祠，还两次参观了成都武侯祠，那座祠比南阳武侯祠大很多。

南阳武侯祠坐落在南阳市城西卧龙岗上，坐西朝东，计有殿堂、房屋260多间，1996年被国务院列为全国文物保护单位。

车到被誉为“天下第一岗”的卧龙岗上的武侯祠，老远就看到了祠前台阶上的一座大石牌坊，据说建于明代，四柱三门，高达9米，面阔19.5米，中间大门上端刻有“千古人龙”四个红色大字。门两侧的一副楹联是：“功盖三分延汉祚（zuò，‘帝位’之意），名垂千古仰威仪”。

穿过这座牌坊，再绕过镌刻着“汉昭烈皇帝三顾处”的石碑，走过“仙人桥”，便是武侯祠。“大文出师表，胜地卧龙岗”的楹联，是著名社会活动家、书法家于右任1940年书写的。元代曾两次大修，并正式命名为“武侯祠”。

武侯祠给我印象最深的是宋代抗金名将岳飞用行草体书写的诸葛亮的传世之作前、后两篇《出师表》碑刻。综观全文，写得淋漓酣畅，如电掣雷奔，龙飞凤舞；细看则铁画银钩，抑扬顿挫。字体笔画，随态运奇，无不适意。书如其人，如快马入阵，威武不屈，与诸葛亮的文采珠联璧合，相映成趣。

那么岳飞为何在深夜书写字数达1300多字的两篇《出师表》呢？看看碑后他自己写的跋文，就清楚了。

南阳诸葛亮故居后的“卧龙潭”

他写道，南宋“绍兴戊午秋月前（公元1138年中秋节前），过南阳谒武侯祠，遇雨，遂宿于祠内。更深秉烛，细观壁间昔贤所赞先生之祠、诗赋及祠前石刻二表，不觉泪下如雨。是夜，竟不成眠，坐以待旦，道士献茶毕，出纸索字，挥涕走笔，不计工拙，稍舒胸中抑郁耳。岳飞并识”。

岳飞的上述“跋”文，把他挥泪书写“两表”的情景生动地展现在人们面前。原来是他在武侯祠感时伤怀，借书写诸葛亮的《出师表》来表达自己抗金北伐壮志难酬的抑郁心情，倾吐对朝廷议和与对投降派的愤懑情绪。诸葛亮当年多次北伐，殉职军中，留下“两表”，表文表达了他为“兴复汉室”誓死不渝的决心和为国不辞辛劳的节操，情真意切，感人肺腑。岳飞和诸葛亮一样，也怀有精忠报国的抱负，却因朝廷昏庸而不能一展宏图，效死国家。在南阳武侯祠读了诸葛亮的《出师表》，怎能不感愤垂泪呢？

大拜殿是武侯祠的主体建筑，也是历代官吏和百姓举行盛大祭拜活动的场所。大拜殿后是“卧龙潭”，以“仙人桥”为界分为上、下两潭，据说这里是诸葛亮当年与其弟诸葛均耕种田地、洗涤和乘凉之处，我还站在写有“卧龙潭”三字的石碑旁照相留念。

在卧龙潭以东的一片土岗上，林木茂密，郁郁葱葱，“澹泊读书台”掩映其中，那正是诸葛亮经常在此读书的地方，给人以“淡泊宁静”之感。唐代诗人有诗曰：“当其南阳时，垄亩躬自耕。鱼水三顾合，风云四海生。”

卧龙潭后有一座小桥，就是我们在电视连续剧《三国演义》中看到的刘、关、张三兄弟去拜访诸葛亮时，下马后一起过的那座小桥。周围茂林修竹，流水潺潺，环境幽静。过了桥便是“三顾祠”，原为“草庐”，是刘备三顾茅庐时与诸葛亮纵论时势的场所。

三顾祠门两旁的对联是：“两表酬三顾，一对足千秋。”“两表”指的是前、后《出师表》，一对即指“隆中对”，对仗工整，耐人寻味。我坐在门前台阶上拍照留念。

三顾祠内有刘备和诸葛亮对话的塑像，二人分宾主而坐，书童侍立侧旁，再现了诸葛亮纵论天下的一番话，即后人命名的《隆中对》或《草庐对》。

后面还有一些景点，我记得的有伴月台、古柏亭、躬耕亭、野云庵、宁远楼等，由于时间关系，未能细看。

谒《南阳武侯祠》

南阳诸葛庐，晤对点水融。

纵论天下计，预见三分鼎。

天时安可待，地利必相争。

人和能兴国，英名祠中铭。

内乡古衙一奇绝

1997年3月下旬，我从南阳去内乡，办完公务后去参观了被誉为“华夏一绝”的内乡古县衙。

内乡县位于河南省南阳地区西南部的伏牛山南麓，与湖北省的西北部接壤。那里是古爬行动物恐龙的故乡，恐龙化石遍布全县好多个乡镇，品类数量之多，世所罕见。

内乡县衙位于县城东大街路北，坐北朝南。据介绍，这座县衙建于元朝大德八年（1304年），至今已有720年的历史。其间历经三建三毁之厄运。最后一次是清咸丰九年湖北捻军米忠立等攻陷内乡，将县衙焚毁。清光绪年间耗巨资重建，于光绪二十二年（1896年）建成了一座完整的县衙，占地面积2.4万平方米，房屋300余间，一直延续至今。

内乡县衙的中轴线上，大门前有照壁和宣化坊。进大门往里走，先后是戒石坊、大堂、宅门、二堂、穿廊、三堂，前后一脉相承，深邃而威严。

中轴线两侧是东、西偏院。东偏院有库房和吏、户、礼等办事机构。西偏院则是仓房和兵、刑、工等部门的办公处，另有东、西花厅院。分布科学，结构完整，井井有条，据说在全国现存的古代县衙中，这是唯一的一座规制最完备的稀有珍品。由于它是封建社会最基层的权力机构，所以被海内外誉为“神州大地绝无仅有的历史标本”。

现将我参观的几处主要景点简述如下。

宣化坊。内乡县衙大门前有一座砖木瓦结构的“宣化坊”，是明、清两朝在此宣布“圣谕”和宣讲乡规民约的场所。坊的北面上方镌刻着“宣化”两个斗大的金字，即宣传教化之意。坊的南面上方横额写着“菊潭古治”四字，系北京故宫博物院研究员、国家文物鉴定委员会委员朱家溍先生题写的。因内乡在隋、唐两朝称为“菊潭县”，故题“菊潭古治”。

县衙大门。大门两边是“八”字形砖墙向外前方延伸。门东侧置放着一架大鼓，供告状者击鼓鸣冤。大门有房三间，单檐五檩架构。大门正中上方用繁体字写着“内乡县衙”四个大字。门两旁的楹联是：“治菊潭，一柱擎天头势重；爱郦民，十年踏地脚跟牢。”联中的天、地、柱分别指天子、百姓、地方官。上联是说，治理菊潭（内乡）的地方官，上受皇命委托，下系百姓安乐，重任如同一柱擎天。下联中的“郦民”，是指内乡县的黎民。内乡县在西周初年是郦国所在地，秦、汉时为郦邑所在地。下联的意思是，地方官要爱民如己，脚踏实地勤政为民，即使干上十年，脚跟也站得牢。

戒石坊。大门后有戒石坊一座。坊的南面镌刻着“公生明”三字。只有大公无私，才能产生公正廉明。坊的北面镌刻着“尔奉尔禄，民膏民脂，下民易虐，上天难欺”，其意不免令人沉思。

大堂。过了戒石坊，循甬道上月台，便是大堂。

大堂也称公堂、正堂，是知县举行盛大典礼、审理重大案件、迎送上级官员的场所，是县衙中最高大最雄伟的建筑。尤其是在明、清两朝，知县很在意在大堂办案，以显示他在百姓中的威望和政治影响。知县经常公开升堂审案，对违法犯罪之徒“坐大堂对众杖之”，以“惩一儆百”，教育百姓。

大堂前檐方檩下挂一匾额，上书“内乡县正堂”；大堂前檐明柱上有一副对联："欺人如欺天，毋自欺之；负民即负国，何忍负之。"据说是清朝康熙年间刑部尚书魏象枢所书。

作者在河南内乡县古衙留影

大堂内中间设一暖阁，是知县发号施令、审理案件的法堂，也是迎送圣旨、接待上级官员的场所。暖阁上前方悬挂着一块写有"明镜高悬"的大匾；正中脊檩上吊着一盏大红宫灯，上画二十四孝图；天花板上，中间是太极八卦图，四周有36只仙鹤，朝着中央太极飞翔。我还坐在大堂知县的座位上，装模作样地照了一张相。

暖阁前方有两块石板镶嵌在地面上，名曰"跪石"。东边的一块是"原告跪石"，西边的为"被告跪石"。清代，知县升堂前，先由书童将惊堂木、朱笔、墨笔、红黑两方砚台、笔架、签架或签筒等审案用品摆放到公案上。衙役将原告和被告传唤上堂跪下，然后击鼓升堂，知县上堂入座。对那些证据确凿但拒不认罪的罪犯，施行笞杖刑讯。

案件审理完后，知县批写判词，点朱加印，并宣告审判结果。

屏门。屏门是县署大院的屏障，在大堂的后面。两根明柱间镶嵌着花格棂门扇。屏门面北上方置一醒目匾额，上书“天理、国法、人情”六个金色大字，是清代章炳焘任内乡知县时题写的。天理，指良心；国法，指国家法律；人情，指民情民意。也就是说，判案要符合天理，伸张正义，执行国法，合乎人情，体现民意。

二堂。屏门之后是县署大院，东、西各有配房5间。二堂建在中央高出地面二尺多的台基上。面阔5间，前檐4根黑漆明柱，中间两柱上有一副对联：“法行无亲，令行无故；赏疑唯重，罚疑为轻。”上联的意思是，为官者在执法中要公正，不分远近亲疏，不徇私情。下联是说，对举报者的奖励要重，哪怕对那些是否该奖但还一时拿不准的人，也要重奖；对那些证据不足，一时不能查明真相的疑犯，一定要从轻处理，留有余地，以免冤枉好人。

在明代，二堂名为“退思堂”，后改为“思补堂”。清代改为“琴治堂”“敬恕堂”等，让人一看，就意识到这里是处理民事案件的地方。

清代很重视“省刑爱民”的统治思想，主张恩威并济，实行刑罚与调解相结合的原则。对婚姻、户籍、田地、债务等民事纠纷，知县常在二堂对当事人进行规劝，化解矛盾，解决纠纷。但对那些顽固不化、坚持错误、拒不认罪的人，也施以笞杖之刑。

穿廊。二堂后的双走廊名为“穿廊”，是知县迎接贵宾的第三道大门，故又称“迎宾厅”。穿廊前中间的两根明柱上有副对联：“为政不在言多，须息息从省身克己而出；当官务持大体，思事事皆民生国计所关。”上联是说，为官从政，不要夸夸其谈，必须时刻反躬自省，廉洁奉公，勤政为民。下联的意思是，当官务必要有全局观念，识大体，顾大局，每做一件事，都要以大局为重，考虑每一个问题都要想到百姓的需求和国家的利益。

三堂。是县衙中仅次于大堂的第二座大型建筑，知县不仅在此宿居，而且在这里接待贵宾，商议政事，审讯涉密案件等。

三堂悬挂着一副名扬海外的楹联：

上联：得一官不荣，失一官不辱，勿说一官无用，地方全靠一官；

下联：吃百姓之饭，穿百姓之衣，莫道百姓可欺，自己也是百姓。

上联讲的是为官之道，告诫地方官员要把自己的得失荣辱看淡一些，要为地方造福。下联是说多以百姓为天，爱民如己。整副对联的出彩在于“地方全靠一官”和“莫道百姓可欺”，说出了地方官的责任和行为准则。

据介绍，1995年6月8日，朱镕基视察内乡县衙时，在这副名联前伫立良久，凝视品味，高度评价了这副对联阐述的官与民的辩证关系。数年后他在与人交谈时，仍然称赞内乡县衙“有副非常好的名联”，并能一字不差地进行吟诵。

据有关部门考证，这副名联是清康熙年间内乡知县高以永撰写的。康熙十九年（1680年），浙江嘉兴人高以永被任命为内乡知县。他到任时，发现该县土地荒芜，民生凋敝，流民四处逃荒要饭。他深感责任重大，夜不能寐，善写体察民情诗文的他，便挥笔写下了这副名联。

高以永在内乡任职9年，深入访贫问苦，赈济灾民，广招流民返乡，令其垦荒，发给种子，种植桑、麻、枣、栗等经济作物，6年内不收赋税。这一“扶贫”政策，极大地调动了农民开荒的积极性，累计开荒40多万亩，从而使该县农民蓄积有余，社会安定。对此，内乡人民十分感激高以永为民造福的功德，给他送了一块功德匾，上写“爱民若子”四个大字。高以永升任安州知州离开内乡时，“仅囊衣箧书自随而已”，可见他是多么清廉。他走后，内乡百姓在仪门前为他立了两块石碑，上面分别

刻着“德政”“去思”，并撰文称颂他的政绩，其中写道：“九载来，深仁厚泽，入人于骨髓，邑民国公之行，至有欷歔（xī xū，哽咽）不能自已者，堕泪碑不在岘山下矣。”

高以永到安州任知州后，由于积劳成疾，逝于任上，享年63岁。

内乡县衙中还有不少夺人眼球的楹联，如刑房的“按律量刑昭天理，依法治罪摒私情”；吏房的“选官擢吏贤而举，考政核绩廉以衡”；户房的“编户方田勤并慎，征赋敛财公亦平”；礼房的“倡礼兴学崇孔孟，制章定典尚萧曹”；兵房的“厉兵秣马备不懈，枕戈待旦防未然”；典吏衙的“报国尚存清政志，为民可效廉明臣”；主簿衙的“与百姓有缘才来此地，期寸心无愧不鄙斯民”；等等。

内乡县衙的诸多对联，对仗工整，平仄有致，内容含义深远，发人深思，看后久久难以忘怀。

应该说，内乡县衙的这些楹联，既是地方官的道德准则，又是官员执政的行为约束。多少年来，内乡县的确出了不少名垂青史的好官、清官。如金代大才子、著名诗人元好问；明朝的内乡知县史惟一、胡裕；清朝的高以永、章炳焘等。这样的名联，这样的好官，这样的政绩和口碑，须值得当代官员学习和借鉴。

现作小诗一首——《参观内乡县衙》

帝制早废衙犹存，华夏独绝誉标本。

常留世间作史鉴，古为今用示后人。

湖北

楚天极目黄鹤楼

唐代诗人崔颢（hào）的“昔人已乘黄鹤去，此地空余黄鹤楼”和唐代诗仙李白的“故人西辞黄鹤楼，烟花三月下扬州”这些千古名句，使得黄鹤楼蜚声古今，远播海外。

黄鹤楼建在武昌西边蛇山之巅的黄鹄（hú）矶上，下面就是滚滚长江。它与湖南岳阳的岳阳楼、江西南昌的滕王阁并称“江南三大名楼”；加上山东省蓬莱市的蓬莱阁，世称“中国古代四大名楼”。其中，黄鹤楼居首，因而被称为“天下江山第一楼”。

黄鹤楼的来历

据介绍，黄鹤楼始建于三国时期吴国黄武二年（223年）。据《元和郡县志》记载：吴黄武二年，东吴大将黄盖屯兵江夏，受孙权之命，为守军在临江负险的黄鹄矶上建了一座楼，用以瞭望江面敌情。在古时，黄鹄矶一直伸到长江里，临江的石壁上下笔直，犹如刀削斧砍般的险峻，俨然一座军事天险要地。吴国在此建的瞭望楼，就是黄鹤楼的前身。

黄鹤楼名称的来源，历来说法很多，归纳起来大体有两种说法，即“因山说”与“因仙说”。当然，这都是传说。

“因山说”是以蛇山的黄鹄矶定名。在古代，“鹄”与“鹤”通用。清代朱骏声在《说文通训定声》中解释：“鹄形似鹤，色苍黄，亦有白色，其翔极高，一名天鹅。”湖北江河纵横，湖泊甚多，冬季常见黄鹄，也有不少地方以“黄鹄”命名。如《水经注》中记载：江夏县“船官浦东即黄鹄山”“山下谓之黄鹄岸，岸下有湾，谓之黄鹄湾”。由于民间喜“鹤”而疏于“鹄”，故将黄鹄矶上的哨楼称为“黄鹤楼”。

“因仙说”的传说更多。一种说法是，南朝梁国人萧子显在《南齐书·州郡志》中记载：“夏口城居黄鹄矶，世传仙人子安乘黄鹤过此上也”，因而被人称为“黄鹤楼”。而志怪小说《述异记》中则说：江陵人荀环在黄鹄矶瞭望楼遇见仙人驾黄鹤至此并与之交谈，故名“黄鹤楼”。

另有一说，《太平寰宇记》记载，三国时蜀国大将费祎后来成仙，他曾骑着黄鹤在这座楼上稍加停留歇息，因而人们称此楼为“黄鹤楼”。

还有一说，神话色彩更浓。自从吴国在黄鹄矶上建楼以后，由于此处风景独特，登临观景、吟诗作画者渐多。有一位姓辛的寡妇看到了商机，借钱在这个地方开了一家“辛氏酒店”。由于她乐善好施，感动了一位常来无偿吃喝的道人，道人在酒店墙上画了一只单腿独立，双目有神、展翅昂首、金光灿灿的仙鹤，不仅可以翩翩起舞，还可以悠然长鸣。道人后又手指院后的水井为酒井，醇酒取之不尽，酒店的生意顿时兴隆起来，来看仙鹤表演和品尝美酒的顾客络绎不绝。辛氏赚钱如流水，一时成了“活财神”，她时常在梦中笑醒。

但时间一长，她却忘了初心，贪心越来越大，不仅穿缎着绸、顶珠戴翠，而且不再把穷苦人放在眼里，甚至还慢慢忘了给她带来财富的老道，社会口碑也变差了。

十年后，老道重进辛氏酒店。宾主重逢，自然寒暄一番，但辛氏始终

不提给她带来好处的黄鹤和酒井。老道拐弯抹角地问她还有什么要求，她竟提出：酒井里出好酒，却不出酒糟，不能使我再养些猪，赚更多的钱。

老道一听，眉头紧皱，然后哈哈一笑，取笛吹奏，并向墙上的黄鹤招手。黄鹤旋即飞下，老道骑了上去，直上云天。辛氏再看那井，竟然再无酒味，酒井还原为水井了。她垂头丧气地回到酒店，只见画黄鹤的墙上出现了四行大字：

行善为图报，贪心比天高。

得寸又进尺，有酒还要糟。

辛氏看后羞愧难当，后悔不已！她终于铁下心来，痛改前非，多做善事。她拿出全部家产，在黄鹄矶上盖了一座楼，既为纪念那位道人和黄鹤，又可以供游人登临观景，故名“黄鹤楼”。

历史上的黄鹤楼命运多舛（chuǎn），屡建屡毁。自南宋以来就有10毁10建，最后一次被大火焚毁发生在清光绪十年，即1884年。此后100多年间名存实亡，楼址空存。

1985年6月，当地政府以清代同治年间重建的黄鹤楼（当时改为同治楼）为原形，重建了巍峨雄伟的黄鹤楼，矗立在武汉长江大桥南端西侧的蛇山上。

参观新建黄鹤楼

我曾先后于1966年10月、1970年4月、1993年9月、2000年6月四次去过武汉。前两次去时虽然还没有重建的黄鹤楼，但毛泽东的《菩萨蛮·黄鹤楼》却深入脑海之中。我站在长江大桥的南头，看着浪涛滚滚、水流湍急的长江，情不自禁地背诵起了这首词：“茫茫九派流中国，沉沉一线穿

作者在武汉黄鹤楼

南北。烟雨莽苍苍，龟蛇锁大江。 黄鹤知何去？剩有游人处。把酒酹滔滔，心潮逐浪高！”

词中的“茫茫九派”，是指长江中游有九条支流汇入长江；“沉沉一线”，是指当时长江以北的京汉铁路和长江以南的粤汉铁路。1957年武汉长江大桥建成，将长江南北两条铁路接通，改名为“京广铁路”，从北京直达广州。“龟蛇锁大江”，是指长江之南的蛇山和它对岸的龟山隔江对峙，好像要把长江锁住。毛泽东在其另一首词《水调歌头·游泳》中亦写道：“风樯动，龟蛇静，起宏图。一桥飞架南北，天堑变通途。”

我在参观武汉长江大桥时，也写过一首诗：

长江东去浪涛生，彩虹飞架南北横。

黄鹤欲返观潮涌，龟蛇静卧听笛声。

倚栏远眺荆襄地，低首沉思楚天雄。

当年三城多战事，如今奇迹映天红。

诗中所说的“荆襄地”，是指湖北的荆州和襄阳；“三城”是指汉口、汉阳和武昌，现通称武汉市。

我真正参观黄鹤楼，是1993年9月那次去武汉。

1985年5月重建的黄鹤楼，傲立于蛇山顶端，全部采用钢筋水泥框架仿木结构。72根枣红色大型圆柱拔地而起，雄浑稳健地托起51.4米高的5层塔式主楼。每层楼都有供游人眺望武汉风光的回廊。层层飞檐下各置风铃，江风吹来，叮咚作响。60个翘角凌空舒展，恰似黄鹤展翅腾飞。黄色琉璃瓦覆盖，在阳光照射下辉煌耀目，富丽堂皇。楼顶上，四面歇山骑楼斜刺而出。骑楼下的搏风板各有一匾额，正面（西面）匾额上的“黄鹤楼”三字，是曾任中国书法家协会主席的舒同所写。南面的匾额为“南维高拱”，北面的为“北斗平临”，东面的为“楚天极目”，都是著名书法家的力作，我还站在东面楼前拍照留念。因在战国时期，武汉这个地方属于楚国，所以后来人们便以“楚天”或“楚地”相称

我们从正门入内，首先映入眼帘的是一座金碧辉煌的牌楼，匾额上的“三楚一楼”四个大字遒劲有力。穿过牌楼，便是流光溢彩的黄鹤楼，巍然耸立在白石台基上。台基前的黄色基岩上，安置着一对五米多高的铜雕仙鹤，象征着黄鹤楼重返黄鹄山。

进入一楼高大宽敞的大厅，迎面两根粗大的立柱上有一副对联："爽气西来，云雾扫开天地撼；大江东去，波涛洗净古今愁。"可谓气势非凡。楹联后的正面墙壁上，是一幅巨大的陶瓷壁画，名曰《白云黄鹤图》，图上有一仙人骑着黄鹤，吹着玉笛，飘然于白云之中，令人产生无限遐思。

二楼主要介绍黄鹤楼的历史。大厅正面壁的大理石上，镌刻着唐代阎伯礼撰写的《黄鹤楼记》，记述了黄鹤楼的历史沿革、形制风貌、江山胜迹和名人到此游览的逸事。"楼记"两侧有两幅古朴的壁画。一幅是《孙权筑城》，刻画了东吴创建江夏城的壮观场面。另一幅是《周瑜设宴》，画的是三国相关人物到黄鹤楼参加宴会时所发生的戏剧性场景，有着浓厚的历史感。

三楼主要体现"文人荟萃"。正厅墙壁上有一幅大型绣像画，都是到过黄鹤楼并吟诗作赋的唐、宋文学名流。如唐代的崔颢、李白、白居易、王维、孟浩然、刘禹锡，宋代的陆游、岳飞等，各个形象栩栩如生。每个画像旁，都附有他们各自的诗词或赋，尤其是崔颢、李白的诗，更为引人注目。

四楼可以说是个文化活动场所，陈列着许多当代书画家关于黄鹤楼的作品。大厅用屏风隔成几个小厅，里面摆放着文房四宝，供游客中的文人墨客即兴挥毫，吟诗作画，如作者同意，可将作品留在黄鹤楼收藏。

五层大厅内有一幅壁画长卷，面积达99平方米，名曰《江天浩瀚》，又称《长江万里图》。这幅壁画通贯四壁，气势磅礴。画面上江水滚滚，穿山破雾，汹涌东去；长江两岸，风光旖旎，美不胜收。

走出五楼大厅，从四个方向凭栏远眺，汉口、汉阳、武昌三镇的美丽风光、奔流不息的万里长江、飞架于龟蛇两山间的武汉长江大桥、龟

山上直插云端的电视塔、芳草萋萋的鹦鹉洲、汉阳翠微峰下的归元禅寺等尽收眼底。那种“极目楚天舒”的妙感，只有登临黄鹤楼，才真正能够体会得到。

黄鹤楼外还有一些辅助建筑，如宝塔、牌坊、亭阁、诗碑廊、《九九归鹤图》等，将主楼烘托得更加壮丽。

黄鹤楼的文化品位

到了唐代，江夏（武汉）已发展成为经济发达、人口众多的城市，黄鹤楼也由过去的军事哨所演变成了“游必于是，宴必于是”的观赏楼和宴会楼。

一千多年前一天的黄昏时分，官至唐朝员外郎、长年在边塞任职的著名诗人崔颢，风尘仆仆地登上了落霞残照的黄鹤楼。他昂首四望，浩荡的长江、悠悠的白云、晴川的碧树、鹦鹉洲的芳草、传说中的黄鹤等，撩拨起了他的乡愁情愫和诗兴，便挥毫作诗一首：

昔人已乘黄鹤去，此地空余黄鹤楼。
黄鹤一去不复返，白云千载空悠悠。
晴川历历汉阳树，芳草萋萋鹦鹉洲。
日暮乡关何处是？烟波江上使人愁。

全诗自然流畅，一气呵成，没有矫揉造作的痕迹，不愧是千古绝唱之佳作，就连“诗仙”李白都自愧不如。

传说李白第一次带着书童登上黄鹤楼，从楼上的窗口四望，远处山青水秀，白云在山头缠来绕去，大江滔滔东流，鹦鹉洲绿草茵茵，不由得诗兴大发，让书童准备酒菜和纸墨笔砚，要把这美景都写到诗里去。

武汉长江大桥

（李白斗酒诗百篇，据说他只有喝醉了酒才能写出好诗。）于是，他开怀畅饮，到了半醉之时，诗兴也到了十分。他高声大叫："我要题一首最好的黄鹤楼诗。"

他兴冲冲地走向粉墙，挥笔蘸饱了墨汁，准备一口气写出他已想好的诗句，让天下人都为他称好叫绝。可他笔还未落，却突然停下了。原来他见墙上已有一首《黄鹤楼》诗，是同朝诗人崔颢所题。李白看后，叹为观止，说了一句话：眼前有景道不得，崔颢题诗在上头。随后把笔一甩，下楼扬长而去。后来，人们在这里特意建了一座"搁笔亭"，以纪念这一趣事。

"李白搁笔"的故事说明，他的确被崔颢的诗所折服。后来，他竟然

模仿崔诗的格调写了两首诗。其中一首是《鹦鹉洲》，前四句是：“鹦鹉东过吴江水，江上洲传鹦鹉名。鹦鹉西北陇山去，芳洲之树何青青。”

李白和崔颢诗中提到的鹦鹉洲，是武昌西南长江中的一个小洲。据《后汉书》记载，东汉黄祖担任江夏太守时，在此大宴宾客，有人献上鹦鹉为宴会添彩，故此这座江岛被称为鹦鹉洲。东汉名流祢衡（字正平）曾作过一篇《鹦鹉赋》。祢衡性格刚直，因冲撞了太守黄祖，被杀后葬到了鹦鹉洲。《三国演义》第23回前半部分“祢正平裸衣骂贼”，写的就是祢衡。对此，后人有诗叹曰：“黄祖才非长者俦，祢衡珠碎此江头。今来鹦鹉洲边过，惟有无情碧水流。”

李白模仿的另一首诗是《登金陵凤凰台》，前四句是：凤凰台上凤凰游，凤去台空江自流。吴宫花草埋幽径，晋代衣冠成古丘。

由此可见，崔颢的《黄鹤楼》，连大诗人李白都在模仿，说明此诗的确冠压群芳。难怪南宋文学评论家、诗评大家严羽（字仪卿、丹丘，号沧浪逋客）说：“唐人七言律诗，当以崔颢《黄鹤楼》为第一。”清代诗歌评论家沈德潜更赞该诗“擅千古之奇”。

实际上，李白与黄鹤楼还是很有诗缘的，他曾作过三首与黄鹤楼有关的诗。

一首是《送孟浩然之广陵》：“故人西辞黄鹤楼，烟花三月下扬州。孤帆远影碧空尽，唯见长江天际流。”李白大约在27岁那年漫游到湖北安陆，一住就是十年。用他自己的话说：酒稳安陆，蹉跎十年。在此期间，他结识了比他大几岁的诗人孟浩然，两人常在一起饮酒论诗。他非常敬慕孟浩然文采出众，品行高洁，曾在《赠孟浩然》一诗中写道：“吾爱孟夫子，风流天下闻……高山安可仰，徒此揖清芬。”当他得知孟浩然要取道江夏去广陵（扬州）时，便与孟约好在江夏见面，在黄鹤楼上设宴为孟饯行。酒后孟浩然乘船顺长江东去，李白翘首凝望着渐行渐远的帆影，心潮很不平静，挥笔写下了这首被人誉为“千古丽句”的送别诗。

唐开元（玄宗李隆基第二个年号）二十二年（734年），李白陪友人登上黄鹤楼，写下了《江夏送友人》诗：“雪点翠云裘，送君黄鹤楼。黄鹤振玉羽，西飞帝王州。”

唐天宝十四年，爆发了“安史之乱”，李白因反对叛乱而被捕入狱，并被流放到了夜郎（贵州东部）。“安史之乱”平息后，李白获得大赦。他从江陵到江夏后，当地一位姓史的郎中陪他在黄鹤楼饮酒时，听到有人吹笛，笛声如泣如诉，李白听了很伤感，便写了一首绝句《与史郎中钦听黄鹤楼上吹笛》：“一为迁客去长沙，西望长安不见家。黄鹤楼中吹玉笛，江城五月落梅花。”首句中的“迁客”指的是西汉文学家贾谊。此人因建议改革弊政，遭到右丞相周勃等保守派的反对和诽谤，被贬到长沙任太傅。李白在这里既是写贾谊，也是在写自己。

除崔颢、李白外，在黄鹤楼留下诗词文赋的名人还有很多。如唐代的鲍照、宋之问、孟浩然、王维、贾岛、顾况、白居易、刘禹锡、杜牧、李商隐，宋代的苏轼、苏辙、黄庭坚、岳飞、陆游、范成大、张孝祥、辛弃疾等，加之明清和现代的颂楼诗几近300首。

为黄鹤楼留下书画作品的名人也不少，如齐白石、叶浅予、关山月、李可染、李苦禅等绘画大家。

世人为黄鹤楼题写的楹联、匾额更是数不胜数。如我比较喜欢的“祢衡洲上千年恨，崔颢楼头一首诗”“白云在天外，明月在楼中”“一笛清风寻鹤梦，千秋皓月问梅花”“黄鹤飞去且飞去，白云可留不可留”，等等。

另外，黄鹤楼文化还渗透到了社会生活中。据介绍，元代至顺年间（1330—1333年），杂剧作家朱凯根据三国时吴国周瑜讨要荆州的故事，

写成四折杂剧《刘玄德醉走黄鹤楼》，全剧70多处提到黄鹤楼。此剧在当时社会影响较大，后人陆续将其改编为京剧、汉剧、湘剧、徽剧、秦腔、河北梆子等诸多同名剧目，广泛演出，丰富了国人的文化生活。

与此同时，自清代以来，我国年画的主要产地山东潍坊、苏州桃花坞、山西临汾、河北武强、天津杨柳青等，都争相绘制黄鹤楼题材的年画，使黄鹤楼文化传播到了祖国大地，进一步扩大了其声誉。

最后，我忍不住也想诌几句所谓的《黄鹤楼》诗：

天远云倚碧空阔，玉宇琼阁黄鹤楼。
鹤来鹤去觅仙踪，人进人出忆笛悠。
名流骚客诗赋盛，画师书圣墨宝留。
千年胜迹复归汉，任凭灵光照神州。

湖　南

山水书韵美长沙

长沙，湖南省省会城市。前些年，电视连续剧《长沙保卫战》使得“长沙”这个名字家喻户晓，人人皆知。

我曾两次去过长沙。1966年10月中旬，我随国庆观礼代表团从北京到武汉，然后去长沙，当时心情非常激动。一是《三国演义》第53回关羽到长沙大战刘表帐下的中郎将黄忠，既取了长沙，又收服了黄忠这员大将，后被刘备封为“五虎上将”之一，令人印象深刻。二是我曾在书报中看到，毛泽东年轻时曾在地处长沙的湖南省立第一师范学校（现湖南第一师范学院）求学和从事革命活动。三是我把《沁园春·长沙》一词背诵得滚瓜烂熟。“独立寒秋，湘江北去，橘子洲头……恰同学少年，风华正茂，书生意气，挥斥方遒。”

第一次到长沙，我仅游览了市容，未去游览景点，而是用了一天时间到距长沙120公里的韶山，参观毛泽东的故居，我还写过一篇韶山之行游记，并作词一首：“霜叶金花秋意浓，翠峰淡云遮。看茂林修竹，毛公仙居，地灵人更杰。目睹遗物千百件，方知烽火烈。狂飙扫阴霾，亿民同协，一统大中华。”

我第二次去长沙，是1989年8月中旬去参加“全国商业法制工作会议”，会后参观了橘子洲、爱晚亭、岳麓山等。

长沙位于湖南省东部偏北，春秋战国时期建成，属楚国。历史上，长沙曾被称为“长沙郡”“潭州”“长沙县”“长沙府”，1933年设“长沙市”，沿用至今。

长沙是一座集山、水、洲、城于一体的城市。岳麓山巍峨西峙，浏阳河逶迤东来，湘水穿城而过，橘子洲金橘飘香，长沙水清冽甘美。毛泽东在《水调歌头·游泳》一词中写的“才饮长沙水，又食武昌鱼”中的“长沙水”据说是长沙城南白沙古井里的水。当地有“长沙沙水水无沙”的民谣。由于白沙古井里的水是活水，所以水质纯净，清澈甘冽。这正是“问渠那得清如许？为有源头活水来”。

现将我游览的几个主要景点，简述如下。

橘子洲

长沙城西湘江中的橘子洲，因毛泽东1925年写的一首词《沁园春·长沙》而闻名中外。

湘江是湖南最大的一条河流，发源于广西海洋山脉，流入湖南后，流贯湖南东部，穿过长沙城往北，汇入洞庭湖。但在流经长沙城西时，由于激流回旋，沙石堆积而成为一个面积达17公顷、绵延十多里的狭长岛屿。又因岛上盛产美橘而得名“橘子洲”。唐代著名诗人杜甫为此写下了“桃源人家易制度，橘洲田土仍膏腴（gāo yú，意肥沃）”。

橘子洲四面环水，洲上植物繁茂，动物较多，不仅有鸥、鹤、鹭等飞禽，而且有狐狸、獾等珍稀野兽，所以这座岛一年四季风光优美。春暖之时，阳光潋滟，沙鸥点点；夏秋两季，竹木葱茏，柚黄橘红；隆冬季节，凌寒薄冰，江风残零，素有“江天暮雪”之美称。站在岛上西望，巍巍岳

长沙橘子洲头留影（前排中为作者）

麓山，层林尽染；东眺，繁华长沙城，京广铁路贯北南；近看江面，“漫江碧透，百舸争流”，好一派长沙风光！

1914年至1918年；毛泽东在长沙湖南省立第一师范学校读书时，常与蔡和森等志同道合的同学到橘子洲游览并下湘江游泳，畅谈救国梦想。1925年6月，在广州从事革命活动的毛泽东因神经衰弱和肺部有恙，携妻子杨开慧和儿子毛岸英、毛岸青回到家乡韶山养病。这期间他在韶山积极秘密组织农民协会小组，发展了一批共产党员，建立了韶山第一个党支部，因而受到反动军阀赵恒惕的通缉。毛泽东在农民的掩护下安然脱险，辗转到宁乡，于8月底到达长沙。

在一个秋高气爽的日子里，毛泽东重游了岳麓山和橘子洲。他站在橘子洲头眺望，岳麓山枫林红遍，湘江水锦鳞欢游，长空苍鹰盘旋，橘子洲橘香阵阵，不禁诗情迸发，沉吟密咏，遂成一词——《沁园春·长沙》：“独立寒秋，湘江北去，橘子洲头。看万山红遍，层林尽染；漫江碧透，百舸争流。鹰击长空，鱼翔浅底，万类霜天竞自由。怅寥廓，问苍茫大地，谁主沉浮。 携来百侣曾游，忆往昔峥嵘岁月稠。恰同学少年，风华正茂；书生意气，挥斥方遒。指点江山，激扬文字，粪土当年万户侯。曾记否，到中流击水，浪遏飞舟？”

这首词抒发了作者胸怀大志、风华正茂、意气风发的磅礴气概！

词中的“怅寥廓”，“怅”是“究竟”的意思，“寥廓”指广远的空间。但毛泽东后来对这三个字的解释是，指“在北伐战争以前，军阀割据统治，中国的命运究竟由哪一个阶级做主？”因此，毛泽东大声呐喊：“问苍茫大地，谁主沉浮？”

“挥斥方遒”（遒读qiú，音“求），“挥斥”意为奔放，“遒”即强劲。“挥斥方遒”，是说热情奔放，劲头正足。

“击水”，毛泽东自注：“击水：游泳。那时初学，盛夏水涨，几死者数，一群人终于坚持直到隆冬，犹在江中。当时有一篇诗，都忘记了，只记得两句：自信人生二百年，会当水击三千里”。这是何等气概啊。

据传，1950年5月，周恩来和毛泽东还以“橘子洲”为题，作过一副对联。周作上联：“橘子洲，洲旁舟，舟走洲不走”；毛对下联：“天心阁，阁中鸽，鸽飞阁不飞”。对仗工整，天衣无缝，饶有趣味。

我们在橘子洲公园看到，在望江亭和游廊对面，有一块巨大的汉白玉石纪念碑，上面刻着毛泽东手书的“橘子洲头”四个大字，另一面刻着毛泽东手书的《沁园春·长沙》一词，我们纷纷在此拍照留念。

长沙橘子洲头留影（前排右二为作者）

岳麓山

长沙岳麓山，又名麓山，位于湘江西岸。因南北朝时期南宋的《南岳记》中有“南岳周围八百里，回雁为首，岳麓为足”的记载而得名，整座山面积八九平方公里。

唐代著名诗人刘禹锡的名句“山不在高，有仙则名”，我看倒很适合岳麓山。这座山虽然只有300多米高，但依江面市，群山簇拥，层峦叠翠，碧嶂耸立，绿涧幽深，风景秀美。正如毛泽东在《沁园春·长沙》一词中所写的岳麓山秋景：“万山红遍，层林尽染。”除自然风光外，人文景观也很诱人，“仙”者甚多，许多闻名天下。

我们乘坐的汽车停在山脚下，从东大门进入后，沿着盘山路上山，边走边观景，频频给人以峰回路转、宁静致远之感。山上有数以千计的名贵树种，那些参天古树令人震撼。披青戴绿的山体和山涧，似乎透着一股神秘。时有鸟叫蝉鸣，鬼头鬼脑的松鼠像幽灵般从身前蹿过，有的一溜烟爬上树梢。总的感觉是“静”，就连游人说话都小声细语，也许怕惊吵到那些长眠于山上的英灵吧!

自古以来，岳麓山就融自然景观与人文景观于一山，集道、佛、儒三教与现代文化于一体。早在西汉时，这里就是道教的“真虚福地”，道家第23洞天麓道宫香火旺盛。且佛教盛行，被称为“湖湘第一道场”的千年古刹“麓山寺”深居山中，距今已有1700多年的历史。各朝代的大儒、才子也相继到岳麓山开舍结庐，赋诗作赋，传承中华文化。如晋代的陶侃，唐代的刘长卿、裴休、李邕，宋代的朱熹、张栻，等等。李邕撰文并书写的《麓山石碑》，世有“三绝”之誉。始建于北宋的“岳麓书院”，被称为“千年学府”。

青山有幸埋忠骨。流连于岳麓山间，不时地遇到墓园，那里安葬着近代革命志士、曾与孙中山并肩战斗的黄兴，反对袁世凯复辟的蔡锷将军，以及陈天华烈士等人的忠骨，为该山增添了爱国雄气。我分别在黄兴、蔡锷墓前默哀敬礼，因我对这两人的事迹有所了解。

在这座山上，还留下了毛泽东、何叔衡、蔡和森、李立三、李富春、向警予等老一辈无产阶级革命家的足迹，他们曾在这里讨论救国方略，探索革命道路。听着那些感人的介绍，不禁肃然起敬!

岳麓山最有名的文化古迹莫过于“宋代四大书院”之一的岳麓书院（其他三座是：江西庐山的白鹿洞书院，河南嵩山书院，商丘的睢阳书院）。这座书院建在东山坡下，坐西朝东，从东门步行上山，必从书院门

岳麓书院

前经过。据介绍，北宋开宝九年（976年），潭州（即长沙）太守朱洞经报请朝廷批准，由官府出资兴建岳麓书院，为大宋王朝培养有用人才。北宋大中祥符八年，宋真宗赵恒召见岳麓山山长（即书院院长）周式，诚恳邀他主持最高学府国子监，但周式婉言谢绝。宋真宗还是命他以国子监主簿的官职主持岳麓书院，并御赐宫廷藏书副本，动情地为岳麓书院题写匾额。此次皇帝见山长，也成为宋代书院史上唯一的特例，正式拉开了岳麓书院薪火相传、千年不辍的中国文化胜景。

皇帝没有留住周式，但周式那首著名的《劝学诗》“富家不用买良田，书中自有千钟粟……男儿欲遂平生志，五经勤向窗前读”，却在社会上产生了深远影响。

到了南宋，湖南安抚使刘珙对岳麓书院进行整修后，诚请著名思想家、理学大师张栻、朱熹到书院担任领导并讲授理学。理学主张“明理居敬”，强调自我修养。后来，朱熹出任湖南安抚使，对岳麓书院进一步进行了规制，对教学内容进行了完善，吸引了全国各地的学生前来求学，一时间，学员达到上千人。正如当时有谚语所云：“道林三百众，书院一千徒。”

后来的元、明、清几个朝代，由于战乱频仍，岳麓书院屡毁屡建，最后一次大修是清同治七年（1868年）。到清末光绪二十九年（1903年），岳麓书院与湖南省大学堂合并，成为全省最高学府，近代名人魏源、曾国藩、左宗棠、胡林翼等，都受训于这座学府。1926年，在岳麓书院原址上进行了扩建，正式定名为“湖南大学”。

“惟楚有才，于斯为盛。”“斯”为胜境，也为时代。从千年书院不同时代走出来的青年才俊，“恰同学少年”，感染千年风华，胸怀历史担当和使命，为中华民族复兴而殚精竭虑，在中华大地上勇毅驰骋，创造出了辉煌业绩，为历史留下了宝贵财富。

站在岳麓山巅凭栏远眺，整个岳麓山风景区犹如一个硕大的盆景。千里湘江由南向北，穿过长沙城，飞流北去；江中的橘子洲宛如一艘绿色战舰，洲两旁的河道中百舸争流，就连大半个长沙城也尽收眼底，简直就是一幅天工造物的大画图，美不胜收。

爱晚亭

爱晚亭位于岳麓山东侧山下，离岳麓书院很近，我们上山时首先看的就是爱晚亭。

据介绍，爱晚亭建于清乾隆年间，是岳麓书院山长罗典倡导建造的。罗典是清代著名的经济学家和教育家，官至鸿胪寺少卿，在岳麓书院执教27年，奉行“非专衡文，当以育才为本”的主张，坚持“造士育才”“坚定其德性，明习于时务”，培养了一大批经世志士，多次受到朝廷嘉奖。他倡建的亭子建好后，由于四周枫树成林，到了秋天枫叶红似火，景色独特，故取名“红叶亭”，又名“爱枫亭”。

后来，根据湖广总督毕沅的建议，取晚唐著名诗人杜牧《山行》一诗中的“停车坐爱枫林晚，霜叶红于二月花”的诗意，改名为“爱晚亭”。这一改，意境和韵味就不同了，既典出名人名句，又切合实际环境，比原来大直大俗的“红叶”“爱枫”雅致多了。

原来的亭子是木质结构，清同治年间改为砖砌，看起来更坚固，更雄伟。这座坐西朝东、古朴典雅、高12米的名亭，外檐四柱用整条花岗石加工而成。亭顶重檐宝顶，四翼角边远伸高翘，覆以绿色琉璃瓦，与碧绿的岳麓山相映衬。正面额上挂一红色镏金牌匾，上面的“爱晚亭”三字，系1952年毛泽东应湖南大学校长李达之邀而书。爱晚亭是毛泽东所熟悉的地方，他在湖南省立师范学校求学期间，常与蔡和森等进步同学到爱晚亭游玩，畅谈救国理论。

最令人难忘的是，在亭内丹漆圆柱上刻着一副清代岳麓书院山长罗典书写的妙联：“山径晚红舒，五百夭桃新种得；峡云深翠滴，一双驯鹅待笼来。”

此联词句凝练洒脱，意境深远超脱。上句一个“舒”字，把枫叶红似火的盛景烘托得绝佳无余。将红艳的枫叶喻为“新种得”的“夭桃”，想象力十分丰富。下句一个“滴”字，写出了白云悠悠雾绕双峰游动，形同两只待驯的白鹅，只等“鹅笼”来装，描写既贴切又生动。

爱晚亭与北京的陶然亭、安徽滁州的醉翁亭、杭州西湖的湖心亭，并称“中国四大名亭”。这四座名亭除醉翁亭外，其他三座我都去过。现简要做一介绍。

陶然亭坐落在北京南部永定门内，现北京南站北面，离我原先居住的和平门不远，骑自行车一刻钟即到，乘公交车也不过短短四站。我在前门西大街6号楼居住的21年里，曾多次到陶然亭公园游玩，一进门就可以看到陶然亭的介绍。该亭建于清康熙年间，取唐代诗人白居易《与梦得沽酒闲饮且约后期》七绝诗的最后两句“更待菊黄家酝熟，共君一醉一陶然”中的“陶然”二字，命名“陶然亭”。

现在的陶然亭，不仅遍布亭、台、楼、阁，而且有山有湖，风景很美，是北京南城重要的公园之一。

湖心亭位于杭州西湖中央的湖心岛上，始建于明代嘉靖三十一年（1552年），我曾去游览过两三次，并拍有照片。不过，现在的湖心亭是1953年仿原样重建的。从外观看，翘角飞檐，黄琉璃瓦覆顶，四面以落地长窗采光，围以栏杆，栏畔广植花木，围堤遍植垂柳，绿水环抱，将湖心亭映衬得金碧辉煌。正如一首词中所写：“湖心亭上倚栏杆，便觉琼楼玉宇在尘寰。”

醉心亭坐落在安徽滁州西南琅琊山的峭壁下，我虽然没去过，但我在电视大学学习古代文学时，曾学过北宋文学家欧阳修在担任滁州知州时撰写的《醉翁亭记》。文章不长，但语言很优美。如“峰回路转，有亭翼然临于泉上者，醉翁亭也”“醉翁之意不在酒，在乎山水之间也”“酿泉为酒，泉香而酒洌”“醉能同其乐，醒能述以文者，太守也；太守谓谁？庐陵欧阳修也”，等等。

现作小词一首，《踏莎行·长沙》：

岳麓翠滴，橘洲江立，百舸争流沁园曲。
一代潇湘人杰起，书院晚亭论国事。
指点江山，缚龙伏虎，扭转乾坤主沉浮。
殊勋卓著惊天地，丰碑史载垂千古！

广　东

羊城广州之印象

广州，又称“羊城”“穗城”“花城”，位于珠江三角洲北端，与香港、澳门隔海相望。从秦汉到明清的两千多年期间，广州一直是对外贸易的重要港口城市，现为广东省省会和中国人民解放军南部战区所在地。

我曾六次去过广州及广东省的深圳、东莞、顺德、珠海、佛山等城市，大多是参加会议、调查研究，真正和爱人在广州游览，仅有一次。

不同时代的广州，给我留下了不同的印象。

20世纪60年代（1968年4月）的广州，还留有古旧南方城市的风貌。高楼大厦、汽车、摩托车不多，马路既窄又旧，路两旁店铺林立，店铺处搭有避雨的长廊，我们北方人对此感到很新奇。

时隔24年后的1992年8月我再去广州，城市面貌大为改观，城市道路、楼房建筑、商业设施焕然一新，尤其是满城皆是摩托车，成为上下班时街道上的一景。

1999年3月、11月，以及进入新时代的2006年、2007年，我又先后四次去广州，广州已是现代化的大都市了，高楼大厦到处可见，城市绿化别有新意，商业、服务业十分发达。

现将我认为值得一写的所见所闻记述如下。

“羊城”“穗城”名字的来历

我在广州越秀公园参观“五羊石雕”时，听说了这样一个传说。

古代有五位仙人身穿五色彩服，各骑一只硕羊，五羊口中各衔一枝稻谷，从南海飘然而至广州。五位仙人将各自骑的羊所衔的谷穗送给当地居民，祝福此地永无饥荒，说完腾空而去。这就有了“五羊衔谷，萃于楚庭”（古时广州属于楚国）的记载。从此，广州便得了“羊城”“穗城”的别名。

1959年，广州有关部门根据上述传说，邀请雕刻艺术家雕刻了一座五羊石雕，安放在了越秀公园。1992年8月我随访港代表团回到广州时，曾去游览越秀公园，观赏了这座五羊石雕，并在此拍照留念。

五羊石雕高十多米，据说用了130块花岗石，仅羊头部的一块石料就重达2吨多。五只羊大小不一，形态各异。母羊口衔谷穗，昂首远望，似乎在探视人间情况。其余四只羊依偎在母羊旁，有的嬉戏，有的吸乳，有的吃草，造型优美，栩栩如生。我当时想，如果雕成五位仙人骑羊那就更好了。

说到“羊”，我想多说几句。

自古以来，羊在我国是吉祥、善良、美好的象征。“祥”“善”“美”三字中，都有一个羊。商代甲骨文“卜辞”中，羊通“祥”，吉羊即“吉祥”。古人造字，“美”字是由“羊”“大”两字组成的，羊大为美。东汉文学家许慎在《说文解字》中说：“美，甘也，从羊、从大。羊在六畜中给膳，美与善同意。”羊不仅为人们提供膳食，羊皮可以做皮衣，羊毛可以织衣物，全身都是宝。因此，羊是人类最早驯养的家畜之一。另外，羊羔是跪着吸奶的，很有孝道，因而成为“忠孝节义”中“孝”的代表，且被选为十二生肖之一，即排名第八位的“未羊”，本人就属羊。

名副其实的“花城”

我六次去广州，都是在3月到11月期间。每次去，都可以看到满城绿色满城花。

广州街头，常年碧绿，到处可见棕榈植物、榕类植物、灌木植物和大大小小的草坪或花丛。盛开的紫荆花，广州人称为“红花羊蹄甲”，花色或红或粉，1997年香港回归祖国时，被香港特别行政区定为“区花”。在许多种我们北方人叫不出名字的鲜花中，最令人难忘的是木棉花。1999年3月，我和爱人到广州。我爱人看到马路两旁高大挺拔的树上挂满了红色鲜花，花朵既硕大又鲜艳，她惊奇地问：“这是什么花？”我的好朋友梁亦明说：“那是木棉花，三四月正是盛开的季节，是我们广州市的‘市花’，它还有个名字叫‘英雄花’。”

我们仰头看去，高大挺拔的树干，犹如英雄的脊梁；树枝上簇拥的朵朵花瓣，似乎是英雄的鲜血，人们称它是“英雄花”，既形象生动又富有政治含义。

不错，广州的确是一座具有光荣革命传统的英雄城市。在近代史上，曾在广州发生过三元里人民反抗英帝国主义侵略的革命斗争；孙中山先生领导的反封建统治的黄花岗起义；1927年12月11日由中国共产党领导的广州起义；等等。

“花城”，名副其实；“英雄城”，名副其实。

越秀公园

1992年8月，我随商业部考察团从香港回到广州期间，游览了离我们所住宾馆不远的越秀公园。

越秀公园位于广州越秀区的越秀山，园内有三个人工湖和弯弯曲曲的溪流、七座山岗和满园密布的树木和各种花草。主要景点除五羊石雕外，还有明代城墙、镇海楼，民国时期所建的中山纪念碑，以及到处可见的亭、台、楼、阁、廊、榭等建筑。漫步在园中，到处可见高大的树木，碧绿的翠竹，绿茵茵的草坪，各种颜色的花卉，山水相依，鸟语花香，令人心旷神怡。

据介绍，早在民国时期，孙中山先生曾提出“把越秀山建成一座公园”的建议，但直到中华人民共和国成立后，这一构想才得以实现。毛泽东、朱德、周恩来等党和国家领导人都曾到越秀公园游览。朱德游览后还赋诗一首：“越秀公园花木林，百花齐放各争春。唯有兰花香正好，一时名贵五羊城。”

越秀公园里的明代古城墙，距今已有600多年的历史。断断续续长达一公里的古城墙上，有很多“爬山虎”及其他植物。因我在全国各地看过不少古城墙，所以对这段明代古城墙不感兴趣，而给我留下较深印象的是“镇海楼”和“中山纪念碑”。

明朝开国皇帝朱元璋称帝后定都南京，据传他信奉道教。有一天与当时有名的铁冠道人同游钟山。突然，铁冠道人像煞有介事地指着南方说：广东海面笼罩着一股清气，似有“天子”要出世了。必须在广州高处建一座高楼，将那里的“龙脉”压住，否则，日后必成大明的后患。

朱元璋信以为真，立即下诏令镇守广州的朱亮祖在广州高处建一座高

作者在广州越秀公园五羊雕像前留影

楼，以镇压即将出世的龙脉。朱亮祖选择在越秀山顶部建楼，建成后命名为“镇海楼”。

镇海楼有五层，高28米，阔31米，红墙绿瓦，古朴独特，在当时的确是广州最高大、最宏伟的建筑，也是广州现存的最完好、最有气势的古代建筑。楼前的一对两米高的明代红砂岩石狮，至今仍威武地守护着镇海楼。

中山纪念碑坐落在公园内观音山上，沿着“百步梯”走498级台阶才能到达，是1929年为纪念民主革命家孙中山先生而立的。在碑前的一方大石头上，刻着“中华民国十八年一月十五日为孙中山先生纪念碑经始筹备建筑委员李济深等立石”。

中山纪念碑高59米，是由59块大砖砌叠而成的，这与孙中山先生寿命59岁是一致的。碑的正面刻着孙中山先生的遗嘱，全文如下：“余致力国民革命凡四十年，其目的在求中国之自由平等。积四十年之经验，深知欲达到此目的，必须唤起民众，及联合世界上以平等待我之民族，共同奋斗！现在革命尚未成功，凡我同志，务须依照余所著《建国方略》《建国大纲》《三民主义》及《第一次全国代表大会宣言》，继续努力，以求贯彻。最近主张开国民会议及废除不平等条约，尤须于最短时间，促其实现，是所至嘱。”

离中山纪念碑不远处，有一座孙中山纪念堂，由于时间关系，未去参观。

珠江与白天鹅宾馆

珠江是由西江、东江、北江汇集而成的。珠江之名，据说源自广州段江中的“海珠石”。流经广州的江中有一巨大的石岛，长期受千里江水的冲刷，变得圆润光滑，如同一颗硕大的珍珠，故被称为“海珠石”，流经这一段的河流便被称为“珠江”。

珠江从上游流到白鹅潭时分为两支，一支继续向东流去，穿过广州；另一支流向东南，然后汇合于珠江口，泻入南海。在白鹅潭北岸，坐落着一家名闻遐迩的五星级宾馆，名叫“白天鹅宾馆”。据介绍，这是中国大陆首家中外合资的高级酒店，1985年就被世界一流酒店组织接纳为中国首家成员。外国政要到广州，大多选住这家宾馆，或到此就餐。到我们去就餐时为止，已接待了40多个国家的总统、总理等国家元首或政府首脑。邓小平同志关于香港必须按期回归、不容谈判的强硬表态，就是在这座宾馆接见时任英国首相撒切尔夫人时说的。

20世纪90年代我和其他同志到广州调研期间，接待单位曾在一天晚上安排到白天鹅宾馆就餐。酒店的设计、饭菜的档次和质量，的确令人惊

讶。酒店的墙上挂着不少外国政要到该酒店就餐的大幅照片，如美国前总统尼克松、老布什，德国前总理科尔，新加坡首任总理李光耀，柬埔寨前国王西哈努克等。饭后我们去游览珠江，观看夜景。

珠江两岸矗立着各种特色的高大建筑，如沙面宾馆、广州酒家、南方大厦、爱群大厦、华侨大厦等，灯光璀璨，一片辉煌。沿江修了好多座大桥，如人民大桥、解放大桥、江湾大桥、海珠桥等。1963年建成的海珠桥，据说是我国第一座钢结构开合大桥，当时被称为“羊城八景之一”。

江中大小船只来来往往如穿梭，既有客船观光船，又有货船和舰艇，怪不得广州人称珠江为“广州的血脉”。

云台山花园

我和爱人在广州期间，我的好朋友梁亦明派人陪我们去游览了云台山花园和院落式古代祠堂建筑群“陈家祠堂”。

云台山花园位于风景秀丽的广州市白云山风景区入口处，背依革命圣地白云山云台岭，占地面积12万平方米。这座花园的最大特点是，聚东西方园林建筑于一体，汇国内四时花卉于一园。园中遍植中外四季名贵鲜花，享有“花城明珠”之誉。

走进花园大门，是依丘陵而建的宽大台阶。台阶前有一座喷水池，我们夫妻俩坐在水池边的台阶上照相留念。台阶两侧，装点着若干盆栽花卉，台阶中间也安置着喷水装置，两边是花畦，种植着鲜艳的红色花卉。在中轴线两侧，巧妙地设计了不同的功能区，如谊园、醉花园、岩石园、玫瑰园等。几百种中外名贵花卉种植其间，各具特色。在两侧谊园的中心地带，安放着一个巨大的地球石雕，周围种植着与广州结为友好城市的市

作者夫妇在广州云台山花园

花和所在国的国花，体现着国与国、市与市之间的友谊。

广州陈家祠堂

广州陈家祠堂，又名“陈氏书院”，位于广州市中山七路恩龙里。这座院落式古代祠堂，以拥有众多精美的民间建筑装饰品而闻名海内外。

据介绍，清朝末年，广东省72县的陈姓名人共同集资，在广州建了这座陈家祠堂。清光绪十六年（1890年）动工，历时五年竣工。从此，这座祠堂便成为广东省陈氏宗族同胞祭祖、集会之地，同时也是一座书院，成为陈姓子弟接受教育的场所。后在多年的战争中，陈家祠堂遭到毁坏。

广州陈氏书院一角

1958年至1982年进行了两次大修，至今仍保持清代初建时的风貌。

陈家祠堂坐北朝南，主体建筑为5座3进、9堂6院，青墙环绕，占地面积13000多平方米。大门、聚贤堂、大厅等主体建筑分布在中轴线上，两侧是偏房、廊屋等。全祠共由大小19座建筑组成建筑群体，主次分明，布局严谨。

大门上方悬挂“陈氏书院”横匾，两扇木门上有彩绘巨幅门神像。门前两侧，各有一块很大的抱鼓石，使祠堂更具浓烈的祖庙韵味。我和爱人站在门前合影留念，并在院内较为漂亮的建筑前留影。

位居祠堂中心的主殿聚贤堂，是当年陈氏族人举行春秋祭祀和议事的地方。聚贤堂后面的大厅里，供奉着陈氏祖先的牌位。主建筑两侧的偏房称为东斋、西斋，过去陈氏子弟就在这里接受教育。

陈家祠堂拥有难以数计的建筑装饰艺术品。整座祠堂从里到外，从上到下，前后左右，到处都有造型优美、色彩鲜艳的装饰工艺品，包括木雕、石雕、砖雕、泥塑、陶塑、灰塑以及绘画和钢铁铸件。就连石阶、栏杆、门窗、屏风、梁枋、屋角、屋脊、神台、花墙等都有精美装饰品，把陈家祠堂装饰得富丽堂皇，简直成了一座内容丰富的民间建筑装饰工艺品博物馆。正如郭沫若先生1959年去参观时，赋诗对该祠堂所作的高度评价："天工人可代，人工天不如。"

陈家祠堂那些大小不一、形态各异的木雕给我留下了深刻印象。有王母娘娘拜寿、八仙朝拜天皇等神话传说，有韩信点兵、曹操大宴铜雀台、岳飞英勇抗金等历史故事；有《三国演义》《水浒传》等古典文学名著中的人物形象，还有云朵、如意、仙鹤、蝙蝠等吉祥图案；等等，技术精湛，造型生动，形象传神，令人过目难忘。

1988年，广州陈家祠堂被国务院公布为第三批全国重点文物保护单位。

现作《**广州赞**》诗一首：

六进花城诸事忙，闲暇越秀听五羊。

两岸楼厦映碧景，一江滔水泛珠光。

木棉红艳万人仰，天鹅客涌酣歌唱。

超大都市仅数载，时代妆成锦绣廊。

海　南

天涯海角三亚市

三亚，别名“鹿城”，位于海南岛最南端，是一个美丽的多民族的热带海滨旅游城市，据说居中国“四大一线旅游城市”之首。这四大旅游城市是三亚、威海、杭州、厦门。这四个城市我都去游览过，本书各有文章作了记述。

三亚古称“崖州”，秦朝在此设“象郡”，汉置“珠崖郡”，唐、宋时期亦设州、郡。因其远离帝京，孤悬海外，故有“天涯海角”之称，1984年设市。

三亚北靠群山，南临大海，海岸线200多公里，大小海湾十几个，如我们去游览过的三亚湾、亚龙湾、大东海等。尤其热带植物众多，达1800多种，有许多植物我们从未见过。树林中野生动物350多种，一年四季鸟语花香，风景优美。

2001年4月，我借到三亚参加“新世纪中国饭店业高峰论坛”之机，偕爱人去三亚游览，住在紧靠海岸的珠江花园酒店。这座酒店外形酷似一座军舰，花园、楼顶游泳池等一应俱全，设计得非常漂亮。

前三天，我白天参加会议，我爱人则从我们住的三层楼到楼后的花园，进而到海边，观海景，捡贝壳，拍照片，或到市场购物，或去椰林赏景，玩得很开心。会议结束后，我们一起去游览了天涯海角、亚龙湾、大东海、鹿回头、南山等几个风景区；乘游船到一个海岛附近下到海底看水下珊瑚和鱼类；到黎苗风情寨观赏黎族和苗族风情，并到珍珠市场、水晶馆和农贸市场购物，品尝椰子、杧果等热带水果。然后我们离开三亚，沿海南岛东侧海岸线一路向北，先后到兴隆观赏热带植物园，到琼海参观红色娘子军纪念塔和万泉河，到海口参观五公祠等，最后从海口乘飞机返京。

一趟海南游，可以说是乘兴而去，尽兴游览，高兴而归，遗兴犹存。

现将我们在三亚游览的几个主要景点记述如下。

三亚最著名的景点——天涯海角

天涯海角风景区据说是三亚最著名的景点，位于三亚湾和红塘之间的岬角上，背靠苍翠的岭山，面对碧蓝的大海。海边的沙滩上散落着许多大大小小的岩石，其中在三块巨大的岩石上分别刻着“天涯”“海角”“南天一柱”。这里就是“天涯海角”的所在地，每天的国内外游客络绎不绝。

关于“天涯海角”，当地还流传着一个美丽的爱情故事。

相传，古时候内地有一对青年男女，自小青梅竹马，相亲相爱。但他俩来自两个有世仇的家族，他们的爱情因而受到各自族人的强烈反对。面对“棒打鸳鸯”的残酷现实，两人被迫携手私奔，要到族人难以找到的遥远地方成婚。

他们一路向南，过了海峡，到了天之涯、地之角的一个地方，前面是茫茫大海，一望无际，再也无路可走。为了忠贞不渝的爱情，他俩抱头痛哭后便双双投海，以死铭爱。结果，两人投海后化作两块巨石，相对屹立。随着大海的变迁，两块巨石便永远矗立在海边的沙滩上。

清雍正年间，崖州知府程哲根据上述传说，在其中最大的一块巨石上题刻了“天涯”二字，后来另一位文人在另一块巨石上题刻了“海角”二字，这便是“天涯海角”的由来。到了清宣统年间，时任崖州知府的范云梯又在另一块巨石上题刻了“南天一柱”四个大字。从此，“两石一柱”成了三亚最主要的旅游景点。

据导游介绍，在古代社会，此地远离中原，人迹罕见，交通不便，朝廷往往将这里作为流放“逆臣”之地。被流放的人跋山涉水来到此地，面对苍茫大海，往往会发出“来到了天之涯、海之角”的感叹。历朝历代的高官到海南岛考察或游山玩水，也都不愿到这个象征“天尽头”的地方来。甚至一些词语、诗词也将“天涯”作为贬义使用，如“浪迹天涯”“望尽天涯不见家”“断肠人在天涯”等。但浪漫的情侣却愿意到此地游览，并许愿“和自己最心爱的人一起走过天之涯、地之角，相爱到永远”，等等。

据《现代汉语词典》和《成语词典》解释，“天涯”指极其遥远的地方，或指“天尽头”。“天涯海角”（也作“海角天涯”）指天的一隅、海的一角。唐代文学家韩愈在《祭十二郎文》中有“一在天之涯，一在地之角”之句。很多文人在所写的诗赋中，对天涯海角也多有引用，例如唐代诗人白居易在《春生》一诗中写道：“春生何处暗内游，海角天涯遍始休。”

“海内存知己，天涯若比邻”这两句诗，大概很多人都会背诵。这是唐代诗人王勃在《送杜少府之任蜀州》五律诗中的两句，早已成为脍炙人口的千古名句。

宋代词人晏殊在《玉楼春》词的后四句写了相思之情：“无情不似多情苦，一寸还成千万缕。天涯地角有穷时，只有相思无尽处。”

作者夫妇在三亚天涯海角景区

我们从景区大门进入，沿椰林小道走到海边，去找那棵在很多宣传品和影视剧中出现的探身大海的“天涯树”（即倾斜抵近海面的椰树），拍照后便到“两石一柱”中心游览地。

这里风景的确不错，前有碧海，后有苍山，柳树成林，巨石遍地，滩涂银沙，浑然一体，鸥燕逐浪，渔帆点点，蓝天白云，海天一色，构成了南国独具的椰风海韵，“两石一柱”就矗立在其间。

“天涯”石高10.8米，周长66米；“海角”石略小，是一块巨大的花岗岩石，矗立在大海边；“南天一柱”是一块圆锥形奇石，高约7米，从侧面看，极像一艘古船上升的“双桅帆”。我们夫妻俩每看过一景，就忙着互相拍照，并请别人为我俩拍合影，真切地感受着当下生命的美好和快乐。我爱人回京后还以《天涯海角观后感》为题，作七绝诗一首：

作者夫妇在三亚天涯海角

碣石蕴载史千秋，雪浪雕琢引客游。

椰树探身悄悄话，天涯画卷目中收。

书写至此，笔者也诌上几句：

南天一柱挽祥云，天涯海角四季春。

尽头今日踩脚下，心潮共与浪花奔。

亚龙湾与大东海

许多人说：三亚风光可与太平洋中的夏威夷相媲美。因为三亚拥有独具特色的热带植物景观和曲折多变、景色秀丽的漫长海岸线，构成了典型的热带海滨风光。其中最有代表性的是我们去游览过的亚龙湾和大东海。

亚龙湾位于三亚市区以东20公里处，三面环山，一面临海，海岸线绵延20公里，形似月牙，故早时被称为“牙龙湾”，素有“天下第一湾”的美誉。

站在亚龙湾细腻的沙滩上眺望，首先映入眼帘的是淡蓝的天空，那种蓝给人以浩瀚和温馨感。与天空相连的是深蓝色的海水，那种蓝清澈晶莹，一尘不染，蓝得摄人心魄。阳光明媚温和，把人照得暖暖的，给人以亲切感。转身看，沙滩后沿处的原始红树林幽幽地看着游客，海风吹来，树叶微动，似乎是欢迎游客的光顾。椰子树最引人注目，树干又高又直，树上的椰子紧紧抱着大树，生怕一不小心会跌落下来。稍远处群山叠翠，崖悬壁陡，将碧蓝的大海拥入怀抱。脚下的细沙洁白如雪，赤脚走在沙滩上，感到脚下柔柔软软的，贴心贴肺的舒坦，似乎在享受一种特殊的按摩。在这如诗如画的风景中，心立马变得轻松、单纯，无拘无束地赤脚蹚水，无忧无虑地享受清新的空气，享受椰子的飘香，享受愉悦的心情。

我爱人最喜欢捡贝壳。我俩赤脚沿着水边的沙滩仔细地寻觅着，捡了不少大大小小、形态各异的贝壳和海螺，至今仍摆放在家中一个大纸盒里。每每看到它们，就会想起亚龙湾那椰风海韵的景致：水如镜，沙如雪，满目湛蓝，海天一色。

大东海位于三亚市南面的榆林湾和鹿回头之间，风景与亚龙湾大同小异，也是一处新月形海湾，以水暖、滩平、沙白为主要特色。海滩由排排翠绿的椰林三面环抱，绵延数公里。海面宽阔，碧波千顷，海沙光洁细软，阳光和煦灿烂，游人可躺在沙滩上沐浴柔和的阳光，而更多的是在捡贝壳，挖螃蟹，搭沙塔，玩沙的游戏。

站在大东海之滨眺望，海面辽阔宁静，水平如镜，叠印着蓝天、白云和三面山的倒影；微风吹过，海面上出现似有似无的浪花；远处三三两两的渔船似在缓缓滑行。年轻的情侣们早就成双成对地在浅水中踏沙、玩

水、追逐、嬉戏；游人们忙着从各个角度拍照，说说笑笑，好一幅清雅明快、自然和谐的山水水墨画。

我们还乘坐特制的水下观景船到远处的海岛附近下沉观景。从玻璃大窗中看到，海底五彩缤纷，有庞大的山体、礁石、沟壑，有各种水草、珊瑚、贝类和鱼虾等。这海底风景，值得一看。

后来，我曾以《三亚大东海素描》为题，写过一首自我欣赏的纪念诗：

天蓝海碧沙如雪，挽裙提履踏浪花。
鸥燕曼舞频颔首，椰风飘香沁万家。
水若明镜晶莹透，波似流云变幻多。
游客误入诗画里，痴迷不觉夕阳斜。

神话传说鹿回头

鹿回头，是三亚历史文化的源泉和历史记忆，也是三亚的别名“鹿城”的由来。

鹿回头风景区位于三亚市西南端，三面环海，一面毗邻三亚市。此处地貌中间高、周围低，有大小山峰五座，最高峰海拔只有180多米。西南部的山麓伸入大海，鹿回头的故事就发生在此地，所以被称为“鹿回头半岛”。半岛上随处可见露天沉积岩巨石，生长着许多海南特有的植物，如降香檀、鹿角蕨等，并有几百只野生猕猴活跃在半岛上。

鹿回头的由来，源于一个美丽的爱情传说。

古时候，海南岛有一位英俊健壮的黎族青年，靠打猎为生。有一次，他在海南岛腹地五指山发现了一头漂亮的野鹿。野鹿一直向南逃跑，青年猎手紧追不舍，一直追到南海之滨。野鹿面对茫茫大海，再也无路可走，便站立岸边，绝望地回头看着猎手，目光清澈而含深情。猎手见此情景，顿生恻隐怜悯之心，于是抛掉弓箭，放弃捕猎。而那头鹿是上天派来点化青年猎手的神鹿，它见猎手心存善念和同情心，便立地化作一位美丽的妙龄少女，表示愿与猎人结为夫妻，白头偕老。从此，两人在此定居，相亲相爱，过着幸福美满的生活。因而此地得名“鹿回头”。

我和爱人乘坐的汽车一直开到半山腰的停车场，下车后看到一座石碑，上刻“一见钟情”，是我国国防部原部长张爱萍将军的手笔。我们在山顶鹿回头雕塑前左下方看到，那里也有张爱萍题写的一座石碑，上刻“神话姻缘”。

我俩从停车场步行上山，边走边观赏风景。到了山顶前望，大海一望无际，整座半岛一片翠绿。鹿回头雕塑连同底座高15米，那头雕鹿回头望着站在它身边的一位美丽少女，那便是鹿的化身。看着这头栩栩如生的雕塑鹿像，想着那个美丽动人的传说故事，深感真爱的美好。同时悟出一个道理：仙鹿尚能望海阔，得回头时且回头，何况人呢？正如一首自由诗《鹿回头，诗意的传说》中所写：大路朝天，难以朝天的大路。打开内心的版图，一只回头的鹿，让不朽的爱成就了惊世的传奇。翻山越岭地追赶，预示着比爱情更本质的预言；古老的善良，清澈而美丽；凄艳而深情的传说，就这样成了诗。鹿回头，隽永的风景进化着永不结尾的故事，有了温暖的出处。在三亚，所有赞语都不及一头鹿的回眸，令人铭心刻骨。

佛教文化名山——南山

南山位于三亚市西南30公里左右的海岸线上，因其形似巨鳌，故又被称为“鳌山”。

据传，在1400多年前的唐朝，佛教就已传入南山。1992年9月，文物收藏家袁氏兄弟在南山东麓发现了一块奇石，上刻“唵嘛呢叭咪哞”六字箴言。经专家鉴定，这是唐代的“藏经石”，这就印证了最晚在唐代藏传佛教就已传至南山。

据佛教有关典籍记载，南山历来就被佛家称为“吉祥福泽之地”。大慈大悲的观世音菩萨为了救度芸芸众生，曾发十二大愿，其中第二大愿就是“长居南山愿”。所以观世音菩萨被称为“南海观音”，佛家也将形似巨鳌的南山视为观世音的“坐骑”。中国的千古名句“福如东海，寿比南山”中的“南山”指的就是这里。

据《唐大和上东征传》记载，唐天宝（唐玄宗李隆基第三个年号）元年（742年），唐代大和尚鉴真受日本之邀，决定赴日弘扬戒律。但五次东渡皆因遭到官府阻拦或遇台风未获成功。尤其是在第五次东渡日本途中遇到飓风，他乘坐的船随风漂荡了15天，当漂到海南岛的南山时，他与未遇难的弟子登岸，在此住了一年半，其间修建大云寺，传法布道。然后经广州回到扬州。途中因患眼疾，又被一位西域医生错误手术，导致双目失明。但他东渡笃志不移，于公元753年率弟子40余人第六次东渡成功，在日本弘法10年，后在日本奈良唐招提寺圆寂，享年76岁，他为中日友谊做出了积极贡献。

有意思的是，日本派遣的第一个到唐朝学习佛学的空海和尚，也在渡海途中遇到台风，他乘坐的船最后也漂到了海南岛南山。他从此地登陆后辗转到了长安，终于学法成功，回到日本。鉴真东渡弘法、海空西学佛法的两个故事，都与南山有缘，为中日交流佛教文化留下了千古佳话。三亚市将南山打造成“中国佛教文化名山”，是有深厚的佛教文化基础和社会认同感的，况且南山寺、南山金玉观世音菩萨雕像、南山海上观音圣像等佛教建筑，已在国内外产生较大影响，成为人们争相朝圣和参观的胜地。

南山风景区面积很大，有好多个旅游景点，我们只好乘坐游览车一个景点一个景点看。“南山寺”是20世纪90年代新建的大寺，建筑面积5500平方米，气势恢宏，香客众多。由于我在全国各地看的规模较大的寺院起码有二三十座，我在本书中也已写了十几座，其建筑风格大同小异，所以在此不再介绍南山寺。南山的另一座著名佛教建筑是南山海上观世音圣像，我们去时正在建设之中，2005年4月才建成，高达108米，被誉为“世界级佛学工程”。遗憾的是我未亲自看到建成后的这座圣像。但当时有一尊创世界之最的金玉观音菩萨雕像给我留下了深刻印象，因其实在太珍贵了。

那尊雕像高3.8米，据说耗用黄金和翠玉各100公斤，南非钻石120多克，红蓝宝石、祖母绿、珊瑚、松石、珍珠等奇珍异宝数千颗。观世音全身由200多片平均厚度1.2毫米的金片经手工打磨成型后焊接而成。观世音头戴天冠，天冠上镶嵌着400多颗钻石和蓝宝石，脚踏白莲，与她“白衣观音”“白衣大士”的名称相匹配，手执法器，面如圆月，垂目收颌，显得慈悲、仁爱、亲切，我至今记忆犹新。

印象较深的另一景物是到处可见的“不老松”，据说它的正名是“龙血树”。据介绍，南山地区有不老松两三万棵，其中百年以上的老树400多棵，有的已达上千年。老百姓过去很喜欢的一副对联“福如东海常流水，寿比南山不老松”，这“不老松”指的就是“龙血树”。这种树树龄可达8000年至万年以上，是当今世界植物中的“老寿星”，素有“植物活化石”之称，是延年益寿的象征。

一朵白莲出南海，观音菩萨踏浪来。这就应了那句话：“山不在高，有仙则名。”南山，值得外地游客前去游览，仔细品味，认真解读，也许会有意想不到的收获。

兴隆热带植物园

在三亚开会期间，有人介绍说，万宁市的兴隆热带植物园很值得一看，那里可是热带植物大全之地，可以看到许多你从未见过的热带植物。

听人劝，吃好饭。在三亚开会和游览活动结束后，我和爱人租了一辆出租车，沿着海南岛东海岸一路向北，第一个旅游景点便是万宁市西南部兴隆热带植物园，午餐后我们足足参观了一下午，当晚住在兴隆的一座别墅式宾馆。

据介绍，这座植物园创建于1957年，是我国最早建立的集科学研究、生产加工、生态农业、观光旅游于一体的综合性热带植物园，素有“热带植物风景明珠”“中国的芭堤雅”（泰国著名旅游胜地）之称。20世纪80年代就已闻名海内外，我国不少领导人和国际友人曾去视察、游览。1961年，一位国家领导人到此视察时说：在兴隆看植物园，等于看了东南亚一带乃至全世界各地的热带植物。

且不说那些植物科研区、试验区、生态休闲区等区域，光植物观赏区、主体种养区就够我们大饱眼福了。

汽车沿着曲折的坡路向植物园驶去，还未进园，已是绿荫蔽日，花果飘香。植物园大门如同正常公园的大门，上写“兴隆热带植物园”。我们在观赏园尽情观赏，但见各类热带植物林林总总，千姿百态。据介绍，全

作者夫妇在兴隆热带植物园

园共有热带植物12大类，包括观赏、香料、饮料、药用、棕榈、水生、沙生、珍奇、濒危等，计有1200多个品种，几十万棵，其中珍稀热带植物60多种。

在参观中，我边看边问边记，记下了部分植物的名称。如挂在树干或树枝上的硕大菠萝蜜；酷似肚大颈细酒瓶的酒瓶兰；形似大冬瓜但皮较为粗糙的海南地不容；如孔雀开屏的旅人蕉；色彩鲜艳、花似鸟嘴、状如蝎子的金嘴蝎尾蕉；生长在树干或老茎短枝上、形状既像陀螺又像无花果的大果榕；形如鸡蛋的鸡蛋果；形如蛋黄的蛋黄果；椭圆形红色的神秘果；满树红叶的赪（chēng）桐；世界上最古老的调味品香料、原产于印度的胡椒；素有“食品香料之王”、形似一挂香蕉的豆荚兰（又叫香草兰）；巧

克力之母可可；贵重药用植物见血封喉和黑桫椤；榴梿、槟榔、毛柿、山竹子、咖啡树；等等。

我和爱人在海南对椰子情有独钟，多次购买鲜椰喝椰汁、食椰肉，椰肉新鲜香甜，略有生花生米的味道。兴隆植物园的椰子品种更多，如糖椰、油椰、狐尾椰等。公园内外的马路两旁，排排椰树，棵棵高大，宛如威武的卫士，守护着这片植物园。在每棵椰树数十节的木节部位和顶部，斜长着若干扇状椰叶，椰叶下生长着一挂挂椰子。据当地人说，椰子有灵性、讲道德。椰子成熟后就会自然掉落，但只有树下无人无车时才会掉落，从未听说椰子掉落砸人砸车的事件发生。

当天晚上，我爱人有感而发，在宾馆以《椰子赞》为题，赋诗一首：

树高叶阔蔽荫凉，甘露椰汁胜玉浆。

天赐精华扶宝岛，风光旖旎寿延长。

我们漫步在空气清新、浓绿袭人的热带植物世界里，到处是葱葱绿海，幽幽果香，喁喁鸟语，吱吱虫鸣。当走到一处房子时，一股咖啡的浓香扑鼻而来，原来是当场磨咖啡、煮咖啡、卖咖啡的场所，也卖园内所产的产品。我们除买了咖啡、苦茶外，还买了杧果、香蕉、糖椰等新鲜水果和果糖、果条等。

兴隆热带植物园基本没有季节的区别，细微的气候温差和湿润的空气，使这里的热带植物如鱼得水，尽显妖娆，体现着海南一年四季的色调。这真是：

热带卉木一园收，八方仙客竞悠游。

香气熏得人陶醉，皆为华夏绘千秋。

娘子军与万泉河

我和爱人游览了热带植物园后便驱车到了琼海，游览红色娘子军战斗过的地方万泉河，瞻仰红色娘子军英雄雕像，接受爱国主义和革命英雄主义教育。

琼海位于海南岛东中部，东面靠近大海，自古以来就有名气。宋代词人辛弃疾把琼海视为仙人居住的地方，他在《洞仙歌》词中写道："仙人琼海上，握手当年，笑许君携半山去。"还有人在词中写有"银河泻，琼海翻，望长空梨花舞残"等妙语。

"红色娘子军"实名为"女子军"

我们乘坐的汽车直接开到万泉河岸边，下车后首先到广场上去瞻仰红色娘子军雕像。看着栩栩如生的雕像，我顿时想起了年轻时多次看过的《红色娘子军》电影中男、女主角洪常青和吴清华的英雄形象。尤其是电影插曲《红色娘子军连歌》更是深入人心，人人会唱。"向前进，向前进，战士的责任重，妇女的冤仇深。古有花木兰，替父去从军，今有娘子军，战斗为人民……共产主义真，党是领路人，奴隶得翻身，奴隶得翻身。"铿锵有力，振奋人心。

不过，这“红色娘子军”只是文学作品的名字，而真正的娘子军名叫“女子军特务连”。我看过解放军报社驻广州军区记者站记者刘文韶于20世纪50年代后期到海南岛采访时，听说并采访到了“女子军”的革命事迹并写成材料。后来广州军区政治部又派人深入调研，才有了“红军娘子军”的故事，并被改编成了话剧和芭蕾舞剧，拍成了电影，“红色娘子军”才得到广泛宣传，成了人们心中的英雄群体和学习楷模。

1927年，蒋介石策动了“四一二反革命政变”，大肆抓捕屠杀共产党人和革命志士，革命斗争处于低潮，海南岛的红军队伍和党组织也受到极大破坏。但海南的妇女尤其是那些女奴求解放的运动却特别高涨。为了发挥这些妇女的革命积极性，扩大红军队伍，中国工农红军独立二师和中共琼崖特委研究决定：组建一支“女子军特务连”，即执行特别任务的连队，配合红军主力开展斗争。据有关资料记载，1931年5月1日，独立二师三团女子军特务连在当时的乐会县第四区山坡上（现琼海市文市乡内园村）正式成立，上级党组织任命庞琼花为连长，王时香为指导员。

女子军特务连（以下简称“女子军连”）成立后，打的第一仗是沙帽岭战斗。当时我军得到情报：国民党中原市剿共总指挥陈桂苑将组织300多人的地方军围剿红军。我军领导机关经过研究，决定演出一场“空城计”，大部队故意招摇过市向南撤退，沙帽岭只留下女子军连，诱敌深入，打歼灭战。这可是一步险棋，如果敌军窜过来而红军大部队又赶不回来救援，女子军连就有全连覆没的危险。但女子军连顾全大局，甘冒风险。

果然，敌人上钩了。匪首陈桂苑大喊大叫：“谁活捉女子军，给谁做老婆。”

红色娘子军雕像

当这一群火急火燎的恶狼扑向女子军连阵地时，埋伏在南面的红军主力部队立即返回，南北夹击，将敌击溃，消灭敌人一百多人，并活捉了敌首陈桂苑。这漂亮的一仗，使得女子军连名声大振。

在此后500多天的对敌斗争中，女子军连参加了大小50多次战斗，尤其擅长端敌人的炮楼，敌军的各种炮楼被她们一个个除掉，就连敌人建在开阔地里的坚固炮楼，也被女子军连通过挖地道将其端掉，打得敌人心惊肉跳。

1932年年底，国民党部队对海南革命根据地进行大规模围剿。面对大兵压境的残酷现实，为了保存实力，减少伤亡，上级不得不做出解散“女子军特务连”的决定，武器上缴，所有人分散转入地下斗争。后来，女子

军连连长庞琼花在抗日战争中牺牲。我曾看到一份材料，到1983年，健在的女子军连老战士尚有14名，指导员王时香活到90多岁。

女子军特务连是我国历史上一支完全由女性组成的革命队伍。她们敢于组织起来，勇于砸碎旧社会的枷锁，成为旧社会妇女求解放后一面旗帜。由于她们的事迹具有传奇色彩，中华人民共和国成立后不仅以《红色娘子军》之名拍成了广为流传的电影，而且编成了芭蕾舞剧，成为全国八个革命样板戏剧之一。1972年，我和爱人偕岳母到北京天桥剧场观看了这部芭蕾舞剧。剧中的《斗笠舞》和《我编斗笠送红军》的经典音乐旋律，我至今记忆犹新。头戴斗笠、身披蓑衣、肩背步枪的红色娘子军，成了海南妇女的经典形象。由于芭蕾舞是用脚尖跳的，从未看过这个剧种的岳母幽默地说："这些演员用脚尖跳来舞去，我看着都转腿肚子。"

英雄的万泉河

《我爱五指山，我爱万泉河》这首革命歌曲，很多人都会唱。那些耳熟能详的歌词，很有吸引力。"啊，五指山，啊，万泉河，你传颂着多少红军的故事，你日夜唱着红军的赞歌""我爱万泉河的清泉水，红军曾用河水煮野果。我爱万泉河的千重浪，红军在这里把敌人赶下河……"正由于这首歌优雅、深情，且有浓厚的历史感，所以我们到琼海后去游览了万泉河。

万泉河发源于海南岛腹地五指山，全长163公里，是海南岛第三大河流，由五指山的千万泉水形成的大小瀑布和溪流汇集而成，因而名曰"万泉河"。

据介绍，万泉河的上游高山峻岭，峰连崖险。两岸山峦起伏，林木参天。河槽狭窄，最窄处仅有8米，因而水流湍急，形成众多瀑布。到中游河面渐宽，最宽处达百米以上，水流平缓，最深处可达10米，因而可以通航。流经琼海境内约81公里，过琼海市就算下游，最后从博鳌流入南海。

我们在河岸来回游览，只见河水碧绿、洁净，据说无任何污染。主要是两岸的热带雨林未受到人为破坏，绿色覆盖率达95%以上。除植有大量灌木外，还有许许多多挺拔的椰树，叶阔的香蕉，亭亭玉立的槟榔，大片大片的翠竹以及多种热带植物。河面开阔，偶有渔船撒网捕鱼。当地有渔歌曰："河中渔舟荡清波，忽闻太公唱渔歌。太公为啥这里来，只因这里鱼儿多。"万泉河中的确淡水鱼甚多，主要盛产鲤鱼和草鱼，大的可达十几斤或几十斤，肉质肥嫩，颇受游客青睐。

在万泉河边，生长着密密麻麻的竹林，这些竹林当年曾是女子军连女战士们的藏身之地，也是她们的生产生活来源。在那战火纷飞、缺吃少穿的年代里，战士们无粮时就以竹笋为食。无战事时，她们砍下白竹，削成竹片，用以编竹篓、竹筐、斗笠，同时编制草鞋，支援琼崖地区的对敌斗争。"万泉河水清又清，我编斗笠送红军"的唱词，就是最好的写照。

当年的女子军连一直战斗在万泉河边。她们热爱这条河，依靠这条河打击国民党反动派。在第二次反"围剿"战争中，女子军连英勇协助琼崖红军主力部队强渡万泉河，就是突出战例。

1932年10月，琼崖红军师部、红一团余部与女子军连在南牛岭会师，打算一路南下，渡河奔赴阳江，与红三团一部会合，抵抗敌军的大规模围剿。但万泉河各渡口均被敌军盘踞，不仅布有地雷，而且架有长枪短炮，戒备森严。

从小在万泉河边长大的女子军连战士，白天化装成农妇侦察地形，寻找渡河佳地。几天后，她们终于发现南俸山下的双滩河流较窄，泥沙堆

积，竹林丛生，隐蔽性好。在一个连日暴雨，河水暴涨的恶劣天气里，女子军连掩护100多名主力部队的红军官兵，分批从这个渡口强渡万泉河。由于竹排捆绑得不甚牢固，在一次渡河时眼看要被湍急的河水冲走。在这紧急关头，冯增敏、王光梅等几个深谙水性的女战士跳进水里，用肩膀顶扛着竹排前进，终于渡过了河。当最后一批红军将要到达南岸时，闻声赶到的敌人在北岸疯狂射击，早已到达南岸的红军战士愤怒还击，所有红军战士最后全部渡河成功，在琼崖革命斗争史上谱写了光辉篇章。

最后，以《万泉河感怀》，结束这篇短文。

万泉无语向东方，女奴怒吼求解放。

吾愿融河一滴水，奔流不息泛韶光。

五公祠与苏公祠

在琼海游览后，我和爱人乘出租车一路向北，直达琼州海峡南岸的海口市。

海口市是海南省省会所在地，据说开埠于宋末元初。“海口”的称谓，最早出现于宋朝。由于该地到处都是椰子树，故被称为“椰城”。

海口是一个富有诗意的美丽城市，充满了海风和花香的味道。不管走到哪里，满眼都是花团锦簇，鲜果飘香，红红绿绿，层次分明，五颜六色，色泽清晰。我这个人在旅游中有个习惯，一看当地的自然风光，二看名胜古迹，三问有何特色饮食，以便品尝。

海口靠海，但我估计没有三亚的大海美丽，所以不想去看，也不想再去逛植物园，只想去看名胜古迹。经宾馆工作人员介绍，我们去游览了海口两处著名古迹，即“五公祠”和“苏公祠”。

作者爱人在五公祠留影

仰忠思贤五公祠

五公祠坐落在海口市东南部，是为纪念唐、宋时期五位名臣李德裕、李纲、李光、赵鼎、胡铨而建的。那么，为何要纪念这五个人呢？原因有二：一是这五位名臣都是在国家处于危难时期，皆以国家利益为重，力主坚决抗击外来侵略，反对投降主义，并与卖国求荣的奸臣进行顽强斗争，虽屡遭陷害，仍不屈不挠，令人崇敬；二是这五位朝廷命官，均遭奸臣诬陷，被贬后流放到了海南岛，有的达20年之久，有的死在了海南任上。对此，海南人民为了纪念他们忧国忧民、矢志不移的爱国精神，以及他们为海南做出的贡献，组织起来为他们立祠纪念，便于祭祀。由于把这五位名臣的塑像、牌位置于同一祠堂，故名“五公祠”。

为使读者了解这五个人的简况，我查了相关资料，简介如下。

李德裕，字“文饶”，河北赵州人，出身名门世家，是宰相李吉甫之子。他先后在唐宪宗、唐穆宗、唐文宗、唐武宗、唐宣宗时为官，历任节度府从事、监察御史、御史中丞、浙西观察使、四川节度使，并两度出任宰相。因在与牛僧儒等人的党争中失利，被贬为崖州（三亚以西）司户，在贫病交加中死在崖州。他在为官期间，极力主张内制宦官，外抑藩镇，使国家获得了暂时的安定，曾被封为太尉，赐爵位“卫国公”，著有《次柳氏旧闻》《会昌一品集》《李文饶文集》等。

李纲，福建人，北宋政和年间中进士，历任兵部尚书、尚书右丞、亲征行营使等。因其主张坚决抗金，反对迁都，遭投降派诬陷。南宋建立后，被宋高宗赵构起用为宰相，赐爵“忠定公”。他向朝廷提出并制定了治国、整军、抗金等十项主张，又上书推荐主战派宗泽、岳飞为抗金将领，因而遭到投降派秦桧等奸臣的打击。仅仅做了75天宰相就被贬到湖广以及海南岛去了。公元1140年逝世，年仅57岁，著有《梁溪集》《靖康传信录》等。

李光，浙江上虞人，北宋崇宁年间中进士，历任吏部侍郎、参知政事等职。因主张抗金，遭奸臣诬陷，被贬到海南。秦桧死后，被南宋官复原职，赐“庄简公”，公元1117年逝世，终年62岁，著有《庄简公集》。

赵鼎，山西闻喜人，北宋崇宁年间中进士，历任洛阳令、殿中侍御史、御史中丞，两度任丞相，赐“忠简公”。南宋时力主抗金，遭秦桧倾轧，先后被贬到绍兴、漳州、潮州、海南崖县。他深知秦桧不会放过他，必欲置死地而后快，遂绝食而亡，终年62岁。

胡铨，字“邦衡”，号“澹庵”，江西吉安人，南宋建炎年间中进士。金兵渡江南侵，他主动招募义兵，抗击金兵，保卫乡里。后任枢密院编修官。金军派员南下招降，秦桧主和，胡铨义愤填膺，痛斥和议，并上疏要求诛秦桧，因而被贬至新州、崖县等偏远之地。他在海南生活了近20年，帮助黎族同胞兴修学堂，传播中原文化。南宋孝宗继位后，他被重新起用，先后任国史院编修官、兵部侍郎、资政殿学士等职，赐“忠简公”，著有《澹庵文集》。

五公祠是一个很大的公园，据说占地面积6.6万平方米。不仅有五公祠主楼和苏公祠、五公精舍、学圃堂等建筑物，而且有湖、岛、山林和琼园、洞酌亭等。满园碧翠，鸟语花香，是一座典型的热带风格园林。

五公祠主楼高9米，四角攒尖式屋顶，上覆绿瓦，是海南省建造得最早的一座清代楼阁，故被称为“海南第一楼”。我们老远就看到了这块高悬在二层楼的大匾，据说每个字大约1.3尺见方。在一层楼的檐下，悬挂着另一块横匾，上写“五公祠”。

走进主楼祠堂，只见李德裕等五人的塑像和牌位供奉在正面。大厅内的立柱上悬挂着不少楹联，我从中记下了两副。一副是："唐嗟（jiē，'叹'之意）未造，宋恨偏安，天地几人才置诸海外；道契前贤，教兴后学，乾坤有正气在此楼中。"另一副是："只知有国，不知有身，任凭千般折磨，益坚其志；先其所忧，后其所乐，但愿群才奋起，莫负斯楼。"这些对联，表达了世人对五位名臣的爱戴和敬仰。

五公祠景区内，还有一座五公陈列馆。在这座仿古建筑里，展示着"五公"和海南岛古今名人的事迹和海南古今艺术作品。

因为五公祠是海南省十分珍贵的古迹，2001年被国务院公布为第五批全国文物保护单位，成为海口市一处著名的旅游胜地。

苏东坡与苏公祠

海口苏公祠坐落在五公祠东侧，是为纪念北宋大文学家苏轼而建的。因为苏轼晚年曾被流放到海南儋州达三年之久，在海南留下了很好的口碑和作品。我和爱人游览了五公祠后，顺便去游览了苏公祠。

关于苏轼，我在电大学习古代文学时，老师曾用五堂课重点讲解苏轼的政治立场、文学主张、文学成就、社会影响等。后来，我又购买并认真读过几本有关苏轼的书籍。如近代文学家林语堂撰写的《苏东坡传》，计35万字；《苏轼诗词赏读》《苏轼及词》等。因此，我对苏轼还是有所了解的。

苏轼，生于1037年，字子瞻，号东坡居士，四川眉山人。宋仁宗嘉祐二年（1057年），苏轼与弟弟苏辙随父苏洵前往京城开封参加进士考试，兄弟二人榜上有名。不久又参加礼部的制科考试，也都双双过关。后在殿试中，仁宗皇帝亲临崇政殿主持策问，苏轼名列三等（一、二名空缺）。

苏公祠

从此，苏轼走上了仕途之路，先后任大理评事、凤翔府（今陕西凤翔）签书判官、开封府推官等。

公元1063年、1067年，仁宗、英宗先后去世，20岁的神宗即位，重用具有改革精神的王安石，任命其为宰相，主持变法。由于王安石变法过于激进，引起保守势力和主张稳健改革者的反对，其中就包括一贯主张稳改渐变政治方针的苏轼。

由于苏轼再三批评新法，在政见上与王安石不和，引起新党和皇帝的不满，且不断有人上疏诬告苏氏兄弟。苏轼深感情势危急，为求自保，请求外任，随即被任命为杭州通判。三年任满后，又先后改任密州（山东诸城）、徐州、湖州知州。不管走到哪里，他都写了大量的诗词和赋。

而朝廷新贵们还是对他不放心，挖空心思地从他的诗词和上疏中寻章摘句，断章取义，罗织“包藏祸心”“谤讪先帝”等罪名，将他逮捕入

狱，受尽凌辱，但他坚持认为自己无罪。后在多人上疏为他申冤和一直赏识苏轼才华的曹太后干预下，才免除死罪，贬到黄州（今湖北黄冈）任团练副使，实则被监管起来。

1085年，神宗病故，10岁的哲宗即位，高太后听政，起用旧党司马光等老臣，并十分器重苏轼的才干，将他从黄州调到京城，先后任命为礼部侍郎、中书舍人、翰林学士、翰林兼侍读。但耿直的苏轼仍坚持自己的政见，既反对新党的过激行为，又反对旧党对新法全盘否定，主张“参用所长”。结果，两边都不讨好，新、旧两党都对他大为不满和忌恨。在重大压力下，他又请求外任，出任杭州知州。

1093年，高太后逝世，19岁的哲宗亲政，重用新党，打击旧党人士，苏轼又被以“讥斥先朝”“谤讪先帝”等罪名，流放到广东惠州，四年后又被流放到海南的蛮荒之地儋州。此地条件极为艰苦，瘴疠肆虐。正如苏轼当时所写：“此间食无肉，病无药，居无室，出无友，冬无炭，夏无寒泉……”其生活惨状可想而知。就是在这种情况下，他和当地少数民族居民打成一片，不仅在生活上相互帮助，还教他们学习文化，深受当地人民爱戴。

公元1100年，哲宗赵煦去世，徽宗赵佶即位，实行大赦，年逾六十的苏轼获赦北还。他在从海口过琼州海峡时，以《六月二十日夜渡海》为题，写了一首七律诗：“参横斗转欲三更，苦雨终风也解晴。云散月明谁点缀？天容海色本澄清。空余鲁叟乘桴意，粗识轩辕奏乐声。九死南荒吾不恨，兹游奇绝冠平生。”

苏轼一生才华横溢，但命运多舛，因政见不同而屡遭坎坷与不幸。1101年5月，他在北还途中路过金山寺时，看到寺中留存的画家李公麟画的苏东坡像，便在画上题写了一首诗：“心似已灰之木，身如不系之舟。

问汝平生功业，黄州惠州儋州。”可以说，这是苏轼对自己一生的总结。是愤懑，是豁达，是自嘲，还是感慨。个中滋味，令人心酸。这年7月28日，他在常州与世长辞。

苏轼一生在仕途上虽不得志，但在文学艺术上却是有着多方面成就的大家，在历史上产生过巨大影响，直到今天还影响着诸多国人。苏轼的著作有《东坡七集》110卷，《东坡乐府》3卷、《东坡志林》，现存苏轼诗2700多首，词350多首，散文若干篇，以及绘画、书法作品《黄州寒食书帖》，等等。

关于苏轼的作品，大家耳熟能详的诗词很多。如七绝诗《饮湖上初晴后雨》：“水光潋滟晴方好，山色空蒙雨亦奇。欲把西湖比西子，淡妆浓抹总相宜。”描写的是风光如画的杭州西湖。

他在游庐山时写的《题西林壁》：“横看成岭侧成峰，远近高低各不同。不识庐山真面目，只缘身在此山中。”

还有那首脍炙人口的《惠崇春江晚景》风景诗：“竹外桃花三两枝，春江水暖鸭先知。蒌蒿满地芦芽短，正是河豚欲上时。”

关于苏轼的词，我很喜欢他在山东密州任太守时所作的若干首诗词中的两首，也许是密州算是我的家乡情结吧。密州即现在的诸城市，与我们安丘市接壤，过了景芝镇再往南便是诸城，我曾到过诸城地界。

我喜欢的这两首词，一首是《江城子·密州出猎》：“老夫聊发少年狂，左牵黄，右擎苍，锦帽貂裘，千骑卷平冈。为报倾城随太守，亲射虎，看孙郎。 酒酣胸袒尚开张，鬓微霜，又何妨？持节云中，何日遣冯唐？会挽雕弓如满月，西北望，射天狼。”你看，左手牵着黄狗，右手架着苍鹰，身手敏捷，意气风发，好一副出猎的雄姿！他用打猎塑造出一个激昂慷慨的志士形象，借以抒发自己的报国情怀。

我喜欢的另一首词是1076年苏轼在密州中秋节之夜，与友饮酒赏月大醉后的抒怀之作《水调歌头·明月几时有》：“明月几时有，把酒问青天。不知天上宫阙，今夕是何年。我欲乘风归去，又恐琼楼玉宇，高处不胜寒。起舞弄清影，何似在人间。 转朱阁，低绮户，照无眠。不应有恨，何事长向别时圆？人有悲欢离合，月有阴晴圆缺，此事古难全。但愿人长久，千里共婵娟。”

这首词围绕中秋明月展开想象和思考。上阕执着人生，下阕善解人意。落笔潇洒，舒卷自如，情与景融，境与思偕，充满哲理，历来被诗词家推崇备至，将它推为“中秋词之绝唱”。

苏轼的辞赋创作也达到了相当高的水平，最著名的是《石钟山记》《前赤壁赋》《后赤壁赋》等。

苏轼在中国思想、文学艺术上的影响是广泛而深远的。他那宠辱不惊、进退自如的人生态度，成为后代文人景仰的人生范式；他那非凡的文艺见解和不朽的艺术创作，为后代提供了取之不竭、用之不尽的精神宝藏；他还以幽默机智、和蔼可亲的形象活在普通民众心上。关于他的各种传说故事，都是人们喜闻乐见的话题。总之，苏轼是值得人们一生去喜爱、去思索、去体味的。

现作《瞻海口苏公祠》小诗一首：

云游来圣地，瞻仰苏公祠。
文豪守儋州，经纶贮满腹。
道德古今传，诗艺丰碑树。
忽闻朗朗声，似诵《赤壁赋》。

四川

杜甫与成都草堂

1994年至2010年的16年里，我曾5次去成都，并到乐山、泸州、德阳三座地级市参加会议，到峨眉山、青城山、都江堰游览。1994年和2006年6月先后两次在成都参观了杜甫草堂。作为一个文学爱好者，能到“诗圣”杜甫所住的草堂参观，目睹草堂原始风貌，浏览诸多珍贵文物，聆听沁人肺腑的讲解，确是一件幸事。

关于唐代诗人杜甫，凡是受过初中以上教育的人，谁人不知，哪个不晓。他的许多脍炙人口的名句，很多人都会随口诵出。如“人生七十古来稀”“会当凌绝顶，一览众山小”“朱门酒肉臭，路有冻死骨”“丹青不知老将至，富贵于我如浮云”等。在文学艺术上的名句有：“读书破万卷，下笔如有神”“文章千古事，得失寸心知”“为人性僻耽佳句，语不惊人死不休”等。

我在电大学习古代文学时，李白、杜甫、白居易三位唐代大诗人都是学习的重点，三人各讲了四节课。其中讲解了杜甫的生平和创作道路，其诗歌的思想内容、艺术特色和文学地位影响。从那时起，我才真正较为全面地了解了杜甫。

坎坷一生与文学成就

杜甫生于唐睿宗（李旦）太极元年（712年），字子美。因其祖籍是京兆少陵（今西安东南），因而又被称杜少陵；又因他曾任左拾遗和检校工部员外郎，故又被称为杜拾遗、杜工部。

杜甫生于河南巩县的一个官宦家庭，祖父杜审言是武则天时期的著名诗人，曾任膳部员外郎、国子监主簿、修文馆学士等；父亲杜闲曾任兖州司马、奉天（今陕西乾县）县令；母亲崔氏出身于名门望族，早逝。母亲死后，杜甫便长期住在洛阳的姑母家。

杜甫从小就好学上进，“辟书万卷常暗诵”。后来他在《壮游》中写自己：“七龄思即壮，开口诵凤凰。九龄书大字，有作成一囊”“往昔十四五，出游翰墨场”，因而引起了洛阳名士的重视。

杜甫从20岁至59岁逝世的几十年间，生活和仕途颇为坎坷，具体可分为五个阶段。

第一阶段：从731年至745年，主要是南北壮游，了解社会。

在这十几年间，他先后游历了江苏、浙江、山东、河北等地，中间回洛阳参加进士考试未中。后在洛阳以东的首阳山下娶杨氏为妻。天宝三年（744年），杜甫在洛阳与声名远扬的大诗人李白相遇，二人一见如故，同游梁宋和齐鲁，访道寻友，谈诗论赋，亲密到了“醉眠秋共被，携手日同行”的程度。后在山东兖州分手，各奔东西，杜甫西去长安，李白则奔江东，此后再未见面。

后来，杜甫写了11首诗思念或酬赠李白。他在《不见》诗中赞李白：“世人皆欲杀，吾意独怜才。敏捷诗千首，飘零酒一杯。”在《饮中八仙

歌》中写道："李白斗酒诗百篇，长安市上酒家眠。天子呼来不上船，自称臣是酒中仙。"幽默风趣，活灵活现。

这一时期杜甫的诗保存下来的只有20多首，其中不乏上品之作。如在《画鹰》中写道："何当击凡鸟，毛血洒平芜。"表现出了一个二十几岁的青年对前途的乐观和自信。他在游泰山时写的《望岳》（泰山是"五岳"之首）一诗最后两句"会当凌绝顶，一览众山小"，成为千古名句，至今引用无数。

第二阶段：从747年至755年，为谋官职，困守长安。

天宝六年，唐玄宗颁诏让天下有一技之长的人到京应试，以便从中发现并选拔贤才，杜甫欣然前往。但由于口蜜腹剑的奸相李林甫害怕贤才入选对他把持朝政不利，便利用招考之权，玩弄权术，谎称"野无遗贤"。结果，应试者无一入选，当然也包括杜甫，致使杜甫"自谓颇挺出，立登要路津"的愿望破灭。对此，他异常愤怒，痛斥李林甫"破胆遭前政，阴谋独秉钧"。但又不死心，在长安不断地写诗作赋，投赠给权贵，希望能得到推荐，但都毫无结果。尤其是父亲去世后，生活更加艰难。为了生存，为了求官做，以使自己有个稳定的收入，他不得不过着"朝扣富儿门，暮随肥马尘。残杯与冷炙，到处潜悲辛"的屈辱生活，甚至经常受冻挨饿。直到天宝十四年，44岁的杜甫才得到右卫率府曹参军这样一个小官，仍难实现他"致君尧舜上，再使风俗淳"的政治理想。

正因为杜甫困守长安亲身经受了既辛酸又屈辱的生活，使他认清了社会的黑暗现实，了解了下层人民的苦难，同情他们的不幸，才写出了110多首忧国忧民的诗篇。如长诗《兵车行》《丽人行》《自京赴奉先县咏怀五百字》等优秀诗篇。如《兵车行》中开头几句："车辚辚，马萧萧，行人弓箭各在腰。耶娘妻子走相送，尘埃不见咸阳桥。牵衣顿足拦道哭，哭声直上干云霄。”最后几句：“君不见青海头，古来白骨无人收。新鬼烦冤旧鬼哭，天阴雨湿声啾啾。”《自京赴奉先县咏怀五百字》中的“朱门酒肉臭，路有冻死骨”等。

第三阶段：从756年到759年，安史之乱，为官流亡。

公元755年12月发生了安史之乱（安禄山、史思明），打破了唐王朝表面的稳定与繁荣，洛阳、长安落入叛军之手，唐玄宗带着杨贵妃、宰相杨国忠、太子李亨以及皇亲国戚逃亡西蜀。在逃亡的路上，太子李亨以担负起反击叛军、光复两京（西京长安、东京洛阳）重任为名，北上宁夏灵武，在此称帝，是为肃宗，尊玄宗为太上皇。

此时的杜甫正在家中，他将家小安置在鄜州（今陕西乾县）后，只身前往灵武，中途被叛军俘获，押往长安。幸因官职卑微，未被囚禁，身陷长安大半年。但他也没闲着，在战乱中写出了许多优秀诗篇，如《悲青板》《悲陈陶》等，尤其是五律诗《春望》流传甚广。全诗为：“国破山河在，城春草木深。感时花溅泪，恨别鸟惊心。烽火连三月，家书抵万金。白头搔更短，浑欲不胜簪。”

公元757年4月，杜甫冒着生命危险逃出长安，前往陕西凤翔肃宗临时住地。“麻鞋见天子，衣袖露两肘。”被朝廷任命为八品官职左拾遗。官职虽不大，却是朝廷命官，是个经常接近皇帝的谏官。对此，杜甫是很感激的，他在诗中写道：“涕泪受拾遗，流离主恩厚。”

可是，好景不长。在他任职的头一个月里，因“见时危急”，上疏营救被罢相的房琯，不料触怒肃宗，遭到审讯，几近刑戮，幸得宰相张镐、御史大夫韦陟的营救，才未获罪，但被放还鄜州探家，这实际上是肃宗对他的疏远。当时的杜甫心情之差，可想而知。正如他在诗中所写：“挥涕恋行在，道途犹恍惚。”（“行在”，即皇帝临时住地，指

当时的凤翔。）

不久，唐军收复长安、洛阳，安史之乱被平息，肃宗还京，杜甫也携家小到了长安，仍任左拾遗。但终因疏救旧臣房琯一事被贬为华州司功参军。这使他十分沮丧，对政治感到失望，便毅然弃官，携家前往甘肃。“满目悲生事，因人作远游。”先后到了甘肃秦州（今天水市）、同谷（今成武县）等。由于此地更为贫穷，生活无着，便又赴四川成都，总算安了家。

在这四年里，杜甫经历了逃难、陷城、遭贬、流离等各种打击和苦难，这使他能广泛地深入接触社会，写出了许多流传千古的诗篇，现存诗达2500多首。这些诗或揭露叛军罪行，或关心国家命运，或同情人民疾苦，或描述个人遭遇，等等。

第四阶段：从760年至765年，漂泊入蜀，暂居成都。

乾元二年（759年）岁末，杜甫全家抵达成都。当时的成都富庶繁荣，这给杜甫留下了很好的印象。他在《成都府》一诗中写道：“曾城填华屋，季冬树木苍。喧然名都会，吹箫间笙簧。”

初到成都，杜甫一家暂借住在西郊离浣花溪畔不远的一座古寺里。第二年春天，在亲朋好友的资助下，在风景秀美的浣花溪畔建了一座草堂安身，结束了颠沛流离的艰难生活。

杜甫在这里居住将近四年的时间里，种植蔬菜、花草、草药，闲暇时或泛舟垂钓，或游览名胜古迹，或与好友诗酒唱和，日子过得虽然清贫，但很安宁，写了许多吟咏草堂和田园风光以及描写生活风貌的诗歌，保留下来的有240多首。有些诗念念不忘国家的命运和人民的苦难，如《茅屋为秋风所破歌》《江畔独步寻花》等。尤其是《绝句四首》中的第三首即景小诗：“两个黄鹂鸣翠柳，一行白鹭上青天。窗含西岭千秋雪，门泊东吴万里船。”诗中图像有动有静，视觉由近及远，再由远及近，给人以既细腻又开阔的感受，简直是一幅亮丽的图画。还有那首描绘春夜雨景、讴歌春雨滋润万物的《春夜喜雨》，前四句是：“好雨知时节，当春乃发生，随风潜入夜，润物细无声。”作者把春雨的神韵一气写成，结构严谨，描绘细腻，不愧名篇。

第五阶段：从765年至770年，流离荆湘，逝于船上。

公元765年，杜甫的至交、成都尹兼剑南节度使严武逝世，杜甫万分悲痛。因为失去了依靠，便于当年5月举家离开成都草堂，乘船东下，9月到达云安（今重庆云阳县），因病滞留。次年暮春抵达夔（kuí）州（今重庆奉节县）；由于夔州都督待他甚好，杜甫一家在此地住了将近三年，创作了450多首诗。如关注国计民生的《诸将五首》《宿江边阁》等；咏史怀古诗有《咏怀古迹五首》《八阵图》等。三国时期诸葛亮的《八阵图》，就布在夔州西南七里的平沙上，用细石块按遁甲休、生、伤、杜、景、死、惊、开垒成反复八门，每日每时变化无穷，可比十万精兵。东吴大都督陆逊曾引兵至此，入阵观察，霎时飞沙走石，遮天盖地，怪石嵯峨，槎枒似剑，横沙立土，重叠如山，江涛浪涌，如战鼓之声。陆逊急欲出阵，无路可走，多亏诸葛亮的岳父黄承彦赶到，救了他一命，因而退兵。杜甫借古迹抒发对诸葛亮的怀念，作诗一首：“功盖三分国，名成八阵图。江流石不转，遗恨失吞吴。”

杜甫在夔州还写了一首被誉为“古今七言律第一”的七律诗《登高》：“风急天高猿啸哀，渚清沙白鸟飞回。无边落木萧萧下，不尽长江滚滚来。万里悲秋常作客，百年多病独登台。艰难苦恨繁霜鬓，潦倒新停浊酒杯。”

这首诗是杜甫56岁那年的重阳节所作，他独自登上夔州白帝城外的高

台，临眺长江，百感交集，因而写了这首慷慨激昂的旷世之作。

由于夔州气候恶劣，杜甫又多病，便于768年正月启程，乘船出三峡，先到江陵，后移居公安，年底到达湖南岳州（今岳阳），寻亲觅友。在岳州，他慕名去游览岳阳楼，写下了五律诗《登岳阳楼记》。后两年，居无定所，疾病缠身，穷困潦倒，十分凄苦。他往来于岳阳、长沙、衡州（今衡阳市）、耒阳之间，大部分时间都是在船上度过的。唐大历五年（770年）冬，半身偏枯的杜甫回船北上，拟去湖北汉阳，再辗转回长安。不幸的是，他写了最后一首36韵长诗《风疾舟中伏枕书怀》几天后，溘然病逝在长沙与岳阳之间的船上，终年59岁。最后这两年杜甫在流离中写的诗，现存150多首，他最后写的那首长诗，还在忧国忧民。

杜甫是我国历史上一位伟大的现实主义诗人。他虽有渊博知识、文学才能和远大抱负，却郁郁不得志，生活很不稳定。战乱无情地把他卷入颠沛流离的现实中，尤其是安史之乱使他深受其苦。他目睹了唐王朝由盛及衰，朝廷穷兵黩武、贪官污吏横征暴敛、人民流离失所的现实，真实地写下了反映社会生活和人民疾苦的大量诗篇，被人们称为“史诗”。正如宋朝胡宗愈在《成都草堂诗碑序》中所写：“先生以诗鸣于唐，凡出处去就、动息劳佚、悲观忧乐、忠愤感激、好贤恶恶，一见如诗。读之可以名其世，学士大夫谓之‘诗史’。”

的确，杜甫的诗，无不浸透着他的真情实感。如他中年时期的杰作《北征》和《自京赴奉先县咏怀五百字》这两首长诗，有记行，有叙事，有抒情，有说理；有对自然环境的观察，有对社会矛盾的揭露；有内心冲突，也有政治抱负；有个人的遭遇和家庭的不幸，也有对国家和人民灾难的叹息以及对将来的希望；等等。可以说，这些诗既是作者对生活和内心的自述，也是对时代和社会的写真。因此，说他的诗是“史诗”，恰如其分。

唐代李白和杜甫是当时诗坛上的“双子星座”，被后人分别称为“诗仙”和“诗圣”。唐代文学家、思想家韩愈就说过：“李白和杜甫的文辞，光辉万丈。”并在诗歌中称赞“李杜文章在，光焰万丈长”。

但李、杜的诗又各有特色。李白的诗如行云流水，朗朗上口，显现着一种自然美、飘洒美；杜甫的诗沉郁顿挫，深刻悲壮，音律规范，抑扬开阖，显示着一种加工美、艺术美。正如南宋文学批评家严羽在《沧浪诗话》中所写：“子美不能为太白之飘逸，太白不能为子美之沉郁。”我认为，这些都是准确的评价。

成都杜甫草堂

成都杜甫草堂，又名“少陵草堂”，位于成都西郊浣花溪畔。如前所述，759年岁末，杜甫携家从甘肃一路艰辛到成都，暂住在西郊一座古寺里。他曾写诗描写这里的风景和居住情形：“浣花溪水水西头，主人为卜林塘幽”“古寺僧牢落，空房客寓居”。

一家人住在寺庙里，终不是长久之计。杜甫想自己盖草房，以便全家有个栖身之地。第二年春天，他在浣花溪看中了一块荒地，便决定在那里建房。但根据杜甫当时的贫困情况，建房谈何容易。好在他有一些故交亲朋，不少人听说后解囊相助，如在朝为官的严武、高适等。在成都任司马的表弟王十五也给他送来部分资金。杜甫曾在诗中写道：“忧我营茅栋，携钱过野桥。他乡唯表弟，还往莫辞遥。”在建房过程中，“故人供禄米，邻舍与园蔬”。就连家里的碗碟也是别人送的，“君家白碗胜霜雪，急送茅斋也可怜”。

为了美化草堂周围的环境，杜甫决定广植果木竹林。缺乏资金，他使用独特的方式“化缘”，即以绝句求助。如“奉乞桃栽一百根，春前为送浣花村”结果人家赠送了一百多棵桃树。为求桤树（桤，qī，落叶乔木，成长很快，易于成林），他又写诗求赠：“饱闻桤木三年大，与致溪边十亩阴”。有趣的是，对那些承诺出资相助而未兑现的人，杜甫也作诗讨要：“为嗔（chēn，埋怨）王录事，不寄草堂赀（zī，指费用）。昨属愁春雨，能忘欲露时。”凭杜甫当时的盛名，配以风雅的诗笺，加之达官贵人对他的赏识，谁还会不兑现已作的承诺?

那么，建成后的草堂究竟是个什么样子呢？只能从杜甫的诗里寻觅到一些答案。

草堂建成后，杜甫欣喜地写了一首《堂成》诗。第一句就是“背郭堂成荫白茅”，是说草堂背对成都城郭，且以茅草盖顶，因而称作“草堂”，名副其实。

杜甫后来在多首诗里写到这座草堂，如“舍南舍北皆春水，但见群鸥日日来。花径不曾缘客扫，篷门今始为君开”“野老篱边江岸回，柴门不正逐江开”“田舍清江曲，柴门古道旁”“杨柳枝枝弱，枇杷树树香”“野老墙低还似家”“新添水槛供垂钓”，等等。

这说明，草堂环水，鸥鸟常见；花径幽幽，竹篱扎到江边；院墙虽低，终归是家；柴门旁有古道，且向东而开；栽有杨柳枇杷等树木，建有小亭供垂钓等。草堂占地面积由“诛茅初一亩”，到后来逐步扩展到“与到溪边十亩阴”。

杜甫对这个环境幽静、生活安宁的草堂很是满意，“昼引老妻乘小艇，晴看稚子浴清江”（稚，指孩子）；“渐喜交游绝，幽居不用名”；“眼边无俗物，多病也身轻”。

作者在成都杜甫草堂前

然而，这种安定的生活也不会一帆风顺。761年8月，成都突起暴风，杜甫草堂受到毁损，正如杜甫在《茅屋为秋风所破歌》中所写：“八月秋高风怒号，卷我屋上三重茅。”常言道：风在雨前头。狂风过后，暴雨继来，“床头屋漏无干处，雨脚如麻未断绝”。本来就“自经丧乱少睡眠”，此时更是“长夜沾湿何由彻”。可贵的是，即使在这湿冷难耐的时刻，杜甫想到的仍是“安得广厦千万间，大庇天下寒士俱欢颜，风雨不动安如山”。意思是，如何才能得到千万间高楼大厦，让普天下贫寒的人都得到庇护，个个欢乐开怀，无论风雨如何吹打，房屋都安稳如山。接着又说：“何时眼前突兀见此屋，吾庐独破受冻死亦足！”这是多么宽大的胸怀，多么高尚的境界啊！

杜甫离开成都后，他所居住的草堂日渐残破，到唐朝末年，连杜甫草堂的遗迹也基本没有了。唐末天复二年（902年），当时的著名诗人、词人韦庄，在杜甫草堂旧址上重建了草堂，以示对“诗圣”的缅怀和纪念。

自北宋以来，历朝历代都对杜甫草堂进行过多次修复、扩建和重建，尤其清嘉庆十六年（1811年）进行了大规模修建，奠定了今日的基础。中华人民共和国成立后，在扩建中还把草堂东面的梵安寺、西面的梅园也并入草堂景区，广植花木竹林，1952年正式对外开放。1955年又新建了一座杜甫纪念馆，1985年改为“杜甫草堂纪念馆”。1961年，杜甫草堂被国务院公布为首批全国重点文物保护单位”，参观拜谒者长年不断。诚如现代学者冯至先生在《杜甫传》中所写：“人们提到杜甫时，尽可忽略杜甫的生地和死地，却总忘不了成都的草堂。”

我去参观时的杜甫草堂，占地面积已扩大到260亩。除较大面积的荷花池、竹林、梅林、楠木林和草地外，主要建筑有大门、大廨（xiè，指官舍、官署或官府营建的房屋）、诗史堂、工部祠、碑亭等。

我两次去参观，都是从正门进入。大门前耸立着一堵粉壁青瓦的照壁，门两侧有“八”字粉墙，与照壁相呼应，透着一股庄严之气。正门匾额上的“草堂”二字，系康熙帝第十七个儿子果亲王爱新觉罗·允礼的手书。门两侧的对联为：万里桥西宅，百花潭北庄。这是从杜甫的《怀锦水居止》一诗中摘取的两句，精当地点明了杜甫草堂所处的地理位置。

步入大门，只见碧水一泓，小桥一座，桥头植有两棵三四个人才能合抱的古老大树，枝繁叶茂，树后是一座过厅式建筑——大廨，是清嘉庆年间重修时命名的。因杜甫也做过官，官衔虽不大，但却是一个“每饭不忘君”“穷年忧黎元”的好官，其爱国忧民之心至死不渝。既然做过官，就应有办公之处，便将这座建筑名为大廨，以表示对杜甫的尊重和崇仰。

大廨厅内立一楠木屏风，一面刻着杜甫生平，另一面绘制着杜甫草堂示意图。大厅中央立有一座杜甫铜像，那低首捋须、沉思苦吟的神态，把诗人那“乾坤含疮痍，忧虞何时毕”（《北征》）的爱国忧民情怀，抒发得淋漓尽致。

大厅壁柱上悬挂着一联：“异代不同时，问如此江山，龙蜷虎卧几诗客？先生亦流离，有长留天地，月白风清一草堂。”此联由清代文人顾复初撰写，当代书法家、郭沫若先生的夫人于立群书。

大廨建筑别具一格，除东西山墙外，前后完全敞开亮柱。两山墙还各开一个月亮门，与回廊相通。在厅中环顾四周，前可见碧水绿树，后能观庭院内的花草，既简朴别致，又幽雅深邃。不禁令人感叹：杜甫活着，要有这么一座建筑该有多好啊！

穿过大廨，仅行数十步就到了“诗史堂”，这是草堂的主建筑。之所以命名为“诗史堂”，缘于杜甫用诗歌的形式记载了唐王朝由盛至衰的历史。

诗史堂前，悬有清人撰写的一副名联：“诗有千秋，南来寻丞相祠堂，一样大名垂宇宙；桥通万里，东去问襄阳耆旧，几人相忆在江楼。”此联以杜甫的文章道德比诸葛亮的文治武功，颂扬杜甫像诸葛亮一样英名永垂天地。

堂内陈放着一尊古铜色杜甫铜像，两侧楹柱上挂有朱德1957年参观草堂时题写的一副对联：“草堂留后世，诗圣著千秋”。

诗史堂两侧为陈列室，环以回廊相接。室内陈列着郭沫若先生的题词：“世上疮痍，诗中圣贤；民间疾苦，笔底波澜。”还有陈毅写的杜甫诗句：“新松恨不高千尺，恶竹应须斩万竿。”同时，陈列着著名画家徐悲鸿、齐白石、吴作人、潘天寿、傅抱石等人所作的杜甫诗意画，为诗史堂增色多多。

诗史堂东西两侧，分别是花径和水槛，后面是柴门。

杜甫当年为美化草堂环境，在堂前屋后遍植花木。为行走方便，留有一条通向草堂和柴门的小路，诗人称为“花径”。他在《客至》一诗中写道：“花径不曾缘客扫，篷门今始为君开。”

我们去参观时的花径，是一条由竹木掩映红墙相夹的幽径，与草堂和草堂寺相通。在花径东端入口处上有一匾，匾上的“花径”二字，是当代著名书法家沈君默先生所书。门楹两旁，有郭沫若先生撰书的对联：“花学红绸舞，径开锦里春。”

诗史堂后面是柴门，原是杜甫营造草堂时所建的院门。我们在杜甫草堂诗中会时常看到与“柴门”有关的句子。如“野老篱边江岸回，柴门不正逐江开”“白沙翠竹江村暮，相对柴门月色新”等。

步入柴门，即可见草堂的最后一座建筑——工部祠，系清代嘉庆年间所建。因杜甫曾在成都府尹严武幕中担任检校工部员外郎，后人称其为“杜工部”，故建祠供人凭吊、瞻拜。

现存的工部祠系一青瓦覆顶的平房，这倒符合杜甫当时的身份。在工部祠前的东西侧，有水竹居、恰受航轩两室相配。这两座配室分别因杜诗“懒性从来水竹居”“野航恰受两三人”而得名，与工部祠形成“品”字形小院，显得素雅、肃穆。

工部祠门两侧悬有几副楹联，我只记下了清人何绍基撰书的一副：“锦水春风公占却，草堂人日我归来。”

据传，古人有“正月一日为鸡，二日为狗，三日为猪，四日为羊，五日为牛，六日为马，七日为人”的说法。从清代以来，每年正月初七“人日”这天，成都市民便扶老携幼，纷纷到杜甫草堂凭吊诗圣杜甫，观看满园盛开的红梅，并将“人日游草堂”的地方习俗沿袭了下来。

工部祠内，供奉着杜甫坐像，纶巾紫袍，眉目慈祥。宋代大诗人黄庭坚和陆游塑像陪祀两侧。因为黄、陆二人都在诗歌方面深受杜甫影响。而且这三位诗人的志趣和经历都有相同之处，即热爱祖国，热爱人民，热爱生活，都有流寓四川的经历，也都“离蜀不忘蜀”。杜甫塑像两侧的对联“荒江结屋公千古，异代升堂宋两贤”，对黄、陆二人陪祀杜甫作了恰如其分的评价。祠内还陈列着杜、黄、陆三位诗人的石刻、木刻像、碑记刻石及草堂石刻图等。

工部祠东面有一座茅草盖顶的碑亭，亭后是荷花池，周围全是生机盎然的花草竹木。亭内立一大石碑，上刻“少陵草堂”，系清帝雍正之弟果亲王允礼所题，笔力浑厚，笔势秀润。

工部祠前东侧是草堂书屋，据说是按照“卷我屋上三重茅”的杜甫茅屋所建。今在屋内收藏着杜诗的各种木刻本、手抄本、铅印本及多种外文译本。

拜谒成都杜甫草堂，品读诗圣杜甫诗作，寻觅那份淳朴本真，滋润心灵涵养，心目中骤然树立起一个充满思想活力的高大形象，仿佛看到了那位饱经沧桑的伟大诗人，正在吟诵那一首首传世篇章。

最后用我爱人于芳茹参观杜甫草堂后写的两首诗中的一首，结束本篇之章。

参观杜甫草堂怀古：

语不惊人死不休，浣花诗圣恤情流。

茅屋雨漏思寒士，千古绝文流世酬。

君臣合庙武侯祠

丞相祠堂何处寻，锦官城外柏森森。
映阶碧草自春色，隔叶黄鹂空好音。
三顾频烦天下计，两朝开济老臣心。
出师未捷身先死，长使英雄泪满襟。

这是唐代诗人杜甫在成都踏访武侯祠时，以炽热的感情写下的讴歌诸葛亮业绩，并对诸葛亮北伐未能成功且逝于前线表示惋惜的七律诗。上千年来，这首诗曾撩动了多少天下文人雅士的吊古情怀，又激起了多少爱国志士的扼腕慨叹。所以我到成都时，曾两次到武侯祠拜谒诸葛亮这位先贤。

“武侯”是指三国时的蜀汉丞相诸葛亮。他生前被封为“武乡侯”，死后谥号“忠武侯”，所以为他建的祠堂称为“武侯祠”。

武侯祠坐落在历史文化名城成都市南郊，面积56亩。祠宇坐北朝南，布局严格，殿连廊通，周围环以红墙，民族特色浓郁。

本书中的“卧龙岗上谒孔明”一节，主要叙述刘备三顾茅庐，礼请诸葛亮出山的故事，并简述卧龙岗孔明茅庐的情况。而本篇主要记述游览成都武侯祠的相关见闻。

提起武侯祠，不得不概括地说说诸葛亮的丰功伟绩。诸葛亮，字孔明，生于181年，不仅是中国古代杰出的政治家、军事家，而且还是文学家、科学家。在东汉末期诸侯混战的年代里，他辅佐刘备为“兴复汉室”、成就霸业出谋划策。他东联孙吴，北抗曹魏，南伐诸侯，于221年在成都建立蜀汉国，刘备为皇帝，诸葛亮为丞相。刘备病危时，诸葛亮受遗诏辅佐刘禅即位，被封为“武乡侯”，总揽蜀汉军政大权。他积极立法施度，选贤任能，大力发展农业生产，改善民生。225年率三路大军南征，实行“和抚”的民族政策，平定了“南夷”。228年以后，他又五次率军北伐，与魏国大将司马懿相持于渭南，终因长年奔波，积劳成疾，于234年病逝于五丈原（今陕西岐山县；地处西安至宝鸡中间偏西），葬于定军山（今陕西勉县），年仅54岁，真正做到了“鞠躬尽瘁，死而后已”。死后被封为“忠武侯”。

诸葛亮长于诗文，如具有躬耕田园之趣的《梁甫吟》。尤其擅长散文，他写的散文言出由衷，不加修饰，其中《隆中对》《出师表》被誉为古代散文之名篇。

诸葛亮好机械学，经常根据战事需要，研究制造军事机械。如改进“连弩”兵器，以铁为矢（“弩”为弓，“矢”为箭），一弩十矢发；制造“铁蒺藜”，又称“扎马钉”，四面有铁刺，人马一旦踏上，即遭伤害。尤其是他创造的“木牛流马”，解决了北伐战争中的运输问题等，著有《阴符法》《将苑》等军事著作。

历朝历代，诸葛亮之所以名满天下，主要原因在于：他那宁静淡泊的气质，忠贞不二的情操，廉洁务实的作风，富于进取的精神和为事业献身的激情；他的高风亮节和超人的智慧；他心中有人民，给蜀地带来过安定而繁荣的生活。广大人民对他的尊崇，就是对我们中华民族传统美德的赞

赏。正因如此，诸葛亮死后，蜀地百姓十分怀念他。史载：“亮初亡，所在各求为立庙。朝议礼秩不听，百姓遂因时节私祭于道陌上。”公元263年春，蜀汉朝廷“为亮立庙于沔（miǎn）阳”（今陕西勉县）。此后各国不少地方陆续修建起了武侯祠，保存至今的有9处，即河南南阳卧龙岗，湖北襄阳古隆中、赤壁县南屏山、西陵峡黄牛山，四川成都市，奉节县白帝城，甘肃礼县祁山，陕西岐县五丈原、勉县定军山。其中，成都武侯祠规模最大，知名度最高，而且与刘备合庙建祠，这在全国独一无二。

下面重点叙述成都武侯祠。

我去参观时的武侯祠，其整体布局和规模，系清康熙年间经过重修后所奠定的。主要建筑从南往北依次为大门、二门、刘备殿、过厅和诸葛亮殿，排列在一条中轴线上。武侯祠西侧有一座庞大的古冢——刘备墓。

武侯祠大门之上，高悬着“汉昭烈庙”匾额，因刘备死后被谥为“昭烈皇帝”而得名。门前有一座清朝建的照壁，高7.2米，宽12米。进大门后一直往前走，左边是唐碑，右边是明碑，不远处就是二门。

二门实际上是刘备殿的大门，门上有“明良千古”匾额，意为君明臣良，千古垂范。二门墙壁上嵌有宋代名将岳飞手书的诸葛亮名篇《出师表》，笔力刚劲，充分显现出了岳飞为收复失地、誓死报国的大无畏精神。

二门还有两副楹联。一副是：“合祖孙父子兄弟君臣，辅翼在人纲，百代存亡争正统；历齐楚幽燕越吴秦蜀，艰难留庙祀，一堂上下共千秋。”这42个字的楹联，概括性地总结了刘备集团开创帝业的艰辛。上联是说，昭烈庙中聚合了祖孙（刘备与孙子刘谌）、父子（关羽与关平、张飞与张苞）、兄弟（刘、关、张结义三兄弟）、君臣（刘备与其文臣武

作者在成都武侯祠留影

将）等人的塑像，他们辅佐刘备，维护人伦纲常。自古以来，生死存亡都是为了争正统。下联是说，刘备集团经历了齐（山东）、楚（湖北、湖南）、幽燕（河北、北京）越吴（浙江、江苏）、秦蜀（陕西、四川）等地，艰难立国，留下了这座祠庙，君臣一堂，永受人们祭祀。

二门的另一副楹联是："唯德与贤，可以服人，三顾频烦天下计；如鱼得水，昭兹来许，一体君臣祭祀同。"意思是，只有凭借德与贤，才能得到人心。刘备挚诚三顾，获得了平定天下的大计。刘备与诸葛亮的关系，犹如鱼水。君臣典范，昭示后世。上下一堂，享受人们的祭祀。

二门后是刘备殿。殿前两侧，建有回廊，刘备在成都称帝后的28员文臣武将塑像分列两廊。东廊是文臣廊，以庞统为首，以及简雍、费祎、邓芝、蒋琬、董允等14位。西廊是武将廊，以赵云为首，以及张翼、马超、姜维、黄忠、廖化等14位。文臣仪表庄重，谦恭贤良；武将体态魁伟，英武刚毅，再现了蜀汉政权的历史画面。

刘备殿正中，三米多高的刘备雕像头戴冕旒（liú，古代帝王礼帽前后悬垂的玉串），手捧玉圭，神情凝重。他的孙子刘谌（刘禅第五子）雕像陪侍在右侧。东、西两侧，各有一座偏殿相衬，分别供奉着端庄安详的关羽和豹头环眼的张飞塑像，既展现了刘、关、张三人的兄弟情谊，又显示了他们的君臣关系。

刘备殿有多副楹联，由于时间关系，我只记下了一副。上联是“兄弟君臣一时际会，当年铁马金戈，树神旗而开四川大业”；下联为“祖孙父子千古明良，今日丹楹画栋，崇庙貌而志后汉丕基”。

刘备殿后是过厅，实为诸葛亮殿的大门。门上悬有“武侯祠”匾额，十分醒目。过厅左右两侧，各有回廊通向殿前的钟楼和鼓楼。

过厅也有不少楹联，我记下了当代名人所书写的两副。一副是董必武书写的：“三顾频烦天下计，一番晤对古今情。”另一副是郭沫若写的：“志见出师表，好为梁父吟。”

诸葛亮殿虽说不及刘备殿宏伟，且坐落在刘备殿之后，但由于世人格外推崇诸葛亮，且对武侯祠也尤为青睐。正如过去有人作诗咏叹：“门额大书昭烈庙，世人都道武侯祠。由此名位输勋业，丞相功高百代思。”

诸葛亮殿的院落左侧是一座被人喻为“养心若鱼”的鱼池，右侧是被称为“荷花世界”的荷塘，碧水流影，赏心悦目。

大殿内正中，挂有一幅太极图，图两侧分别写着诸葛亮在《诫子书》中教导儿子要成为于国于民有用的栋梁之材所写的“宁静以致远”“淡泊以明志”的格言。

殿内的神台上，供奉着诸葛亮祖孙三代的贴金泥塑坐像。诸葛亮居中，头戴纶巾，手持羽扇，凝目沉思，虚怀若谷，给人以智慧、恬静之感。其子诸葛瞻、孙子诸葛尚在蜀汉王朝生死存亡之际，浴血奋战于四川绵竹关，英勇捐躯沙场。后人认为诸葛亮祖孙三代皆忠烈之士，便供奉一堂，以便人们祭祀瞻仰。

诸葛亮殿内和门廊悬挂着六七十副楹联和多块匾额，有些楹联至今都很有名，都是赞叹诸葛亮的。如清人撰书的“能攻心则反侧自消，从古知兵非好战；不审势即宽严皆误，后来治蜀要深思”。意思是，用兵能攻心，反叛就会自然消除。诸葛亮南征时用攻心战术，七擒七纵孟获，使其心服口服，就是典型战例。第二句是说，从古至今，真正懂得用兵的并不好战。下联的意思是，不审时度势，政策或宽或严，都会出差错，后来治蜀的人一定要深思。

又如另一副楹联：“鞠躬尽瘁兮诸葛武侯诚哉武；公忠体国兮出师两表留楷模。”意思是，诸葛亮一生鞠躬尽瘁，死后被谥为“忠武侯”，确实堪称。他在前、后《出师表》中留下的公正、忠心、忧国的精神，被后人视为做人臣的标准。

诸葛亮殿悬挂的匾额有“名垂宇宙”“勋高管乐”“河岳英灵”“静远堂”等。

从诸葛亮殿的后门出来，过小桥，步入红墙夹道，穿过翠竹林荫，便到了刘备墓，史称“惠陵”，现称“汉昭烈陵”，是武侯祠内最古老的历史遗迹。

刘备墓坐落在整座武侯祠西侧的绿树翠竹中，由照壁栅栏门、神道、寝殿等组成。陵园前的照壁长约10米，高约5米，正中的菱形石雕刻着祥云和二龙戏珠，与照壁四角的石雕蝙蝠相映成趣。

照壁之后，是造型简朴的栅栏门，门上方悬有“汉昭烈陵”匾。门柱上悬有对联：“帝本燕人，曾向乡祠崇百祀；蜀为正统，漫言天下尚三分。”意思是，昭烈帝本是河北人，他的家乡千百年来就有立庙祭祀的乡俗，而蜀汉才是正统，说什么魏、蜀、吴天下三分。

进了栅栏门，一条石砌神道直通供人们进行祭祀的寝殿。殿内高悬清代大匾，上刻“千秋凛然”四个遒劲的颜体大字。这四个字出自唐代诗人刘禹锡《蜀先生庙》一诗中的“天地英雄气，千秋尚凛然”之句。

殿内正中双柱上，挂有一副褒刘贬曹的对联：“一抔土（指刘备墓）尚巍然，问他铜雀荒台，何处寻漳河疑冢；三足鼎今安在，剩此石麟古道，令人想汉代官仪。”意思是，刘备墓还巍然矗立，试问，在漳河边荒芜的铜雀台旁，哪里还找得到曹操的假坟呢？三国鼎立的局面而今何在?剩下这古道和道边的石麟令人想起汉代皇帝的礼仪。实际上，据《三国志》载，曹操并未设假坟，他死后葬在邺城（今河南临漳县）“高陵”。这副楹联借宋代以来曹操设72疑冢的传说，褒刘贬曹。

刘备称帝后的第三年，即公元223年4月病逝于永安，同年8月葬在成都惠陵。《三国志·蜀书·二主祀子传》记载，刘备的甘、吴两夫人也先后葬于惠陵之中。可见，惠陵是个三人合葬墓。

刘备墓冢封土高12米，周长180米，坟上柏树杂木参差，碧草丛生。墓冢周围一道灰色砖墙呈弧状环绕，系清乾隆年间修筑的。围墙与红墙夹道之间，万竿修竹，枝叶婆娑，几张石桌错落其间，寂静而清幽。我围着墓冢转了两圈，只感清风习习，竹叶沙沙，如同古代管乐瑟瑟之声，如诉如泣。这景，这情，这声，令人深思遐想，不由得追溯起古冢那悠久生动的三国史，产生无限感慨。

参谒成都武侯祠

古柏森然武侯祠，君臣合庙世唯一。
先主威名引百将，蜀相功德传千古。
南征巧施七纵计，北伐奏疏两出师。
莫因成败论高下，代代仰慕堪称奇。

（注：“七纵计”，指七擒七纵孟获；“两出师”指前、后出师表）

川西青城天下幽

在过去的年代里，四川人总以“天府之国”里的四大景观而倍感自豪。这四大景观是：川东的长江三峡（现已划归重庆），川西的青城山，川北的剑门蜀道，川南的著名佛山峨眉山。它们的主要特色分别是雄、幽、奇、秀，而青城山则四大特色兼而有之。除川北剑阁县内的剑门蜀道我没去过外，其他的三处景观我都去游览过。

1994年6月上旬，我到四川乐山市参加了全国内贸系统法制工作会议后回到成都，与省商业厅的两位朋友专程去游览了青城山和与之相毗邻的古代“水利之花”都江堰。

青城山位于成都以西偏南60多公里处，乘车约一个半小时即可到达。

据介绍，青城山是岷山的余脉，背靠邛崃雪山，面向川西平原。它以海拔2434米的大面山（又称赵公山）为主峰，以道观天师洞（又称常道观）为枢轴，周围120多公里。全山有36峰、72洞、108景，到处峰峦嶂叠，壁立千仞，茂林修竹，草木葱茏，岁寒不凋，四季常青，诸峰环绕，状如城郭，从而得名“青城山”，且有“青城天下幽”之美称。

青城山是道教发祥地之一，是中国道教十大洞天中的第五洞天，名为“宝仙九室之洞天”，被誉为“神仙都会之所”。

据传，青城山的道观在三国两晋时渐兴，隋唐时全山名观迭起，唐宋时从入山处的长生宫到上清宫，仅十余里路间就有庵观数十所。现存的著名宫观有建福宫、常道观（天师洞）、祖师殿（古称清都观）、朝阳洞、上清宫、圆明宫（旧称清虚观）、玉清宫（旧称天真观）、上皇观等。

我去游览青城山时，主要景区分为前山和后山，我游览的是前山。

前山景区以天师洞为核心，高台山、天仓山、龙居山、丈人山等六山环绕，山清水秀，谷深幽邃，瑶林琼树，翠竹碧草，锦湖醴泉，美不胜收。

青城山的山门，古朴典雅，雄伟壮丽。山门上悬一横匾，“青城山”三个金光闪闪的大字格外醒目。山门两侧的一副楹联写的是：“天开壁嶂迎双屐，人到青城第一峰。”中间屏壁上是一副国防部原部长张爱萍的题联：“览胜而登顶，留连而忘归。”

沿着进山道前行，过了蜀汉后主刘禅时期修建的“赤城阁”，就看到了山口牌坊上“西蜀第一山”五个大字。牌坊上的一副对联是宋代诗人陆游的两句诗：“云作玉峰时北起，山如翠浪尽东倾。”

牌坊后是始建于唐代的“建福宫”，原名“丈人观”，因其建在丈人峰下，宋代改为现名，清光绪年间重建。

建福宫上连岩壁，下接青溪，四周有数百棵高达数十丈的樟楠树。陆游在《丈人观》一诗中写道：“黄金篆书榜朱门，夹道巨竹屯苍云。岩岭划若天地分，千柱眈眈在其垠。”可见昔日是何等的兴盛壮观。

建福宫门口两边挂着一副对联：“一楼和气看山笑，半榻禅心印月明。”宫内供奉着宁封、杜光庭两位历史上的著名道士塑像。后殿柱上的一副长联，上下联各197个字，这394个字的楹联，据说是全国三大长联之一。其内容主要描写青城山的胜景，历数该山的逸事，有景有情有气魄，被誉为“天下名联”。

从建福宫出来后，成都的朋友说，从这里上山有两条路。一是坐索道

上的缆车上山，去看上清宫、观日亭等，这比较省事。二是从另一条路步行上山，景点很多，边走边赏景，但比较累。我当时仅50岁出头，又爱看实景，便同意步行上山，亲身体验青城山的“幽”。

建福宫西南的青溪旁有座“缘云阁”，阁顶建有五角小亭，站在亭上远眺，可见青城山座座碧峰入云，秀丽夺目。当年杜甫诗《丈人山》所写的“丈人祠西佳气浓，缘云拟住最高峰。扫除白发黄精在，君看他时冰雪容”，叙赞的就是缘云阁。

从这里前行数百步，有一个亭子叫“雨亭”，亭后是鬼城山遗址。传说战国时期的著名学者鬼谷子曾隐居此地，故名“鬼城山”。我在部队时就看过有关鬼谷子的书籍，对他的几个学生苏秦、张仪、孙膑、庞涓印象深刻。后来我又买了一部《鬼谷子全书》，至今仍在书柜里。看后给我的印象是，鬼谷子是一个神秘莫测的千古奇人；《鬼谷子全书》是一部奥妙无穷的千古奇书。当然，也有一些神话或过于玄虚的内容，看时加以甄别，去伪存真即可。

沿着这条路上山，这类亭子可真不少。大多就地取材，或用山石垒砌，或用树皮为瓦，树木为梁，用竹枝进行装饰等，简朴风雅，无矫揉造作之态，尽显山野本色。如建在两棵古老楠树下的“翠光亭”；“烟霞怀旧侣，山月盼游人”的“天然阁”；建在高大柳杉丛中的“怡乐窠”，不仅“怡乐”的名字起得妙，而且亭联写得更妙，“小息自然凉，何幸今生来福地；登临莫畏苦，会当绝顶看朝阳”。一般来说，游客步行上山到了此地，已是汗流浃背，气喘吁吁。看此楹联，备受鼓舞，增添了继续攀登的力量。

再往上走一段路就到了“引胜亭”，在此边休息边观赏风景。只见山前幽谷深邃，林木覆盖，雾如烟云，鹭落榛顶。还是亭联描绘得好：“云磴纡回，倏（shū，极快）到危岭忽开爽；迷离烟树，旋步绝顶拔荆榛。”其景色的确引人入胜。

过了引胜亭再往上的一个景点，是云霞缥缈的“天然图画坊”。这是一个十角重檐亭阁，清光绪年间重建。此处岭高坡陡，苍岩壁立，地形险要；林深树密，荫翳蔽日；巍巍群峰，犹如翠屏，故获名“天然图画”。正如那副颇有气势的亭联所描写：溪壑奔腾百川，东去通千派；云霞缥缈万里，西来第一山。

作者在青城山

再往上有一个亭子叫“驻鹤庄”，相传古时此处乔木林中经常有成群仙鹤，朝去夕来，鹤唳声声，成为一景。亭上有佳联一副：“松桧隐栖三岛鹤，楼台闲锁九霄云。”意思是，道家把蓬莱、方丈、瀛洲称为神仙居住的三个仙岛。仙岛上的仙鹤都争先到青城隐栖，可见此处景色之美。

继续往上走，一路林木森森，壁岩重重，有些树根从岩缝中穿出，形状不一。我真想把那根形似人参的树根挖走。但是，一无工具，二怕被冠以“破坏自然环境”的罪名，只好作罢。

走不多远，又见一亭，亭联是“苔深不雨山常湿；林静无风暑自消”，

难怪亭名叫“山阴亭”呢？把这里湿润凉爽的天气，描绘得名副其实。

过了山阴亭和“泠然亭”，往上走数百步是“凝翠桥”。桥上有亭，坐在亭中，可看到一个较小的瀑布，从五六十米高处泻到溪岩上，如乐师鼓琴，节奏谐和，悦耳动听。正如亭联所描：“瀑落瑶琴响，出幽薜荔封。”（薜荔，bì lì，当地人称“木莲”，是做凉粉的原料。）

再往上走，过了“苔铺翠点仙桥滑，松织香梢古道寒”的“奥宜亭”，就到了天师洞的前山门，门上写着“五洞天”三字，因天师洞（古称“常通观”）是道教第五洞天的代表，山门两边是一副妙称养生读书修道仙境的楹联：“府以清虚嫏嬛居福地（láng huán，也作琅嬛，指神话中天帝藏有秘籍奇书的洞府），天然城郭龙虎拟仙山。”

过了五洞天的洞门，往上走数十米就到了建在海棠溪上的“集仙桥”，桥上建有亭子。传说，昔有诸仙常在此吟诗联句，故得名“集仙桥”。

再往上走200多步就到了一个亭榭，上有清代书画家郑板桥的遗墨，左为“山矮人高”，右为“心清水浊”。在晴雾天气，山下林竹婆娑，宛如绿海，薄云浓雾，时散时聚。一派“千岩迤逦藏幽胜，万树凝烟罩峰奇”的景象。

站在亭榭往上看，首先映入眼帘的是金光耀眼的“古常道观”四个大字。有个名叫松涛的日本高僧曾在此作《望常道观》诗一首：“涧断疑无路，桥通忽有情。树鼯攀枝视，山蛙隐石鸣。洞天如逼近，一磬落空声。”（鼯，wú，鼠的一种，形状像松鼠，能在树间滑翔，俗称“飞鼠”。）

常道观（又名天师洞）位于青城山腰，三面环山，一面临涧，始建于隋朝。是天师道创始人张道陵（又称张陵）在古黄帝祠的基础上扩建的。当时名叫“延庆观”，唐代改为“常道观”，宋代又改为“昭庆观”。现存殿宇是清代重建，今沿用唐代时的观名。

张道陵是中国道教创始人之一。他是汉高祖刘邦的重臣张良的第九代孙，东汉时任江州（今重庆）令，后弃官到青城山悉心悟道，创“五斗米道”。他以《道德经》为主要经典，创建道教理论，在青城山结茅居洞，宣传道教思想，并结合治病、修路、劝善、抑恶，给百姓做好事，为后人所传颂。

常道观坐西朝东，南临深涧，北依岩壁，占地面积7200平方米，殿堂楼阁依山就势，高低错落。主要建筑有山门、灵官殿、青龙殿、白虎殿、三清殿、黄帝祠、三皇殿、天师洞等。

山门上高悬一匾“古常道观”，门两旁的对联是：“胜地冠两川，放眼岷峨千派绕；大名尊五岳，惊心风雨百灵朝。”门前两殿，左青龙，右白虎。与山门紧连的灵官殿，供奉着道教的护法神“王灵官”塑像。

进山门后是常道观的主殿三清殿，共有5间，面积达580平方米，青城山道教协会就设在这里。全殿有28根用石头雕凿的石柱，每根高1.2米，上刻精致的麒麟、狮子、独角兽等动物形象，纹路清晰，栩栩如生。

据介绍，青城山现有历代名联200多副，常道观就占了一半。从内容看，除赞美青城山的景色外，多是涉及道教思想的。其中最有代表性的是三清大殿门两旁的那一副：“一生二，二生三，三生万物；地法天，天法道，道法自然。”据说这是从老子的《道德经》中摘录的，体现了老子的道家思想。

三清殿正中供奉着道教至高无上的三清教主的塑像，即玉清元始天尊、上清灵宝天尊、太清道德天尊，并悬有清康熙皇帝的题匾“丹台碧洞”。整座殿内香雾缭绕，氛围静穆。

在三清殿院内的左边，有一棵古老的银杏树，树高二三十米，粗六七人围，繁茂的枝叶几乎遮住了半个常道观上空，成为观中一景。刻在院墙上的《银杏歌》形容它：“玲珑高出白云溪，苍翠横铺孤鹤顶。我来树下

久盘桓，四面浓阴夏亦然”“状如虬怒远飞扬，势如蠖屈时起伏。姿如凤舞千云霄，气如龙蟠栖岩谷”（“虬”，qiú，虬龙，古代传说中有角的小龙；“蠖”，huò，一种行动时一屈一伸的昆虫）。

那么，这棵“千年尚未竟老干，迄今独超群山色”的银杏树，树龄是多少呢？《银杏歌》中说：“盘根错节几经秋，欲考年轮空踯躅（zhí zhú，意为‘徘徊’）。黄帝问时已萌芽，明皇西幸满著花。”可想而知树龄有多长了。

看着这棵古老的银杏树，使我不由得想起20世纪50年代我的家乡杞城村那棵高大的古老白果树。父亲领我到黄旗堡火车站时路过杞城村，专门到村中东西街北面看过那棵银杏树，我当时就惊呆了，因我之前从未见过那么粗大的树。我围着树转了几圈，父亲说四五个人才能合抱。树冠犹如巨伞，仰头看，枝繁叶茂不见天，夏天中午总有几十个人在树下坐着小马扎或蒲团乘凉。父亲说，这杞城在战国时属于齐国的领地，是一座古城，现在在村周围有时还能挖到古墙古砖什么的。如果是那时候栽的这棵白果树，到现在也有好几千年了。我入伍后在外工作已经60年，不知杞城的那棵古老银杏树是否还存在？如果还保留至今，那可是无价之宝啊！

插曲叙毕，书归正传。在三清殿以北，有一巨石耸立在海棠溪边，上刻“降魔”二字。相传，当年天师张道陵在此降魔。大战中，五雷轰鸣，群魔争逃中推出巨石挡道。张天师见后大怒，举剑劈去，石分为三，鼎足危立，又相互依傍，故被称为“三岛石”，又称“降魔石”。清光绪九年（1883年），张道陵的第61代子孙到青城山扫墓祭祖时，题刻了此石。

三清殿后是黄帝祠，门口上方悬挂着“古黄帝祠”草书横匾，门两旁是一副长联，是国民党元老于右任先生所书。祠内供奉着轩辕黄帝的金身塑像，旁边是冯玉祥将军1943年撰文并书写的“轩辕黄帝之碑”。

再往后走是三皇殿，殿内供奉着唐代石刻的轩辕、伏羲、神农的坐像。轩辕身穿帝服，俨然一副帝王形象。伏羲手抱一八卦图，神农手持一药草，形象地表明了“伏羲制八卦”“神农尝百草”的历史佳话。

天师洞是常道观中最后也是最高的一处建筑。坐落在混元峰下，岩龛栈道，异常险要。

洞府正中一块横匾写的是“龙峤仙纵”四个大字。站在匾下远望，川西平原收眼底，万里江山揽心头，令人感慨万千。

往里走，便是张道陵修道传教时在此结茅居住的石洞，洞内是张天师像和他的30代孙虚靖天师张继先像。张道陵像横眉怒目，右手持雷，左手握印，威严勇猛，似乎正在施行法术，降魔捉妖。而张继先像则显得和气文雅，平和自然，据说这是他平常的生活情状。

天师洞的一副楹联实在绝妙：“事在人为，休言万般皆是命；境由心造，退后一步自然宽。”

青城山景区很大，由于时间关系，我们的游览只能到此结束，因下午还要去游览都江堰。

2014年4月10日，我看到《中国商报·收藏拍卖导报》美术版，刊登了中国画院常务副院长满维起的五幅“青城山”画作，勾起了我1994年6月9日到青城山游览的回忆。当天中午赋诗一首《青城山》，连同报纸一并寄给了喜欢书画的本村教师曹振兴。现将略有改动的拙诗转录如下：

蓉都市西百余程，青城葱郁秀色浓。

古木参天穿云海，险峰飞瀑落涛声。

道观洞境香客聚，曲径通幽游子登。

回首欲拍悬崖树，雾霭忽至已无踪。

水利奇迹都江堰

记得上高小或初中时，曾学过李冰父子修建都江堰水利工程的课文。没想到游览青城山时，才知道都江堰近在咫尺。我们在青城山下吃过午餐后，便去游览都江堰。

都江堰位于成都平原西北部的岷江上游出山口处，西北与汶川县接壤。历史上，该地为“灌县”，1988年改为“都江堰市”。都江堰是2000多年前的秦国蜀郡郡守李冰率众修建的宏大水利工程。

据介绍，战国时期，岷江水患极其严重。每到夏秋季节，洪水泛滥成灾，无数农田和房屋被冲垮或淹没，给下游百姓造成了深重灾难，灾民叫苦不迭。

公元前316年，秦国派兵灭掉了今四川西部的蜀国，将其作为秦国的一个郡，秦王派李冰任蜀郡郡守。李冰到任后，看到了水患造成的千里荒野、民不聊生的惨状，听到了当地民众祈求治水保平安的强烈呼声。为此，他把治理岷江、消除水患作为迫在眉睫的首要任务，这对巩固秦国对蜀郡的统治，为当地民众带来福祉，非常重要。为此，便立即着手进行治水。

为了弄清水灾发生的原因，李冰带领儿子李三郎和几位有治水经验的人，跋山涉水，对岷江沿岸地形和水情进行调查。结果发现，岷江从四川北部的高山急流直下，流到灌县这个地方地势突然平坦，从上游带来的大量泥沙淤积下来，把河床淤塞了。另外，此处的玉垒山挡住了岷江直接向东流的去路，每到涨水季节，西岸水量过大，因而发生水灾，而东岸则经常干旱。

李冰在实地勘察中，当地人提出了一个解决方案：如果把玉垒山凿开，将江水分成两股，既可分洪减灾，又可引水灌田。经大家论证，李冰认为这个建议可行，便决定开凿玉垒山，并很快动员了成千上万劳动人民，首先在玉垒山摆开了战场。

人们在施工中发现，玉垒山的岩石非常坚硬，在开凿中困难重重。有位老农民献计：先在岩石上开凿一些槽线，然后在人工槽线和天然岩缝中填塞干草，上面堆放木柴，点火燃烧，一直烧到岩石崩裂，再开凿就省事多了。实践证明，这个办法非常奏效，大大加快了工程进度。由于不断地改进凿山技术，克服了一个又一个难以想象的困难，终于把玉垒山凿开了宽约20米的口子，这个山口称为“宝瓶口”，把从玉垒山开掘出来的石堆称作“离堆”，即从玉垒山分离出来的石堆。

凿开玉垒山，从宝瓶口引水东流，立即起到了分洪和灌溉的作用。但是，由于宝瓶口地势较高，进入宝瓶口的江水流量不太大，一到洪水季节，仍然发生水灾。

怎么办？李冰父子带领当地民众进一步察看地形和水势，终于想出了一个办法，即在距离玉垒山稍远的江心中修筑一道分水堰，将岷江的水流在玉垒山前分成两股，使其中的一股进入宝瓶口。

那么，用什么办法在水流湍急的江心里修筑分水堰呢？经过集思广益和多次试验，终于找到了一个切实可行的办法：将不怕浸泡、长两三丈、直径两尺多的大竹笼，里面装满卵石，封口后沉到江心，层层叠叠，垒成

坝堰，高出水面，填上沙土，植草栽树，造出一个人工岛，人们称之为“金刚堤”。

这座分水堰头部迎着上游，远看就像一个大鱼头，从而得名“分水鱼嘴”。分水堰将岷江分成了两条水道，即外江、内江。堰西边的水道是岷江的主流，称为“外江”，主要起泄洪、排沙和调节水量的作用。堰东边的水道称为“内江”，经过宝瓶口向东流去，引入川西平原，灌溉良田。

分水堰的建成，对岷江水患基本起到了根治的作用。李冰高兴地为其取名“都安堰”，后又改称“都江堰”。中华人民共和国成立后，董必武陪同外宾参观都江堰时，赋诗赞颂：“鱼嘴分江内外流，宝瓶直扼内江喉。成都坝仰离堆水，禾稻年年庆饱收。李冰父子功劳大，做堰淘滩尽手工。六字遗经传不朽，友邦人士共钦宗。”

为了进一步完善都江堰工程，加强分洪减灾作用，李冰父子又带人在鱼嘴的南端和离堆之间修建了溢洪飞沙堰，全长200多米。这飞沙堰全部用竹笼填满卵石堆筑，堰顶比堤岸低。夏秋发洪水时，内江的水就可以漫过飞沙堤流到外江去，使内江灌溉区不受洪水侵害。

为使都江堰长久发挥效用，李冰父子每年都进行“岁修”。岁修的办法是，用杩槎截水断流，淘出淤积的泥沙。“杩槎”是用竹绳把三根大木桩绑成三角架，将其排列到江中，上面压上装满卵石的竹笼，再在竹笼上面盖上竹席，铺上黏土和沙石，即可以挡住水流。每年到了秋末的霜降季节，即组织人先在外江截流，让外江的水全部流到内江去，然后把外江的泥沙淘出。到来年立春时节，外江岁修完工后，再把杩槎移到内江，让江水全部流到外江，淘出泥沙，进行岁修。有诗赞道：“都江堰水沃西川，人到开时涌岸边。喜看杩槎频撤处，欢声雷动说耕田。”

我在游览中看到，内江东岸的石壁上刻着“深淘滩，低作堰”六个大字。据说这是李冰提出的治水六字诀。

作者在都江堰河中的浮桥上

深淘滩，就是深淘淤积在江底的泥沙，将其清除掉，使河床保持适当的深度，保证江水畅通无阻，灌溉农田。那么，淘到多深才算适当？李冰的做法是，将三个人像形石桩置放到江水中，以“枯水不淹足，洪水不过肩”确定水位。他还令人凿制了石马（明代改为“卧铁”）置于江心，以此作为每年最小水量时的淘滩标准。

低作堰，是指不要把飞沙堰筑得太高，“堰筑高，则至秋水滥伤禾”。因为筑得太高，会影响飞沙堰的泄洪和排沙。

李冰从实践中总结出来的这六字治水原则，在当时来说是很科学的。有诗赞曰：“疏凿功高追大禹，流奔玉垒白云深。双江千载开天府，六字神君治水箴。”

为使后人便于掌握水位，李冰在离堆沿江的石壁上刻着观测水位的标

尺，人们称其为“水则”。这标尺共分24格，每格相当于一市尺。当水位到达第11格时，江水就会漫过飞沙堰，流到外江去。这种简便易行的测水方法，代代流传，至今还在许多地方沿用。

都江堰建成后，使川西平原千百年来“水旱从人，不知饥馑，时无荒年，天下谓之天府”。经过历朝历代的修葺和扩建，逐步形成了一个规模宏大的水利灌溉系统。从内江流下来的水，灌溉了灌县、彭县、成都等11个县市；从外江流下来的水，灌溉了崇宁、新津、双流等3个县。内、外江的支流和水渠达250多条，总长1200公里，灌溉14个县市的农田计300多万亩。从此，成都平原便被称为沃野千里的“天府之国”。有诗赞道：“堰名都江举世闻，稀世大匠秦李冰。水分六四依山势，沙析二八夺天工。灌溉梁益成天府，润泽巴蜀济苍生。岷江汤汤流广野，白云悠悠千载情。”

我们在游览中看到山上有座“二王庙”，庙前是公路，路下就是都江堰。我问导游：“这二王庙供的是哪二王？”

“李冰父子。”

“怎么称二王呢？”

“噢，这座庙最早叫‘望帝祠’，供的是蜀王。后来，李冰的声誉越来越大，便改为‘崇德祠’，专门供奉李冰父子。到了宋代，皇帝敕封李冰为‘广济王’，其子李二郎元代被封为‘英烈昭惠灵仁裕王’，因而改为‘二王庙’。”

我们拾级而上，庙门上方有“二王庙”三字，两边和庙内都有对联，我记下了两副。一副是：一门两禹，六字春秋。“两禹”指的是李冰父子，他们都是大禹式的人物。“六字”指的是李冰的治水六字诀。另一副是：六字炳千秋，十四县民命食天，尽是此公赐予；万流归一汇，八百里青城沃野，都从太守得来。

二王庙内供奉着李冰父子塑像，并珍藏着治水名言和诗人的碑刻。石壁上刻着都江堰治水三字经，好像有好几个版本，我记下了其中的一个："深淘滩，低作堰。六字旨，千秋鉴。挖河沙，堆堤岸。砌鱼嘴，安羊圈。立湃阙，留漏罐。笼编密，石装健。分四六，平潦旱。水画符，铁桩见。岁勤修，遇防患。遵旧制，毋擅变。"这简直是对都江堰简练而完美的经验总结。

据介绍，历代以来，人们为了怀念李冰父子的功德，每年农历六月二十四日（李二郎的生日）至六月二十六日（李冰的生日），都在二王庙举行盛大祭奠庙会，都江堰地区的人们纷纷到二王庙焚香祭祀，盛况空前。有诗赞道："都江堰耸二王庙，李冰凝神授带飘。鱼嘴中分江都水，飞沙堰里浊浪高。清流直下宝瓶口，离堆千载怨声滔。沃野无垠天府路，从此天下绝饿殍。"

我们游览的最后一个景点，是横跨在内、外江上的安澜索桥，简称"索桥"，俗称"浮桥"，据说是中国古代五大桥梁之一。

据《蜀志》和《水经注》记载：李冰能笮（zuó，即用劈成很细的竹条拧成的绳索）。意思是李冰能用建筑索桥的"笮"建桥。据说这座桥原来是用木排和石礅承托粗竹缆绳，横挂江面，桥上铺木板，桥两边以竹索为栏，全长500米。现在的安澜索桥是1974年重建的，桥桩改为钢筋混凝土，竹索改为钢索，而桥面仍是木板。

我们从二王庙那一头走上索桥，向对面走去。由于人多，索桥一直晃晃悠悠。走到江心位置驻足往下看，江水滔滔，似乎在高歌着李冰的英名。走到离桥头约30米处，突然浮桥晃得厉害，令人心悸。原来是十几个中学生顽皮，故意晃荡着玩，结果吓得一些女游客大呼小叫，以为是桥出

了状况，后被管理人员上桥制止。

都江堰水利工程的创建，既不破坏自然资源，又充分利用自然资源为人类谋福祉，变害为利，使人、地、水三者高度和谐统一。这不仅是中国古代首屈一指的水利工程，被誉为“中华民族勤劳智慧的结晶”，而且是世界水利史上的奇迹，被世界有关组织写下了光辉的一章，即被载入了世界文化遗产、世界自然遗产和世界灌溉工程遗产名录；被国务院公布为国家重点文物保护单位、国家级风景名胜区等。

最后，写一首《**都江堰观后感**》作为纪念。

岷江遥从天际来，似有魍魉闹洪灾。
李冰伏龙镇两江，庶民劈山惊九垓。
截流保水深挖滩，飞沙防溢低筑陔。
甘露润泽百万亩，蜀府广野尽开怀。

乐山大佛世之最

在去成都的飞机上，与我一起到乐山开会的一位同志问我："您以前见过乐山大佛吗？"

"见过，不过是在影视和书籍里。"

"哈哈，曹主编真幽默！"

1994年6月上旬，我到四川乐山市参加国内贸易部召开的全国内贸系统法制工作会议期间，去游览了名闻天下的乐山大佛。

乐山，是四川省的一个地级城市，位于成都以南，从成都乘汽车路过苏东坡的家乡眉县，再往南不太远即可到达。

乐山大佛石刻雕像坐落在岷江东岸的凌云山上，背依悬崖峭壁，面对岷江、青衣江、大渡河三江汇流处，是一尊巨大的弥勒佛坐像，史称"凌云大佛"，又称"乐山大佛"。因乐山古时称"嘉州"，所以又称"嘉州大佛"。

乐山建于北周大成元年（579年），素有"天下水之观在蜀，蜀之胜曰嘉州"。宋代大诗人苏轼诗曰："生不愿封万户侯，亦不愿识韩荆州。但愿身为汉嘉守，载酒时作凌云游。"

我们下榻的宾馆就在岷江岸边。每天早起，我都到江边去看钓鱼、捕鱼和江景。令人想不到的是，当地最贵的鱼竟然是黄辣丁（在我们山东老

家叫“嘎伢子”或“嘎鱼”），30年前一斤竟达40多元，而鲇鱼一斤才20多元。黄辣丁之所以贵，主要原因是当地用以涮火锅，味道极为鲜美。不管你到哪个火锅店就餐，黄辣丁都是必点菜品，再贵顾客也会吃黄辣丁。

除了看捉鱼和欣赏江景外，我还站在岸上眺望岷江东岸凌云山的美丽风光。整座山由九座山峰组成，丹崖翠壁，茂林修竹，江流泛影，山水一色。更奇的是，整座山从北到南，形状宛如一尊巨大睡佛，头、胸、腹和双足都十分清晰，越看越像。一座山就是一尊佛，乐山大佛就居其中，令人产生无限遐思。

岷江从上游流经成都平原到达乐山城南，青衣江、大渡河在此流入岷江，从而使岷江更为江深水阔，江水清澈。会后我们乘船游览了岷江和三江汇合处，并将船开到凌云山下乐山大佛面前，在船头近距离观赏端坐在青山绿树中的大佛，别有一番情趣。我在此拍照留影，以作纪念。

下午，去游览凌云寺和乐山大佛。

据介绍，凌云寺始建于唐代武德（唐高祖李渊年号）年间（公元618—626年），但在宋代毁于兵火。元代有位叫“千峰”的和尚到此传法，复兴凌云寺，明代朱元璋执政年间进行了扩建，但到明末又毁于战火。清康熙六年（1667年）重建，后屡经修缮，使寺院保存至今，乐山大佛就在凌云寺。

凌云寺坐北朝南，主要建筑有天王殿、大雄殿、藏经楼、禅堂及僧舍。这些建筑与许多寺庙的建筑大同小异，唯乐山大佛涵天盖地，气象非凡。

凌云寺山门有一对联：大江东去，佛法西来。

进山门后，我们走马观花地看了寺内建筑。寺中文采飞扬的楹联不少，我记下了颇有玩味的一副。

上联："笑古笑今，笑东笑西，笑南笑北，笑来笑去，笑自己原来无知无识。"

下联："观事观物，观天观地，观日观月，观上观下，观他人总是有高有低。"

颇有朴素的哲学意味和人生哲理。

作者在岷江船上，后面是乐山大佛

石刻大佛凿于唐代开元（唐玄宗李隆基第二个年号）元年（713年），是一位叫海通的和尚发起兴建的。有关历史资料记载，海通幼年出家，青年时云游四海，胸怀大志，兴福于民。当时，三江汇合处一到夏季，水势汹涌，浪涛直击峭壁，舟船常被颠覆，船毁人亡的悲剧时有发生，当地疯传这是水妖作怪。海通法师为此发下誓愿：我一定利用凌云山的自然条件修造一尊极天下之大佛，镇压水妖，普度众生。为此，海通和尚募集了大量资金，依山造佛。不幸的是，大佛雕刻到肩部时，海通却圆寂了。后因缺乏资金，工程一度中断。

后来的剑南西川节度使章仇兼琼捐唐币20万，并争取到了朝廷的补贴和政策，即把四川的麻盐税用于助修大佛。25年后章仇兼琼调到朝廷任职，大佛工程的建造又中断了20年。后来，抗击吐蕃功勋卓著的将领韦皋任剑南西川节度使期间，继续主持修造大佛，终于在803年完成了这项宏伟工程，历时90年。

大佛雕像建成后，为避免天长日久的日晒和风雨侵袭，曾环绕大佛盖了一座十几层的巨大阁楼，名为“大象”，南宋时易名为“天守阁”，可惜在明朝末年毁于战火。此后，地方和朝廷再无财力重建。数百年来，大佛一直承受着风雨侵袭和日晒，但至今安然无恙。

那么，这尊大佛雕像究竟叫什么名字呢？一千多年来一直没有准确的定论。直到1984年有关部门在深入考察中，在临江的一面悬崖峭壁上发现了一通摩崖碑，高6.6米，宽3.84米，面积25平方米多，上刻“嘉州凌云寺大弥勒石像记”，落款是“剑南西川节度使韦皋”。这就确定了刻大佛雕像的真实名字是“嘉州凌云寺大弥勒石像”。

据介绍，大佛高达71米，其中头部高14.7米，宽10米，可放一张圆桌；耳长7米，耳朵眼中可站两人；眼、嘴各长3.3米；鼻长5.6米，颈长3米，肩宽28米，手指长8.3米；脚背长11米，宽8.5米，可围坐200人；头上有发髻1051个。大佛背依青山绝壁，双手抚膝，正襟危坐，脚踏三江，神情肃穆。有诗赞道：“山是一尊佛，佛是一座山。率领群山来，挺立大江边。”由于这尊大佛比阿富汗帕米昂大佛高出18米，故被称为“世界第一大佛”。

在大佛的右侧，有一条唐代开凿大佛时留下的通道，便于施工和人们去礼佛。还有一条沿着佛像的绝壁开凿的九曲通道，沿着这条险峻的栈道盘旋而上，曲折九转，直达山顶。在此不仅可以观赏大佛和寺院全貌，而且可以欣赏三江汇流的景观。

人们或许会问，历经1200多年历史的大佛，缘何能完好地保存到现在？考古人员用实物和资料证明，主要原因有三：一是历代基本沿用了传统的抗风化材料涂抹大佛像的全身，有效地保护了佛体；二是适时地清理大佛身上滋生的杂草、杂树，并及时填补裂缝和产生的孔洞；三是大佛有一套设计巧妙、隐而不见的排水、隔湿和通风系统。

据介绍，在大佛头顶上的18层螺旋发髻中，第4、第9、第18层中各有一条横向排水沟。清代一位诗人在咏乐山大佛的诗中写到了这件事：“泉从古佛鬓中流。”

在大佛像的衣领、衣服皱纹和胸的左侧，也都设计了分解水沟，胸、背处各设一洞。这些水沟和洞穴，由于排水、隔湿、通风功能好，有效地防止了大佛被侵蚀风化。

1982年，乐山大佛由国务院公布为第二批全国重点文物保护单位，与峨眉山一起被联合国世界遗产组织列入世界文化遗产、世界自然遗产双遗产名录。

观乐山大佛

九峰青翠踞江边，弥勒巨像镇妖盘。
三江涛涌凌云静，万里风顺船帆展。
宏伟石佛腾紫气，曲折栈道通岫岚。
谒后顿将笔挥就，仅弘遗产难解禅。

卓尔不群峨眉山

峨眉山，中国四大佛山之一（另三座是山西五台山、安徽九华山、浙江普陀山），位于四川省乐山市西部偏南，素有“峨眉天下秀”之誉。1994年6月上旬，我们在乐山开完会后，兴致勃勃地去游览了这座仙山佛国。

据介绍，峨眉山有大峨、二峨、三峨之分，大峨最高，主峰万佛顶海拔3099米，面积方圆数百里。人们通常说的峨眉山，指的就是大峨。

据《峨眉郡志》记载：云鬘（màn）凝翠，鬒（zhěn，意为细密）黛遥妆，真如螓（qín）首（指美女前额），蛾眉细而长，美而艳也，故名峨眉山。

峨眉山山势雄伟，在川西平原傲立苍穹。大自然赋予了它集雄、秀、奇、险、幽于一体的特色，以优美的自然风光、悠久的佛教文化、独特的地质地貌、众多的动植物等著称于世，从而被人们誉为“仙山佛国”“动物乐园”“地质博物馆”等。明代著名高僧梦鉴有诗赞：“峨眉高，高插天，百二十里烟云连。盘空鸟道千万折，奇峰朵朵开青莲……”

自唐朝以来，峨眉山就成了众多文人墨客向往和游历之地。唐代诗人李白曾写过多首赞美峨眉山的诗歌，他在《登峨眉山》一诗中写道“蜀国多仙山，峨眉邈难匹”，并感叹“峨眉高出两极天”。

宋代著名文学家苏轼则在《峨眉山》一诗中形容“峨眉山西雪千里，北望成都如井底”；明代周洪谟感叹“三峨之秀甲天下，何须涉海寻蓬莱”。清代诗人谭钟岳于光绪十二年（1886年）奉敕绘制峨眉山地图。他“攀跻越半载，索险探幽”，编绘出《峨山图说》一书。凡山川、沟壑、道路、寺庙、村舍、林泉、奇珍、逸闻、传说等，皆详加考证，一一写明。并把峨眉山归纳成十大胜景：金顶祥光、胜迹晚钟、象池月夜、九老仙府、洪椿晓雨，灵岩叠翠、罗峰晴云、白水秋风、双桥清音、大坪霁雪。

据介绍，峨眉山旅游区分为三个层次，基本是按大峨、二峨、三峨来划分的。海拔500米至1000米为低山游览区，主要景区有佛教的报国寺、伏虎寺、善觉寺、雷音寺、大峨寺、中峰寺，道教的罗峰庵、纯阳洞，等等。

海拔1000米至1800米为中山游览区，主要景点有一线天、洪椿坪、清音阁、白龙洞、九老洞、万年寺、遇仙寺、仙峰寺、华严顶、息心所等。

海拔1800米以上为高山游览区，主要景点有洗象池、罗汉坡、白云寺、雷洞坪、接引殿、梳妆台、太子坪、卧云庵、金顶寺、千佛顶、万佛顶等。

我们乘坐的汽车沿着蜿蜒的山道直接开到报国寺门前的停车场，报国寺成了游览的第一个景点。

峨眉山是著名的佛教圣地，据传是普贤菩萨显灵说法的道场，所以佛教寺庙众多，唐代最兴盛时曾达到170多座，僧众3000多人，现在可供参观的古寺尚有30多座。世界遗产委员会在实地考察了峨眉山后，对峨眉山的

寺院作出了这样的评价："峨眉山上有30多座寺庙，它们非常古老，以当地传统风格为主，利用山地地形优势，在选址、设计和施工等方面，都是独具匠心的杰作，先进的建筑技术也成为中国寺庙建筑的精髓。"

在现在的这30多座寺庙中，最著名的是低山区的报国寺、中山区的万年寺、高山区的金顶寺。我们都去看了这三大寺。

报国寺始建于明代万历（明神宗朱翊钧年号）四十三年（1615年），到了明朝末年被毁，清顺治年间重建。康熙年间，康熙皇帝玄烨取《释氏要览》中"报国之恩"之意，御笔题赠匾额"报国寺"挂在门上额，保存至今。

报国寺坐西朝东，依山而建，渐次升高，红墙围绕，绿树掩映，是登峨眉山的必经之地。大门外建有一座牌坊，上有郭沫若先生题写的"天下名山"和著名爱国将领冯玉祥题写的"名山入口"。山门右壁上的巨大画屏中，是一幅《峨眉山全景图》，引来许多游客驻足观看。

走进寺内的弥勒殿，神台上供奉着笑口常开的大肚弥勒佛像。有副对联形容他："开口便笑，笑古笑今，凡事付之一笑；大肚能容，容天容地，于人无所不容。"据说他的原型是被人们称为"布袋和尚"的云游僧人。公元917年，布袋和尚圆寂之后，中国的寺庙中才逐渐出现了以他的形象塑造的弥勒佛造像，而且颇受人们喜欢。

大雄殿内的高大神台上，供奉着神态安详的释迦牟尼金身像，两旁是形态各异的18罗汉。殿后是"七佛殿"，殿内供奉着七尊佛像，我只记得有迦叶佛。但殿前一副楹联我倒是记了下来："秋月朗晴空，五夜山风狮子吼；菩萨开觉路，千年花雨像王宫。"

报国寺内有一口高达3米、重达2.5万斤的莲花形八卦铜钟，是明代嘉靖年间铸造的。因到了晚上才敲钟，故名"圣积晚钟"。这口巨钟完全

作者在峨眉山报国寺前

由纯铜铸造，钟内深阔，发音清越，深夜敲钟时，远穿40里。钟体上铸有晋、唐以来历代帝王和高僧的名讳以及有关经文。有诗诵曰：“晚钟何处一声声，古寺犹传圣迹名。纵说仙凡殊品格，也应入耳觉心清。”

报国寺还有不少楹联，我记下了几副自己喜欢的，如“胜景不虚传，别有天地寰中外”“名山多妙处，无限风光冠古今”“意静不随流水转，心闲还笑白云飞；雄姿独行攀登者，秀色遍招旅游人”。

从报国寺出来后，便步行上山。走不多远，就到了颇为神秘的伏虎寺。

据介绍，这座寺建于隋朝，原名“龙神堂”，后改为伏虎寺。之所以改名，缘由有二：一是寺后的山岭酷似虎视眈眈的卧虎；二是此处四周楠木参天，浓荫蔽日，素有“密林藏卧虎”之说，也确实常有老虎伤人之

事。正如一副对联所写："虎啸密林风万壑，鹤眠苍松月千崖。"

到了南宋，一位行僧为除虎患，在虎溪岩畔建了一座石塔，名为"尊胜幢"（chuáng，刻有佛号或经咒的石柱子），上刻佛号和咒语，以此镇虎，从此虎迹消遁。为此，人们便把龙神堂改为"伏虎寺"。有副对联写得好："圣迹渺难稽（jī，意为查考），传有行僧曾伏虎；名士今焕彩，更无羽士再乘龙"。

伏虎寺内有一塔亭，亭内矗立着一座明代万历年间铸造的紫铜华严塔，高6米，14层，上铸4700尊佛像和《华严经》《药师经》经文，非常珍贵。

伏虎寺内还有陈毅1964年到峨眉山休假期间写的一副描写云海的对联："云卷千峰集，风驰万壑开。"此联描绘出了云涛卷集时如千峰汇集，遮天蔽日；大风吹来时则迅速散开，露出千山万壑。这舒卷开合、气象万千的豪迈气概，一如陈毅本人。

在中部游览区，我们去看了峨眉山最佳美景之一的"一线天"。此地岩壁如削，形成夹缝，光天一线。下有小溪，溪水潺潺，穿峡而过，清澈见底。栈道蜿蜒，仰望峭壁，唯见一线天。正如一副对联所称："上有青冥窥一线，下临白浪吼千川。"

继续前行，过了清音阁、白龙洞，再往上就是骆驼岭下的"万年寺"。据说这座寺是峨眉山所有寺庙中历史最为悠久、建筑规模最大且藏有峨眉"三宝"的寺庙。

据介绍，万年寺始建于东晋，唐代改称"白水寺"，宋代又易名"白水普贤寺"，明代万历年间又改为"圣寿万年寺"，简称"万年寺"，一直沿用至今。

据说历史上万年寺曾有13重殿宇，气势宏大，香火旺盛。不幸的是，

1946年发生了一场大火，将寺内建筑烧成一片瓦砾，唯有用砖砌筑的无梁殿和普贤菩萨骑白象的铜像幸免于难。中华人民共和国成立后，陆续重建了山门、弥勒殿、大雄宝殿、观音殿、毗卢殿、般若堂、行愿楼等。

无梁殿建于明代，高17米，面阔15米多，进深16米，形状为上圆下方，喻为“天圆地方”之意，全部用砖砌成，无梁无柱，未用一钉一木，故称“无梁殿”。

殿内正中供奉着普贤菩萨骑着六牙白象的铜像，通高17.85米，铸于宋代太平兴国五年（980年），距今已有1000多年的历史。

普贤铜像周身贴金，头戴五佛金冠，身披袈裟，右手执金如意，左手置于胸前，手心向上，眼睑微突，端坐在白象背上的贴金莲座上，给人以庄严、肃穆，慈祥之感。六牙白象卷鼻舒尾，四蹄遒劲，似向远方行进，极富动感，令人遐想万千。

万年寺收藏的峨眉山“三宝”是上古佛牙、万历金印、贝叶经。

上古佛牙长42.66厘米，重6.5公斤，外表光润如玉，于金黄色中透出紫色条纹，是明代嘉靖年间（1522—1566年）佛国斯里兰卡的僧人所奉送。据我国古脊椎动物学家杨钟健教授鉴定，认为这颗“佛牙”是20万年前剑齿象的牙化石，僧人以“佛牙”的美称相赠，来表达他们崇佛和中斯两国友好的心愿。

万历金印长、宽各13厘米，正中刻着“普贤愿王之宝”6字，上方用楷体刻着“大明万历”，左边刻“御题砖殿”（指无梁殿），右边刻“敕赐峨山”。有关资料记载：明代穆宗朱载厚的孝定李皇后，年轻时久未生育，曾派人到峨眉山普贤寺（后改万年寺）普贤骑白象铜像前进香求嗣，许愿若怀男孩，定为菩萨穿金，重修庙宇。不久，李皇后真的怀孕了，生下朱翊钧，立为太子。万历元年，朱翊钧登基，为神宗，尊号其母为“慈

圣皇太后”。他们母子对普贤菩萨的感激之情异乎寻常，不时地赏赐该寺。次年，慈圣皇太后赐金重修寺庙，竣工时恰逢她60大寿，神宗皇帝亲自题额“圣寿万年寺”，从此该寺改名为“万年寺”，同时还赐了这颗御印。虽然是铜质的，因是皇帝所赐，人们亦称为“金印”，这在全国寺庙中属于“唯一”。

第三宝是“贝叶经”。这册贝叶经长50厘米，宽12.5厘米，是将《华严经》以梵文用泥金书写在黝黑色的贝多罗树叶上，共246页。原是印度僧人进贡给慈圣皇太后的，她又转送给了峨眉山大佛寺。大佛寺后来被毁，遂由万年寺收藏至今。

万年寺前有一方水池，池中生长着一种青蛙，每当夏夜，水池中蛙声四起，周围溪水中的青蛙随声附和，鸣声如琴，富有韵律，人称“弹琴蛙”。若在晴天，人在池边轻轻击掌，池中琴蛙顿时和鸣，抑扬顿挫，清脆悦耳。据动物学家考察，这些会弹琴和歌唱的都是公蛙，尤其是年轻的公蛙最为活跃。

过了万年寺继续往山上走，山路越来越陡，景点也是一个接一个，息心所、初殿、九岗子、钻天坡等，然后就到了我们重点游览的洗象池。

何谓洗象池？据介绍，这里原是一座天然泉池，位于海拔2070米的金刚嘴峰下。由于地理位置的原因，夜间月光映池的时间较长，古代名为“明月池”。明朝末年，在此建了一座小庵，名曰“初喜亭”。清康熙三十八年（1699年）扩建为三重殿宇，改名“天花禅院”。清乾隆元年（1736年），有位僧人根据普贤菩萨骑六牙神像登峨眉山时，曾在“明月池”中汲水洗象的传说，雕刻了一尊石象置于池畔，又在池边安放了一块与大象脚印大小相仿的石板，这就大大增强了这一传说的真实感，明月池因而改称洗象池。久而久之，“天花禅院”的寺名也被洗象池所代替，池、寺通称为洗象池。

洗象池面积虽然不大，但地理位置得天独厚。每当月朗星稀之夜，皎洁玉盘不偏不倚，正好映入池中，令人宛若置于九天霄汉，不觉想起民歌所唱的：“天上一个月亮，水中一个月亮；天上的月亮在水里，水里的月亮在天上……”古人诗赞：“一月映池池映月，月明池静寄幽思。”明末清初著名思想家顾炎武游览此地时，也写下了“洗象池边秋夜半，常留明月照寒林”的诗句。这一月夜幽景我虽然没有亲眼看到，但可以想象得到。

洗象池也有一些有趣的对联，如“洗池神象浴，饮钵毒龙驯”。“钵”是僧人进食的器具；“毒龙”在佛教中指人们心中的邪念和妄想；“驯”指制服。

又如，原国民党高级将领、1949年8月在长沙率部起义、新中国成立后曾任全国人大常委会副委员长的程潜，游览了洗象池后也撰一联：“菩萨曾来，池涌玉泉堪洗象；众生向上，坡连云路好钻天。”

峨眉山区到处是景，猴子也成了一大景观。我们在上、下山的途中，常见猴子出现。它们自成群落，分界辖守，猴王总在中间打坐，其他猴子围着它做着各种动作。它们经常聚集在路旁，向游人索要食物，硬要“买路钱”。洗象池一带就有一大群灵猴，时常成群结队到洗象池逡巡嬉戏，拦路向游人乞食。有的比较温驯，主动与人亲近，耍乖相戏，友好索食，博得人们好感，诚心送上食物，体现了人与动物和谐相处。有的比较顽皮，做着各种动作，甚至比较下流，令人忍俊不禁。有的不怎么友好，死皮赖脸地追着人要吃的，甚至以龇牙咧嘴、吱吱乱叫相威胁，令人十分反感。更有甚者，公然抢夺游人的食物，或上前翻游人的衣袋或背包，游人一不注意，就有可能被蛮猴洗劫，胆小者吓得望而生畏，不敢靠近。实际上，猴子这东西只是色厉而内荏，很少有伤人的，你一吓唬它，跑得比谁

都快。

我们从金顶往回走的时候，我在一个山坡上看到一个耍猴人牵着四五只猴子在等客。我跑过去问他“怎么个耍法”和价格。他说：“耍一只三元，两只五元，我把猴子交给你，你怎么耍都可以。”

我担心地问：“它不咬人吗?”

“不会，这些猴是我驯化的，不伤人。”

我便交了5元钱，牵过两只猴子，左手牵绳，伸出右手，小猴旋疾跳到我的手上倒立，另一只猴则跳到我的左肩上，一会儿站立，一会儿倒立，脑袋转来转去，非常机灵，猴主人用我的照相机为我拍了好几张人与猴的照片，很是珍贵，这是我一生唯一的一次与猴合影。

从洗象池继续前行，山越陡，景越多，罗汉坡、白云寺、雷洞坪、梳妆台、石门、卧云庵等，一直到峨眉山游程最高峰、海拔3077米的金顶佛寺。

站在金顶极目远眺，沃野千里，山峦起伏，江河如带，成都大平原尽收眼底。回望峨眉山，重峦叠嶂，气势磅礴，古寺道庵，点缀其中，森林覆盖，烟雾缭绕，雄秀幽奇，神秘莫测，无愧“峨眉天下秀”之誉。正如我爱人于芳茹游览峨眉山后所写的一首诗：“峨眉天下秀名闻，才子佳人赋古琴。佛顶千层瞧五岳，寺禅百座诵经文。金炉烟雾朝阳冉，乐鼓梆笙皓月沉。有幸身临仙圣境，超然清澈远嚣尘。”

据介绍，金顶佛寺始建于东汉，原名“普光殿”。由于此处山高雷火多，殿宇屡建屡毁。明代万历年间，由妙峰禅师募资重建铜殿。第二年，万历皇帝亲题“永明华藏寺”匾额，因而极负盛名。游人到了这里，才真正登上了峨眉山。

这座铜殿是用上百斤铜板、铜条、铜皮等焊接成的。殿内有普贤

作者在峨眉山与猴子玩耍

菩萨骑铜象一尊，高5米，两旁列有24尊铜佛像。另有一座铜碑，碑的前面刻着《大峨永明华藏寺新建铜殿记》，背面刻着《峨眉山普贤金殿碑》。这座铜碑命运多舛，经历了清代发生的两次大火灾，但它都幸免于难。1994年我去看的金顶，是1986年重建的，包括山门、观音殿、弥勒殿、大雄宝殿、普贤殿、玉佛殿等，琉璃瓦覆顶，红檐朱壁，古香古色，甚为壮观。

据介绍，金顶有“四景”，即日出、云海、佛光、圣灯。可惜我们去的时间不是“四景”出现的时候。“金顶祥光”是峨眉山十景之一，曾有诗赞：“团团出天外，煜煜上层峰。光随浪高下，影逐树轻浓。”但看日出必须在黎明之时。云海白云翻滚，无边无际，酷似大海波涛。宋代诗人

范成大赋诗云：“围野千山暑气昏，大峨烟霭亦缤纷。玉峰忽起三千丈，应是兜罗世界云。”但我们在金顶时竟下起了小雨，并无大雾出现。佛光是每当午后云静风清之时，在云层上出现的七彩光环。清人谭钟岳诗赞：“非云非雾起层空，异彩奇辉迥不同。试向岩台高处望，人人都在佛光中。”圣灯则是久雨初晴、夜无月色、忽而在空中出现的无数光点，叫作“万盏明灯朝普贤”。我们白天去游览，自然难得一见。

金顶寺的文化氛围比较浓厚，到处可见楹联诗词。有副楹联生动地描写了金顶寺的恢宏壮阔：

上联：

绝顶俯晴空，洞观云海千层，大地苍茫开眼界。

下联：

佛光传胜景，指点雪山万仞，长天澹荡豁胸襟。

我还记了几副对联，如“不陟高寒处，安知天地宽”“遥瞻太古雪，幻出大千云”“侧身邻日月，倚杖破鸿蒙”“地阔峨眉晚，山高岘首春”等。

我们上山时就听导游介绍，金顶寺的和尚不仅熟读佛经，而且不少人书法功夫了得。在一座大殿里的左侧，一位年轻的和尚在崭新的白手绢上为游人写书法，每幅五元。只要你说出自己的职业、爱好和愿望，他略一思忖，就会为你写出几句诗词或一副对联，不仅符合你的心意，而且草书非常漂亮，很受游人喜爱，不少人排队求写。

作为世界自然与文化双遗产的峨眉山，在两千多年的历史长河中，留下了大量的历史文物和珍贵古迹。它不仅是中国人民的共同财富，也是世界的珍贵遗产。

峨眉山游后感

雄姿甲秀冠蜀南，翠霭境幽绕峰峦。
金顶四景醉游客，万年三宝耀河川。
禅堂梵音时过耳，碑石雅士墨文传。
普贤普惠扶贫业，还看今朝新江山。

泸州老窖酒品香

众所周知，四川产的“泸州老窖”是中国十大名酒之一，也是我很喜欢喝的一种浓香型白酒。

1994年8月中旬，应四川省商业厅之邀，我受国内贸易部政策体制法规司委托并代表中国商业法制杂志社，出席了四川省商业厅在泸州市召开的法制工作会议。从北京飞到成都后，第二天与省商业厅张光显一行乘坐国产飞机穿行于高山峡谷之中，一个多小时到达位于长江上游北岸的泸州。泸州以西是“五粮液”酒的产地宜宾市，以东是直辖市重庆。

上午11时许下飞机后，如同进入了桑拿浴室，当天气温将近39度。到泸州老窖集团公司建的大酒店后，接待方事先已将我们安排到26层的房间下榻。但被告知：本酒店所在地区停电，何时恢复，不得而知。

乖乖，当时已是38度多的高温，坐着不动都出汗，如果步行攀登到26层，非晕菜不可。接待方只好在市内另外一家饭店安排了午餐，然后去逛商场，因那个商场里有空调。

下午四时许，我们住的大酒店终于来电了，入住后立即打开空调，然后进行洗浴。第二天上午开会并讨论，下午到泸州老窖酒厂参观。

泸州老窖集团负责人首先向我们介绍了泸州老窖的发展史以及在新形势下坚持“以德酿酒，诚信众生”为宗旨，不断传承、发展、创新的经验和做法。然后让我们一律换上该厂特制的衣、帽、鞋和口罩，到百年老窖池群参观，最后去参观富有现代化特色的新厂区，并教我们学做鸡尾酒，令人大开眼界。

据介绍，泸州酒业始于秦汉，兴于唐宋，盛于明清，发展在新中国。早先我国生产的白酒，都是比较浑浊的过滤酒。正如明代学者杨慎在《临江仙》词《滚滚长江东逝水》中所说的“一壶浊酒喜相逢”。而泸州既是我国最早能够生产蒸馏水的城市，也是浓香型白酒的发源地。建于明代万历（明神宗朱翊钧年号）元年（1573年）的泸州老窖池群，经过明代舒聚源家族和清代温永盛家族几百年精益求精的发展，奠定了泸州老窖在中国白酒的源头和领先地位。1915年，泸州老窖特曲酒在巴拿马太平洋万国博览会上荣获金奖。在1952年国家举办的首届评酒会上，泸州老窖被评定为“浓香型白酒的典型代表”，此后连续五届蝉联“中国白酒浓香型白酒”称号。毛泽东、朱德、周恩来等党和国家领导人经常用泸州老窖宴请外宾。

自中华人民共和国成立以来，在明清时期36家古老酿酒作坊群的基础上成立了国有大型酒厂，后发展为大型骨干酿酒集团有限公司，先后获得“泸州”牌注册商标、“国窖”牌商标、“泸州老酒坊”牌商标为全国驰名商标，也是我国酒类行业唯一一家拥有3枚驰名商标的大型企业。

1996年11月，国务院将泸州老窖具有400年窖龄的酿酒窖池群列为国家级重点文物保护单位。该窖池群因连续使用400年而被誉为中国的“国窖”“中国第一酒窖”，并以保存时间最长、持续不间断地使用时间最长而载入“吉尼斯世界纪录”。

我们到泸州老窖老酒厂参观时，门前立有一块写有“泸州大曲老窖池”的纪念碑。古色古香的老酒厂门脸不大，门上额匾为“泸州老窖”，

门两侧的一副对联是："佳酿香从陈窖出，醴泉美共大江来。"窖池附近有龙泉井，立有石碑，是明万历年间建造老窖酒池的取水源。用此泉之水所酿的酒是勾兑老窖特级精品的母酒。由此可见，泸州的醇香曲酒酿造技术在明代已很发达。

在参观中，集团领导介绍，该集团现有老窖池1万多口，其中百年以上的1600多口，400年以上的近10口，数百年来未曾损坏、改建，至今一直保持着原始风貌。并在近些年来不断发展创新，研制出了"国窖·1573""百年泸州老窖""泸州老窖浓香型经典"等多个高品质白酒，尤其"国窖·1573"极受国人喜爱。

"国窖·1573"之名，源于公元1573年建的"中国第一酒窖"。我第一次喝"国窖·1573"还是进入21世纪之后。有一位饭店业的老朋友在北京七彩云南酒店请我吃饭，他背着我倒一杯白酒，让我这个"能喝酒"的品尝一下是什么型的酒，品质如何。

我一口喝了半杯，感觉绵甜爽口，柔和浓香，忍不住又喝了那半杯，并咂摸个中滋味。我说："浓香型，有点儿'五粮液'的味道，又有点泸州老窖的滋味，但比泸州老窖好。"

"好，说得靠谱。"随后他从身后拿出酒瓶让我看。我一看，玻璃酒瓶晶莹剔透，颇为新颖。瓶前竖写的红色"国窖"两个大字十分醒目；下边是横写金字"1573"；再下边的两行字分别是"浓香型白酒""1573国宝窖池酿造"；瓶后是平面，满是五角金星。后来到北京钓鱼台国宾馆开会时，看到那里售卖特供"国窖·1573"，每瓶上千元。有一年老家的堂弟曹进军来京，我用这种特供国窖招待他，他赞不绝口，起码喝了半斤。我家收藏着包括茅台、五粮液、汾酒、郎酒、酒鬼酒、洋河梦之蓝等多种白酒，进军临走时我问他想要什么酒，他唯独选中了"国窖·1573"特供酒。

作者在四川泸州老窖池门前

品味“国窖·1573”，如同品味美酒酿造中的历史文化。据介绍，决定浓香型白酒的酿制品质，主要体现于酿酒窖池的窖龄和包括水质在内的酿制环境。窖池越老，有益微生物越多，“窖老者酒尤香”嘛。“1573·国窖”池历经400多年，有益微生物数量多达600多种。如此丰富的香味成分积淀，老窖池酿造的国窖酒能不历久弥香嘛！

“影踪战乱四百年，留得古窖于后人。”我们在参观中看到那些历经百年乃至几百年的酿酒窖池，虽然不懂得如何酿造，但却知道它们是中国酿酒史上最珍贵的物质文化遗产。文物是历史的象征，通过历史遗留下来的珍贵物件，朝代更替、人事兴亡、沧海桑田、工艺作坊等，全部浓缩在了这些老窖酒池中。

赞泸州老窖

源于秦汉盛于唐，国宝明代诞泸乡。
揭池绵甜飘千里，开瓶浓郁醉八方。
万国博览金奖获，四百窖龄佳酿香。
创新品牌涌驰名，何时景芝冠琼浆。

注：“景芝”，指我的家乡生产的“景芝白干”和“景阳冈”白酒，只能算是当地品牌，离“瑶浆”“玉液”还差得远呢。我真希望能尽早走进“琼浆”之列。这可能也是一种乡愁和期盼吧。

重庆

光芒四射红岩村

解放战争时期，众多被关在渣滓洞、白公馆的中国共产党人，经受住种种酷刑，不折不挠，宁死不屈，为中国人民的解放事业献出了宝贵生命，凝结成“红岩精神”。

多年来，我一直想到重庆去看看，原因有三。

一是，1961年出版的长篇小说《红岩》，早在20世纪60年代初我当社办教师时就看过，后来又看了电影《烈火中永生》，对重庆红岩村八路军重庆办事处、歌乐山、渣滓洞、白公馆有了初步了解，对小说中的江雪琴、许云峰等革命英烈钦佩不已。

二是，1964年1月我入伍后，有一天省里来了个歌剧团，在我们营房的大礼堂演出歌剧《江姐》，其中的一些场景我至今记忆犹新，尤其喜欢剧中的歌曲《红梅赞》：“红岩上红梅开，千里冰霜脚下踩，三九严寒何所惧，一片丹心向阳开，向阳开。红梅花儿开，朵朵放光彩，昂首怒放花万朵，香飘云天外。唤醒百花齐开放，高歌欢庆新春来、新春来。”

三是，1966年，我被济南军区选为国庆观礼代表，9月30日毛泽东把我们这些国庆观礼代表请进中南海住了3天。当天下午周恩来等中央领导同志在接见我们时，特意把时在哈尔滨军工学院读书的江姐（江竹筠）的两个儿子叫起来作了介绍，嘱咐大家继承江姐等革命先烈的遗志，努力把

进入红岩村三岔路口。右边直走到红岩村（八路军办事处）；左边的路到国民党参政会大楼

新中国建设好。周总理对江姐的后代非常关心，给我留下了深刻印象。

1991年4月、1999年4月和2000年6月，我先后三次去重庆调研或参加会议，其中两次去参观了红岩村八路军重庆办事处和渣滓洞、白公馆及大足县石刻等。

我这个人有个习惯，每到一地，总要想办法了解一下当地的历史发展情况，哪怕是在饭桌上。

据介绍，重庆是长江上游最大的工业城市，是一座有着三千多年历史的名城。早在西周时期，这里就是“巴国”的首府。秦始皇统一中国后，在这里设“巴郡”，汉朝改名为“江州”，隋代又改为“渝州”，重庆简称为渝，即发端于此。南宋赵惇受封恭王，镇守此地，后来当了皇帝，他

便取双重喜庆之意，改为重庆府。

在抗日战争中，重庆成为国民党的“陪都”（在国都以外另设的都城）。当时，周恩来同志领导的中共中央南方局和八路军重庆办事处设在重庆，为民族解放事业进行了艰苦卓绝的斗争。现在的红岩村和曾家岩“周公馆”就是他们的办公、住宿之处。下面简要作一介绍。

红岩，本是一个地名，位于嘉陵江边。此处的地质结构主要由红色页岩组成，岸上的岩石呈微红色，地形又酷似伸向江边的山嘴，因此被叫作“红岩嘴”。

20世纪30年代，爱国人士饶国模女士在此处山坡上开办了一座农场，盖了一些房子。1938年，武汉被日军占领后，国民党将首都迁往重庆。第二年年初，中共中央南方局在重庆成立，并设立了八路军重庆办事处。中共中央南方局在重庆市内的曾家岩50号以周恩来的名义租下了一所房子，作为办公和住宿的住所，对外称为周公馆。周公馆的左侧是国民党警察局的一个派出所，右侧不远处则是国民党军统局局长戴笠的戴公馆，周围特务日夜不停地监视着周公馆，我党工作人员则巧妙地与敌人周旋。

由于市内住房紧张，八路军重庆办事处成立时，拟在市郊租房。饶国模女士知道后，自愿将红岩嘴西北山坡上的一幢小楼提供给八路军重庆办事处使用，门牌号为红岩嘴13号。经八路军办事处整修、扩建，建成了一座使用面积近1600平方米、54间房屋的三层深灰色楼房。在整个抗日战争时期，中国共产党的领导人周恩来、叶剑英、吴玉章、王若飞、邓颖超等在这里和周公馆工作、生活了八年。

在那个年代里，办事处的生活条件极其艰苦。蔬菜全靠自己种，吃水要到两公里外的地方去挑，一个月都难见一次荤腥，抗战八年只发了两套粗布单军装。在红岩革命博物馆里展示的两套米黄色西装、藏青色长裙，

红岩村八路军办事处一角

是当年红岩村所有女同志唯一的“公用礼服”。

1945年8月28日，毛泽东从延安飞抵重庆，与国民党进行谈判，他在这里住了40多天。不仅针锋相对地与蒋介石及国民党高层人士进行谈判，会见民主人士，接受记者采访，有理、有力、有节地进行斗争。他还运筹帷幄于红岩，决胜千里在山西，成功指挥了上党战役的决定性胜利，为重庆谈判增加了筹码，也为红岩村的革命历史增添了光辉的一页。

据介绍，毛泽东在重庆期间，专门宴请了饶国模女士，感谢她对共产党、八路军的无私支持，赞扬她的爱国情怀。

我们驱车经过几个弯，来到红岩村现在的52号，进门后沿着山路到了一个三岔路口。从右边继续沿山道通往八路军办事处，左边山路下则是国

民党参政会办公楼。据介绍，细心的饶国模女士安排人在三岔路口树下摆了一个香烟茶水摊，以便为到八路军办事处的各界人士指路，以免误入国民党参政会大楼。实际上，国民党特务机关也在三岔路口安排了监视点，时刻监视进出八路军办事处的人员。

八路军办事处由于建在山坡上，所以楼外砌有台阶，从两边都可以上下。从外面看，这座古楼似乎是两层，其实是三层。一层主要是办事处工作人员的办公室和宿舍。二层是中共中央南方局领导以及毛泽东在重庆期间的办公室、会议室、会客室。周恩来和邓颖超的办公室兼卧室只有十几平方米，里面的摆设据说是按原样复原的，只有办公桌椅和一张双人床，还有简陋的书架及台灯、暖水瓶等。

毛泽东在重庆期间住过的房间里，也陈列着当年毛泽东使用过的桌椅、床和各种物品，尤其他写的《沁园春·雪》一词的手稿，格外引人注目。其他领导人的办公室也都分别陈列着当年生活和工作的物品及照片等。

三层是机要室，设有秘密电台，其工作人员也住在三层，便于随时上岗。

1947年春，国民党发动全面内战，在一个深夜出动军警宪兵，突然包围了八路军重庆办事处，宣布予以取缔。办事处的工作人员返回了延安，结束了他们的历史使命，但红岩精神永放光芒。

这正是：

红岩红旗泛红光，斗寇斗奸斗蒋党。

帷幄运筹胜在握，猎猎旌旗迎解放。

秘密监狱渣滓洞

渣滓洞位于重庆歌乐山下的磁器口，距国民党的另一座秘密监狱白公馆仅有2.5公里。

这里原是一座小煤窑，三面环山，一面临沟，地形比较隐蔽。1943年，国民党军统特务看上了此处的特殊地形，逼死了矿主，霸占了煤窑，改造成了军统办公的总部和一座秘密监狱，专门关押被捕的共产党人和革命志士。

我们驱车绕着蜿蜒的山路开往渣滓洞，一路上凡在拐弯处均有国民党军统设的岗亭，至今仍保留着原样。到门前下车后看那监狱，高墙外的各个制高点上，均有军统特务建的岗亭，还有一处枪口直对监狱门口的机枪阵地，据说当时国民党的一个连驻守在这里。

抗日战争后期，国民党与美军在这里成立了“中美特种技术合作所”，名义上是中美联合搜集、交换日军的情报，实际上是一个训练法西斯刽子手的机构，专门对中国共产党人和抗日民主进步人士进行搜捕和迫害。抗日战争胜利后，美方人员撤走，这里便成为军统特务关押共产党人和革命志士的人间地狱。走在里面，看着那破旧的牢房和各种刑具，确有一种阴森之感。

这座监狱分为外院和内院。外院是看守们的办公室和审讯室。院内的墙上写着针对特务 “忠于长官”的标语：“长官看不到、听不到、做不到

的，我们要让长官看到、听到、做到”等。透过破旧的窗户看那审讯室，里面摆着审讯台，还有许多刑具，如铁锁链、铁锤、烙铁、皮鞭、扎手指的竹扦、狼牙棒、老虎凳等，当时许多共产党人和革命者在这里被残酷折磨并被杀害。

内院是牢房。进院后右侧靠山有一幢二层小楼，楼梯设在东西两头，这里主要是男牢。我们看过底层的牢房后，又从西头楼梯上到二层，从屋外的走廊走到东头后下了楼梯。对面一排房间是女牢，各间牢房地上铺着稻草，阴湿黑暗，看着令人心悸。

院内的墙上，贴着不少妄图瓦解人心的标语。如“青春一去不复返，细细想想”“认明此时此地，切迷执迷”“迷津无边，回头是岸”，等等。但无论怎么蛊惑，怎么劝降，都难以动摇共产党人和革命志士的坚强信念。他们戴着手铐脚镣，忍受着非人的折磨，顽强地与敌人进行斗争，其中江竹筠就是突出代表。

1948年6月14日，由于叛徒出卖，江竹筠不幸被捕。军统特务用尽酷刑，妄想从这个年轻的女共产党员身上打开缺口，破获重庆的地下党组织。

面对敌人的严刑拷打，江竹筠始终信念坚定，坚贞不屈。她义正词严地说：“你们可以打断我的手，砍我的头，想要‘组织’，是没有的。”

1949年11月14日，一群武装特务以“转移”为名，把江竹筠等30人押赴歌乐山秘密杀害，江竹筠年仅29岁。牺牲前，她在毛边纸上用竹扦蘸着用棉灰制成的“墨水”，写下了一封“托孤信”：“假若不幸的话，云儿就送给你了。盼教以踏着父母之足迹，以建设新中国为志，为共产主义革命事业奋斗到底。”信中的“云儿”是她年幼的儿子彭云，她牺牲后，寄养在战友蒋一苇家。

1949年11月27日，国民党政权最后撤离前夕也就是离重庆解放还有三

作者在渣滓洞监狱旧址留影

大，丧心病狂的军统特务在逃跑之前，将关押在渣滓洞的男女革命志士，连同从白公馆转移过来的人员，全部集中到八间男牢房里，用机枪、卡宾枪疯狂扫射，然后纵火焚烧渣滓洞，制造了震惊中外的特大血案。

据介绍，刽子手在屠杀时，牢房里的英雄们争先用自己的身躯堵住牢门，宁可自己牺牲，也要保护同志们。在敌人纵火焚烧渣滓洞时，30多位受伤的难友从血泊中挣扎着逃出来，冲到围墙缺口处突围，其中包括两名儿童在内的15人脱险，逃进山沟，由于敌人慌里慌张地急于逃跑，未再进山追赶，其他人壮烈牺牲。

我们去看了那个围墙的缺口，现在是复原后的模样。

“监狱戒备森严，怎么会有缺口？”我问。

据讲解员介绍，在那之前，由于连续下雨，把这面墙冲垮了。看守们就让狱中的革命志士进行修筑。他们在修筑中把自己棉衣里的棉花掺到泥里，使泥墙的黏性减弱，牢固性降低。当30名受伤的革命志士冲到这面墙时，大家一起将墙推倒，其中的15人逃出监狱。由于岗亭的哨兵已经撤离，所以他们能够逃进山沟，其他人壮烈牺牲，革命烈士用热血谱写了一曲最悲壮的革命之歌——在烈火中永生！

现作《渣滓洞》诗一首：

魔窟难锁英烈魂，信念如钢怎可焚？

头断血流成大义，只为江山焕新春。

杀人魔窟白公馆

白公馆位于重庆沙坪坝区的歌乐山半山腰处，地形险要而隐蔽，原是四川军阀白驹的别墅，建于20世纪30年代，名为“香山别墅”。

1939年，军统特务头子戴笠在歌乐山选址时看中了这幢别墅，用重金（据说是30两黄金）将其买下，改造成军统直属的“重庆看守所”，专门关押军统认为案件严重的“政治犯”。1943年，军统将关押在这里的人全部转移到渣滓洞，并把此处改名为“中美特种技术合作所第三招待所”，供美方人员居住。抗日战争胜利后，美方人员回国，这里又改名“国防部保密局看守所”，是军统专门关押共产党人和革命志士所谓的“要犯”，人称“活棺材”。

白公馆建在山腰处的密林中，我们乘坐的汽车沿着山道开到离白公馆不远处的停车场，然后步行到白公馆，我在写有“香山别墅”的房前拍照留影。

这幢别墅的院落不大，我们从一个侧门走进院内，墙上写有标语：“进思进忠，退思补过”“正其宜不计其利，明其道不计其功”。当年军统将别墅的十几间住房改为牢房，防空洞改为审讯洞，地下储藏室改为地牢。据介绍，这里最多时曾关押200多人，其中有共产党人廖承志、陈然、周从化、同济大学校长周均时、爱国将领黄显声、地下共产党员宋绮

云、徐林夫妇及他们的幼子宋振中，即《红岩》小说中的“小萝卜头”。他们在狱中与敌人进行了不屈不挠的斗争，周从化烈士临刑前在牢房里刻下了“失败膏黄土，成功济苍生”的词句，表现了他对革命事业的坚强信念和对党的无限忠诚。我们挨个房间进行参观，心情很是沉重。

1949年10月1日中华人民共和国成立之前的一段时间，敌人就开始对白公馆、渣滓洞的革命志士进行了大屠杀。他们的屠刀首先刺向了在“西安事变”中与张学良一起扣押蒋介石的爱国将领杨虎城将军。同年9月6日晚11时许，刚抵达歌乐山松林坡戴公祠的杨虎城和他的儿子及女儿，以及宋绮云夫妇和儿子宋振中，在这里被军统特务杀害，当晚被害的革命志士有30多人。

敌人为了掩人耳目，将杨虎城将军的尸体埋在了戴笠的会客室花坛下，上面还种上了花草。宋绮云夫妇及其儿子的尸体埋到了警卫室地下，然后在上面打上了三合土。我们去看了这两个无坟墓地，默哀鞠躬，表示哀悼和敬意！

据介绍，宋绮云夫妇的儿子宋振中那么小就遇害了，很是令人揪心！1941年，他才出生8个月就与父母被敌人抓进了牢房，后被关进了白公馆。由于狱中伙食很差，缺乏营养，这个孩子长得头大身小，但他很爱学习，也很机灵，狱中难友都很喜欢他，亲切地叫他“小萝卜头”。他利用年龄小、相对自由的条件，为难友们传信件，递字条。为了学习文化知识，他用草纸订成小本本，用泥粉笔在上面学着写字。在他8岁生日时，黄显声将军送给他一支红蓝铅笔，他如获至宝，整天带在身上舍不得用。中华人民共和国成立后，人们挖出他的遗体时，他的小手里还握着那支铅笔。

1949年11月29日下午，离重庆解放还有十几个小时，又有32名共产党员和革命志士在白公馆后的松林坡被敌人杀害。敌人连被害人的尸体都来不及掩埋，就仓皇逃窜了。在两个月的时间里，白公馆、渣滓洞里被杀害的人员达321人，其中11月27日就有207人被杀害，仅有20人脱险。12月1日，当解放军战士冲进白公馆和松林坡，看到那种惨状时，忍不住失声痛哭，连声喊着："我们来晚了，我们来晚了呀！"

白公馆一角

我在参观中还了解到了一个细节。电影《烈火中永生》和歌剧《江姐》中，最感人的一个情节是江姐在狱中与女难友绣红旗，"线儿长，针儿密，含着眼泪绣红旗，绣呀绣红旗……一针针啊一线线，绣出一片新天地"，令人十分动情。

但据介绍，绣红旗实际上并非发生在女牢，而是关押在白公馆男牢平二室的《红岩》小说的作者罗广斌和同室难友陈然、王朴、刘国志、丁地平五人所绣。当他们得知中华人民共和国成立的消息后，抑制不住激动而喜悦的心情，经商议，使用一床红色被面及草纸和着米饭粒，凭着自己

的想象，制作了一面红旗，藏在屋角的木地板下，等待举着这面红旗迎接重庆解放。在敌人进行大屠杀时，罗广斌和毛晓初策反看守成功，侥幸脱险。当11月30日重庆解放那天，罗广斌等冲进白公馆平二室，从木地板下取出这面五星红旗，几个人激动得喜极而泣。

据介绍，长篇小说《红岩》的主要作者罗广斌，在重庆一解放就不顾身体的伤痛，以顽强的毅力写出了两万多字的《关于重庆党组织被破坏经过和狱中情形的报告》，提供给党组织，留下了一份珍贵的历史资料。

1950年1月，罗广斌与从渣滓洞逃生的刘德彬一起写出了《蒋美特务重庆大屠杀之血录》，罗广斌写了《血染白公馆》，刘德彬写了《火烧渣滓洞》，曾被囚禁于渣滓洞的杨益言参与文稿的校对。后来三人商议，一致同意以小说的形式写一部书，以纪念江竹筠等300多名革命烈士。后在重庆市委的大力支持下，到1957年春写出了50万字的初稿，暂定名《禁锢的世界》，并在有关报刊上连载，在社会上引起极大反响，中国青年出版社决定正式出版。至于书名，重庆市委常委会专门进行了研究，认为这本书不仅反映了白公馆、渣滓洞革命烈士的狱中斗争，而且是国统区地下党斗争的缩影。牺牲的革命烈士当年是在中共中央南方局的教育培养下成长起来的，因此，这本书的书名可以考虑用八路军重庆办事处和中共中央南方局的工作所在地“红岩”更为恰当。于是，1961年2月，长篇革命斗争小说《红岩》正式出版，歌剧《江姐》和电影《烈火中永生》也相继问世，“红岩精神”顿时传遍了长城内外、大江南北。

什么是“红岩精神”？说到底，其本质就是崇高的思想境界，也就是共产党人坚忍不拔的革命意志、坚定不移的民族大义、坚定的理想信念。就像白公馆、渣滓洞那些革命志士那样，在复杂艰难的斗争中，立场坚定，矢志不移，百折不挠，置生死于度外，对党的事业无限忠诚。这种精神具有丰富的历史内涵，蕴含着不可估量的时代价值，成为全党、全国人民的精神力量和宝贵的精神财富。

瞻白公馆

林密深藏活木棺，狱中志士藐锁链。

愿将青春祭苍生，淬取精魂花更艳。

峻美的长江三峡

想到长江三峡去游览的念头，始于50多年前的1968年4月。当时我在解放军报社工作，受命到华东、中南六省市外调。在从南京到安徽省安庆市的轮船上，与重庆的一位乘客聊天时，他谈到三峡的美，并建议我如有机会，一定去领略三峡的美丽风光。

1991年4月和2000年6月，我从重庆顺长江而下，经过三峡，分别在安徽省安庆市和湖北省宜昌市下船，两次领略了长江三峡险峻美丽的风光。

要说长江三峡，离不开长江这个话题。所以，我简要介绍一下长江。

长江发源于青藏高原唐古拉山海拔6621米的各拉丹冬峰南侧。依地势向北流到青海省的当曲河，几条河合流后称为“通天河”；继续往南从青海省的玉树市一直往南偏东，沿西藏、四川交界处流到云南丽江；过了四川攀枝花后折向东，沿云南、四川交界处向东北流到四川宜宾市，这一段称为“金沙江”；从宜宾往东，经四川、重庆、湖北、湖南、江西、安徽、江苏直到上海泻入东海，这一段称为“长江”，全长6380公里，是亚洲第一、世界第三大河流。

长江从西向东，汇集了千流百川，穿过无数高山峡谷、丘陵平原，浩浩荡荡向下游流去。到了四川盆地东面，犹如一把利斧，开山劈岭，横切巫山山脉，在万山丛中奔腾而下，形成了壮丽险峻的长江三峡，成为闻名于世的奇观。

长江三峡是瞿塘峡、巫峡、西陵峡的总称。西起四川省（现属重庆市）奉节县的白帝城，东到湖北省宜昌市的南津关，全长193公里，是长江上最为奇秀壮丽的山水画廊。

我两次过三峡，都是上午8点多从重庆市朝天门码头乘船启航。这里是嘉陵江和长江交汇处，唐代诗人李白当年在夜间从这里上船东渡，曾写下了“夜发清溪向三峡，思君不见下渝州”的诗句。

轮船从重庆航行三四百公里，才能到三峡之一的瞿塘峡。不过这一段航程也有众多的自然奇景和名胜古迹。如有“小山城”之称的寿县，“榨菜之乡”涪（fú）陵，著名“鬼城”丰都，三国时忠勇大将颜严的故乡忠县，“川东门户”万县，唐代诗人杜甫曾寄居的云阳县，巴蜀胜景张飞庙，诸葛亮推演兵法、摆八阵图的奉节，刘备托孤之地白帝城等。

船到群山环抱的万县已是午夜时分，如果不停地航行，天不亮就会进入瞿塘峡，乘客在黑暗中难以看到三峡的美丽风光。船家考虑到了这一点，船到长江北岸的万县，便停靠在岸边休息，并算准了到瞿塘峡天亮的时间再开船，乘客可上岸去逛繁华的江岸夜市。

我们下船后，从宽大的百级台阶向上走去，步行到岸上的夜市，当地土特产品琳琅满目。给我印象较深的是大大小小的各色乌龟，漂亮极了。第二次去时我很想买一只带回家养着，但爱人不同意，怕以后万一养不活，心里难受，只好作罢，仅买了几种水果和小纪念品，我爱人还买了一把檀木梳。

据介绍，万县也是座古老的县城，汉代以前称万州，汉代改名南浦县，清代又改名万县，素有“川东门户”之称，三国时，刘备曾在此屯兵。唐朝诗人李白曾在西山太白岩的古寺中住过，至今仍有“大醉太白一局棋”的传说，“太白岩”由此得名。

我们回到船上继续睡觉，也不知何时开的船，直到被广播叫醒："各位乘客，本次航船已到白帝城，很快就会进入瞿塘峡，请大家注意观赏三峡风光。"

我们简单地洗漱后，便带上照相机上到船头，领略三峡的奇秀风光。

古今闻名的白帝城

在瞿塘峡西口的北岸，有一座青葱苍郁的白帝山，山上有一座红墙绿瓦的白帝庙，这就是古今闻名的白帝城。

三国时，蜀国第一大将关羽被东吴杀害，痛心疾首的刘备亲率大军伐吴，为义弟关羽报仇，但夷陵一仗，被东吴大将陆逊"火烧连营七百里"，刘备大败，到白帝城后郁闷而死。临终前，把蜀汉国事和儿子刘禅托付给诸葛亮，城内的白帝庙就是刘备托孤的地方，这就是史上有名的"白帝城托孤"的故事，《三国演义》第85回亦有描写。

历代许多著名诗人都曾慕名到白帝城游览吊古，咏史赋诗。如唐代的李白、杜甫、白居易、刘禹锡，宋代的陆游、范成大等写出了许多不朽的动人诗篇。其中，最有名的是李白写的七言绝句《早发白帝城》："朝辞白帝彩云间，千里江陵一日还。两岸猿声啼不住，轻舟已过万重山。"全诗写景抒情，达到了情景交融的地步。1958年春天，毛泽东乘"江峡"号轮船视察长江，船到白帝城下，游兴甚浓地吟诵了李白的这首传世名诗。

站在船上凭栏远眺，只见白帝山上"城尖径昃旌旗愁，独立缥缈之飞楼"，红墙绿瓦，画阁飞檐，掩映在绿树丛中，十分壮观。唐代诗人刘禹锡在《竹枝词》（其一）中赞道："白帝城头春草生，白盐山下蜀江清。南人上来歌一曲，北人莫上动乡情。"

作者夫妇在长江三峡的游轮上

两山夹抱如门阀的夔门

古有“欲过瞿塘峡，先闯夔（kuí）门关”之说。在瞿塘峡口南岸，白盐山拔地而起，江北岸则是赤甲山从天而落，造成了“两山夹抱如门阀，一穴大风从中出”之势，这就是长江上著名的三峡门户“夔门”。它像两座擎天石柱，上悬下削，危岩欲坠，壁立对峙，高数十丈，宽不过百米，形成门户。长江与支流诸水汇于门下，夺路争流，激起汹涌的浪涛，发出雷鸣般的怒吼，更增添了夔门的雄伟壮丽，素有“夔门天下雄”之誉。

在夔门峭岩绝壁脚下的江心中，兀立着一块巨大的礁石，这类巨石

在三峡中并不少见，而这块据说最大。惊涛骇浪自上而下冲击巨石，激起水花飞溅，犹如古代美女头上的云鬟雾鬓，因而得名“滟滪堆”。当它完全被江水淹没时，会形成一片漩涡，因而又被称为“燕窝石”。当地民谣说：“滟滪大如象，瞿塘不可上；滟滪大如牛，瞿塘不可留；滟溺大如马，瞿塘不可下；滟溺大如袱，瞿塘不可触；滟滪大如龟，瞿塘不可窥；滟滪大如鳖，瞿塘行自灭。”

呜呼！这简直是恶兽、魔窟。然而，宋代文学家苏东坡却认为它是力挽狂澜的中流砥柱。我看过国学大师林语堂先生著述的《苏东坡传》。书中记述了宋仁宗嘉祐二年（1057年），苏轼、苏辙兄弟俩同时考取了进士，其父苏洵也得到了朝廷任命官职的圣旨。于是全家走水路奔赴首都汴梁（开封）城。在过三峡时，苏轼两兄弟写了许多诗赋，其中苏轼在《滟滪赋·序》中说：“世以瞿塘峡口滟滪堆为天下之至险，凡覆舟者，皆归咎于此石。以余观之，盖有功于斯人者。”在他看来，滟滪堆非但无过，实则有功，并在《赋》中作了精彩论述。意思是，蜀江之水，迤逦循城而东去，滔滔而下，骄不可摧，中间若无阻截，冲向瞿塘峡，结果会更残酷。在江水骄横之际，滟滪堆横亘中流，阻挡了水势，使之锐气尽消，恣肆之水才有了平缓从容之态。于是，猛兽变成了驯兽，恶水复归平静，悠悠东去。

船过夔门，入瞿塘峡，三峡从此起始，直到193公里外的湖北宜昌南津关。在这近200公里的峡区内，三里一湾，五里一滩，礁石林立，险滩密布，过去行船十分艰难。三峡两岸，群峰重峦叠嶂，峭壁矗立水中，岩石千奇百怪，溶洞形状怪异，江水奔腾不息。可以说，三峡到处都有诱人遐想的传说和故事，到处都有令人憧憬的奇景和诗画，看后让人回味无穷。

作者爱人在长江三峡的游轮上

雄奇险峻瞿塘峡

唐代诗人白居易在《竹枝词四首》中写道："瞿塘峡口水烟低，白帝城头月向西。唱到竹枝声咽处，寒猿闇鸟一时啼。"（"闇鸟"指夜间的鸟。）

瞿塘峡是三峡中长度最短的峡。它从白帝城始，千转百回八公里，至巫山县的黛溪（又称大溪）止，历来以雄奇险峻著称。两岸崇山峻岭，高耸入云。临江一侧，峭壁千仞，宛如刀削。著名的赤甲山、白盐山对峙大江南北，气势磅礴，雄伟壮观。山高狭窄，仰视碧空，云天一线。正如白居易在《夜入瞿塘峡》诗中所云："岸似双屏合，天如匹练开。"

历史上，描写瞿塘峡的诗句还有很多。如描写该峡之险要的“镇渝川之水，扼巴鄂咽喉”；描写其雄伟的“西控巴渝收万壑，东连荆楚压摹山”；描写其磅礴的“高江急峡雷霆斗，古木苍藤日月昏”；等等。船行其间，仰望绝壁，俯视激流，大有“峰与天关接，舟从地窟行”之感。正如唐代诗人刘禹锡在《竹枝词》（其七）中所说：“瞿塘嘈嘈十二滩，人言道路古来难。长恨人心不如水，等闲平地起波澜。”

在这八公里的峡区内，名胜古迹甚多。如传说宋代名将孟良凿孔攀山盗取主人杨继业尸骨的“孟良梯”；高不可攀、宛若天门洞开的“盔甲洞”；悬崖峭壁上古代巴族人的原始棺葬；“晴辉相辉映，解甲挂山陬”的赤甲山；“仿佛盐堆万仞岗，分外妖娆且瑰丽”的白盐山；还有千古之谜的黄金洞，距今五六千年的“大溪文化”遗址等。

游览瞿塘峡后，我爱人于芳茹赋诗一首：“雄姿险峻胜奇观，拔地山峰峭刺天。船驶幽深搏骇浪，平川行进始安然。”

幽深秀丽的巫峡

八公里的瞿塘峡航程不过一小时就驶入了幽深秀丽的巫峡。

巫峡西起川东巫山县的大宁河，东到湖北省巴东县的官渡口（即三国时曹操与袁绍大战官渡之地），绵延40多公里。古代即有“巴东三峡巫峡长，猿鸣三声泪沾裳”之说。

巫峡的起点巫山县位于长江北岸，战国时期是楚国的巫郡，秦朝改为巫县，隋朝时认为这里地处重峦叠嶂的巫山之中，故又改为巫山县。人们形容其“万峰磅礴一江通，锁钥荆襄气势雄。四野纵横千嶂里，人烟错杂半山中”。

巫峡峡长谷深，蜿蜒曲折，怪石嶙峋；两岸群峦叠嶂，奇峰峭壁，云雾缭绕。长江穿行其间，流转千回。一会儿大山现前，岩立疑无路；一会儿峰回路转，云开别有无，宛如一条狭长幽深的画廊，充满诗情画意。

“放舟下巫峡，心在十二峰。”的确，乘船过三峡的旅客，在欣赏巫峡奇美风光时，总是情不自禁地站在船上倚栏眺望十二峰。这十二峰神态各异，高低不同。有的似龙腾霄汉，有的若凤凰展翅，有的像青翠巨屏，有的如彩云缭绕。人们便以各座山峰的形态分别为它们取了形象化的名字，即江北岸的登龙、圣泉、朝云、神女（又称“望霞”）、松峦、集仙峰，江南的飞凤、净坛、起云、上升、翠屏、聚鹤峰。当地人还把这12峰编成了一首诗歌：

曾步“净坛”访“集仙”，“朝云”深处“起云”连。

“上升”峰顶“望霞”远，日照“松峦”“聚鹤”还。

才睹“登龙”腾汉宇，又看“飞凤”弄晴川。

“翠屏”岩畔听猿声，料是呼朋饮“清泉”。

云雨巫山十二峰，飘然神女下天宫。在这十二峰中，神女峰名气最大。由于峰顶有块人形石柱宛若亭亭玉立的少女俯视长江，加之有个神奇动人的神话传说，人们便将其称为“神女峰”。战国时期楚国著名文学家宋玉在《神女赋》中写的就是巫山神女峰。

据传，若干年前，王母娘娘的小女儿瑶姬，聪明美丽，且很有个性。她过不惯天宫那种刻板寂寞的日子，非常羡慕人间劳动人民的生活。于是，她悄悄联络了十一个姐妹，十二个仙女腾云驾雾，飞下人间。当时，天下洪水泛滥成灾，人民苦不堪言。瑶姬等仙女来到大禹治水的土地，指挥雷神劈死了十二条混江蛟龙，消除了洪水隐患，开凿了三峡，排除了洪水。从此，她便在巫山定居，为樵夫驱虎豹，为农民保丰收，为病人种灵

芝，为行船谋安全。人们敬仰她，尊称她为“妙用真人”，并建了一座庙宇供奉她。她为了报答人民的深情厚意，就化作秀丽的神女峰，其他十一个姐妹也分别化作高峰，与人民永远在一起。

当然，这不过是迷人的神话故事，宋代文学家苏东坡就认为“《楚辞》中的神话，悖乎伦理，全是无稽之谈”。

古往今来，巫峡以它幽深秀丽的风姿，引来了无数中外游客，历代文人墨客留下了许多优美诗赋。如唐代诗人李白在《上三峡》中写的“巫峡夹青天，巴水流若兹”；杜甫在《秋兴八首》中写的“玉露凋伤枫树林，巫山巫峡气萧森。江间波浪兼天涌，塞上风云接地阴”；高适写的“巫峡啼猿数行泪，衡阳归雁几封书”；等等。

轮船航行在三峡间，高山耸立，悬崖迫人，江面渐窄，云雾缭绕，光线渐昏，一片苍茫，确有“巫山巫峡气萧森”之感。拐过一个弯，忽而云开雾散，阳光映照，峡峰焕然，绿树滴翠，瀑如腾龙，令人耳目一新，心旷神怡。

看那十二峰巅，天与地互相亲热，风与云交互鼓荡，雾与峡相互缠绵，阴阳雌雄之气得以会合凝聚，这便是“巫山云雨”，据说是男女交欢称为“云雨”的来由。难怪唐代诗人元稹发出“除却巫山不是云”的感叹。

畅游巫峡，我和爱人拍了不少照片，她还赋诗一首：“奇美幽深峻秀长，曲折似画宛悠廊。彩虹漫染江通透，瞬间山风卷浪狂。”

滩多水急西陵峡

西陵峡西起鄂西巴东县的官渡口，东至宜昌以北的南津关，全长百余公里，是长江三峡中最长也是最险的峡。峡内有无数峡谷和险滩礁石，大峡套小峡，大滩含小滩，乱石穿空，惊涛拍岸。比较有名的有兵书宝剑峡、牛肝马肺峡、崆岭峡、黄牛峡、黄猫峡、灯影峡等。著名险滩有青滩、泄滩、崆岭滩等。

西陵峡航道狭窄，迂回曲折，水急滩险，浪涛汹涌，漩涡无常。唐代诗人白居易有诗云："白狗黄顶牛，滩如竹节稠。"一个"稠"字，刻画出了这段沙床礁石稠密的特点。

杜甫诗中提到的白狗、黄牛都是地名。黄牛指西陵峡南边的黄牛山。因山上有一块巨石，极像一个人牵着一头黄牛，因而得名黄牛山，这一带就叫黄牛峡。

过去，这段峡谷中礁石栉比，水流湍急，木船上行异常艰难，船行数日，还可以望见黄牛山，故有"朝发黄牛，暮宿黄牛，三朝三暮，黄牛如故"的歌谣。中华人民共和国成立后，政府组织人力、物力将大礁石炸掉，整治了航道，轮船可以顺利航行。现在船行至此，已无法感受古人在峡流中跌宕起伏、披荆斩浪的惊心动魄，但峡内的怪石嶙峋依稀可见。

船到兵书宝剑峡，只见峡谷北岸陡岩上，有多块方正的岩石，犹如册册巨书摞在一起，传说是诸葛亮收藏的兵书。在兵书下面有一块凸起的石头，好似一把利剑插向江中，故而得名兵书宝剑峡。

轮船继续前行，只见江北岸的悬崖峭壁上有一块巨大的黄色岩石，其形状如肝脏，人们便把它叫作"牛肝石"。它的旁边还有一块形若肺脏的巨石，名为"马肺石"，因而这段峡区被称为"牛肝马肺峡"。清光绪年间，帝国主义侵略中国时，开着舰艇溯江而上，在此处开炮把"马肺石"炸掉了一半，留下了帝国主义践踏中国河山的罪证。郭沫若先生在《过西陵峡二首》中写道："兵书宝剑存形似，牛肝马肺说寇狂。"

西陵峡中的险滩，我印象较深的有两个，即青滩与崆岭滩。

青滩又称新滩，是三峡著名的险滩之一，位于兵书宝剑峰和牛肝马肺峡之间。滩中乱石嶙峋，横截江流，活像一道天然的溢洪堤坝，是三峡航道上水流最急、落差最大的险滩，据说水的流速每秒达七米多。东流的江水一到滩头，犹如离弦之箭，飞驰而下，水急浪高，船行其间，稍有不慎，就有覆没的危险。对此，古代诗人曾发出“大船倒舵推官漕，小船直上龙门高。十丈悬流万堆雪，今天如看广陵涛”的感叹。当地民间也流传着一首歌谣：“打青滩来绞青滩，祷告山城保平安。血汗累干船打烂，要过青滩难上难。”

据说在历史上，在青滩发生的沉船事故层出不穷，青滩东岸有一座“白骨塔”，那就是堆积死难船工尸骨的地方。自从葛洲坝建成后，库区水回流，加高了三峡水道，航船再也不用“绞”青滩了。

崆岭滩位于西陵峡的中段，是长江三峡中最重要的一个险滩，由多个险滩组成。其中长达200多米的大珠滩纵卧江心，把长江水流分成南北两漕。各漕内暗礁密布，怪石横陈，江流湍急，水势汹涌，古时船行其间，总是左避右闪，稍不留神，就会触礁沉没。尤其江心中有一怪石，周围乱流翻涌，水势旋转，极其险恶。据介绍，1900年，德国的一艘轮船闯进了崆岭滩，就是触到这块怪石上沉没的。至1945年，这里发生的沉船事件就达17次，成了名副其实的“鬼门关”。

长期在长江上航行的老船工经过仔细观察和认真研究，精细地计算了这里的流水冲力，得到只有勇猛地冲向这块怪石才能化险为夷的结论并为其起了个“对我来”的外号。中华人民共和国成立后，航道工人先后三战“鬼门关”，炸除了礁石，整修了河道。特别是葛洲坝水库建成后，库区的水回流到三峡，使江水平缓，彻底解除了崆岭滩的危险。

船过黄陵庙，进入灯影峡。这段峡谷河道更窄，岸壁陡峭，奇峰凸起，石柱腾空，云雾缥缈，瀑布飞溅。乘船至此，举目四望，恍如置身于如影如幻的图画之中。正如我爱人在《西陵峡》一诗中所写：“绝壁悬崖仰九天，滩峡相间水急湍。幽深险峻船疾掣，千里霞光送远帆。”

雄踞在西陵峡东出口，是宜昌以北的南津关。它与西出口的夔门关一样险峻，“雄当蜀道，威镇荆门”，历来是兵家必争之地。万里长江冲出南津关，便进入了“极目楚天舒”的江汉平原。至于如何过葛洲坝到达宜昌，就不一一叙述了。

千百年来，三峡儿女用他们勤劳的双手和质朴的情怀，在三峡两岸的苍翠深处，谱写出了美好生活的乐章，为这片古老的土地注入了时代的生机和活力。

千百年来，长江上的船工用他们粗糙的双手和娴熟的技艺，为运送劳苦大众付出了无尽的血汗，甚至献出了宝贵的生命，谱写出撼天动地的生命之歌，凭桨橹画出了美丽壮阔的图画。

最后，用一首小诗抒发我自己的三峡情怀：

悬崖陡峭锁苍穹，波涛浩荡震雷声。
两岸层峦隐名士，三峡巨浪潜蛟龙。
艄公智闯千百滩，仙女巧变十二峰。
浪花淘得英雄去，倚栏豪唱大江东。

贵州

飞瀑腾空黄果树

黄果树瀑布位于贵州省安顺市境内，是我国第一大瀑布，据说在世界上名列第四。

明代地理学家徐霞客到黄果树考察后认为，这个瀑布“从无此阔而大者”。意思是，从未见过如此宽阔宏大的瀑布。并在《徐霞客游记》中描述：“瀑布震天，十里相闻”“翻岸喷雪，溪皆如白鹭群飞”“捣珠飞玉，如烟雾腾空”，等等。

我曾两次去游览过黄果树瀑布。1991年4月，我当时在中华人民共和国商业部政策法规司工作，当时的副司长王振荣与我到云南昆明召开一次会议，会后在昆明并到安顺、贵阳、重庆、安徽等省市的商业、粮食和供销社部门调研，在安顺期间去观赏了黄果树瀑布。2001年国庆节期间，我和爱人到安顺看望内弟于明赢一家时，一起去游览了黄果树瀑布和著名水洞——龙宫水洞。

黄果树地处镇宁、关岭两个布依族、苗族自治县中间，从安顺开车往西南方向行驶45公里的车程，一个多小时即到。下车后，从一个饭店门口沿着蜿蜒的山谷石径小路向瀑布方向走去，远远就听见从绿荫中传来瀑布跌落的轰鸣声。一路上，路两边时见卖当地土特产品的小摊点，如刺绣、蜡染品等。

作者夫妇在黄果树瀑布

“黄果树这里盛产什么黄果呀？”我问。

导游小姐笑着说：“外地游客一般认为这里生产柑橘、橙子一类的黄色水果，要不怎么叫‘黄果树’？”实际上，这个地方并不产水果。这里的河古代叫白水河，河两岸栽了许多榕树，当地少数民族的百姓把榕树称为“黄葛树”。因此，在明朝以前，这个瀑布叫“黄葛树瀑布”。在贵州话里，“葛”与“果”不分，久而久之，“黄果树瀑布”的叫法就广泛流传开了，并于清朝同治年间在公文中出现了这一叫法，从此便固定了下来。

噢，原来如此。

站在瀑布对岸，只见飞瀑倾泻，银涛万顷，气势磅礴。据介绍，大瀑布位于镇宁县境内打邦河流域的白水河段上，这条河的源头是东北部的

一座山，水从山腰倾泻而下，水势凶猛，形成了一条变化多端的白水河。流经黄果树地段时，因河床断裂，形成九级瀑布，黄果树瀑布是最大的一级。主瀑顶宽80多米，以高屋建瓴之势，从77米的高处，跌落到水深达17米的犀牛潭中，水石相击，发出雷鸣般的巨响，声传数里之外。激起的浪花、水雾弥漫四周，如同一口硕大的开水锅放出的蒸汽。正如我爱人在一首七绝诗中所描写的："一派银绸落涧川，玉花飞溅卷龙烟。水帘洞内观苍宇，风起云行幻大千。"

我们沿着山谷中的小路下到谷底，看到在一处稍平的地方建有一座古朴典雅的观瀑亭，亭上有副清代书法家严寅亮书写的对联："白水如棉，不用弓弹花自落；虹霞似锦，何须梭织天生成"。将大瀑布的景色描绘得惟妙惟肖。亭下林木茂密，有一条曲折的小路直通河边。

据介绍，黄果树瀑布是世界上唯一可以从上、下、前、后、左、右六个方位观赏的大瀑布。雨季，尤其是当地下大暴雨时，瀑布的水量猛增，飞流直下的瀑水从断崖顶端凌空跌落，势如翻江倒海，深潭中激起的水雾高达百米，迸起的水花使周围处于纷飞的"细雨"之中。枯水季节，瀑布显得温顺妩媚，犹如一条白练悬挂在山崖上，轻轻下泻，坠落潭中，与峡谷西侧茂密葱茏的树木构成一幅天然山水画，历代名人雅士对此赞赏不绝。如明代的"素影空中飘匹练，寒声天上落银河"；清代的"银河倒倾三迭而后下，玉龙饮涧万丈哪可探"。时任中国社会科学院副院长的胡绳观赏了黄果树大瀑布后题诗："峭壁古藤千岁松，飞流直泻碧潭中。长虹坠落银河碎，定有群山下九重。"

大瀑布后有一长达百米多的水帘洞，拦腰横穿瀑布。从山崖边的一条曲折石径小路钻入隐匿在瀑布后的洞穴，从洞内观赏下泻的瀑布，白茫茫的珠帘悬挂洞外，惊天动地的轰鸣声摄人心魄。伸手去触摸飞瀑，那股

“冲”劲令人心悸。

瀑布下泄的海量河水，落入潭中后向西流去，在山谷中绕行一个半圆的弧形，往下流约半公里后转向南流。在这一段谷底的河中，形成了好多个低矮的小瀑布，一个比一个低，像是大瀑布留下的阵阵余韵，令人回味无穷。碧绿的河水清澈见底，我们蹲在河边洗手洗脸，河水冰凉，沁人心脾。

上岸后，有几位当地布依族、苗族的姑娘动员我们穿上该民族的服装照相，男、女、老、少服装不同，绚丽多彩，非常漂亮。包括上下衣和鞋帽，每套10元。我们纷纷租衣照相，留下了珍贵的纪念照。

午餐后，我们又开车到大瀑布上游去看地表河和其他小一点的瀑布、溪流和水洞。由于这一带是典型的岩溶地区，河谷中大量岩石裸露，裂缝众多，渗漏明显。据说地表河与地下暗河相互补给，交替频繁。长此以往，地表河河道变干，暗河塌陷，致使河床一级一级地跌落，形成了形形色色的瀑布，迄今已发现较大的瀑布十几个，地下瀑布四个。众多的奇峰、异石、幽洞和大小湖泊，以及布依族、苗族的村寨等，丰富了这一地区的自然美景，国内外游客络绎不绝。当然，在黄果树东北20公里处，还有一处著名景点——龙宫水洞，也是很吸引游客的。我们往回走时，还去游览了龙宫水洞。

最后作诗一首——《咏黄果树瀑布》：

银河决口势万钧，飞流直下犀牛吞。
百丈悬崖披白练，一潭骇浪跃金鳞。
雷震峭壁关山动，浪激溶岩幽谷深。
疑是大圣水帘洞，世间奇观叹绝伦。

探幽览胜龙宫洞

告别黄果树风景区，汽车往回行驶约20公里，我们便到了龙宫风景区，去领略了宫中胜景。

龙宫，又叫“响水龙潭”，以瑰丽壮观的水溶洞、洞中瀑布和旱溶洞独特的岩溶地貌为特色。据说是20世纪80年代新开发的一个景区，是我国迄今发现的景色最为奇特的地下溶洞。我们下车后，走过一段绿荫小道，登上山间石阶，不一会儿就到了龙宫洞。

龙宫洞前是一座名叫“天池”的水湾，据说是若干年来由漩涡形成的，深不见底。水湾四壁陡峭如削，峭壁上用繁体字刻着“龙宫”二字。一排排小木船静静地停靠在岸边。我们租船向宫门驶去，只见洞口犹如一张怒张着的巨兽大嘴，吞吐着洞中之水，水撞石壁，发出咣咣的声响，似乎要给进洞的游客一个下马威。

据介绍，龙宫洞全长约15公里，穿越大小20多座山，串联洞穴90多个。我去参观时，已探明5公里，对外开放的还不到一公里半。我们的小船悠悠前行，只见洞中四壁和顶部钟乳嶙峋，千姿百态，蔚为壮观。若明若暗的灯光，平添了几分神秘，仿佛置身于幽幻迷离的仙境。

继续前行，具有神话色彩的景点层出不穷。“海马飞天”“五龙护宝”“老龙回宫”“龙女坐宫”“哪吒闹海”等，给人留下了云谲波诡之

感。还是导游说得好：“游览龙宫，三分景色，七分想象，你看它像什么，它就像什么。”这话不无道理。

说来还真像那么回事。你看，洞顶垂悬而下的数十条钟乳石，宛如群龙排成仪仗队欢迎游人的到来；再看壁画宫中的石幔石花，在洞壁上组成各式各样的景物形象，活脱脱一幅天然山水壁画；还有五龙护宝宫中的五条状似龙形的钟乳石和两颗椭圆形“宝石”，惟妙惟肖；水晶宫中的“老龙”“宫女”“哪吒”等，更是栩栩如生。泛舟游行其间，似有半在水中半悬空、半是现实半是梦之感。

再往深处，据说还有“龙潭天地”和地下瀑布“龙门飞瀑”等著名景点。由于时间关系，我们未继续进行探幽揽胜，便返回岸上，乘车回

安顺了。

现作小词一首——《水龙吟·龙宫洞》

天池静如秋月，碧若翡翠不见底。
荡舟楫，浪击洞壁，惊醒钟乳。
犬牙交错，幽幻迷离，几多诡异，谁不发怵？
把龙宫看了，传奇神话，人在听，无信意。

自然生成景致，七彩宫，特色各具。
哪吒闹海，海马飞天，龙女宫居。
三分景色，七分想象，道破天机。
细想来，现实梦幻各半，不过如此。

高山明珠红枫湖

2001年国庆节后，我与爱人在内弟一家人的陪同下，从安顺前往贵阳乘飞机返京。车到离贵阳还有30分钟的车程时，路过被誉为“贵州高原的璀璨明珠”红枫湖，便停车进湖乘船游览。

作者夫妇在红枫湖与少数民族姑娘合影

红枫湖水域面积达57.2平方公里，整座湖山青、湖秀、水美、岛幽、洞奇。湖中170多座岛屿星罗棋布，千姿百态，宛如衬在绿色丝绒中圆润的翡翠。岛上的诸多溶洞千奇百怪，深幽险峻，令人叹为观止。1991年，江泽民

到此考察后挥笔题词：“红枫湖景美，贵阳气象新。”

在导游的带领下，我们游览了滴澄关、观景山、将军洞、打渔洞、苗寨、侗寨、侗寨鼓楼、兴隆半岛、恩园山庄等景点。由于在这之前我写了黑龙江镜波湖、吉林松花湖、南京玄武湖、江苏太湖、杭州西湖等，所以在此不多详述，仅用一首诗赞美我游览过的红枫湖。

高原明珠冠红枫，碧波万顷壁悬空。
湖中百岛岛藏洞，洞内数湖湖相通。
乳石如幻水面映，吊楼若溟层林穹。
景随船移穿峡过，侗苗布衣送盛情。

注：吊楼指苗族独有的“吊脚楼”。

云　南

昆明四季犹如春

云南，位于我国西南边陲，过去我一直认为那是一个既神秘又有故事的地方。清代康熙年间，镇守云南的平西王吴三桂拥兵自重，割藩为王。民国时期，云南都督蔡锷反对袁世凯称帝，组织护国军讨袁。抗日战争时期，内地一些名牌大学避难到云南，成立西南联大，在战争中坚持办学。在解放战争中，驻守在云南的国民党高级将领龙云率部起义。20世纪五六十年代，在全国上映的电影《阿诗玛》《五朵金花》的故事，也都发生在云南，等等。这些都给我留下了深刻印象。

三到云南

自20世纪90年代初以来，我有幸三次去云南。1991年4月，时任商业部政策法规司副司长的王振荣和我到昆明主持召开全国商业、粮食、供销社系统“二·五”普法教材编写研讨会，由云南省商业厅承办，会后在昆明调研和参观，历时10天。

2002年2月11日（除夕），我和爱人于芳茹随中国国际旅游团到云南昆明、石林、西双版纳、大理、丽江旅游，在昆明过的除夕夜，历时半个月。

2015年8月7日，当时我在中国商业联合会工作。受云南省楚雄州人民政府之邀，出席了“盛世威楚——中国·楚雄2015彝族火把节”，并出席了一家批发市场开业典礼。从北京乘飞机到昆明，然后乘汽车到楚雄市。当天晚上的彝族火把节文艺晚会，由云南省演艺集团、云南省歌舞剧院演出精彩歌舞和杂技等，尤其彝族舞蹈《心跳火把节》《跳菜》等十几个节目，服装艳丽无比，场面极其壮观。

“云南十八怪”的传说

到云南的次数多，住的时间相对较长，所以听的故事和传说自然要多，其中“云南十八怪”就很有意思。虽然版本不同，内容大同小异，譬如：这边下雨那边晒，四季衣服同穿戴，鲜花四季开不败，四季都产好瓜菜，石头长到云天外，过桥米线人人爱，三个蚊子一盘菜，鸡蛋用草穿着卖，摘下斗笠当锅盖，牛奶做成片片卖，蚂蚱当作下酒菜，好烟见抽不见卖，老太爬山比猴快，种田能手多老太，姑娘不系裤腰带，背着娃娃谈恋爱，娃娃出门男人带，竹筒能做旱烟袋，火车没有汽车快。还有：斗笠反着戴，草帽当锅盖，姑娘喊老太，湖泊称作海，等等。

啊，怎么把姑娘喊作老太呢？我感到确实有点怪。因为按一般习俗，妻子对丈夫的妹妹称“小姑”或“小姑子”。但在昆明却称小姑为“姑太”或“姑老太”，所以外地人才感到很奇怪。

那么，“好烟见抽不见卖”又是怎么回事呢？

众所周知，云南是产烟大省，尤其“云烟”名扬海内外，也是云南人为之自豪的一个驰名商标。但在20世纪80年代前的计划经济时期，所生产的名烟名酒之类的商品是按计划分配的，所以老百姓难以在市场上买到。

昆明四季如春

昆明，是云南省省会城市。昆者，诸多也；明者，明媚也。合起来就是阳光多明媚，光照时间长。

的确，昆明是个四季如春的美丽城市。春夏秋冬，气候适宜，空气清新，草木皆绿，鲜花艳丽，即使身居闹市区，亦感心旷神怡。令人难以置信的是，突如其来的大雨，立即将你置于深秋的感觉中。所以，昆明素有"四季犹如春，有雨便是秋"之说。但是，大雨来得急，停得也快，"哗哗"一阵子，突然雨过天晴，艳阳高照，很快恢复了春季的温暖，令人颇感新奇。这一点，我深信不疑。

昆明西山云华洞

有一天，我坐省商业厅的小轿车到省粮食局取材料。汽车开出约一里路时，突然下起了大雨，汽车冒雨前行。但只有六七分钟，雨停天晴，太阳高照，我深感奇怪。司机对我说：

“这在昆明并不奇怪，我们都习惯了。经常是，在屋里时天在下雨，刚下楼雨就停了。有时候看到太阳分明在天上挂着，一出门居然下雨了。所以说，电视广播里的天气预报，在昆明根本就用不上。”

万紫千红花不谢，冬暖夏凉四季春。昆明的气候和风景就是这样的和煦妩媚。由于昆明长年雨水较多，草木枝叶里的水分充足，长期处于饱和状态，因而显示出过分的旺盛。当春风吹荡、花红柳绿时，昆明圆通山的海棠花犹如红色海洋。夏日，滇池的万顷碧波和市中心的翠湖，吸收了大量热气，加以多云多雨，使得昆明处于清凉世界。秋天，气候温和，空气清新，满目繁花，不似春光胜似春光。冬季，北方的冷空气被群山阻挡，南亚的暖空气徐徐入市，加之湖水的蒸发增加了湿度，所以严冬仍是暖融融的，因而就有了“天气常如二三月，花枝不断四季春”之誉。

二上西山看滇池

滇池，又名昆明湖，位于昆明市西南部，以海拔1885米的高标位赢得云贵高原“稀世明珠”的美誉。

在滇池的岸边，有一座颇有名气的“大观楼”，楼上有一副清代乾隆年代寒门才子孙髯翁撰写的长达180字的对联。上联开头几句就点出了滇池的广阔：“五百里滇池，奔来眼底。披襟岸帻（zé，古时的一种头巾），喜茫茫空阔无边。看东骧神骏，西翥（zhù，鸟飞）灵似，北走蜿蜒，南翔缟素……四围草稻，万顷晴沙，九夏芙蓉，三春杨柳……”这正是：“最是长联传后世，风云永护大观楼。”

欲看滇池，一是登上大观楼，二是登上西山的龙门。绝大多数游客会选择到西山龙门凭空观赏滇池的辽阔。正如昆明人所说：不攀登龙门，不

算游了滇池。我前两次去昆明，也都是登上龙门看滇池。

滇池处在云贵高原的群山环抱之中，湖东金马山，恰似骏马沿湖奔驰，即大观楼长联中所写的“东骧神骏”；湖南鹤山，宛如白鹤在水天之际翱翔，即“南翔缟素”；湖北洪山，恍若长蛇蜿蜒蠕动，即“北走蜿蜒”；湖西碧鸡山，美如凤凰展翅，即“西翥灵似”。古人以“碧鸡”“金马”两山作为滇池风光的象征。神姿仙态的群山，异石皴皴（cūn）多姿，花木光影婆娑，岩岸漫长曲折，沙滩流金洒银，形成湖同圆月，增强了人们的审美效果。

我们紧贴湖岸的蜿蜒小路攀登西山，路窄且陡，经常需扶右边的岩石艰难上山。不知爬了多少陡坡，过了诸多云华洞之类的景点，边走边歇息，才终于到了形状如牌坊的龙门。龙门建在陡坡处，上方用繁体字写着“龙门”两个金色大字，使人产生金龙跳龙门的想象。有的游客说：“鲤鱼跳龙门，龙门这么高，鲤鱼能从湖里跳到这里吗？”另一人说：“那鲤鱼可不是一般的鱼，肯定是神鱼。”

过了龙门石坊，右边岩壁有一名曰“达天阁”的石室，阁内供奉着一尊“魁星”。经查阅有关资料，“魁星”特指北斗七星中的天枢星。在古代，道教尊魁星为主宰科考文官兴盛的神，后世各地多建“魁星阁”或“魁星楼”来祭祀魁星神像。这种神像头部像鬼，一脚独立，一脚后翘，左手捧方斗，右手执毛笔，以点定考中者的姓名。龙门魁星阁内的魁星，足踏鳌石，提斗执笔，目光炯炯，体态、相貌、神情、风韵栩栩如生。唯一的缺陷是雕刻工匠在雕刻中不慎弄坏了魁星所执的笔尖。如果重雕，难以按期完成雕刻任务。对此，这位民间艺术家深感自责，便纵身投入滇池，结束了自己的艺术生涯。但他却在历代人们的心目中，留下了炽热的敬意和惋惜。

站在龙门内崖边远眺，只见万顷碧波，水天一色，一望无际，柔美秀丽。偶有快艇在滇池中疾驶，留下了长长的弧形浪花。近处，躺在龙门陡崖下的太华山，高出滇池水面近500米。她那起伏的山峦，宛如仰卧水面憩息的“睡美人”。她那长长的头发披散在湖水中，颈项俊秀，胸部丰满，下肢健美，风姿绰约，沉睡正酣。相传，古时候有一个美丽的新婚女子，因丈夫被酋长抓到边远地区当奴隶。她日日想念，夜夜悲泣，泪水积成了滇池，最后她仰面倒地化作山峦，日夜与龙门为邻，与滇池做伴。实际上，这“睡美人”是在几百万年前，强烈的喜马拉雅山构造运动，使山脉断裂上冲所形成的断层山崖。

昆明金殿太和宫

我在昆明期间参观过几个寺庙，如市内的圆通寺、昙华寺、位于西山的筇竹寺。但给我印象较深的则是被称为“金殿”的太和宫，因它是曾带领清军入关的平西王吴三桂重建的，这个不光彩的历史人物给我的印象太深了。

太和宫坐落在昆明市东北的鸣凤山（又称鹦鹉山）上。宫内的铜殿是目前全国规模最大、体量最重、造型比较美观的铜殿。

据介绍，太和宫始建于明代万历年间。清康熙十年（1671年），镇守在云南的平西王吴三桂为祈求真武大帝的庇佑，重修太和宫，350多年来一直保持原貌。

太和宫殿堂楼阁依山势布局，与周围的数万棵松柏浑然一体，既是一处道教洞府，又是一处风景胜地。其建筑主要有一天门、二天门、三天门的三座石牌坊以及紫金城、金殿、钟楼等。我们从山下步行上山，过了迎

作者爱人在昆明西山龙门俯瞰滇池

仙桥就看到一座写有“唐高风正节吕真人洞路”碑，俗称“吕祖碑”。吕祖，即著名道士、“八仙”之一的纯阳祖师吕洞宾。

过了吕祖碑沿着台阶往山上走去，登上代表七十二地煞星的72级台阶，便到了一天门；再登上代表三十六天罡星的36级台阶，便到了二天门；再往上前行数百步便到了三天门，然后是神仙居住的紫金城，又称“太和宫”，金殿就坐落在宫中。

太和宫的大门上挂有一匾，上写“鹦鹉春深”。大门两侧的对联是：画栋连云，只占青山三亩地；朱栋映日，别开绿野一重天。

金殿位于紫金城正中，长、宽各7.8米，高6.7米，呈方形，其门窗、梁柱、斗拱、八角形藻井、檩坊、外檐、房瓦以及神台、香炉、供奉的真武大帝、金童、玉女和龟、蛇二将等，全是黄铜铸成，从里到外，金碧辉煌。金殿的横梁上至今还保留着一行铜铸楷书："大清康熙十年，岁次辛亥大吕月（十月）十有六日之吉。平西亲王吴三桂敬筑。"

金殿门前矗立着一面九米高的七星铜旗，旗上镂雕着北斗七星图和"天下太平"四个大字；狼牙形旗边镶有28星宿图案；飘带上刻有"风调雨顺，国泰民安"。据说这样独具特色的铜旗，目前全国仅此一面。

金殿外还有一些建筑，如供奉着龟、蛇二将的铜亭；悬挂着明代永乐年间铸造的重达14吨铜钟的钟楼；陈列着一把相传是真武大帝用过的七星宝剑和吴三桂用过的、重达六公斤的铜质木柄大刀的雷神殿；金殿东门外供奉太上老君的老君殿；南门外供奉着道教祖师之一张三丰的三丰殿；北门外供奉道教始祖张道陵的天师殿。西门外是一大花园，园内到处是假山怪石，奇花异草。尤其那百亩茶花，闻名昆明。每年到了春节前后，千万朵茶花竞相绽放，满园绯红，呈现出一派"树头万朵齐吞火，残雪烧红半边天"的美艳景象。据说茶花是云南的八大名花之一，也是昆明市的市花。

在昆明，我们还游览了位于市中心"十亩荷花鱼世界，半城杨柳拂楼台"的翠湖；1997年在昆明举办"世界园艺博览会"的博览园等景点。现作小诗一首：

昆明印象

擎伞雨中行，刹那天放晴。

碧草凝青翠，鲜花聚浓情。

滇池浩渺阔，远寺晨钟鸣。

沧桑任兴衰，不改是涛声。

千姿百态石柱林

云南石林位于昆明市东南126公里处的石林彝族自治县境内，最高处海拔1900米，是集峰丛、丘陵、奇石、湖泊、溶洞、瀑布于一体，世界上唯一的亚热带高原地区的喀斯特地貌风景区，素有“天下第一奇观”之誉。

据介绍，在2.7亿年前，这里是滇黔古代海洋的一部分。由于海水长期对海中的石灰岩裂缝进行溶蚀、冲刷和分割，逐渐形成了无数溶沟和溶柱。海水退走后，又经过亿万年的烈日灼烤、雨水冲蚀、风化、地震等，无数石峰、石柱、石笋拔地而起，最终形成了如同童话般的神奇世界，被人们形象地称为“石林”，并被列入“世界自然遗产名录”。权威评审机构——世界自然遗产保护联盟对云南石林的评价是：“石林县的石林表明了这些跨越2.7亿年的喀斯特地貌演变的事件性特征。云南石林是世界上石林地貌的最好范例……”

汽车进入石林县境，我们就时不时地看到公路两旁有不少独立的奇岩怪石。到了石林风景区，首先映入眼帘的是石林湖。湖这边，柳树垂绿，草坛翠青；对岸石林莽苍，千峰叠嶂。湖面东部水中，矗立着一组石峰，错落有致，形态各异，远看俨然是一座天然山水盆景。

云南石林形态各异，有的独立成景，有的纵横交错，连成一片。远远望去，那一根根、一座座、一丛丛的灰黑色石峰、石柱昂首苍穹，直指蓝天，犹如一片莽莽苍苍的黑森林。

从桥上漫步过湖后，行数百步见一水池，池中巨石形似卧狮，故名“狮子石”。再往前走，绕过横在路上的溶岩屏风，便进入了石林。到了中心区域，许多游人集中在此处拍照，原来这是极具代表性的石林中心。在一笔直的巨石上，刻有“石林”两个红色大字，据说是龙云所题。四周峰石上，刻有一些名人的题字，如“石林胜景”“南天砥柱”“大中华一奇观”等。周围千峰静立，峭石插天，形态各异，既有剑状的、笔状的、柱状的、塔状的、树状的，又有人形状的、鸟兽状的、蘑菇状的，等等，全凭人的想象命名。如“出水观音”“苏武牧羊”“母子携游”“书生赶考”“凤凰展翅”“犀牛奔月”“骆驼骑象”“象跪石台”“万年灵芝”，以及“阿诗玛”“唐僧石”“望夫石”“五老石”“咏梅石”等，都是人们根据石形而想象命名的，大大增强了石林的艺术感染力。

石林风景区分为大石林、小石林、外石林、新石林等景区，由于时间关系，我们只游览了最重要的大、小石林。

大石林由密集的青灰色石峰组成，中心点如同一片石盆地。这里的石峰直立突兀，陡峭险峻，高大刚硬，线条顺畅，最高大的独立岩柱达四五十米。大自然的鬼斧神工，劈出了风光旖旎的地貌景观。此地的典型景点有莲花峰、剑峰池、象跪石台、凤凰展翅等。行走在峰林之间，走几步就有石林挡道，曲折迂回后，则是另一番天地。

大石林中的溶蚀洼地有一剑池，水源来自地下暗河，一池碧水如同明镜镶嵌在奇峰溶洞之间。一座石峰立于池中，宛如一把利剑直刺蓝天，因而得名剑峰池。“利剑刺天”的形象说法，就是指的这座池中石剑。

过了剑峰池，拾级盘旋而上，穿山洞，爬山脊，登上望峰亭。站在

作者夫妇在石林

亭上居高俯瞰，周围2700公顷石林尽收眼底。有诗赞曰：“蹬道萦行曲径通，层峦叠嶂翠千重。不经曲折艰难路，哪得登亭望险峰。”

与大石林相比，与之相连的小石林显得疏朗、清雅。这里地势较为平坦，林木青葱，山花遍地。中间有一小湖，四周点缀着奇峰怪石，有的如天设屏障，壁立一方，将小石林分割成若干园林。有的似牛蹲兽伏，林间静卧；有的若菌菇丛生，林林总总。奇石“石簇擎天”“阿诗玛”“咏梅石”以及唐僧和他的徒儿悟空、八戒、沙僧前往西天取经的“唐僧石”更引人注目。湖周围的山石树木景色映入到微波粼粼的湖水中，加之肥大的鱼儿欢快地争抢游人从伸向湖中的挑角亭上投放的美食，使得整个湖景活力十足。但游人到此游览，最感兴趣的当数“阿诗玛”石峰了。

这座美丽的石峰坐落在湖旁，顶部呈淡红色，宛若一位身材苗条、富有少数民族风韵的少女，美艳妩媚，当地人民亲切地称她为“阿诗玛”。20世纪60年代上映的爱情故事片《阿诗玛》深受欢迎，其电影插曲《一朵鲜花鲜又鲜》更是广为传唱。尤其第二段歌词我很喜欢。男唱：“只要鲜花把头点，哪怕岩高路儿险，不知你心爱什么人？什么样的人你才喜欢？”女和：“青松直又高，宁断不弯腰，上山能打虎，弯弓能射雕，跳舞百花开，笛响百鸟来，这样的人儿我心爱。”

我们在湖边穿上云南彝族服装，兴致勃勃地与“阿诗玛”合影留念。

云南石林，携沧桑之灵气，蕴日月之精华，巍矗边陲，鹤立云滇，不愧是“造型地貌的天然博物馆”“天下第一奇观”。

现作小词《小重山·云南石林》一首：

遥望碧空倍皎蓝，浮云避宇边，自安然。
峻岩峭石耀亮色，迎千客，容颜显拳拳。

我亦遇机缘，两度到峰峦，赏奇观。
欣看砥柱剑插天，阿诗玛，倩影拂云烟。

注：拳拳，诚恳之态。

美艳的西双版纳

西双版纳风景名胜区位于云南省最南端的西双版纳傣族自治州，东南与老挝接壤，西南与缅甸相连，国境线长达966公里，首府是景洪市。

2002年2月12日晚，我和爱人随旅游团从昆明乘飞机飞抵西双版纳景洪市。这是过去我完全不知道的一个城市，到那里后才知道它是西双版纳的首府。在傣语中，“景洪”是“黎明之城”的意思。素有“东方多瑙河”之称的澜沧江（从西双版纳出境到缅甸、老挝称为湄公河）纵贯景洪市全境，城区中建有横跨澜沧江的西双版纳斜拉大桥，是西双版纳十大标志性建筑之一。

第二天一早，我和爱人起床后便去逛街。只见景洪市宽阔的大道旁随处可见椰树和棕榈树、菩提树、三角梅、无忧花等热带树木。早市上，到处是当地土特产品和特色小吃。我们看到过桥米线做得不错，调料又多，便每人来了一碗，味道极佳。

一连两个整天，我们在西双版纳游览了橄榄坝、傣族园、景真八角亭、曼听御花园、热带雨林、野象谷，并出境到缅甸一方参观白塔寺、原始族人风情园观看少数民族歌舞表演等。

现将给我印象较深的几个景点介绍如下。

橄榄坝傣族风情园

据介绍，西双版纳地区有13个少数民族，如傣族、哈尼族、基诺族、布朗族、拉祜族、瑶族等，其中傣族人数最多。在云南，流传着“傣族是西双版纳之魂”“是被采珠者遗漏在大海里的珍珠”的说法，要不怎么叫“西双版纳傣族自治州”呢。

“不去橄榄坝，不算到了西双版纳。”当地人如是说。

橄榄坝位于与老挝毗邻的勐腊县，是由五个保存最完好的傣族自然村寨组成的镇子，又称傣族园，是唯一集中展现傣族历史、文化、宗教和生产生活情况的民俗生态园。

车到橄榄坝，站在高处眺望，傣族园区一片葱绿，高大挺拔的椰子树比比皆是，还有各种棕榈树和亭亭玉立的槟榔树、多姿婆娑的竹林等。五个傣族村寨，好像被巨大而美丽的孔雀展开尾巴所覆盖。走进村寨，才能看清寨容寨貌。

各个村寨里的幢幢竹楼，精巧别致，掩映在绿树翠竹丛旁。竹楼周围栽种着香蕉、杧果、木瓜等热带水果，疏密相间，浓淡相宜，热带田园风光浓厚。

傣族的竹楼很有特色，大都建在依山傍水、绿树翠竹林旁。上、下两层，上层住人，下层过去主要饲养家禽，现在是楼主人一家活动的场所，如看电视、就餐、待客等。整座竹楼的底层高高耸立，主要是防潮防湿。房顶呈“人”字形，飞檐翘起，仿佛一只展翅欲飞的金孔雀，以一种独立而高贵的姿势挺立在绿树翠竹旁，如同一幅充满诗情画意的园林画卷。

在橄榄坝，甚至在西双版纳的许多地方，都有极具傣族特色的古老佛寺

西双版纳雨林谷

和佛塔。这说明，佛教文化在傣族等少数民族的心目中，是有重要位置的。

橄榄坝的少女长得既美丽又活泼，穿上具有民族特色的服装，亭亭玉立，而且能歌善舞。她们每天根据约好的时间，成群结队以傣族姑娘特有的步伐走出竹楼，犹如一群跳跃的美丽孔雀，到露天剧场为游客表演傣族歌舞，真实地反映傣族的历史文化和生产生活习俗。表演的舞蹈有孔雀舞、金鹿舞、白象舞、武术舞等。在表演动物舞时，演员穿戴着各自的动物模具，并模拟动物的各种动作，十分有趣。歌舞有花环舞、荷花舞、帽子舞、扇子舞等，男演员主要表演武术舞等。

泼水节也是傣族的一项重要传统活动。20世纪五六十年代，经常放映周恩来与傣族姑娘一起在泼水节上相互泼水的热闹场面。为了繁荣当地的旅游事业，增加傣族人民的经济收入，改革开放以来，傣族园每天下午都举办两场泼水活动。傣族姑娘们穿上各种颜色的薄衣，每人端一个塑料盆，与游客欢乐地相互泼水，现场十分热闹，笑声不断。我和爱人也参与其中，享受了一次令人难忘的傣族泼水传统活动的欢愉。

橄榄坝的傣族风情园，也迷倒了各方面的专家。历史学家夸它是一座“活着的民族历史博物馆”；园林专家说它是“一座庭院园林的典范”；植物学家则认为它是“植物王国的基因库”；文学家却将它视为“人间仙境”“世外桃源”。知名作家舒婷等九人到橄榄坝采风时感叹：“云南因西双版纳而有名，西双版纳因傣族园而美丽。”正如抒情歌曲《风情版纳》所唱：“葫芦笙中哟，风情傣家”“迷人的歌曲哟，傣家傣家美”“铺开竹楼椰树，送来彩霞”“看一路风情，万种孔雀舞，披一身水墨，画卷江波花。葫芦岛，橄榄坝，酣畅淋漓，道尽傣家幸福风情版纳”，等等。

版纳热带雨林

“热带雨林哟，茂密挺拔，西双版纳蒙上了神秘的面纱。”这是歌曲《风情版纳》中的头两句歌词。

西双版纳热带雨林位于勐腊县的葫芦岛地区。这里属于热带季风气候，热量丰富，雨水充沛，夏无酷暑，冬无严寒，上有森林，下有石林，完全是动植物的天下。

这个风景区现有热带植物1400多种，其中属于国家保护植物450多种。尤其是国家一级保护植物“望天树”非常有名，是西双版纳特有的一种常绿高大乔木。这种树长得挺拔笔直，高达七八十米，犹如利剑直刺苍穹，故有“林中巨人”“林中美王子”之誉。这种树适应能力极强，而且

寿命长，用途广泛，是国家之宝。

版纳热带雨林的二级保护植物有120多种，如各种棕榈科植物、榆绿石、石梓、红豆杉等，以及榕科类、蕨科类、姜科类、竹类、水生类等植物若干种，热带花卉有640多种。

这些千姿百态的热带植物，有许多毫无顾忌地攀附在岩石上或其他树木上；有些树的树根蔓延，争先恐后地汲取着大地的养分，吸收着阳光雨露；无数藤蔓缠绕在树间，肆无忌惮地相互绞杀，处处弥漫着弱肉强食的自然规则，令人不得不折服大自然的力量。正如我爱人在《游西双版纳热带雨林》一诗中所写：“浓荫蔽日野花鲜，藤蔓攀缘纵横旋。”

在热带雨林宽阔的峡谷中，建了一条高36米、长2500米的空中走廊，是用粗大的绳索在高大的望天树之间连接而成的。走廊用钢绳悬吊，用尼龙绳、尼龙网做高高的护栏，廊面上铺着用铝合金制作的梯子形踏板，每一段都与建在树干上的木质平台相连接。游人踏在空中走廊上行走，很自然地产生一种又惊又险的感觉。我爱人有点恐高症，不敢上36米高的空中走廊，便在廊下为我拍照，我上到走廊走了百八十米。廊下溪水叮当作响，林间鸟儿在欢快地歌唱，原始森林神秘莫测，让人不免发出感叹：啊，这才是真正的热带雨林啊。

西双版纳热带雨林的动物非常多，据说其种类约占全国动物物种的四分之一。以我们去游览的野象谷为例：这个山谷海拔1000多米，丘浅谷宽，北高南低，山峦叠嶂，沟壑纵横，森林茂密，气候湿润，各种植物400多种，尤其是大象爱吃的植物比比皆是，所以这里常有野象光顾并在此栖息。

除野象外，这里也是其他动物的乐园，如野牛、水鹿、小黑熊、金钱豹、各种猴子、巨蜥、蟒蛇、孔雀等，还有100多种蝴蝶，其他昆虫则不

西双版纳泼水节

计其数。

为了保证游人的安全，园区在靠山的一侧修了一条离地面十几米的空中栈道，宛如一条长藤，游人可走在栈道上观景和看野象。我们看到的最多的是各种猴子。它们那敏捷的动作，竟可在树与树之间“飞来飞去”，有时可看到“孔雀东南飞”。当然，能看到野象是最令人兴奋的事了。但据导游讲，亚洲野象并不是每天都能见得着的，平均四五天才能出现一次。所幸的是，那天下午我们竟看到了五六头亚洲野象在山谷里聚精会神地吃树叶，其中一头大公象突然昂首翘鼻，朝着栈道上叽叽喳喳的人群大吼一声，吼声如雷，震荡山谷。其中的一头小象则跑来跑去，看起来很是顽皮。

勐海景真八角亭

景真八角亭坐落在景洪市以南偏西的勐海县流沙河畔的景真寨，是一座典型的西双版纳古代佛教建筑。据传，古代当地傣族等少数民族的佛教徒，为了纪念和供奉佛祖释迦牟尼，仿照佛祖戴的金丝台帽设计建造的。因这座佛亭呈八角形，代表当时当地的八位高僧，故称“景真八角亭”，当地傣族人称其为“波苏景真”。这里也成了景真佛爷们的议事亭和举行和尚晋升为佛爷仪式的场所。1988年，被国务院公布为“全国重点文物保护单位”。

这座建在枝繁叶茂菩提树下的八角亭，从外部看金碧辉煌，且又建在山顶上，犹如天宫中的一座神秘建筑，谁会想到它是一座佛教亭呢。

景真八角亭为砖木结构，高21米，外墙面绘有象、狮、虎等动物浮雕，如同一组绕亭画廊。外墙壁还镶嵌着彩色玻璃和镜子，在太阳照耀下，瑰丽无比。

最有特色的是八角亭的顶部为锥形多层屋檐，层层铺瓦，如铺鱼鳞。各个亭角上雕刻着凤凰、金鸡、花卉等吉祥物。最顶端设有莲花盖和风铃，风吹铃响，悦耳动听。

八角亭在东、南、西、北各设一门，意为佛教广传四方。正门呈拱形，门两侧各立一头张牙舞爪的雄狮和一条摇头摆尾的神龙。门上绘有具有傣族特色的图案，上方设一佛龛，龛内供奉着一尊铜铸佛像。从门口往亭内探望，只见墙面上用金粉绘有体现傣族特色的各种图形。不知是何原因，亭内不对外开放，可能是为了更好地保护这座珍贵的历史文物吧。

我们还到八角亭附近去看了一棵巨大的粗壮的古老菩提树。这棵树挺拔的树干需要几个人才能合抱过来。树冠葳蕤（wēi ruí，枝叶茂盛）苍郁，点缀着八角亭的佛教氛围。因为，“菩提”是佛教用语，指觉察邪恶、开悟真理的境界。菩提树是一种常绿乔木，相传释迦牟尼佛祖是坐在菩提树下成佛的。因此，佛教对菩提树是很敬畏的，许多佛教徒把经过加工的菩提果作为吉祥物挂在胸前，以示对佛教的诚意。

在勐海县中缅边界，我们还去看了中缅界碑，并到界碑附近去看了“独树成林”的古老大榕树。这棵榕树高达50多米，树幅面积达2000平方米。主树干上有大小好几个洞，显得非常苍老。它的根有34根，在主干周围成长为柱式树木，与母树构成了35棵树的小树林，我们在这两个景点合影留念。

这次到西双版纳游览，旅行社还与当地有关部门沟通，为我们办理了集体出境一日游手续。出海关后在缅甸一方参观了雄伟庄重的白色佛塔，逛了珠宝店和便利店，参观了缅甸古老民俗村，观看了民俗艺术表演和姑娘们用铁条穿耳穿鼻穿嘴唇的表演，令人唏嘘不已。

在民俗村，看了“树上民居”和当地一位农民上下树的表演。过去，当地居民大都居住在树上。他们在坚硬的树杈树枝上搭建小屋，人就住在小屋里，人人都会麻溜地爬树。如果搬运东西，就用简陋的梯子，可见过去他们的生活条件是何等艰难。

在缅甸的地界上，我们买了一些香甜的糖块，并且吃了一顿午餐。由于是中国人在那里开的饭店，所以饭菜与云南的餐饮差不多，只不过加了几道缅甸特色菜。

繁华的曼听御花园

在西双版纳游览的最后一天下午，我们去逛了曼听公园。

曼听公园位于景洪市区东南两公里处，建于1063年，古时候是西双版纳傣王的御花园。据传，当时傣王妃到这个花园游玩时，非常喜欢这里的美丽景色，便取名为“欢喜公园”，后按傣族习俗，更名为曼听公园。

我们从南大门进入公园，首先看到的是周恩来身穿傣族服装、左手端水钵、右手持橄榄枝在泼水节泼水的全身铜像。1991年4月，为了纪念周总理到西双版纳视察并参加泼水节，当地专门铸了这座铜像，还在铜像旁建了周总理纪念馆，馆内陈列着周总理当年到西双版纳视察并参加泼水节的一些图片。在20世纪60年代，我们曾多次在纪录片中看到周总理在西双版纳视察工作并在泼水节与少数民族姑娘一起泼水的场面。总理泼水很认真，笑得更开心，整个场面热烈和谐，感染力很强。

在公园的佛教文化区，建有西双版纳瓦八总佛寺、曼习龙笋塔以及仿照景真八角亭的造型而建的四角亭、六角亭等佛教建筑，显示着曼听佛教建筑已有1000多年的历史。

公园里有一片古黑心树组成的森林，这种树的学名叫“铁刀木”。其特点是生长快，极为坚硬，砍伐后还能再生，傣族人最喜欢用它做薪炭。公园里的这些古黑心树是不准砍伐的，因那是树龄均在500年以上的宝树。

曼听公园里有个孔雀湖，湖边的一片房子是孔雀养殖中心，养殖着上千只孔雀，主要有绿、蓝、白三个品种，都是国家保护动物。这里的孔雀

缅甸边境一日游

每年产蛋上千枚，孵出小孔雀后销往全国各地和东南亚等国家。

我从来没有一次性看到过这么多的各色孔雀，我们在湖边至少欣赏了半个小时。偌大的湖里及湖边到处都是孔雀。有的在浅水处找食吃；有的跑到游人跟前套近乎，目的是向人乞食；有些聚集在水边和沙滩上嬉戏，有的展开尾巴与穿戴漂亮衣服的女孩子比艳丽；有的飞到树枝上或房屋上，自由自在；还有四五只或六七只自成一群，集体飞走或飞回，无拘无束，一点儿都不怕人。我们拿出照相机，拍了不少照片。

我们在西双版纳的最后一次晚餐，安排在椰林间的大排档。那是一个很大的棚子，中间有树，树上有绿色蜥蜴，设有舞台，可以边就餐边欣赏少数民族演出的文艺节目。菜肴基本都是傣族菜品，具有浓浓的

"野"味。

傣族的菜品丰富多彩，烹饪品种包括烤、蒸、剁、腌四大类120多种，突出特色是酸、辣、香。那顿晚餐吃的菜品有香草捆绑烤鱼、芭蕉叶包裹的蒸肉、蒸脑花，烤蝌蚪、油炸芭蕉、酸笋蒸鸡、煎青苔，主食是用竹筒蒸的糯米饭，比较丰富。

在就餐中，我爱人边吃边看节目，或欣赏餐桌旁一棵树上的绿蜥蜴。人与蜥共赏文艺节目，的确颇有情趣。正如我爱人在诗中所写："天籁歌声欢乐舞，绿蜥卧树一同观。"但乐极生悲，她一不小心被烤鱼刺卡了嗓子，怎么咳都咳不出来，也咽不下去，只好带刺上飞机。飞到丽江已是半夜时分，入住宾馆后我立即陪她去医院，但那个医院的值班医生表示无能为力，建议我们去买当地的一种酒醋，喝后软化鱼刺，也许管用。我们在后半夜跑了两条街，才找到一个24小时营业的小卖店，还真的有酒醋。买了一瓶回宾馆，但酒味太浓，滴酒不沾的我爱人无缘享受这种当地"特产"，只好作罢。第二天忍痛登上了玉龙雪山并游览了丽江古城。下午在前往大理的途中，她突然说嗓子好了，没有任何鱼刺扎疼的感觉了，鱼刺可能下去了。

谢天谢地，还得感谢她的超强忍耐力，坚强意志终于战胜了有惊有险的鱼刺！

最后，随拟小诗一首：

二月边陲版纳行，依山傍水住景洪。
热带雨林层叠翠，野象谷深吼声隆。
寨古楼奇显傣色，族舞水泼弄清风。
普提槟榔硕果坠，游人雀跃乐无形。

丽江古城美如画

2002年2月15日晚，我们从西双版纳乘飞机到达云南西北部的丽江，下榻于丽江新城一家现代化宾馆，第二天便开始游览丽江古城和玉龙雪山。

丽江位于云贵高原和青藏高原的交界处，境内群山起伏，山地面积达95%，平均海拔2400米，我们去看的玉龙雪山主峰海拔5596米。著名的澜沧江、金沙江从北向南，穿境而过，常年不化的雪山巍峨壮丽。

自古以来，丽江就是一个多民族聚居的地区，在全区100多万人口中，共有12个少数民族，其中纳西族占57%，其他民族人数较多的还有彝族、傈僳（lì sù）族、白族、苗族、藏族等。

丽江城是丽江纳西族自治县的首府。由于地处金沙江和玉龙雪山之间，道路直通四川和青藏，因此，古代常有从事贸易的商队从丽江经过。尤其是茶马古道上的马帮，成群结队从丽江城来来往往地穿行，去向滇藏、青藏和四川。马帮叮叮当当的驼铃声和马蹄声，带动了丽江的繁荣。史料记载，在中唐开元（唐玄宗李隆基年号）年间，丽江古城尤为繁华。有来自长安、洛阳等中原地区的文人墨客，有进藏经商的马帮挑夫，有从天竺等国入境从事贸易的商人，也有去往长安的外国使者，以及守卫边疆的将士等，均在丽江歇脚游览，促进了人文交流，繁荣了

当地经济。

但真正在丽江建城，还是在13世纪末期的南宋末年和元朝初年，盛于明清两朝。在元代，朝廷在丽江设“丽江路军民总管府”；明代和清代均设“丽江军民府”。因而这座古城与四川省嘉陵江上游的阆中县、山西晋中平原的平遥县、安徽皖南的歙县并称为“全国保存最完好的四大古城”。

1997年，丽江古城被联合国教科文组织列入世界文化遗产、“三江并流”世界自然遗产、东巴典籍文献世界记忆遗产三项世界遗产名录。世界遗产委员会评价：“丽江古城的建筑历经无数朝代的洗礼，饱经沧桑，融汇了各个民族的文化特色而声名远扬。丽江还拥有古老的供水系统，这一系统纵横交错，精巧独特，至今仍在有效地发挥作用。”这正是：千年沧桑守遗产，一朝功成传天下。

我们住的丽江新城，与丽江古城隔街相望，泾渭分明。新城现代化程度高，古城则古色古香。我和爱人随团去逛丽江古城，在进城的入口处，首先看到的是一架黝黑笨重的老水车，据说是丽江的标志性古物。导游告诉我们，丽江古城虽然街巷众多，溪渠纵横，但全城只有一个出口。只要记住了“顺水而行是进城，逆水而行是出城”，就不会迷路；只要记住了大水车，就能进得去，出得来。

我们在丽江古城中穿行于大街小巷，踏过座座石桥，看到的房屋白墙青瓦，老宅雕梁画栋，溪渠蜿蜒潺潺，桥梁形态各异，街道一尘不染，鲜花处处盛开，装扮得宛如一幅美丽多彩的油画，我们也不知不觉地成了画中人。

据介绍，丽江古城是中国历史文化名城中唯一没有城墙和城门的县城。原因是古代丽江的土司姓木，若筑城墙，等于“木”字加框成为

作者在丽江古城一条街上

"困"。倘若困在城内，还能有好吗？所以不筑城墙，一直延续至今。

实际上，丽江古城的选址还是很独特的。在布局上充分利用了山川及周围的自然环境。城北的象山、金虹山，城西的狮子山，如同三扇巨型翠屏，挡住了西北刮来的寒风，面朝光源充足的东南方向则更感到舒心和温暖。玉龙雪山等高山积雪融化后，汇入源于黑龙潭的玉泉河，流到古城入口处的玉龙桥后一分为三，形成支河、中河、西河三道清流。这三道清流沿街分流，甚至走街串户，又分成无数连接着玉泉河的渠水溪流，形成密如蛛网的水系，贯通全城，营造出一派"城依水存、水随城在"和"户户清水环绕、家家推窗即景"的美丽景象，将整座古城滋润得异常清静而又充满生机。

丽江古城的街道大都用青石或丽江特产的五彩石子铺就，经过多少年

无数双脚的打磨，已变得宛如玉石般晶莹光亮，在日光的照射下，泛起水色亮光，远远望去，整条街道犹如一条波光粼粼的河床。由于水源丰富，古城的居民都非常喜欢在庭院和房前屋后种植花木，摆设盆景，因而丽江古城素有“丽郡从来喜植树，古城无户不养花”和“家家门前绕水流，户户屋后垂杨柳”之民谣。

丽江古城中的四方街，是全城街巷的心脏和最繁华的商贸中心。这里的酒吧、茶馆、咖啡馆、木刻店、玉器店、杂货铺等一家挨着一家。商家的店铺前面敞开着，装饰随意，个性鲜明，所售商品大都是当地的产品。如图案鲜艳的羊毛披肩，尽显民族风情的蜡染壁画，浑朴苍健的木刻木雕，精巧新颖的香包、木铃、铜铃等工艺品。在这些大大小小的物件上，或刻或雕或织或绣着东巴象形文字。在一家纳西族人开的木刻店里，挂满了制作细腻精美、刻有东巴文字的木刻作品，其内容多为纳西族的神话传说，每个东巴文字都像一幅生动的简笔画。

据说丽江古城的东巴文字是世界上保存下来的唯一的活着的象形文字，共有1400个单字及丰富的词语。内容包含哲学、历史、天文、宗教、绘画、音乐、舞蹈、服饰等方面，不仅存于2000多册经文里，而且体现在纳西族女子的服饰上和石坊、木门及许多手工艺品上。难怪“东巴典籍文献记忆遗产”被列入世界遗产名录呢。

下面继续说四方街。实际上，四方街并不是四方形的街道，而是长、宽都不相等的“矩”形街。从四方街又延伸出四条主街和两条侧街，每条主街又分出诸多小街窄巷，主街傍河，小巷临渠，古宅相依，雨季不泥，旱季无尘，350多座桥与河水、绿树、街巷、古屋相衬，因而被誉为“东方威尼斯”。

有水必有桥。桥是丽江的腰脊，连接着四通八达的街巷，其密度据说平均每平方公里93座。在这里共有350多座石板桥、石拱桥、木板桥、廊桥等。比较有名的是大石桥、双石桥、万千桥、锁翠桥、南门桥、马鞍桥等，均建于明清时期。位于四方街以东100米的大石桥成为众桥之首，桥下玉龙雪山的倒影清晰可见，因而被誉为“映雪桥”。城内的双石桥规模最大，担负着四条主要街道的汇集与分支的重要任务，驮起丽江古城昨天的喧嚣与今日的文明。

丽江古城中的明、清建筑鳞次栉比，如“三坊一照壁”“四合五天井”“走马转角楼”以及皈依堂、五凤楼、得月楼、木氏土司府和成片的土木结构的民居等，既突出结构布局，又追求雕绘装饰，外拙内秀，玲珑精巧。

在丽江的古建筑中，规模最为宏大的是纳西古国的宫殿“木府”。明朝时期的丽江地区，北有善战的吐蕃游牧民族，南有强大的大理国，他们都对自然资源丰富又有茶马古道的重镇丽江垂涎三尺。在这种危难情况下，一直提倡以人为本的土司木氏为了纳西族的生存和长治久安，毅然选择了归顺大明王朝，对明王朝举人臣之礼。这样，丽江周围各民族部落慑于明王朝的强大，再也不敢觊觎丽江这块宝地。从此，丽江地区在明王朝的保护和受纳西族人爱戴的土司木氏领导下，走向了鼎盛时期。由于政局稳定，经济繁荣，木氏便大兴土木，扩建木府宫室，将木府修建为前后两院。从侧门进入，前院是议事厅、万卷楼、护法殿，前后院中间建有一座过街楼。后院是光碧楼、玉音楼、三清殿、狮子山、玉花园。整座建筑群建在369米长的同一中轴线上，坐西朝东，一字排开，象征着面向初升的太阳和东方的大明王朝，可见木府土司是很睿智的。

我们还到位于城北象山脚下、离城约一公里处的黑龙潭去游览。黑龙潭又名玉泉公园，旧称玉泉龙王庙，始建于清乾隆二年（1737年），清嘉

庆、光绪两位皇帝曾分别敕封为“龙神”，后根据传说中的一个神奇故事改为黑龙潭。

黑龙潭依山傍水，潭水从石缝中喷涌而出，汇成4万平方米的潭面，碧水盈盈，玉龙雪山倒映其中，山清水秀，柳暗花明，以天生丽质而闻名。《中国名泉》《中国风景名录》等书籍评价：“泉涣涣兮涟漪，问何时最可人？须经略月到天心，风来水面；亭标标而矗立，看这般无穷深致，应记取云飞画栋，雨卷珠帘。”

公园大门上方匾额上的“黑龙潭”三个大字，系云南省书法家协会原会长、纳西族书法家李群杰书写。

公园里古建筑甚多，造型优美，古色古香。我记得除龙神祠外，还有三重檐钻尖顶楼阁式建筑“得月楼”。“得月楼”三字系郭沫若先生书题。他同时书题楹联一副：“龙潭倒映十三峰，潜龙在天，飞龙在地；玉水纵横半里许，墨玉为体，苍玉为神”。

潭中水面上有清代嘉庆年间修建的可避风雨的廊屋式锁翠桥，桥头有“漾清”“锁翠”两块古匾；有建于清代中叶的一文亭，传说是一位纳西族老太太为了方便群众休闲，不辞辛苦募集铜钱，只取一文，积少成多，修了这座亭，故名一文亭；还有横卧在黑龙潭上的五孔相思桥，桥将潭水一分为二，桥的石栏上刻有石象、石狮，因“象、狮”谐音“相思”，故名相思桥；潭北有清云阁，又名五凤楼，为三重多角木结构建筑，高17米，像五只凤凰亭亭玉立，故名“五凤楼”。

我比较感兴趣的是立于潭北端的丽江博物馆，尤其是馆中的东巴文化研究所，据说是全球东巴文化最有权威的研究机构之一。里面珍藏着纳西族东巴经书4000多卷、东巴画作200多幅，是国内外收藏东巴书籍数量最多、种类最全的研究所。

从黑龙潭公园出来后，又顺便去看了白水河。这条河的河水是雪山融化而成的。雪水从峭壁流下，汇入白色的河床，形成河流，远远望去，一眼望不到头，全是白色河流，由此得名白水河，流到丽江古城后分成三支清流，向下游流去。

去游览丽江古城时，旅游团决定自行游览，按规定的时间回到大水车处集合。我和爱人兴致勃勃地去看自己感兴趣的景点，包括小街、小巷、小桥、小店、民居和过街楼等，深感丽江真是个诗情画意的好地方。触摸古城光滑洁净的青石板和五彩石子路，徘徊在小桥流水处，用清澈的渠水洗洗手臂和脸面，不禁让人感到心灵、灵魂都获得净化，顿感心旷神怡。也许应了一句话：能触摸到丽江跳动的脉搏，是幸运的。我触摸到了。

最后，以“忆江南”词牌作词三首：

一

古城好，无异画中游。

最是青石五彩路，纵横河渠漾清流，幽巷历千秋。

二

古城好，遗产百纪俦（chóu）。

东巴文字入法眼，木府犹矗过街楼，谁不赞堪优。

三

古城妙，三面环山抱。

黑龙潭水涌无尽，玉龙雪山映百桥，江山多媚娇。

玉龙雪山与天齐

云南玉龙雪山位于丽江古城以北二三十公里处，是北半球最高大的常年积雪雪山。玉龙雪山有13座海拔4000米以上的山峰排列，宛如一条白色巨龙，凌空飞舞，因而被称为“玉龙雪山”，纳西族语称为“欧鲁”，意为“银色的山岩”。

玉龙雪山以高山冰雪风光、高原草甸风光、原始森林风光、雪山水域风光驰名天下。有人甚至发出“玉龙名山，终年雪与天齐，云不恋峰，岭岭若洗，巉岩如剑，疑是风劈”的感叹。明朝著名旅行家徐霞客游历了玉龙雪山后作诗赞道：“北辰咫尺玉龙眠，粉碎虚空雪万年。华表不惊迈海鹤，崆峒只对藐姑山。”（崆峒，kōng tóng，一是指甘肃平凉西的崆峒山，二是指山东烟台之东的崆洞岛。）

玉龙雪山的主峰扇子陡海拔5596米，南北走向，是整座玉龙雪山的最南端，离丽江城仅有10公里，其风景以险、奇、美、秀著称。但这座雪山的地质条件非常复杂，据说是世界上攀登难度最大的山峰之一，曾有17支国内外登山探险队前往攀登，均以失败而告终，所以它一直是未被征服的处女峰。

我们从丽江城乘汽车前往，首先到达玉龙雪山东麓的甘海子，此处海拔3100多米，在这里可以纵览玉龙雪山的全貌。

据介绍，在若干年前，这个地方是一个高原湖泊，后因积雪上升、积水减少而逐渐干涸，人们称其为“干海子”，后改为较吉利的名字“甘海子”，成为一个三面环山的高原大草甸，长约4公里，宽1.5公里，长满了茂密的牧草和低矮的灌木林，成了藏族牧民放牧的好去处。改革开放以来，国内外游客到玉龙雪山游览得越来越多，甘海子逐步成为游客集散中心，建了不少饭店、酒馆、高原高尔夫球场等生活服务设施，尤其“印象·丽江剧场”最为有名。因为导演张艺谋、王潮歌等以玉龙雪山为背景，在此导演了原生态实景演出剧目《印象·丽江》。分为六个部分，包括《古道马帮》《对酒雪山》《天上人间》《打跳组歌》《鼓舞祭天》《祈福仪式》，视频在电视台播放后，获得一致好评。

在甘海子眺望眼前大小不一、形态各异的13座冰山雪峰，座座犹如冰雕玉琢。有的如昂首伏虎，有的如吼啸卧狮，有的如盘旋蛟龙，有的如马帮歇息，它们背负着万年积雪，由南向北，蜿蜒排开，却又浑然一体。

我们从甘海子换乘风景区的大巴，向上盘旋二十几分钟后，到达海拔3356米高的索道下部站，排队等候坐缆车。导游为我们租了保暖的皮毛大衣、皮帽和皮毛靴子，上缆车后二十多分钟到了海拔4506米的山地下车。啊，好冷呀！阵风吹起的雪粒打在脸上，让人难以睁眼。我们站在几个方位的雪地里，仰望主峰扇子陡，山似银蛇起舞，峰如长剑插天，冰川积雪寒光耀眼。看来“积玉堆雪几万年，山顶处处有冰川”的说法不虚。我们忍着寒冷和高山反应，急急忙忙地拍了几张照片，就坐缆车下山了。

据介绍，玉龙雪山共有19条冰川，其中最大的一条是海拔4680米的“白水一号”冰川。这条长达3公里的冰川就在主峰扇子陡正下方，其末端是一片千姿百态的冰塔林，在阳光折射下呈现出蓝绿色，奇特又壮观，因而被称为“绿雪奇峰”。

作者夫妇在玉龙雪山留影

在甘海子以北，有条林木森森的山谷，雪山冰川消融后顺着峭壁流入这条峡谷，长此以往，形成河流。因河床是由白色石灰岩碎石和大理石构成，河水从河床上流过，呈现出一片白色光泽，故名白水河。晴天时，河水在蓝天碧树映衬下变成了蓝色，加之山谷呈月牙形，远看就像一轮蓝月镶嵌在玉龙雪山脚下，因而人们将其称为蓝月谷。

蓝月谷一头是甘海子，另一头是海拔3000米的云杉坪，我们去游览时，听当地导游讲了一个发生在云杉坪的凄美传说。

云杉坪，纳西族人唤作“呜噜游翠阁”，意为“殉情之地”。据传，古时候这里有位漂亮的纳西族姑娘叫九命，她与一位英俊的小伙子产生了爱情并私订终身。当他们提出结婚时，却遭到父母和族人的强烈反对。他俩反复说他们的爱情是真挚的，是海枯石烂都不会变心的，但说破大天也无济于事。在封建社会里，父命、族规难违，对此，九命异常郁闷，从灰心丧气到产生绝望，最后以殉情结束了年轻的生命。

姑娘自尽后，其魂魄被玉龙雪山中的爱神“游主”接纳。痛失心上人的小伙子听说后悲恸欲绝，跑到九命殉情的地方自尽身亡，跟随九命去了。当然，这只是一个歌颂真挚爱情的传说罢了。不过，据说到此处殉情的倒是时有发生。

我和爱人游览丽江玉龙雪山后，她竟写了三首咏玉龙雪山的诗，一首七律和两首七绝，写得都不错。我就选用她的一首七律来作为本文的结尾吧。

碧雪奇峰卧巨龙，雄姿肃穆镇苍穹。
千叠玉带长空舞，万里游人缓步行。
遍野草青骠马壮，半山花艳彩蝶惊。
夜光灵动风云静，演绎红尘世间情。

银苍玉耳大理城

在丽江游览后，我们乘大巴一路向南，到达云南省大理白族自治州州府所在地大理市。

大理，坐落在云南中部偏西海拔2000多米的高原，东临洱海，西枕苍山。东汉时期，此地属于永昌郡。后来，这一地区出现了六个较大的部落，史称“六诏”。到8世纪30年代，南诏王在唐朝的支持下统一了六诏，接受唐朝委托管理南诏。在唐、宋500多年的历史中，南诏成为云南政治、经济、文化中心。后经多次战争，直到公元937年建立大理国，后被元朝推翻，成为元朝管辖的大理路，明朝又改为大理府。遗存至今的大理古城，始建于明朝洪武（朱元璋年号）年间，城内历史古迹、历史文物甚多。大理境内的著名景点有苍山、洱海、古城、崇山寺三塔、蝴蝶泉等。

萦云载雪银苍山

在大理市仰望北部的苍山（又称点苍山），虽然只看到山峦的尾部，却仍感到气势恢宏，伟岸峻秀。

据当地白族导游小姐介绍，苍山是横断山脉云岭南部最雄伟的山峰，自西北向东南蜿蜒40多公里，东西宽10多公里，共有19座海拔3000米以上的山峰，其中4000米以上的7座，最高的马龙峰4122米。峰与峰之间夹着18条清澈的水溪，滋润着山麓坝子里的土地，也点缀了苍山的美丽风光。

说苍山的美，明代著名文人杨升庵描绘得好：“山则苍茏垒翠，海则半月掩蓝”，“一望点苍，不觉神爽飞越”。苍山顶上，有不少冰清玉洁的高山冰碛湖泊，湖泊四周是遮天蔽日的原始森林。高峰背后，长年载雪；山腰涌云，变化多姿，时而淡如清岚，时而浓似泼墨，时而似玉带横束山腰，竟日不散；半山飞瀑如帘，山脚青翠如烟，林木葱茏，鸟鸣争幽，无不令人神往。如白族民歌所唱：金鸡爱栖三塔顶，老虎不离点苍山。鸡与虎是白族先民们顶礼膜拜的图腾（圆腾是原始社会的人们用来作为本氏族的标志，并加以崇拜和保护的某种动物、植物或其他自然物）。

形如新月玉洱海

洱海，位于苍山东麓，是典型的山地断层陷落湖泊。这个明亮清秀的高原淡水湖约250平方公里，长达40公里，平均水深15米，最深处21米，是云南省仅次于昆明滇池的第二大湖，也是大理四大胜景之一。

当地白族人说：洱海清，大理兴，大理之美，美在洱海。而洱海之名，有的说它“形如人耳”，有的说它“如月抱珥”（珥，指用珠玉做的耳环）。而将湖称为海，则是源于云南习俗，在“云南十八怪”中，就有“湖泊称作海”，如程海、桥海、洱海等。

洱海的水源主要是周围的三条大河和苍山十八溪的水注入海中。洱海中有金棱岛等三大岛屿和一些小岛，以及大鹤洲等四洲，一座座岛、洲犹如仙境。湖中鱼虾丰富，鸥鹭成群。我们乘坐着豪华游船漫游湖中，仿

作者爱人在洱海轮船边

佛在透明的蓝天上航行，给人以宁静悠远的感觉。身旁的岛屿、沙洲、岩穴、村舍、林木等，无不令人赏心悦目。正如我爱人在《破阵子·游大理洱海》一词的下阕所写：“船速湛蓝波涌，穹空万顷云烟。细雨丝丝留惬意，游客胸中慰藉缘。天涯心相连。”

我们这次游洱海，还有两大收获。一是听了一个美丽的传说，对洱海增加了一种神秘感；二是看了一场白族男女青年精彩的文艺演出。

据导游小姐介绍，传说在很久以前，天宫中的一位美丽公主羡慕人间平凡而自由的生活，便下凡到洱海边的一个渔村，与一位青年渔民成婚。善良的公主为了帮助渔民过上丰衣足食的幸福生活，毅然将自己的宝镜沉入洱海海底，将鱼群照得一清二楚，好让渔民们准确地捕到更多的鱼。从此，宝镜在海底变成了月亮，成了“洱海月”。每到农历十五之夜，天空玉镜高悬，格外灿烂；洱海宝镜如轮，浮光摇金，分不清是天月掉海，还是海月升天。对此，明代诗人冯时可在《滇西记略》中写道：“洱海之奇，在于日月与星，比别处倍大而更明。”

当然，这不过是一个民间神话传说。实际上，是洁白无瑕的苍山雪倒映在洱海中，与冰清玉洁的洱海月交相辉映，构成了“银苍玉洱”一大自然奇观，这才是“洱海月”的真相。正如唐人杨奇鲲在赴任途中路过洱海时在一首诗里所写：“风里浪花吹更白，雪中山色洗还青。海鸥聚处窗前见，林狖（yòu，古书上指一种猴）啼时枕边听。此际自然天限趣，王程不敢暂留停。”描绘的就是洱海的自然景色。

我们畅游洱海的游船，船舱犹如小礼堂，既有舞台，又有多排观众座位，还有小卖部，吃的、喝的、玩的一应俱全。

白族文艺演出的剧目比较丰富，以音乐歌曲、舞蹈为主。古老的“洞经音乐”十分独特，歌曲婉转而清脆。传统民间舞蹈“霸王鞭”，给我留下了深刻印象。由多名演员演出的这个舞蹈，所用的彩棍是用山竹制成的，中间穿有一串三枚或两串六枚铜钱，表演起来哗哗作响，而且很有节奏感，很快就调动起了观众的情绪。传统剧目《苍山洱海》《情暖苍山》《洱海花》等片段，也赢得了阵阵掌声。

大理古城古迹多

大理古城位于苍山脚下。我们在逛古城时，一边听导游介绍，一边观赏古建筑、古街道，一边拍照留念，还不时地购买当地的土特产和纪念品。

作者夫妇在大理古城文献楼前

大理古城方圆1公里，建有4座城门楼和4座角楼，现保存完好。其中南城门楼是4座古城门楼之首，始建于明朝洪武十五年（1382年），是古城最古老最雄伟的建筑。城门上的两个赭色大字“大理”，是郭沫若先生1961年游览大理时亲笔所题。

大理古城四周的城墙高6米，宽12米。内层为夯土，外面砌石块、大砖各一层，城外有护城河。

进城门后，沿着复兴路向北走去。这条路是全城南北纵向三条大街中的一条，从南门到北门长达一公里半，是全城的主干道和最繁华的商业街，沿街店铺比肩而设，街巷间的老宅风貌依然。

大理古城的街道，基本是明、清以来的棋盘式方格网络结构。南北纵向大街3条，东西横向大街6条。在东西大街中，最有名的是我们去逛的长达2000米的护国路。这条马路原叫洋人街，因早先在这条街道的中段两侧，中西餐馆、咖啡馆、茶馆、工艺品商店等具有西方意味的店铺林立，招牌多用洋文书写，诸多金发碧眼的“老外”经常在这里流连忘返，故被称为“洋人街”。民国初期，驻守云南的蔡锷将军起兵反对袁世凯称帝，人称“护国将军”。人们为了纪念他的这一义举，故将洋人街改为护国路。

大理古城，历来有“9街18巷”之称。全城布满了具有“三房一照壁、四合五天井”等特点的土木结构白族民居。清冽的泉水从苍山流淌到城里，穿街绕巷，经过一家一户门前，洗净尘世污垢，营造出花木扶疏、家家户户养花的氛围。每到冬末春初，也就是我们去旅游的时节，各家各户的家园里、天井里繁花似锦，枝条绿叶伸出墙外，连成一条条花巷，弥漫了全城。尤其这个季节的茶花最为有名。明代诗人杨升庵曾在诗中描写：“绿叶红英斗雪开，黄蜂粉蝶不曾来。海边珠树无颜色，羞把琼枝照玉台。”在大理古城，我们还参观了北城门楼、杜文秀帅府、文献楼、五华楼等古迹，我对后两楼印象较深。

文献楼素有“大理古城第一门”之称。这座标志性的建筑始建于清康熙年间，楼额上悬挂的匾额“文献名邦”，系清康熙四十年（1701年）云南提督偏图书写，故名文献楼。楼前竖着一方石碑，上写：“文武官员在此下马（轿）。”我和老伴在此拍照留念。

五华楼是古代南诏王的国宾馆，又叫五花楼，有古南诏“天下第一楼”之称。元代忽必烈征服大理国时曾驻兵楼前。明朝初年，该楼在战火中被毁，明洪武年间重建。

崇圣寺与三佛塔

我们逛了大理古城后，便乘车到城北一公里处的崇圣寺参观著名的三佛塔。

崇圣寺始建于唐代。历史上，该寺曾以三塔、三圣金像、雨铜观音像、南诏建极大钟、佛都匾五大重器闻名于世，可惜毁于历代战火。尽管如此，曾有9位大理皇帝到该寺出家。香港著名武侠小说家金庸在《天龙八部》中写的“天龙寺”，就是崇圣寺。

崇圣寺三塔又称“大理三塔”，始建于唐代，系中国著名佛塔之一。三塔东面正中有块石照壁，上书“永镇山川”，颇有气势。一大二小三座佛塔鼎足而立，主塔居中，两座小塔南北拱卫，雄伟壮观。它们的共同点是，塔的基座为方形，四周置有石栏杆，栏杆的四角柱头雕有石狮。

主塔又名千寻塔，底宽9.9米，高69.13米，为16层密檐式四方形砖塔。每层正面中央设有开券佛龛，里面置白色大理石佛像一尊。塔顶设铜质覆钵，上置塔刹，是600年前南诏大理国时的佛教文物。塔顶四角各设一只铜铸金鹏鸟，展翅欲飞。

南北双塔各高42.19米，为10层密檐式八角形砖塔。各层分别雕有券龛、佛像、莲花、祥云、花瓶，庄重华贵，塔顶各有三只铜葫芦。

令人未想到的是，1978—1980年在对主塔的修缮中，在塔基中清理出南诏大理国时期的文物600多件，其中包括《金刚般若经图卷》《无垢净光大陀罗尼经》等珍贵天物。我们争相在三塔各个角度拍照留念。

作者夫妇在大理蝴蝶泉

情人湖与蝴蝶泉

20世纪60年代，电影故事片《五朵金花》及其电影插曲《蝴蝶泉边》风靡全国。“哎，大理三月好风光哎，蝴蝶泉边好梳妆。蝴蝶飞来采花蜜哟，阿妹梳妆为哪桩？哎，蝴蝶泉水清又清，丢个石头试水深……”在欢乐轻松的歌声中，五位如花似玉的白族姑娘在情人湖和蝴蝶泉边梳妆嬉戏。蝴蝶泉水突突冒着，“五朵金花”争相探身捧水洗着。水映美女，美女与鲜花媲美，好一幅美艳景色的图画，至今我仍记忆犹新。

蝴蝶泉公园在大理市城区西北，离三塔不远。公园大门是用青石修成的石牌坊，门上额的“蝴蝶泉”三字，系当代文豪郭沫若先生所题。进门

后沿着一条步行道，直达情人湖和蝴蝶泉。

说起情人湖和蝴蝶泉，还有一个凄美的爱情传说呢。

相传很久以前，苍山脚下的一个村庄住着一位名叫雯姑的白族姑娘。她与山上善良勇敢的年轻猎人霞朗相恋。不料，王宫中的王子看中了年轻貌美的雯姑，便派人将她抢入王宫。霞朗得知后，在一个风雨交加的夜晚潜入王宫，救出了恋人雯姑。两人逃到无底潭边时，被王宫追兵团团围困。霞朗奋起厮杀，但终因寡不敌众，在危难中与恋人双双跳入潭中殉情。天亮时追兵撤退，风停雨住，霞光满天。突然，从无底潭中飞出一对彩蝶，互相追逐，形影不离。随后，无数彩蝶从四面八方竞相飞来，翩翩起舞。为此，白族先民便将无底潭改名为蝴蝶泉，把霞朗、雯姑这对恋人殉情的日子——农历四月十五日定为“蝴蝶会”，把从蝴蝶泉流淌出来的泉水蓄积成湖的湖泊取名情人湖。

实际上，蝴蝶泉的形成，是在花岗岩断裂带上形成的裂隙，泉水从高处的砾石中涌泻而出，汇集在碧蓝的池潭，方圆50多平方米，水深6米，水质清冽透明。

蝴蝶泉池四周，镶嵌着大理石栏杆，泉壁的大理石上镌刻着郭沫若先生题写的“蝴蝶泉”三个大字。由泉水蓄积成的情人湖占地面积6000多平方米，形状如同一只巨大的蝴蝶，飞舞在花红柳绿中。

蝴蝶泉有“三绝”，这就是泉、蝶、树。

泉，如前所述，泉水从岩缝沙砾中喷涌而出，汇集成潭，从而形成闻名于世的蝴蝶泉。

蝶，这是蝴蝶泉的一大奇观。每年三月到五月，尤其是农历四月十五日“蝴蝶会”之际，成千上万的蝴蝶聚集于蝴蝶泉，大的如巴掌，小的如蜜蜂，种类繁多，漫天飞舞，非常壮观。

树。蝴蝶泉之美在于绿。公园里各种树木到处都是，其中蝴蝶泉边的合欢树、酸香树、黄连木等，是当地特有的芳香树种。尤其是泉池西北角的池边有一棵古老的合欢树，好像一条巨大的青龙横跨在泉池上。每到春末夏初，古树开花，状如彩蝶，且散发着诱蝶的清香。此时群蝶飞舞，聚于古树，一只只连须钩足，从枝头悬至水面，形成几百条蝶串，故此树又叫“蝴蝶树”。

对于这一奇观，明朝崇祯十二年（公元1639年），地理学家徐霞客徒步蝴蝶泉游览后在《游记》中记述：泉上大树，当四月初即发花如蝴蝶，须翅栩然，与生蝶无异。又有真蝶万千，连须钩足，自树巅倒悬而下，及于泉面，缤纷络绎，五彩焕然。游人俱从此月，群而视之，过五月乃已。徐霞客是历史上第一个真实记述蝴蝶泉胜景的人。

现作《**蝴蝶泉**》诗一首，作为本文结尾。

霞朗雯姑两情深，蝴蝶泉上聚芳魂。
传说渲染成名胜，影曲婉转润人心。
黄莺鸣啭垂柳荡，合欢吐香艳花芬。
悦赏佳景如梦幻，更倾苍洱壮乾坤。

遗忘
牛肉火锅
小炒牦牛肉……48元
西红柿牛肉……48元

陕　西

古都之首西安城

“金城千里，天府之国。”这是西汉太史令、史学家、文学家、思想家、旅游家司马迁在《史记》中对自己的国都长安的赞誉。

西安，古称长安，是我国历史上建都时间最长、建都朝代最多（13朝）的都城。中国历史上最鼎盛的四个朝代——周、秦、汉、唐都将首都建在了长安。因此，在中国“七大古都”（西安、洛阳、安阳、开封、杭州、北京、南京）中，西安位列首位。

在学习中国历史和阅读相关书籍时，古都长安的大量故事、事件令人印象颇深。如西周时，周幽王就在长安骊山修建了离宫。秦朝建立后，秦始皇定都长安后大兴土木，修建阿房宫。该宫临南山，傍渭水，南北长约50丈，东西宽500步，宫内可竖起5丈高的大旗，可容纳万人，是秦代最华丽的宫殿。秦始皇陵更是规模宏大，光陪葬的兵马俑就达近万个。西汉开国皇帝刘邦迁都长安后，营建未央宫为汉皇宫。唐代又修建了大明宫、太极宫、兴庆宫。尤其是唐代时期的长安，达到了鼎盛时期。当时长安城设南北向大街11条，东西向14条，街坊200多条，面积达80多平方公里，人口过百万，不仅住有唐人，还住有其他国家的使节、商贾、留学生等。唐朝在长安坐江山共289年，算上武则天，共有22位皇帝，在中国历史上影响巨大。

我虽然两次去过西安，但真正旅游只有一次。

2005年7月上旬，我到西安参加中国商业联合会召开的组织建设工作会议，会后商会组织红色旅游。因此，我爱人也随团到西安、延安等地进行游览。在西安期间，我们游览了大唐芙蓉园、西安古城墙、钟鼓楼、大雁塔、华清宫、秦始皇陵兵马俑等。

大唐芙蓉园

在中国历史上，大唐确是一个梦幻般的王朝，它的外表如梦，而给人的感觉如幻。看了西安大唐芙蓉国，所产生的就是这样一种效果。

大唐芙蓉园位于西安大雁塔东南侧，是一座全方位展示盛唐风貌的大型皇家园林式主题公园。

早在秦朝时，就在这里建了皇家御园“宜春园”；隋朝重建后取名“芙蓉园”。唐代唐玄宗李隆基对其进行了大规模扩建，在园内修建了金碧辉煌的紫云楼、山楼、水殿、彩霞亭等若干座体现皇家园林风格的建筑物。同时，修建了一条从皇宫直达芙蓉园的所谓“夹城”，长达8公里，宽50米，便于皇亲国戚、贵公大臣到芙蓉园游览。

2002年，当地政府为了更好地开拓旅游事业，带动一方经济，在唐代芙蓉园的遗址上，以“走进历史、感受人文、体验生活”为背景，开工建设“大唐芙蓉园”，2005年4月建成并对外开放。我们去游览时，刚建成三个月。

我们从芙蓉园的西门“御苑门”进入，在唐代这是皇帝的专用门。这座造型华丽的两层门楼，匾额上的“御苑门”三个黑底金字，是当代著名书写家沈鹏书写。门楼两侧各有一座阙楼，三座建筑相得益彰，气

作者爱人在西安大唐芙蓉园

势恢宏。

走进大门后过一座大理石拱桥，便进入了主建筑区。据介绍，新建的大唐芙蓉园占地面积1000多亩，其中水域面积300亩。我们首先去参观位于园中心的标志性建筑紫云楼。这座楼与四座角楼、配房、望春阁及长廊、拱桥组成一组建筑群。我们在楼房内看了艺术团体演出的唐代歌舞，并到“陆羽茶社”去喝茶，然后去逛了270米长的彩云长廊，坐在“金亭”“玉亭”里休息。这两座亭子小巧玲珑，形态别致，寓意着“金玉满堂”“金玉良缘”“金童玉女”，象征着人们对美好生活的向往。

晚餐后，我们纷纷到湖边依次坐好，观看晚上在湖面演出的大型水舞光彩秀。这场演出以盛唐文化、盛唐风情为载体，以梦境为主题，通过科技手段，集音乐喷泉、激光、焰火、水雷、水雾于一体，营造出光影与游幻的立体视觉，令人震撼，恍然进入天宫般。

大唐古都长安以及唐代所建的芙蓉园，距今已逾千年，这注定是一个无法追及的梦。而重建的西安大唐芙蓉园，把这个梦变成了现实。园内处处都是真实与梦幻重叠的建筑、重叠的故事、重叠的场面，看后令人感慨万千，久久不能忘怀。

古城墙与钟鼓楼

现在的西安古城墙，特指明朝洪武年间在唐朝长安皇城的基础上，大规模重建的明城墙，它和著名的西安钟鼓楼都在古城中心区。

明城楼周长13.74公里，高12米，底宽15~18米，顶宽12~14米。原有城门4座，东为长乐门，南为永宁门，西为安定门，北为安远门。20世纪80年代，西安市进行了声势浩大的城墙维修系列工程。为了便于市内交通，城门扩大到18座，并恢复扩建了护城河、吊桥、箭楼、角楼、敌楼、垛口等一系列古代军事设施。更显示了古都长安的“古”感。

我们在宽阔的城墙上漫步、远眺、近望、拍照，不仅惊叹这些古建筑保存之完好，而且想到诸多汉代文学家和唐代诗人。如汉代著名文学家、思想家贾谊、晁错、董仲舒、司马相如、东方朔、司马迁、杨雄、班固、张衡等。著名汉赋如司马相如的《上林赋》《子虚赋》，张衡的《二京赋》等。唐朝政府的许多高官也大多是诗人，如宰相张九龄，尚书右丞王维，监察御史刘禹锡、柳宗元，左赞善大夫白居易，同中书门下平章事元稹，京兆尹兼御史大夫韩愈，翰林李白，左拾遗杜甫等，无不有杰作流传。还有那些描写长安城的诗篇，如杜甫《丽人行》中的“三月三日天气

作者夫妇在西安古城墙上

新，长安水边多丽人。态浓意远淑且真，肌理细腻骨肉匀”。又如韩愈描写的长安早春：“天街小雨润如酥，草色遥看近却无。最是一年春好处，绝胜烟柳满皇都”等，无不令人的思绪离不开长安。

西安钟鼓楼是钟楼与鼓楼的合称，都是古代用以报时或报警的建筑，具有浓郁的民族传统文化特色。朱德、周恩来等老一辈党和国家领导人生前曾登楼参观。

据介绍，唐代的钟楼建在西安广桥街口，明万历年间移到现址。清乾隆年间重修时，将钟楼里的景云钟移出楼外，以便报时之声更为远扬。1996年国家对钟楼进行大修时，仿制了更大的景云钟，挂在钟楼的西北角。

鼓楼始建于明朝洪武年间，清代两次重修，中华人民共和国成立后又多次进行修缮。这座高达52.6米的鼓楼南檐下，悬挂着写有“武盛地”

的蓝地金字匾额，据说是清代陕西巡抚张楷重修鼓楼时仿乾隆皇帝的御笔书写。北檐正中悬挂着写有“声闻于天”的匾额，笔力挺拔。走到近处观看，整座建筑通体彩绘，雕梁画栋。四面各有红漆大门，门扉上雕刻着历史故事，如木兰从军、柳毅传书、八仙过海、伯乐相马等。楼顶端琉璃莲花，鎏金宝顶，显示了明代建筑艺术的独特风格。

免使本篇过于冗长，我们游览的大雁塔、华清宫、兵马俑三个景点，将单独记述。

参观西安有感

古都名城感废兴，世间忧乐总关情。

汉赋唐诗绝唱地，激荡心潮如泉涌。

玄奘藏经大雁塔

玄奘译经垂千秋，慈恩古刹闻九州。

雁塔巍然立大地，曲江陂头流饮酒。

这首诗写的就是西安大雁塔。

大雁塔是我国的著名佛塔。它之所以著名，是因为该塔是唐代著名僧人玄奘的藏经塔。

大雁塔坐落在西安市和平门外慈恩寺内。这座寺是唐贞观二十二年（648年），太子李治为追念其母文德皇后而建的，玄奘任首任方丈。唐永徽（唐高宗李治年号）三年（652年），唐僧玄奘为了妥善存放他从印度取回来的657部佛经、8尊佛像和大量舍利等珍宝，向朝廷建议在慈恩寺内建塔藏经，很快得到批准并主持建造。

大雁塔建在一座方约45米、高约5米的台基上。据说原塔仅有5层，后来武则天增高到10层，但在战火中受到摧残，仅存7层，高64.5米。塔身呈方形楼阁式。塔内有木梯，可徒步盘旋而上。每层四面各有一个拱券门洞，站在此处凭栏远眺，西安风貌尽收眼底。

塔的底层四面设有石门，门上均刻有精美的线条佛像，据说是唐朝著名画家、深受唐太宗赞赏的阎立本的手笔。另在塔底南门两侧，嵌有唐太宗撰文的《大唐三藏圣教序碑》，以及唐高宗李治作的序文，由唐代著名书法家、鉴赏家、官至中书令的褚遂良书写。塔壁上还有杜甫、高适、岑参等著名唐代诗人的题诗。岑参在诗中如此描写大雁塔："塔势如涌出，孤高耸天宫。登临出世界，磴道盘虚空。突兀压神州，峥嵘如鬼工。四角碍白日，七层摩苍穹……"

作者夫妇在西安大雁塔前留影

那么这座塔为什么叫大雁塔呢？

玄奘在所著的《大唐西域记》中记载了一个"僧人埋雁造塔"的故事。

相传，摩揭陀国有座寺院，寺中的和尚信奉小乘佛教，可以吃"三净肉"。有一天因没有化缘到午饭，一位和尚冲着天空中的一队大雁开玩笑地说：菩萨应该知道是给我们施舍斋饭的时候了。

此话一出，化身为领头雁的菩萨听到后舍身布施，转头往回飞，坠亡在和尚面前。众和尚大为惊诧，认为这是佛陀在警示自己，便着手埋雁建塔，以此纪念。

唐僧玄奘之所以建造雁塔，也是为了倡导“献身”精神，并率先垂范，希望别人做“大雁”，就得自己先做“大雁”。雁塔建成后，他在此专心致力于佛经翻译工作，为中国的佛教事业做出了不可磨灭的贡献。

那么，玄奘从印度带回来的大批佛经、金银佛像、舍利等宝物，到底藏在哪里呢？至今还是个谜。据说有关专家在勘查研究后认为，大雁塔下可能藏有地宫。经雷达探测探出塔下确有空洞。这些空洞是否就是“地宫”，玄奘带回的诸多宝物是否藏在地宫中，还有待于国家有关部门进行考证。

我们纷纷站在大雁塔前拍照留念，并到塔北喷泉广场去欣赏亚洲最大的音乐喷泉。那五彩水色里，反照着千百年来不灭的光芒，令人至今难以忘怀。

现作小诗一首——《**咏大雁塔**》：

大雁凌空起，巍然天下雄。
经卷映霄汉，瑰丽胜琼宫。

骊山御苑华清宫

华清宫，又名华清池，位于西安市以东约30公里的骊山北麓，从市内乘汽车半个多小时即到。

华清宫，以亘古不变的温泉资源、烽火戏诸侯的历史史实、唐玄宗李隆基与贵妃杨玉环的所谓“爱情”故事、1936年“西安事变”的发生地而享誉海内外。

由于骊山风光旖旎，温泉长流，周、秦、汉、唐等历代帝王都在骊山修建离宫别苑，供其享乐。

相传，早在西周时，周幽王就在骊山修建了离宫（封建帝王在国都以外修建的宫殿，供皇帝外巡时居住）。又传，秦始皇曾在骊山触怒了神女，气得神女吐了他一脸唾沫，随之生疮溃烂。秦始皇请求饶恕，神女使用温泉水为他洗疮治愈。秦始皇为了感恩，在此处兴建了“神女汤泉”。到了西汉，汉武帝刘彻扩建了自己的离宫。唐代，先是唐太宗李世民在骊山脚下兴建宫殿楼阁，取名汤泉宫；唐高宗李治即位后将其扩建并改名温泉宫；唐玄宗李隆基再次扩大建筑规模，定名为华清宫。因宫中温泉、浴池甚多，又被称为华清池。

据介绍，华清宫的早年建筑已荡然无存。现在的华清宫是在唐代华清

宫的遗址范围内扩建的。据说1982年在基建开挖地基时，发现了唐代华清宫浴场的遗址。经对5个汤池的考证，确认是皇帝、贵妃、太子、大臣沐浴的浴池。后在这些遗址上修建了“唐华清城”。由于时间关系，我们有选择地看了几座建筑和浴池。

飞霜殿，这座殿是仿照唐玄宗和他的爱妃杨玉环的寝殿而建的。唐玄宗在每年的第四季度，都要偕杨贵妃到这座充满神秘色彩的“爱巢”里过冬。因为这座寝殿装有取暖系统，即将温泉里的热水导入墙体内，使其循环成暖气。每当大雪纷飞时，雪花飞落到这里便落雪成霜，故被称为飞霜殿。这个取暖方式现在看来很土，但在1300多年前，算是很先进的了。

“海棠汤”浴池，俗称贵妃池。浴池设置在一间温馨的房子里，我们进去后围着浴池观看。浴池东西长3.6米，南北宽2.9米，深1.26米。池内有上、下两层台面，便于进出。池底中间设有圆形进水口，造型颇像一朵盛开的海棠花，故而得名海棠汤。其用意可能是，以海棠花的艳丽衬托杨贵妃的娇美；比喻杨贵妃丰腴的形体与海棠花一样的美丽。看来海棠汤这个名字，起得还是很有讲究的。

“莲花汤”浴池。这是唐玄宗李隆基的浴池，设在一所宽大豪华的房子里。东西长10.6米，南北宽6米，深1.5米，是一个可浴可泳的室内特大浴池，充分显示了他至高无上、唯我独尊的皇权威严。

这是一个呈莲花瓣形的浴池。池底的进水口装有一对莲花喷头，可同时向外喷水。池的周围有双排石礅。双孔喷头和双排石礅，寓意着唐玄宗与杨玉环是“并蒂莲花”，故名莲花汤。

唐玄宗与杨玉环在骊山华清宫的奢侈荒淫生活，唐代的文人雅士作了一些描写与抨击。如唐代大诗人白居易在《长恨歌》中描写：“春寒赐浴华清池，温泉水滑洗凝脂。侍儿扶起娇无力，始是新承恩泽时……骊宫高

西安华清宫胜地

处入青云，仙乐风飘处处闻。缓歌慢舞凝丝竹，尽日君王看不足……"

又如唐代诗人李商隐在《骊山有感》中感叹："骊岫飞泉泛暖香，九龙呵护玉莲房。平明每幸长生殿，不从金舆惟寿王。"后两句写唐玄宗坐金舆到华清宫长生殿与杨玉环幸会，只有寿王不作随从。因为杨玉环原是唐玄宗的儿子、寿王李瑁的妃子。自己的妃子被父亲夺去为妃，他怎能随父去见自己的原妃呢。这从一个侧面揭露了唐明皇的荒淫。

流传最广的还是杜牧写的三首七绝《过华清宫》，其中第一首最为叫绝："长安回望绣成堆，山顶千门次第开。一骑红尘妃子笑，无人知是荔枝来。"作者选取飞骑从岭南传送杨贵妃爱吃的荔枝到华清宫这一典型事件，委婉地讽刺唐玄宗与杨贵妃骄奢淫逸的生活，具有"见微知著"的艺术效果。

首句是写诗人在长安回望华清宫的景色。“绣成堆”指骊山两侧的东绣岭与西绣岭。当时岭上广植林木花卉，树木葱茏，花繁叶茂，宛如锦绣，故又被称为“绣岭”。

“山顶千门次第开”是说山上富丽堂皇的建筑很多，要到玄宗与贵妃所住的正殿，必须层层通报，平时紧闭的宫门也一道接一道地打开。一名骑着骏马的驿使风驰电掣般疾奔而来，只有行宫内美丽的妃子展颜欢笑，别人是不知道骑手是来给贵妃送荔枝的。

“长生殿”是华清宫的主要建筑之一，也是唐玄宗与杨贵妃在这里盟誓的地方。白居易在《长恨歌》中用最后的8句对此作了精彩描述：“临别殷勤重寄词，词中有誓两心知。七月七日长生殿，夜半无人私语时。在天愿作比翼鸟，在地愿作连理枝。天长地久有时尽，此恨绵绵无绝期！”诗人对唐玄宗与杨玉环的爱情悲剧，在政治上是讽刺的，在爱情上却是歌颂的。而我对唐玄宗与杨玉环的爱情却是鄙视的。公公夺儿子之妃为己妃，这不是乱伦吗，有什么好歌颂的呢。

最后，我们去看了1936年“西安事变”时蒋介石在华清池住的房间、行辕会议室。“捉蒋”的当晚，蒋介石就是从这里跑到山腰处被捉的。据说已在那个地方建了“捉蒋亭”，由于时间关系，我们未上山去看。

现作小词《**点绛唇 · 华清宫观后感**》

帝王荒唐，夺儿爱妃手心里。

长生殿誓，华宫汤池雨。

飞骑传荔，贵妃闻莞尔。

千秋怨，国误民苦，史迹如粪土。

秦始皇陵兵马俑

在西安游览期间，我们到骊山秦始皇陵和秦始皇陵兵马俑博物馆参观，重点看了三个兵马俑坑。

俑，指古代用来代替活人殉葬的偶人，如陶俑、木俑、兵马俑等。

在奴隶社会，奴隶被视为奴隶主的附属品，奴隶主死后，奴隶要为奴隶主陪葬。这种既野蛮又残酷的风俗，已从在河南安阳殷墟18座陵墓中出土的5000多名殉葬者得到了印证。这些人有的是活人殉葬，有的是被杀死后殉葬。在有些历史资料中，确有将活人作为殉葬品的记载。

到了战国时期，有的诸侯国废止了活人殉葬的残忍制度，逐渐出现了以陶俑、木俑、石雕等代替人殉，秦国就是实行兵马俑的大国。

史料记载，秦始皇陵墓由丞相李斯规划设计，大将章邯监工，修陵人员达70多万，历时39年才建成。占地面积约2.5平方公里，封土高约150米。下面的地宫呈长方形，长约460米，宽约400米。地宫内筑有各式宫殿，陈列着各种奇珍异宝，灌以水银。陵园又有内、外城垣，外城4门，内城6门，内外城4角均有角楼等设施。

考古人员在地宫附近发现了一些墓葬，既有无棺无尸的陪葬墓，也有陪葬大批铜器、银器、漆器的贵重物品墓。其中出土的两组大型秦代铜车铜马铜人就很令人震撼。

作者夫妇与同事刘诗佳（左一）在兵马俑博物馆前留影

这两组出土文物，一人一车四马为一组，车为单辕，长2.5米，方形车厢宽一米，进深1.2米。拉车的四匹骏马并列，驾车者一为直立，一为跪立，形象生动，制作工艺精细。这是我国迄今发现最早、保存最完整的大型铜车、铜马、铜人。

当然，最让人震撼的还是那近万个兵马俑。

据介绍，1974年3月，西安市临潼区西杨村一位农民在秦始皇陵以东1.5公里处挖井时，挖到了一些与往常不一样的陶制品。经考古部门考察挖掘，确认这里的地下是秦始皇陵兵马俑坑。经媒体报道后，震惊了世界，后被列为“世界第八大奇迹”、“世界十大古墓稀世珍宝”之一，并被联合国教科文组织批准列入《世界遗产名录》。

据介绍，兵马俑是采用陶冶烧制的方法制成，出窑时火候均匀，彩绘鲜亮，硬度很高，十分精致。但在地下黑暗的世界里“生活”了2200多年，出土后由于氧化的原因，原来的鲜艳颜色不到10秒钟就化为白灰了。现在我们只能看到兵马俑身上残留的彩绘痕迹，如果能保留原来的颜色，那就太漂亮了。三个兵马俑坑呈“品”字形。我们怀着一种既好奇又敬畏的心情，按照参观顺序，参观一、二、三号坑。面对这样一个“武士兵团”，参观者只听讲解员介绍，谁也不多说话，凭空增添了一种神秘感。

据介绍，一号兵马俑坑最大，呈长方形，东西长230米，宽62米，面积达14260平方米。坑的四面设斜坡门道，便于上下。一号坑左右两侧各有一个略小的偏坑，分别称为二号坑和三号坑。这三座坑里的武士俑多达万名，“战车”百辆，“战马”百匹。武士俑个个身材高大魁梧，但形态各不相同，有军吏俑（即军官）、步兵俑、弩兵俑、骑兵俑、车兵俑、驭手俑等。

俑的大小与真人、真马相同，完全以写实的手法，把当时武士的服饰、兵器和战马、战车的形态忠实地表现了出来。不管是身材魁梧、气质昂扬的大将军俑，还是手执兵器、挺胸伫立的士兵俑，不管是左腿蹲屈、右膝着地、手执弓箭的跪射俑，还是战马昂首、奋蹄扬尾、骑手挥舞大刀、奋勇向前的骑兵俑等，个个都身着铠甲、军容整肃、雄壮威武，极富征战气势。不由得让人想到当年秦始皇率领千军万马，外抗匈奴、内平六国、统一中国的雄才大略，不禁令我这个老兵肃然起敬。可惜不准拍照，未留下兵马俑的照片。

关于中外游客对秦始皇兵马俑的感叹和评价，实在是太多了。比如法国前总统希拉克的几句感言，就很有代表性。他说：“秦俑坑是世界的奇迹！不看金字塔，不算真正到过埃及；不看秦俑坑，不算真正到过

中国！”

现作小诗《参观秦陵兵马俑》：

诸侯割据秦荡空，疆土一统足称雄。

是非成败任评说，千军万马皆屏声。

参谒桥山黄帝陵

“自从盘古开天地，三皇五帝到如今。”那么，“三皇”“五帝”到底是谁呢？

据传，“三皇”指的是我国远古时期的伏羲氏、神农氏和女娲（wā）氏。伏羲氏的主要贡献是教会人们织网捕鱼、猎捕野兽，以维持日常生活；还教会人们把鱼虾和野兽的鲜肉放到陶器里煮熟或用火烤熟后再吃，以免生吃带来疾病。

神农氏的最大贡献是勇尝百草，为人类找到了大量的食用植物，并教会人们农耕和产品交换等。

女娲氏是古代传说中的女神。她曾炼五色石补天，治理洪水，驱除猛兽，使人民得以安居乐业。

“五帝”是指在中国原始社会末期部落联盟领袖黄帝和他的孙子颛顼（zhuān xū）、重孙帝喾（kù）以及他们的后人尧、舜，其中黄帝是五帝之首。

需要说明的是，“黄帝”和“皇帝”不是一回事。“黄帝”是一个具体的人，是我国远古时期的传奇领袖，是中华民族的祖先。而“皇帝”则是秦国的国君嬴政把“三皇”中的“皇”和“五帝”中的“帝”组合成“皇帝”。从自己开始，国君称为皇帝，自己就是秦国的始皇帝。从此，

中国各个朝代的最高统治者都被称作皇帝。

相传，黄帝出生在中原地区的有熊国，即现在的河南新郑。史籍记载，他的母亲附宝怀孕时天空突然传来雷声，接着是一团环绕北斗星的电光掠过，24个月后出生了这位划时代的英雄。

这孩子出生后就双目炯炯，70多天就会说话。稍大些就思维敏捷，口才出众，心智周密，能辨是非，人们认为他是“天神转世”。那时的人们认为“帝”是万物的主宰；称“五德”的金、木、水、火、土中的土为万物之本，所以有熊人最崇尚“土德”。土是黄色，便给他起名叫“黄帝”。又因为他生长在姬水，居住在轩辕之丘，便以“姬”为姓，以“轩辕”为号，所以后世也将黄帝称作轩辕氏或轩辕帝。

黄帝长大后成为有熊国的首领，他不负众望，带领部落的人们向北发展，打败了河北涿鹿一带的部落领袖炎帝。炎帝同意将两个部落合并成炎黄部落，由黄帝和炎帝担任正、副首领，定都涿鹿。这个大部落就是中华民族的雏形，所以后来的中国人便称自己是“炎黄子孙”。

正当炎黄部落不断扩展壮大之时，勇猛善战的蚩（chī）尤带领南方九黎族部落打了过来。黄帝率领部落人马奋起反击，双方打得山摇地动、昏天黑地，最终黄帝赢得了胜利，蚩尤被杀，九黎族部落全部并入炎黄部落，成为当时最大的部落联盟。

此后，黄帝率军南征北战、东伐西讨，不仅扩大了疆土，统一了各部落，而且学到了许多发展农业生产、改善人民生活、促进社会进步的知识，并有很多发明创造。如发明文字、研究医学、培育蚕桑、制造舟车等。他还组织有知识的人员推算历数，为的是预知未来的气候和节令，顺应大自然的规律，预测各种变化，以便播种百谷草木、驯化鸟兽昆虫。同时，鼓励民众勤苦劳作，教导人民爱惜江湖山林和土地，按照时令进行收割和劳作，不许过度开采利用等。因此，黄帝被尊为中华民族的“人文始祖”和共同祖先。

相传，轩辕黄帝大业创就成功后，天帝在九月九日派了一条巨龙下凡，迎接黄帝荣登上界。当巨龙腾空而起、黄帝随之徐徐升天之时，一座龙形的桥山缓缓隆起，黄帝的衣冠落地之处，形成了一座特大墓冢，这就是黄帝的安身之地。

邓小平为黄帝陵题词：炎黄子孙

当然，以上不过是神话传说。汉代史学家司马迁在《史记》中记载：“黄帝崩，葬桥山。”也就是说，黄帝逝世后，葬在了桥山，这话可信。因为自黄帝驾鹤西归后，历代的人们就在桥山祭祀和供奉黄帝。当然，黄帝的出生地河南新郑等地也不断举办祭祀活动，但陕西省黄陵县桥山黄帝陵举办的祭典活动规模最大。

据介绍，桥山黄帝陵始建于汉代，唐朝代宗大历年间（766—779年）建轩辕庙于桥山西麓，并将对黄帝陵的祭祀活动列为国家大典。宋太祖开宝五年（972年），将轩辕庙迁到桥山东麓今址。此后，历代多有修葺，祭祀活动也越办越多，规模越来越大，仅清朝就有26次大规模的祭祀活动。

黄陵县位于西安以北190公里处，基本在西安与延安中间。我们从西安驱车一路向北，约两个半小时到达。

轩辕庙坐北朝南，占地10余亩，主要建筑有山门、过亭、碑亭、大殿、碑廊等。庙前是一个大广场，用5000块巨型河卵石铺就，象征着中华民族5000年的文明史。

山门是一座单檐歇山顶建筑，面阔5间，上悬“轩辕庙”匾额。进山门后，左侧有一棵特大的“黄帝手植柏”，高19米，树围11米，世称“天下第一柏”。清代《古今图书集成》载：“中部县有轩辕柏，在轩辕庙。考之杂记，乃黄帝手植物，围二丈四尺，高可凌霄。”当地俗语形象地描绘其“七楼八拃（zhǎ）半，疙里疙瘩不上算”。黄帝手植柏虽然树瘤累累，树干却依然挺拔，苍翠繁茂。

山门内是一座过亭，又叫诚心亭，四面无墙，亭柱上的对联是：“诚朝圣地人文祖，心祭神州儿女情”。自古以来。拜谒黄帝者，首先要在此亭整衣冠、静心境，然后进殿顶礼膜拜，以示对祖先的尊崇。

后面的碑亭更引人注目，因为亭内有不少名人题词的碑刻。例如，1911年12月，孙中山先生任中华民国临时大总统后，第二年他派团去祭扫黄帝陵，并亲笔题写了气壮山河的祭文：“中华开国五千年，神州轩辕自古传。创造指南车，平定蚩尤乱。世界文明，惟有我先。”后刻碑置于碑亭。

1937年清明节，身在延安的毛泽东奋笔疾书，洋洋洒洒地撰写了长篇祭文：“赫赫始祖，吾华肇造，胄衍祀绵，岳峨河浩。聪明睿智，光被遐荒，建此伟业，雄立东方……”可谓字字珠玑，句句金石，磅礴大气，荡气回肠。

另外还有邓小平1988年题写的“炎黄子孙”碑；江泽民题写的“中华文明，源源流长”碑等。

在庙内东侧的碑廊还有60多座碑刻，最早的一座是宋朝嘉祐六年（1061年）奉旨栽植松柏1413棵的记事碑。可以说，这种碑刻弥足珍贵。

轩辕庙的主体建筑是明代重建的大殿。这座大殿面阔7间，进深3间。殿前设月台，四周有回廊。还有一棵著名的挂甲柏。树干上孔洞很多，似嵌铁钉，汁液流出，凝于树皮表面。据说汉武帝北伐朔方回来时，曾挂铠甲于这棵树上，故名挂甲柏。

大殿门楣上悬挂着一块大匾，上写“人文初祖”。殿内供奉着一尊石质黄帝浮雕像，高3.9米，宽3.3米，是以东汉武梁祠画像石拓片放大雕刻而成的。雕像站立，抬擘扬手，步向东而回望西，冠带衣着简朴无华，拜谒者无不肃然起敬。

拜谒黄帝雕像后，我和爱人便攀登到黄帝陵顶参观。那是一座很大的圆形冢，极像一座小山，上有郭沫若先生题写的“黄帝陵”三字，并在周围安装了铁围栏，以保证游客安全。

据说黄帝陵的面积达333公顷，周围群山簇拥，唯桥山柏树森森，古柏参天，种类有侧柏、雀柏、哑柏、龙柏等。我们去参观时柏树已达8万多棵，其中千年以上的有3000多棵。

岁岁清明，年年重阳。每到中国的这两个传统节日，海内外几千名中华儿女齐聚轩辕庙，举行盛大的民祭仪式，隆重祭祀轩辕黄帝。

关于黄帝的英雄业绩，由于年代久远，难免会有神话类的传说，但这不影响他的英雄形象。在5000多年前的原始社会里，他为了民众的生存和改善民众的生活而奋力打拼的精神，为了人类的发展和社会进步而锲而不舍的创造精神，为了保卫自己的家园和民众的安全而奋起抗战的大无畏精神，都是值得我们骄傲和自豪的。作为炎黄子孙，作为龙的传人，如果都像我们的祖先黄帝那样，我们的国家一定会更加强大地屹立于世界之林。

谒《黄帝陵》

我亦黄帝裔子孙，屹立东方傲然尊。

千秋祭典同承传，中华腾飞振国魂。

滔天洪水一壶收

参谒人文始祖黄帝陵、轩辕庙后，我们乘车一路北上，到了富县转而往东，去参观天下闻名的黄河壶口瀑布。

在景点停车场下车后，远远就听到了隆隆的轰鸣声。步行到壶口瀑布跟前，瀑布倾泻的声音惊天动地，正如当地谚语所说：一里壶口十里雷。

黄河壶口瀑布位于陕西省宜川县和山西省吉县之间的晋陕大峡谷中段。传说在远古时期，壶口一带是道山岭，把黄河拦成一片汪洋，名曰北海。《山海经》记载：北海横流，人淹于水中，天下大乱。临危受命治水的禹王通过凿山，把淹成一片的秦晋两国疏离开了，但又使得浩浩漫漫宽宽荡荡的黄水，一下收入壶口，拥挤成雄烈不羁的“野马群”，争先恐后，势不可当……北魏地理学家郦道元在《水经注》中说“禹治水，壶口始”，是说大禹治水是从壶口开始的，并描写壶口之水“奔腾若飞”。

唐代诗仙李白在《将进酒》一诗中，形象地描写“黄河之水天上来，奔流到海不复回”。实际上，黄河之水“源出昆仑衍大流，玉关九转一壶收”。她从青藏高原顺势而下，浊流汹涌，滚滚洪波，穿过青海、甘肃，流经内蒙古、宁夏，蹿入晋陕峡谷，形成“悬水三千仞，流沫四十里”的壶口龙窝。正如《禹贡》所记：“既载壶口，治梁及岐。”由此，壶口得名四千年，同禹功德代代传。

深邃的晋陕大峡谷两岸夹山，滔滔黄河被束缚在峡谷中，成了晋、陕两省的天然分界线。峡谷两岸下陡上缓，高约150米，谷底宽200米至300米。河底的坚硬岩石在激流的长期冲击下，形成了一道30～50米宽的深槽。由北向南的黄河水滚滚而来，400多米宽的水面到峡谷中段急速收敛，骤然被收束为约50米的一注，形成特大型马蹄状瀑布，排山倒海般跌入高约20米的深槽，真可谓“滔天洪水一壶收”，视之如巨龙潭底翻巨浪，听之似万马奔腾呼啸来。据说这是黄河上唯一的黄色大瀑布，也是我国唯一的移动式大瀑布。

据介绍，在千万年前，这段河谷的下游一带由于地壳不断运动，造成岩石断裂，地表断层，加之黄河水的长期冲击和侵蚀，河底形成陷坑，当地称为“跌水”，跌水越深，冲击越大，再坚硬的岩石也抵挡不住激流的长期冲击，跌水便以每年六七十厘米的速度向上游移动，从而使跌水的位置从最初的孟门上移到了60多公里的壶口。在移动过程中，在砂石河床上冲开了一条深60多米、宽三四十米的龙槽，也就是现在所看到的壶口瀑布倾泻下来的大量河水，都从这条酷似蛟龙的龙槽浩浩荡荡向下游流去。对此，北魏郦道元在《水经注》中写道：“水非石凿而能入石，信哉！”

我们站在壶口瀑布的西边，近距离感受这“黄河之水天上来”的壮观。只见飞瀑横溢，激起弥天水雾，笼罩在瀑布上空和周围，任意飘逸，如云似岚，萦绕不散。古诗形容：收来一壶水，放出半天云。我们在观看中，不断地有水花飞溅到我们的脸上、头发上、眼镜上、衣服上。瀑布的跌落声激起撼天惊雷，声震十余里。我爱人曾写诗赞曰：“奔腾咆哮震苍天，气势恢宏蔚壮观。飞瀑直喷黄色浪，磅礴浩荡泻千川。”

还有两个风景令人印象深刻，即石窝与龙槽。

石窝是在壶口两边的石岸上看到的，形态各异，大小不一。小的如水

作者夫妇在壶口瀑布

杯、陶碗或紫砂壶，有的如盘，积水如镜；大的如水瓮、水缸，里面足可容纳一人，游人很是好奇。

据介绍，这诸多石窝，是河水激流长年累月地冲击石岸或盘旋打磨河床凹处的石块形成的，所以多呈圆形，且光滑无比。有的石窝里存有圆石或动物状石头，这也是在河水的冲击下相互打磨而成的。明代就有人作诗对其描述："河底有天涵兔形（指月亮），山间无物掩蟾光。因其孟门开宝镜，嫣娥向晚理残妆。"

龙槽，是指瀑布以下长达数十里的水沟。由于瀑布水流的巨大冲击力，硬生生地从坚固的岩石上冲出一道狭长的石沟，长达数十里，宽约三四十米，名曰龙槽。龙槽两边峻岩飞突，沟深水急，惊涛骇浪，撼人魂魄，直看得游人目瞪口呆。工作人员拿着喇叭，一直提醒人们离瀑布和龙槽远一点，免得发生危险。

导游介绍，曾有一女子来游览时，光顾着拍照而不慎滑落瀑布槽中，后在五里之外的龙槽中打捞到了她的尸骨，仅剩下光秃秃的骨架了。听后令人毛骨悚然。我们在观看和拍照时，都要站在最安全的位置。

作者夫妇在壶口瀑布骑驴游玩

拍照，是旅游中的一项重要活动。不管走到哪个景点，拍下自己认为最好的风景、最值得纪念的名胜，同时留下自己的身影，日后看看也很有意思。我和爱人在壶口除从各个角度拍摄瀑布外，我们还穿上陕北农民的服装，扎上头巾，骑着毛驴拍照，很有地方特色和纪念意义。

看到壶口瀑布，看到黄河，令人不由得想起了1939年年初由光未然（本名张文光，湖北光化人）作词、冼星海作曲的抗日歌曲《黄河大合唱》。“风在吼，马在叫，黄河在咆哮，黄河在咆哮……端起了土枪洋枪，挥动着大刀长矛，保卫黄河、保卫家乡、保卫华北、保卫全中国！”这是80多年前中国共产党领导的英雄儿女面对日寇侵略所发出的呐喊！风吼、马叫，黄河在咆哮，恰恰就是他们反对侵略、保卫国家发出的呐喊！

嗟乎！流水相聚而势壮，民心相融而国强。愿我黄河，永远奔流呐喊，托起民族复兴的希望；愿我壶口，永世飞腾不息，满载吉祥辉煌！

浪淘沙·壶口瀑布

惊叹巨浪涌，十里雷霆，咆哮翻滚泻潭中。

束波敛涛飞龙槽，一路驰风。

翘首望境鸿，超尘钟灵，民之魂魄国之雄。

重嶂叠碍无所惧，绝佳天工。

革命圣地延安城

游览壶口瀑布后，太阳已经偏西，我们当晚下榻于宜川一家宾馆，第二天早餐后前往革命圣地延安。

延安古称“延州”，位于陕北黄土高原中南部的延河中游，自古就有“塞上咽喉”“三秦锁钥”“五路襟喉”“军事重镇”等称誉，历来为兵家必争之地。

秦朝大将蒙恬率30万大军抗击匈奴时，曾驻延安等陕北地区。

“先天下之忧而忧，后天下之乐而乐”的宋代名臣范仲淹任延州知州时，大刀阔斧地整军备战，筑城固寨，修道凿井，垦荒耕种，不仅使陈兵边境的外敌不敢入侵，而且赢得了“军中良将”“朝中贤臣”的赞誉。

明朝末年，农民领袖李自成、高迎祥、张献忠等在陕北揭竿而起，矛头直指封建王朝，书写了惊天动地的历史传奇。

20世纪30年代，民族英雄谢子兴、刘志丹在延安等陕北地区开展武装斗争，领导红26军、红27军与敌人进行了艰苦卓绝的斗争，建立了陕甘根据地。因此，中共中央机关和中央红军选择到陕北落脚，是非常明智的。

1935年10月，历经二万五千里长征的中央红军到达陕北吴起镇。同年11月，中共中央机关进入陕北革命根据地的中心瓦窑堡。自此，中共中央

作者夫妇在延安

和毛泽东等老　辈无产阶级革命家在延安战斗生活了13个春秋。他们在延安的窑洞里，运筹帷幄，决胜千里，领导和指挥了抗日战争、人民解放战争，取得了决定性胜利，迎来了新中国的曙光。

延安是一个“三山夹两河”的城市。宝塔山、清凉山、凤凰山三山鼎峙，延河、南川河在此交汇。除了山川河流，就是窑洞，加之交通不便，当时的生活条件比较艰苦，中央领导机关和中央领导同志住得比较分散，且基本都住在简陋的窑洞里。

在延河边的广场上，矗立着毛泽东的铜像。他双手叉腰，目光坚毅，凝神眺望远方，令人产生无限遐思。

激情难掩宝塔山

我们走过延河桥，去看宝塔山。宝塔山位于城南，既是延安的标志，又是革命圣地的象征。在这座海拔1135.5米的山上，苍松翠柏蔽日，新树嫩枝招摇，古老的亭台楼阁和烽火台透着一丝沧桑。抚摸着被风雨磨砺、烟火熏黑的青砖，看着保留至今的弹洞，可以想象得出它承载着多少特有的历史故事。

塔旁有一口明代铸造的大铁钟，中共中央驻在延安时曾用它报时或报警。古为今用，给人留下了多少想象的空间和值得回忆的故事。正如当代著名诗人贺敬之在《回延安》一诗中所写："几回回梦里回延安，双手搂定宝塔山。"

延安窑洞的贡献

在延安到处可见当时的边区军民所住的窑洞。可以说，延安的窑洞是中国革命的摇篮和大熔炉。13年间，党中央在延安的窑洞里创办了中央党校、中国人民抗日军政大学、陕北公学、马列学院、鲁迅艺术学院等33所高中等院校，5所中学和保育院，培养了大批党和国家、军队的栋梁之材。

13年间，身在国统区的有识之士，冲破日寇和国民党的重重围阻，千里迢迢奔赴延安，投入到火热的学习和工作中，先后有10多万进步青年在延安接受了先进文化和革命理想主义、爱国主义教育后，毅然奔赴前线，奋不顾身地开展对敌斗争，为打败日本帝国主义和国民党反动派、建立新中国，做出了重大贡献，在共和国的史册上留下了光辉的一页。

延安的窑洞里，不仅出干部，出人才，而且出真理，出马列主义。毛泽东为了正确地指导革命事业，指挥人民军队，13年间在凤凰山枣园、杨家岭的窑洞里，废寝谋大略，忘食著鸿文，将马克思主义的普遍原理同中国革命的具体实际相结合，写出了《实践论》《矛盾论》《论持久战》等不朽著作。《毛泽东选集》一至四卷收录的159篇文章，其中112篇出自延安窑洞。“两论”的面世，证明延安窑洞里也有马克思主义。《论持久战》有力地批驳了当时存在的“亡国论”和“速胜论”等谬论，揭示了抗战规律，描绘了抗战前途，坚定了全国人民抗战的必胜信心，在世界上被列为“十大军事名篇”之一。《整顿党的作风》《改造我们的学习》《反对党八股》《反对自由主义》等重要文章，对指导延安整风、总结经验教训、增强党的凝聚力和战斗力，起到了关键作用。

在延安的窑洞里，毛泽东诚恳接见国际友人和华侨领袖所产生的国际影响力，在历史上成为美谈。

接见美国记者斯诺。1936年和1939年，美国记者斯诺两次到延安采访，毛泽东与他进行了长谈，使他感受到了中国共产党和共产党领导的人民军队有一种独特的力量，并称赞这种力量是“东方魔力”“兴国之光”，是人类历史丰富灿烂的精华。嗣后他很快出版了一本书——《红星照耀中国》，向全世界全面、真实地介绍了中国共产党人革命奋斗的红色故事。从那以后，斯诺成了中国人民的好朋友，中华人民共和国成立后，毛泽东多次邀请他访问中国。

接见加拿大外科医生白求恩。1937年春天，加拿大胸外科专家诺尔曼·白求恩受加拿大共产党的派遣，不远万里来到中国，与中国共产党领导的八路军一起抗日。1938年3月底的一天晚上，毛泽东在延安凤凰山住

的窑洞里会见了白求恩。

白求恩见到毛泽东首先敬了个礼，然后紧握着毛泽东的手，从贴身衣袋里掏出自己的加拿大共产党党员证，郑重地交给毛泽东。毛泽东邀请他留在延安，主管八路军医院，但白求恩坚决要求“到抗日前线去，到抗日的人民中间去”。

这次会见持续了三个小时。当晚，白求恩在他的日记中写道：“我在那间没有陈设的窑洞里，和毛泽东同志面对面坐着，倾听着他从容不迫的谈话，使我想到了长征……”

后来，白求恩在抢救伤员中中毒，牺牲在了华北战场，为中国人民的解放事业献出了宝贵生命。1939年12月21日，毛泽东撰写了《纪念白求恩》一文，高度评价了他的国际主义共产主义精神，毫不利己、专门利人的精神，对我在部队的成长起到了很大作用。1968年我到石家庄出差时，还专门跑到华北烈士陵园白求恩墓前，凭吊这位共产主义战士。

会见爱国华侨领袖陈嘉庚。1940年5月31日，延安人民迎来了一位贵客——南洋华侨领袖陈嘉庚先生。在抗日战争中，他每年都在国外筹集大量资金支援国内抗战。这次到延安之前，蒋介石花800大洋宴请了他。到延安后，毛泽东在杨家岭窑洞里用自己种的茄子、土豆、辣椒等蔬菜招待他，只花了两毛钱。陈嘉庚吃了这两顿截然不同的饭后感慨地说：“中国的希望在延安”“唯有住在窑洞里的毛泽东，才有希望救中国”。后来的事实证明，果然被陈嘉庚言中了。

会见美国记者斯特朗。1946年8月，也是在杨家岭的窑洞里，毛泽东会见了美国女记者安娜·路易斯·斯特朗。在交谈中，毛泽东针对当时流行的“恐美症”，提出了“一切反动派都是纸老虎”的著名论断。在《毛泽东选集》中，就有一篇《和美国记者安娜·路易斯·斯特朗的谈话》。

斯特朗对这次谈话的评价是："毛直率的谈吐、渊博的知识和诗意的描述，使他的这次谈话成为我所经历过的最激动人心的谈话。"

中华人民共和国成立后，斯特朗经常来中国。1966年10月1日，我作为国庆观礼代表到天安门城楼上观礼。当我们从天安门城楼西北角步行上城楼时，碰到了一位满头银发、戴着眼镜的外国老太太，在别人的搀扶下缓慢下楼。领队告诉我们："她就是美国女记者斯特朗。"我好奇地多看了她几眼。

杨家岭中央大礼堂

坐落在杨家岭的中央大礼堂，是我们参观的重点，因为党的第七次全国代表大会、延安文艺座谈会等许多重要会议，都是在这座大礼堂召开的。

走进杨家岭，第一眼看到的就是中央大礼堂。这座建筑外形酷似一架平伸双翼的大飞机，青砖灰瓦，古朴大气。蓝天绿树间，一面红旗在礼堂顶端飘扬。1945年4月23日至6月11日，具有重大历史意义的党的"七大"在这里召开，所以现在成了红色旅游的主要景点。

步入礼堂，内部陈设据说还是当年召开会议的模样。主席台上的横幅是"中国共产党第七次全国代表大会"。横幅上还有一行字："在毛泽东的旗帜下胜利前进。"礼堂后墙上的"同心同德"四个大字，是毛泽东亲笔为大会写的主题词。

旗帜就是方向，道路决定命运。这次会议的一大贡献是把毛泽东思想写在了党的旗帜上，确立毛泽东思想为党的指导思想，并写入了党章。第一次被写进党章的还有"全心全意为中国人民服务的精神"。

目睹全场，思绪一下子回到了1945年四五月间。我仿佛看到从全国各地战场归来的将军们拍打着征尘，点燃烟斗，坐在破旧的长条木椅上，和台上的中央领导同志一起讨论中国革命的发展大略，讨论彻底打败日本帝国主义的重大决策；想象着毛泽东在讲话中幽默地提出“看齐”意识，即像部队“向右看齐”“向左看齐”那样，要求全党向党中央看齐，同党中央保持高度一致。这一光荣传统，我党一直延续到现在。

参观毛泽东在杨家岭的故居

我们从大会堂出来后，便步行去参观毛泽东等中央领导同志在杨家岭住的窑洞。

党中央进入延安后，毛泽东先后住在凤凰山、枣园。1938年11月，日本飞机对延安进行狂轰滥炸，中央领导机关和中央领导同志搬到了位于山沟里的杨家岭，毛泽东、朱德、刘少奇、周恩来等中央领导同志从1938年11月到1947年2月，一直住在杨家岭。

上述几位中央领导人的窑洞，在杨家岭山脚下排成一溜儿。山上大树参天，林木密布，起到了很好的遮掩保护作用，我们分别在各个窑洞口前拍照留念。

窑洞是当年依靠人力挖掘而成的，拱形顶，地上一铺炕，土壁上挖个门，门窗连体，看起来比较粗糙。门窗上的油漆斑驳陆离，家具基本是一桌一椅，桌上有煤油灯及办公用具，墙上挂有地图。毛泽东的窑洞里安了一张床，因他睡不惯土炕。

当年由于敌人的封锁，党中央和边区军民的生活非常艰苦，党中央号召自力更生，艰苦奋斗，军民开展大生产运动。中央领导同志率先垂范，

作者爱人在延安毛泽东故居前纺线留影

毛泽东亲自种菜，朱德、周恩来等带头纺线，王震则根据中央的指示，率领三五九旅到南泥湾垦荒屯田。在中央领导同志的窑洞里，至今还展示着当年的纺车和相关生产工具。为了让游客亲自体验用简便的纺车纺线，在窑洞前摆了一些纺车，供游客们“纺线”。我爱人还像模像样地坐下来“纺”了一阵子，我不失时机地给她拍下了纺线的照片。这可真是：架架纺车窑洞前，轮转声喧线情牵。自力更生破封锁，丰衣足食笑开颜。

1946年6月，国民党军队向解放区展开大规模进攻，内战全面爆发。1947年春，国民党大举进攻延安，由于兵力过于悬殊，以毛泽东为首的党中央审时度势，毅然撤离延安，东渡黄河，到河北西柏坡继续指挥解放战争。经过辽沈、淮海、平津三大战役，取得了决定性胜利，迎来了新中国

的诞生。周恩来总理幽默地说：“世界上最小的司令部，指挥了最大的人民战争。”

最后，以我老伴于芳茹2005年7月11日作的一首七律《参观延安随想》作为结尾。

遍撒火种正燎原，青化砭城锁蛾烟。
小米步枪追败寇，油灯纺车缀山川。
三大战役乾坤定，百万顽敌沙场歼。
一统江山红日照，中华屹立在宣言。

注：我军撤出延安后，在青石砭打了第一个胜仗。

宁　夏

银川沙湖影视城

2011年7月8日，应时任银川市委常委、副市长杨柳女士（之前任中国烹饪协会会长、世界中国烹饪联合会会长）的邀请，我出席了在银川国际会展中心举办的“2011中国（银川）清真美食旅游文化节”。会后，我去参观了5A级旅游景区沙湖和著名作家张贤亮创办的“镇北堡西部影视城”以及银川南关清真寺等。

一半湖泊一半沙

过去一提到宁夏，我的脑海中立马就会出现一幅“大漠孤烟直，长河落日圆”（唐代诗人王维《使至塞上》一诗中的两句）的塞外凄凉景象。这次到银川，完全颠覆了过去我对宁夏的想象。

银川是宁夏回族自治区的首府，东临一泻千里如巨龙奔流不息的黄河，西枕千峰迭嶂似骏马奔腾的贺兰山。它以贺兰山而存在。因为贺兰山横亘在宁夏平原和内蒙古草原之间，阻挡住了腾格里沙漠和西伯利亚吹来的飞沙和寒流，使这里蓝天明净，气候温和。它又因黄河水而有神韵。黄河由南向北，水流平缓，引黄灌溉，旱涝无虞，自古就有“天下黄河富宁夏”之说。据说在银川方圆50公里范围内，沙漠草原雄浑辽阔，湖泊田园

沙湖一角

熠熠璀璨，被人誉为“西北盆景”。

为了好好看看我第一次去的银川城，我坐小轿车转了大半个银川。我情不自禁地说：“真没想到银川的湖水和芦苇这么多，真是银川湖光赛江南啊！”

司机师傅告诉我，银川的主要湖泊是宝湖、鸣翠湖、鹤泉湖，其他小湖不计其数，还有大片大片的湿地和溪流。不过，你要看湖，最好去城北的沙湖，又有沙又有湖，那叫一个美！

第二天，我们乘车到银川以北约50公里处的沙湖去游览，见识一下漠中之湖。

汽车直接开到离湖不远的停车场。下车后放眼四望，只见湖傍金沙，

南边就是一片面积达3万亩的沙漠，南沙北湖，巧妙结合。但湖面并非水平如镜，而是大大小小的团团绿苇分布其中，如同近海中的群岛。乘船游览，水道弯弯，穿梭芦荡，绕过荷塘，稍微靠近芦苇，惊得水鸟扑棱棱飞起，头顶上的飞鸟也在低旋浅唱。据说有100多种鸟类在湖中的芦苇深处栖息、繁殖。有国家一级保护动物黑鹳、大鸨、小鸨、中华秋沙鸭等；有国家二级保护动物19种，如大天鹅、小天鹅、鹭鸶、白鹤等。既有旅鸟、留鸟，又有夏候鸟、冬候鸟等。

我们去游览时正值盛夏，千亩荷花池的荷花竞相开放，争奇斗艳，可谓“接天莲叶无穷碧，映日荷花别样红”。

船到彼岸码头，下船后沿着湖边路走到一条走廊，那里有很多卖土特产的小贩，我对每枚半斤多重的大鹅蛋情有独钟，买了几个带回北京让老伴欣赏和品尝，不过吃起来感到有点儿粗糙。

走廊的对面是一片高大的沙丘，骆驼、摩托、赛车、滑沙等各种沙漠运动项目吸引了大部分游客，而更多的是步行上沙丘，转一大圈再从另一方向回到码头。

我没有去爬沙丘，因为天气太热，沙子很烫，再是我在内蒙古、新疆爬过沙丘，所以对爬沙丘不感兴趣。

我在湖边溜达，看到一种抗沙耐旱的植物——马鞭草，一片一片的，像紫色的地毯，在沙漠和湖水的衬托下，显得很好看。

我坐在廊凳上，看着这一半湖泊一半沙的奇妙美景，不免有点生疑：在如此宽广的塞外沙漠里，怎么会有如此美丽的湖泊？

在与当地导游交谈中了解到，沙湖这个地方原是西大滩的一片盐碱湿地。中华人民共和国成立不久，解放军将近6000人的一个师奉命来到西大滩，在这片夏天水汪汪、冬天白茫茫、风吹石头跑、遍地不长草的盐碱地上垦荒造田，开挖水库，兴修水利，建造房屋，同时修码头，建船坞，造游船，广植树，终将昔日的荒滩野地建成了一座国营农场。部队后来撤走，把农场交给了当地，水库慢慢成湖。经过进一步整修，1990年开辟成旅游胜地，2007年被国家旅游局定为5A级旅游景区，也是宁夏最重要的游览胜地。

由此可见，事在人为，人定胜天。如今的沙湖，湖润金沙，沙抱翠湖，天上有鸟，湖中有鱼，远处有荷，近处有芦，美丽的沙湖风光，构成了一幅和谐动人的美丽画卷。正如有人所写：“金绸子沙，银绸子水，谁不说咱沙湖美？塞上的风光江南的景，人在沙湖不思归！”

镇北堡西部影视城

我们在沙湖一家餐厅吃过午饭后，便乘车往回走，到距银川35公里的镇北堡西部影视城参观。

途中，导游介绍说，我们去看的这座影视城，是著名作家张贤亮1993年创建的，当时他在宁夏文联工作。根据张贤亮的获奖小说《灵与肉》改编的电影《牧马人》（男女主演分别为朱时茂、丛珊），谢晋导演就是根据张贤亮的推荐，到镇北堡取景拍摄后，取得了极佳的效果，几乎影响了一代人，从而获得了马尼拉（菲律宾首都）国际电影节奖。

据介绍，镇北堡这个地方原是明、清时期的边防要塞。位于影视城西南部的“明城”，建于明弘治（明孝宗年号）年间（1488—1505年），是明代沿长城西北线所建的要塞之一，名叫“镇北堡兵营”，后在清乾隆三年（1738年）毁于地震。乾隆皇帝于是下旨，要在镇北堡重新建一座兵营，取名“清城”。这座要塞外形似龟，意为“灵龟下山，吉祥如意”，城址位于现在的影视城北端，从正门进去便是。

张贤亮建的这座影视城主要由两座古城堡组成，即以“清城”为主的“镇北堡”和以“明城”为主的“镇南堡”。这两座古城堡建筑面积共50多万平方米，具有鲜明的原始、古朴、荒凉、粗犷和民间化等特色。

影视城的拍摄景点有100多处，我记得有影视一条街、关中城门、幸运之门（清代城堡的第二道门）、城门楼和城门洞、瓮城、总督府和都督府、观音阁、古堡龟卦；拍摄《大话西游》时的盘丝洞、牛魔王宫、孙悟空与牛魔王打斗的“天崩地裂”场景；拍《黄河谣》时的铁匠营场景；拍电影《红高粱》时的月亮门、酿酒作坊、大酒缸、酒碗、“九儿”出嫁时乘坐的轿子和居室；《牧马人》中男、女主角所住的房屋等，处处体现了中国古代北方小城镇的缩影和先民们的生产、生活方式。

三四十年来，在这座影视城拍摄和取景的电影、电视剧有上百部。如《牧马人》《红高粱》《朱元璋》《飞天》《大话西游》《侠骨丹心》《古堡情事》《新龙门客栈》《书剑恩仇记》《东邪西毒》《黄河绝恋》《嘎大梅林》《一个和八个》《哥哥你走西口》等。

我们在影视城走来串去，寻找那些在影视作品中自己熟悉的场景，如《黄河谣》中的铁匠营，《牧马人》中的主人公住房，《红高粱》中巩俐坐的花轿，抬着花轿过的高高的“月亮门”以及烧酒坊等。

谁能想到，张贤亮率领员工在荒凉的明清城堡废墟上打造的影视城，竟被评为国家5A级旅游景区和“国家文化产业示范基地”，并享有“中国电影从这里走向世界”的美誉，难能可贵。

现作小诗《颂银川》：

塞上明珠著银川，金沙银水依偎连。

城在湖中湖在城，谁说漠北无江南？

新　疆

吐鲁番与火焰山

新疆、天山、吐鲁番，这在过去听起来相当遥远。的确，1993年7月和2000年9月，我两次从北京到新疆乌鲁木齐，飞机在空中飞行都在四个小时左右。据说那时候坐火车，最少也得三四昼夜。

我在新疆游览了乌鲁木齐市以北的五家渠、天山上的天池、南疆的喀什，以及吐鲁番的火焰山、葡萄沟等多个景区。可以说，游得尽兴，收获颇丰。

吐鲁番位于天山东部的吐鲁番盆地，四面环山，在乌鲁木齐市东南180公里处。历史上，这里是重要的驼铃古道，东西方商贾云集，生活着维吾尔族、汉族、哈萨克族、回族等27个民族的人民。汉代张骞出使西域，唐代玄奘西天取经，都曾经过这里，因而曾被誉为“丝绸路上的一颗明珠”。

我们从乌鲁木齐出发，出城便在戈壁路上向吐鲁番飞驰。极目远眺，戈壁滩一望无际，全是大大小小的黑石块，似人工铺筑又绝非人工所能，全是大自然造就。一排排风车在微风中缓缓转动，为人类发电造福。沿途没有任何树木，更无青草花丛，荒无人烟，茫茫一片，令人不免想到“大漠风尘日色昏，红旗半卷出辕门”“黄沙百战穿金甲，不破楼兰终不还”等边塞诗句。

“到达坂城了。”司机停车说道。

下车后，司机指着不远处一个郁郁葱葱的小村庄说：“那就是西部歌王王洛宾唱的《达坂城的姑娘》中的达坂城。”

“啊，这就是达坂城呀，我还以为是多大的城镇呢。”

汽车行至吐鲁番以西13公里处，我们首先去参观了已有1300多年的“交河故城”旧址。这座故城现在基本是一片残垣断壁土城旧址，但还能看出城堡的轮廓和隐蔽的古井，时见老鼠和蜥蜴等爬行动物，走在里面令人心悸。

车到吐鲁番市，司机拉着我们在城里转了一圈。30年前的吐鲁番，总的感觉还是比较荒凉。街道两旁，有不少少数民族族人在自己挖的灶坑里烤馕，边烤边卖，阵阵飘香。我感到新奇，便蹲下看他们如何烤制这种炊饼。一位留着胡子的维吾尔族老汉笑着说“亚克西”，并送给我一个烤好的馕让我品尝。我掏出四块钱买了两个，吃起来还真香。

据当地维吾尔族人讲，维吾尔族人吃馕已有2000多年的历史，在当地的古墓中，曾出土过馕的化石。据说当年玄奘从吐鲁番到印度取经，一路上所带的食品就是这种馕。

吐鲁番郡王府

在吐鲁番市，我们重点参观了郡王府和与其相毗邻的苏公塔。然后去游览火焰山、帕孜克里克千佛洞、葡萄沟、坎儿井等。

吐鲁番郡王府位于市东郊。据介绍，这座建筑始建于清乾隆年间，是吐鲁番郡王、清王朝参赞大臣额敏和卓的王府。额敏和卓是吐鲁番地区维吾尔族的领袖，也是一位爱国者，且是一位军事家。他积极拥护清政府，协助朝廷打败了准噶尔叛军，维护了国家统一，功勋卓著，得到了乾隆皇

作者爱人在吐鲁番

帝的褒奖，敕封他为吐鲁番郡王，并可世袭。

当时的王府据说占地数百亩，房屋上百间，设有议事厅、会客厅、正宅、兵营、清真寺等，是吐鲁番地区的政治、经济、文化和军事指挥中心，郡王额敏和卓和他的继承人在这里主持政务、指挥军事行动等。

可恨的是，1933年，反动军阀盛世才的军队放火烧毁了清代建造的吐鲁番郡王府。现在我们所看到的这座王府，是后来根据史料记载重建的。相比之下，规模比原来的建筑小了很多，大小房间和殿宇只有数十间，但也充分体现了独特、厚重的伊斯兰传统建筑风格和伊斯兰文化。看到王府的大门、房屋、院墙上雕刻着的各种花饰，以及院内种植的各种果树和葡萄树，不由得对郡王额敏和卓产生了一种敬佩感。

炎火之山火焰山

我在吐鲁番市内游览后，便到市区东北50公里处游览火焰山。

据介绍，火焰山属于天山支脉，东起鄯善县兰干流沙河，西至吐鲁番桃儿沟，平均高度500米，主峰800多米。古典小说《西游记》中描写了孙悟空三借芭蕉扇，扑灭了火焰山熊熊烈火的故事，使得火焰山闻名遐迩。

火焰山，维吾尔族语称为“克孜勒塔格”，意思是“红山”。唐代称其为“火山”，《山海经》称其为“炎火之山”。古书《高昌行记》载：“北庭北山（即火焰山），山中常有烟气涌起，而无云雾，至夕火焰若炬火，照见禽鼠皆赤。”又因此地遍山是红色砂岩，又被称为“赤石山”。

据介绍，在亿万年间，由于地层不断堆积，地壳横向运动频繁，产生了无数条褶皱带，加之大自然的风蚀雨剥日晒，形成了起起伏伏的山势和沟壑，如吐鲁番的桃儿沟、木头沟、吐峪沟、葡萄沟、连木沁沟等，如同红色扇裙，在烈日照射下灼灼闪光，气流滚滚上升，温度不断增高，夏季最炎热时气温达48.7℃，裸露的地表达89.0℃，沙窝里可烤熟鸡蛋，人热得汗流浃背气难喘。正如唐代著名边塞诗人、北庭都护伊西节度使判官岑参，在赴任途中经过火焰山时作的一首《经火山》诗：“火山今始见，突兀蒲昌东。赤焰烧虏云，炎氛蒸塞空。不知阴阳炭，何独然此中。我来严冬时，山下多炎风。人马尽汗流，孰知造化功。”这种现象，符合《西游记》中所描写的情况。

明代小说家吴承恩在隐喻小说《西游记》第59回至61回中，叙写了孙悟空三借芭蕉扇的故事。对于火焰山的描写，用老者的话说：“敝地唤作

作者夫妇在火焰山留影

火焰山，无春无秋四季皆热……西方却去不得，那山离此60里远，正是西方必由之路，却有800里火焰，四周寸草不生。”

孙悟空大战牛魔王和铁扇公主扑灭火焰山后，作者在第61回赋诗一首，从前四句也可看出火焰山如飞腾火龙之壮观：“火焰山遥八百程，火光大地有声名。火煎五漏丹难熟，火燎三关道不清。”四句都没有离开一个“火”字。

由于《西游记》的渲染，火焰山拥有了浓郁的神话色彩，从而成为天下奇山。

我们到了火焰山的进口处，看到在一块巨石上用汉文和维吾尔族文分别刻着“火焰山”三个红色大字，便纷纷在此拍照留念。

1993年7月中旬，我第一次去看火焰山时正值盛夏，到了山跟前便觉蒸气燎人。当时已是50周岁的我，竟要体验一下上火山的感觉。我们面前的这座火山，全由沙砾堆积而成。我穿着凉鞋，艰难地弓身上山，爬了六七十米，双脚已感烫得受不了了，加之鞋里灌进了热沙，浑身大汗淋漓，生出一种莫名其妙的恐惧感。

“太烫了，实在太烫了！”我一边喊着，一边快速往下滑。正如《西游记》第59回所描述的：“唐僧师徒一路西来，约行有40里远近，渐渐酷热蒸人。沙僧直叫：‘脚底烙得慌！’八戒又道：‘爪子烫得疼！’马比寻常又快，只因地热难停，十分难进。”

我第二次去新疆是与我爱人一起去的。当时虽然已是9月中旬，火焰山的沙砾仍很燥热。我爱人看后以《火焰山》为题赋诗一首：“面对色红山，身如火烤燃。云悠空碧净，哪里借蕉扇？”

参观了火焰山后，我们便到不远处的河岸去参观帕孜克里克千佛洞。这是古代吐鲁番地区保存最好、内容最丰富的一处佛教石窟。在河的岸边，采用开凿与土坯砌建相结合的建筑形式建了这处千佛洞。但石窟里的许多佛像已残缺不全。由于我们在全国各地参观的石窟较多，所以对这处石窟只是走马观花地看了看。

走进葡萄沟

看了火焰山、千佛洞后，我们便乘车往回走，到名闻中外的葡萄沟去欣赏并品尝各种新鲜葡萄。

众所周知，新疆盛产水果。有民谣称：吐鲁番的葡萄哈密的瓜，库尔勒的香梨人人夸，叶城的石榴顶呱呱。这四种水果，吐鲁番的葡萄名列榜首。

吐鲁番的葡萄历史悠久。《史记·大宛列传》记载：宛左右以蒲陶（即葡萄）为酒，富人藏酒至万余石（dàn，10斗为1石），久者数十岁不败。西汉时张骞出使西域，就发现了吐鲁番的葡萄品种特别好，便将其引入内地种植。《明史·西域使》载：吐鲁番有桃李枣瓜葫芦之属，而葡萄最多。

吐鲁番葡萄沟南北长8公里，东西宽约2公里，是火焰山的一处峡谷，狭长而平缓，两岸崖壁陡峭，犹如挡风隔火的坚实屏障。沟内有布鲁依克河，河水源自高山融雪，水质纯净，清凉甘冽。葡萄沟两侧的梯田里，布满了层层叠叠的葡萄架，并点缀着些许桃树、杏树、梨树、石榴树等。

下车后步入棋盘式葡萄架长廊，每条长廊两侧，全是郁郁葱葱的葡萄树。信步长廊中，尽情观赏珍珠般的串串葡萄。主要有白葡萄、红葡萄、玫瑰紫、马奶子、日加干等十几个品种。其形状有的呈球形，有的呈卵形，有的呈椭圆形，有的晶莹如珍珠，有的鲜艳似玛瑙，有的碧绿如翡翠，尤其那皮薄、肉嫩、味美、无核的白葡萄，最受游人青睐。如果走累了，坐在葡萄架下或亭子的凳子上休息，葡萄园的工作人员会将刚摘下来的葡萄，或事先浸泡在天山雪水中的葡萄，放在干净的盘子里送到你面前，任你挑选，付几元钱就可以了。

吃了一阵子葡萄，便到长廊尽头的溪水悬崖边，那里耸立着一块大石碑，上面的“葡萄沟”三个红色大字格外醒目，人们纷纷在石碑前拍照留念。还有许多游客在用矿泉水瓶接从悬崖上流下来的泉水，说什么“这种泉水既能解渴，又能治病”云云。我爱人在诗中这样描写此处：“峭壁避焦炎，溪流似古弦。姿颜如翠玉，大串紫萄悬。”

在葡萄沟葡萄架下休息

翡翠珠玑垂满枝，金秋最是丰收时。的确，秋到葡萄沟，珠宝满沟流。风光瞧不够，葡萄甜心透。我第二次去葡萄沟，正是金秋季节“吐鲁番的葡萄熟了”的时候，也是“阿娜尔罕的心醉了”的时候。中午，我们在葡萄架下的桌子上吃了一顿“葡萄宴”。除了烤牛肉和孜然羊肉以及几盘青菜外，还有四五种葡萄，喝的也是葡萄酒外加啤酒，使人不免想起唐代诗人王翰的边塞诗句“葡萄美酒夜光杯，欲饮琵琶马上催”。我爱人倒是以《葡萄园果宴》为题，记下了这次午宴的“盛况”：“黑紫橙黄碧绿间，架中空隙影花斑。鲜香果宴葡萄酒，美味先尝欲赛仙。”

我们在从葡萄园走向停车场的途中，看到路旁有几排用土坯砖垒成的四四方方的简易房，但没有窗户，四壁都有洞。我感到奇怪，导游说：

“那叫‘荫房’或‘烘房’，是晾烘葡萄干用的。”

我们跑过去看，烘房建在一两米高的土台上，用没有烧制的土坯砖砌成，四面墙壁留有孔洞，既能通风，又可避免阳光照射。高高的房子里立有不少木柱，木柱上又绑着好多层横杆，串串鲜葡萄挂在横杆上，经过一个多月的吹晾热烘，鲜葡萄中的水分蒸发而成葡萄干，完全是天然制成，吃起来又甜又软，畅销海内外。

“地下长城”坎儿井

坎儿井，是新疆独具特色的地下水利工程，也是世界上最大的地下水利灌溉系统，它与万里长城、大运河并称为“中国古代三大工程”。

作者夫妇在坎儿井研究中心

据说新疆共有坎儿井地下水渠2000多条，其中吐鲁番最多，且是坎儿井的发源地。我们从乌鲁木齐去吐鲁番的途中，专门到清道光年间林则徐被流放到新疆期间所勘定的一口坎儿井参观。他在勘察中赞赏吐鲁番的坎儿井“其利甚溥（pǔ，意为广大），其法颇奇，洵（xún，的确、实在之意）为关内外所仅见”。

所谓“坎儿井”，是在地下挖井并寻找地下水渠，将天山渗到地下的雪水挖出来，供人们饮用和灌溉农田。

巍巍天山，常年积雪，融化后流入峡谷沟壑，渗漏到地下流到各地区的砾石层内，长此以往，形成地下积水和水道。人们通过打井找到地下暗渠，将其引到地面灌溉田地，井水用于日常生活。经过长期摸索，摸清了暗渠的流向，便在地面往下凿井，每隔几十米或上百米、几百米就凿一口，作为出水口和通风口，搭上架子加以保护。可以说，这是新疆干旱地区劳动人民的一大创举，这些坎儿井滋养了多少新疆人啊。当我们看过坎儿井展览后，更感到这是世上的一项伟大工程。

吐鲁番，真是个令人难忘的好地方，现作小诗一首：

游吐鲁番

郡王府上瞻忠王，吐番街头品香馕。

葡萄沟乡尝鲜果，火焰山腰鉴炎凉。

帕孜克里千佛圣，坎儿井下万泉淌。

戈壁滩中不夜城，辉煌西域溯汉唐。

天山瑶池碧珍珠

闻名遐迩的天山天池，位于新疆天山东部的最高峰博格达（蒙古语，意为神灵、神圣）的半山腰。此地属阜康市境内，距乌鲁木齐市近百公里，车程约两小时。

天山古称瑶池，传说是西王母娘娘的仙居之地，专为王母娘娘和七仙女沐浴而设，也是王母娘娘举办蟠桃盛会、宴请群仙的地方，当地人说起来非常神秘。

据传，约在3000年前的西周时期，周穆王姬满（前976—前921年）八骏西巡时，曾在瑶池之畔与王母娘娘欢宴对歌。《穆天子传》中载有与西王母相约再会之歌，歌曰："白去在天，山川间之，将子无死，尚能复来。"对此，唐代诗人李商隐有诗曰："瑶池阿母绮窗开，黄竹歌声动地哀。八骏日行三万里，穆王何事不重来？"

据有关方面考证，穆王与西王母会面的瑶池，就是现在的天山天池。那么，王母娘娘为何在她的诞辰日总是在瑶池举办蟠桃盛宴呢？据说一是瑶池的风景优美，且离天庭较近；二是瑶池所在的阜康地区自古以来就盛产蟠桃。如此说来，还真有点儿道理。

我还听说，一代天骄成吉思汗西征时，曾邀请道教全真龙门派始祖丘处机讲经说法。丘处机不远万里前去与成吉思汗会面，途经天山时写下了

“三峰并起插云寒”“冰池耀日俗难观”的诗句。他所说的“三峰并起”指的是形如笔架的博格达雪峰，“冰池”即今日的天池。传说丘处机为纪念这次西行，在天池东岸的最高处修建了一座西王母祖庙，也是天池地区最早的庙观。

唐太宗李世民在天池这个地方设立了“瑶池府”。清乾隆四十八年（1783年），新疆都统明亮在此立碑，撰写了《灵山天池统凿水渠碑记》，并题词：“神池浩渺，天镜浮空。”天池之名，从此诞生。

天山天池如此神奇，到了新疆焉能不去游天池？

“十次看天池，九次不见湖。”人们如是说。不过，还真被我遇到一次。

我曾两次去天池游览。1993年7月去的那次，进山时阴云密布，过了王母娘娘的“洗脚盆”，便淅淅沥沥地下起了小雨，到天池后达到了中到大雨的程度，湖面一片雨茫茫，连湖水都看不到。我们只好到酒店打扑克、喝酒，等雨停后再去游览。一直等到下午两点多，大雨根本没有停的迹象。陪同我们的人员说：“看来我们得冒雨往回赶了，否则天黑前难以回到乌鲁木齐。”

临走前，在我的要求下，我们撑着雨伞走到湖水边，近距离看了看湖水，也不枉冒雨来一趟。

在往回走的途中，一路大雨滂沱，又是靠山傍河的下坡路，司机小心翼翼地握着方向盘。出山后的路上有些地方积水较多，多亏我们坐的车底盘较高，没有遇到大的麻烦，回到乌市天已黑了。这次游览天池，虽有遗憾，但能安全而归，算是很幸运了。

2000年9月我第二次到天池游览，接待方很有经验，不但事先查看了天气预报，而且选择在一个无雨的下午去天池，让我们如愿以偿地达到了游览的目的。

乘车去天池，先过石门关。石门又称“石门一线”，是一处两峰夹峙、一线中通的峡谷。两侧峭壁高达数十米，犹如打开的两扇门板。由于峭壁呈赭暗色，如同铁铸，因而又被称为“铁门关”。峡谷中右为公路，左为河流，河底散落着大大小小的滚石，水旋流转，浪花飞溅，声震幽谷。有诗形容：“巍峨石峡瑶池门，峭壁悬天险断魂。鬼斧神工刀劈就，一线通途上青云。”

过了阴森的石门一线，顿感“柳暗花明又一村”。车在盘山路上盘来绕去，据说要绕50盘。快绕到尽头时，汽车突然停下，司机说已到小龙潭，是王母娘娘的“洗脚盆”，下去看看吧。

这是一个不大的小湖，名为“西小天池”，传说是西王母娘娘的“洗脚盆”，也是天池旅游区的一个景点。

我和老伴下到湖水边，只见湖水碧绿，水面平滑如镜，时有小鱼游来游去。湖的周围植有塔松等树木，倒映在湖中呈墨绿色，给人以深不可测之感。有诗曰：“一泓碧流成龙潭，青松白雪镶翠盘。金秋桂月沉壁底，疑是嫦娥出广寒。”游人到此，无不停车观览。

继续前行，不远处的左侧幽静处又有一个小湖，名叫“东小天池”，传说原来是天宫中仙女的游泳池，后被一条恶龙霸占，故又名“黑龙潭”。也许是湖四周密植松柏的缘故，湖水墨绿阴森，幽深莫测，令人心惊目眩。清代著名文学家纪昀（字“晓岚”）因泄露机密被流放到乌鲁木齐的三年间，曾到天池游览。他看了黑龙潭后作诗曰：“乱山倒影碧沉沉，十里龙湫万丈深。一自沉牛答云雨，飞流不断到如今。”

汽车继续往高处行驶，没用多长时间便到了天池。

下车后只见天高云淡，一湖碧水映入眼帘。站在岸边眺望，天池形似葫芦，又好像一只巨掌，呈半月形。湖边有巨石，上刻“天池”两个红色

作者爱人在天池

大字。据导游介绍，天池海拔1930米，南北长3.4公里，东西宽1.5公里，周长9.7公里，水深平均40米，最深处是东北部，深达102米。环望四周，群山环抱，绿草如茵，野花似锦，林木苍翠。再看湖面，湖水清澈，晶莹如玉，风吹波翻，此起彼伏，舟船悠悠，鸥鸟啾啾，绿树倒影，映现湖中，令人顿感身心舒爽，不禁发出“天上瑶池也不过如此”的感叹！难怪党和国家领导人刘少奇、朱德、周恩来、邓小平、江泽民、胡锦涛等，都曾到此考察、游览。20世纪70年代，郭沫若先生陪同柬埔寨西哈努克亲王游览天池时触景生情，临湖吟出了“一池浓墨盛砚底，万木长毫挺笔端”的诗句。

到天池旅游的游客，大多集中在湖泊的西岸和北岸。西岸餐厅、旅馆等服务设施较多，也有不少人文景观，如现存的清代建筑福寿寺。

作者夫妇在天池留影

据介绍，这座寺观原是古人为纪念道教真人丘处机万里西行到天池而建的，当时被称为“西北第一高观”。清乾隆年间对这座道观进行重建时，全部用青砖砌墙，铁瓦覆顶，故被称为“铁瓦寺”。那时由于山路崎岖，交通不便，建寺所用的砖瓦全部是靠羊驮上山的。不久，天山最高峰博格达峰被清廷赐名为“福寿山”，铁瓦寺随之改名“福寿寺”。由于建筑牢固，300多年来一直完好无损，保存至今。

天池北岸则有一个引人入胜的神话传说。

我们从西岸转到北岸，在导游带领下一直走到一棵孤零零的大树跟前。导游说，这棵大榆树叫“镇海古榆”，又叫“定海神针”。相传，在很早以前，王母娘娘在瑶池举办蟠桃会，邀请了各路神仙前来赴宴。但不知是何原因，天池中的水怪未被邀请。

“好啊，在我的地盘上举行盛宴，竟不邀请我。”水怪怒不可遏，便兴风作浪，翻池倒海，搅得天昏地暗、周天寒彻，致使蟠桃盛会无法顺利进行。王母大怒，顺手从头上拔下一枚宝簪插在遥池北岸，将水怪镇住，顿时风平浪静，盛宴继续进行。

不久，在王母插宝簪的瑶池北岸长出一棵榆树。由于生长在湖边，水分充足，营养丰富，日复一日，年复一年，越长越大，树冠如伞，状如帝王金舆华盖，傲立湖边，即使雨雪水多，湖水再涨，也只漫到古榆的根部，叹为一大奇景。我们纷纷在此拍照留念。

传说也好，神话也罢，而天池的形成，完全是大自然鬼斧神工的杰作。从地理学上讲，天池是由古代冰川和泥石流堵塞河道而形成的高山冰碛（qì）湖泊，湖北岸的天然堤坝就是一条冰碛垄。据地质学家论证，300万年以来，天山天池地区有三次大规模冰川流动，在最后一次流动时，天池东、南、西三侧山体成百上千条冰川汇集于天池凹地，而后它们一齐由上往下俯冲，如同巨大的推土机，把天池凹地改造成葫芦状的谷地。在谷地前方推不动时，就把岩石、碎屑堆积起来，形成一座大坝，坝内形成湖盆，经过天长日久的降水和冰雪融化，汇积于胡芦盆地，便形成了天池。我认为，这才是科学解释，令人信服。

天山天池，被列入世界自然遗产，并被国家评为5A级旅游风景区。

现将我老伴于芳茹当时写的一首七绝《天山天池》作为本篇结尾。

瑶水深蓝湛碧幽，环水倒影彩霞流。

苍天恩赐灵仙境，榆笑弯腰岭雪稠。

边城喀什风情美

“不到喀什，不算到新疆。”我在乌鲁木齐就听到了如此说法。

2000年9月那次去新疆，我和爱人一行从乌鲁木齐乘飞机，一个半小时到达喀什，感受到了“不到喀什，不知道新疆有多大”。

喀什的全称是“喀什噶尔”，据说这是一个突厥语和波斯语的混合词，意思是“汇玉之城”。历史上，喀什也曾称为“疏勒”，因而有“先有疏勒，后有喀什”一说。

喀什的地理位置非常特殊。它坐落在绿洲之上，又隐于塔里木盆地之中。它的西部和西南部依帕米尔高原，东部偏北方向毗邻塔克拉玛干沙漠，南靠喀喇昆仑山，北部是天山。它既是维吾尔民族文化的发祥地，又是丝绸之路中、南两道的交会点，自古就是货如云屯、人如蜂聚的国际商埠，展现出东西方文明在这里融合沉积的文化魅力。

西汉汉武帝时期，派博望侯张骞出使西域大月氏，目的是联合被匈奴所破的大月氏，东西两面夹击匈奴。公元前128年，张骞到达疏勒（今喀什），从而开辟了丝绸之路的历史。

张骞在疏勒城发现，城内有“市列”，即商贸集市，街道、店铺等居然同中原的城镇一样。于是，他把所见所闻记了下来，并写进了《汉书·西域记》，其中就有“疏勒国，王治疏勒城”的记载。汉武帝夺得被匈奴占领的疏勒后，将其划归“西域都护府”，扩大了东西方经济、文化交流。为了纪念张骞通西域的功业，在疏勒县建了一座张骞公园，内设张骞纪念馆。

历史上，在疏勒驻守最久的当数东汉将军班超。公元73年，他屯兵疏勒，夺得盘橐（tuó）城，东征西伐，与匈奴厮杀，使西域50余国摆脱了匈奴的控制和奴役，从而纳入东汉都护的统辖之内，为保卫国家领土立下了汗马功劳。在喀什市内，现在还建有班超纪念公园盘橐城。

唐代曾将疏勒改名为伽师城，宋代又更名为喀什噶尔。在后来的年代里，由于战乱频仍，喀什噶尔先后被回鹘人、契丹人、蒙古人占领，到了清朝又重归中国，中华人民共和国成立后改名为喀什，是新疆的一个地级市，现已成为丝绸之路上最美丽最繁华最具诗意和最有传奇色彩的城市。

喀什老城

现在的喀什市分为两座城，一是在旧城以南十多公里处建了一座新城，与内地的二三线城市相差无几，我们未去看，主要逛了老城区。

喀什老城也称“旧城”，是一座保存完整的以伊斯兰文化为特色的“迷宫式”城市街区，所住的绝大多数是维吾尔族居民。在两千多年前，这里是西域36国之一的古疏勒国的国都所在地，也是1200多年前喀喇汗王朝的王宫遗址，在老城所住的都是皇亲、贵族和他们的后代。

几千年来，喀什老城区的建筑风格、装饰技艺，融汇了中原民族建筑文化、印度佛教文化、西方希腊文化、伊斯兰文化等形成了自己独特的建筑风格。街巷狭窄幽深，传统庭院式民居伸进清幽老城的各个角落，沿着

街巷走去，仿佛能走到时光的尽头处。房子的建筑材料都是生土、土坯、砖和白杨木，布局随意、自由，也有些从外观看都是土坯结构，但房内却精致漂亮。正如一位建筑学家所说："喀什老城的建筑，代表了一种天真的美学，它的自然本色，是建筑中最朴素的一种表达形式。"

穿行在迷宫般的老城街巷里，从敞着门的门口往院子里看去，院子里大都栽有葡萄、无花果树和各种鲜花。令人好奇的是，竟在院子里盘着通往客厅和居室的大炕，炕上铺着当地产的鲜艳毡毯，炕边坐着几位妇女，一边做着针线活，一边嘻嘻哈哈地聊天，看来生活幸福美满。

喀什老城的房子还有一个特点，不是扩大就是层层加盖，不管家里有多少人都要住在一起。因为维吾尔族人没有分家的习惯，亲情观念很强，而且对老人特别孝顺和尊敬，几辈人都住到一起，房子不够住就加层，据说一家四五十人甚至七八十人住在一起的不在少数。

老城街巷有不少小作坊、店铺、食品店，店里出售的七彩丝绸、精美刺绣、维族花帽、质朴土陶、各种乐器以及烤馕、烤羊肉等，无不折射出维吾尔族等新疆少数民族工艺的精湛和悠久历史的记忆。

香妃墓

20世纪90年代，一部电视连续剧《还珠格格》，让乾隆皇帝的爱妃"香妃"火了起来。相传，香妃这个维吾尔族姑娘浑身散发着幽香，死后清廷将她的灵柩用马车运回了她的故里新疆喀什，葬在了其家族陵园，极有传奇色彩。出于好奇，我们这次到喀什，专门去看了香妃墓。

香妃墓坐落在喀什市东北部5公里的浩罕村。这座始建于1640年的伊斯兰古建筑群，是明末清初喀什叶尔羌王朝首领阿帕克霍加的坟墓。此人

在喀什香妃墓前留影

世袭叶尔羌政权后，曾统治了喀什、叶尔羌（今莎车县）、和田、阿克苏、库车、吐鲁番六座城镇，成为17世纪白山派伊斯兰教的首领，他死后建了这座陵墓，香妃是她的重侄孙女。由于香妃是皇妃，不仅身份特殊，而且名声很大，死后也葬在了这座陵墓，后来人们便把这座陵墓称为“香妃墓”。据说这是新疆境内建筑规模、社会影响最大的伊斯兰教“霍加”（圣人后裔）陵墓，也是国家重点文物保护单位。

历史上，确有香妃其人。她于1734年出生在喀什一个维吾尔族贵族家庭，因自幼通体有异香，被称作“伊帕尔罕”，即“香姑娘”。

香姑娘的哥哥图尔都是喀什维吾尔族的一位“台吉”（贵族首领），清乾隆年间，他率部积极配合清军平息叛乱，立有战功。战后，乾隆皇

帝召图尔都和在平叛中立有战功的上层人士进京，并派使者把他们的家眷也接到北京一起居住。乾隆封图尔都为“一等台吉”，后又晋爵“辅国公”。第二年，图尔都的妹妹来到北京后，由于长得特别漂亮，被选入宫，册封为“和贵人”，成为乾隆唯一的维吾尔族妃子，即“香妃”。可以说，这是乾隆统一新疆后，根据政治需要所实行的“政治联姻”。

据传，香妃“玉容未近，芳香袭人”。她那俊俏的容貌和异域情调，赢得了乾隆的垂爱。为讨香妃欢心，或许考虑到民族习惯不同，乾隆专门安排香妃住进了宝月楼。为让香妃排遣乡愁，乾隆安排图尔都家族聚居在长安街路南东安福胡同和双棚栏胡同一带，便于香妃与族人相聚。乾隆南巡、东巡时，也曾偕香妃前往。1788年，香妃因病香消玉殒，由其嫂护灵，将其遗体送回喀什，葬其家族陵墓。

对此，我有点儿好奇：大名鼎鼎的皇妃，死后为何由其嫂送回原籍入葬呢？而且我们参观中还看到了她嫂子苏黛香的墓，也是全陵墓72人58座坟墓中唯一的汉人。后来我看到了一份资料，才弄清了其中端倪。

如前所述，香妃的哥哥图尔都进京后，乾隆非常器重地，不仅加官授爵，而且赐给他许多金银财宝和位于北京今东四十六条的一座有22间房子的深宅大院，并亲自为他赐婚，将清廷大臣圆梦的女儿苏黛香赐给他为妻。婚后二人互敬互爱，共同生活了20多年。

后来，图尔都一病不起，妻子日夜守护，临终前对苏黛香说：“爱妻啊，我要去了。为了大清江山的一统，我已建立了功业，此去别无遗憾，只是实在放不下你呀！”

妻子哭着说：“夫君啊。我们夫妻是两个民族的结合。既然真主和佛祖共同为我们架起了一座鹊桥，安排我们走到了一起，就没有别的力量可以把我们分开。”

图尔都悲哀地说：“可是真主在召唤我，我要回到生我养我的故乡喀什去了。那里太遥远了，你到那里生活也不习惯，这对你太不公平了，我怎能忍心啊！”

苏黛香坚定地说：“放心吧，我是你的妻子，你活着，我日夜侍奉你，你若真去了，我一定和你一同返回你的家乡，永远陪伴你。”

图尔都死后仅三个月，与哥哥相依为命的香妃也一命归天。乾隆帝恩准将图尔都和香妃的遗体送归喀什，由苏黛香护灵，124人抬运棺木，历时三年半。终于到达喀什。苏黛香把丈夫图尔都和小姑子香妃安葬在他们家族的陵墓后，自己在陵园附近建造了房屋，一心为丈夫守墓。

不久，清廷念及图尔都在平叛中的战功和香妃进京和亲的贡献，又拨下巨款，由苏黛香主持维修扩建香妃陵园。

苏黛香在喀什少数民族中的人缘很好。她看到陵园附近的维吾尔族农民生活艰难，便慷慨解囊，变卖了自己的金银财宝和贵重首饰，把变卖的资金用来垦荒开渠。经过三年，开垦出荒地500多亩，挖成一条主水渠和5条支水渠，还建造了一个50亩的大果园。把开垦的土地分给附近的贫困农户耕种，果园供给居民和过往行人随意采摘。后来，她又捐资修建了几座水磨，挖掘了几个涝坝，供人们无偿使用，解决了当地农民磨面难、吃水难的问题。因此她深受维吾尔族人民的爱戴，人们亲切地叫她“迪丽夏黛”，维语的意思是“同一条心”。苏黛香逝世后，当地的人们以图尔都夫人的身份，并用维族人的习俗，将她葬进了香妃陵园。

香妃陵园占地30亩，由门楼、高低礼拜寺、主墓室、教经堂、果园等几部分组成，小尖塔、木栅栏、圆拱顶错落有致。

古建筑高达40米，四角各立着一座半嵌在墙内的巨大砖砌圆柱，各圆柱的顶部建有体现民族特色的圆筒形“邦克楼”（尖塔），主体陵墓是

一座长方形拱顶建筑，高26米。主墓室呈圆形，无任何梁柱。墓室外墙和层顶全部用绿色琉璃砖贴面，伴以有花纹的黄色和蓝色瓷砖，造型宏伟壮观，风格庄严华丽，外观富丽堂皇，厅内庄严肃穆。

陵墓大厅高大宽敞，厅堂里筑有半人高的平台，平台上依次排列着香妃家族5代72人、大小58座坟丘，坟丘都用蓝色玻璃砖包砌，上面覆盖着各种图案的花布，既起保护作用，又表示对逝者的尊敬。香妃的墓丘设在平台的东北角，墓前碑上用维文和汉文写着她的名字。那乘运送香妃遗体的驮轿也陈列在墓前。

陵园内的西面是一座大清真寺，正北是穹窿顶教经堂。在林荫深处有一池清水，解说员说那就是苏黛香当年捐资修建的涝坝之一。

在香妃门口，有一幅鼻子高挺的香妃画像，两旁各站着一位漂亮的维族姑娘，其中一位酷似香妃，游客可与其合影留念，我和爱人与她们一起照了两张合影照片。

多少年来，关于香妃的传说五花八门。但不管怎么说，有一点是共同的，那就是表达了各民族自古以来和谐相处的美好愿望。

艾提尕尔清真寺

位于喀什市解放路艾提尕（gǎ）尔广场的清真寺（又称礼拜寺），是我国最早最大的清真寺之一，也是我参观过的国内规模最大的两座清真寺之一（另一座是宁夏银川市南关清真寺）。

据介绍，艾提尕尔清真寺始建于1442年，距今已有580多年的历史。自从伊斯兰教在中亚兴起后，喀什就成了该教在帕米尔高原以东的重要基地，艾提尕尔清真寺及其寺前的广场也成了穆斯林的“聚礼”之处。每逢

“主麻日”（又称礼拜节，星期五），前来做礼拜的教徒有六七千人或更多。每到穆斯林的古尔邦节，寺内外跪拜的教徒有六七万，最多时达10万之众。阿訇（hōng，伊斯兰教主持教议、讲授经典的人）在教经堂宣读《古兰经》，教徒们跪在大殿廊下和阶前听经。礼拜之后，人们兴高采烈地跳起了“萨满舞”，通宵达旦，盛况空前，被誉为“中亚的麦加”（麦加是伊斯兰教的圣城，在沙特阿拉伯西部，是伊斯兰教创始人穆罕默德的诞生地）。

艾提尕尔清真寺坐西朝东，经过清朝嘉庆、道光年间两次修葺扩建，始成现在的规模。该寺占地25.22亩，四周植有桑、榆、白杨等树木，环境幽雅。高大的天蓝色寺门两侧，各有砖砌的圆柱形尖塔，又称“邦克楼”，高达18米，是寺内教职人员召唤信徒祈祷礼拜之用。大门厅上覆白色穹窿拱顶，顶上建有尖塔，顶端立着的铁杆上高擎着绿色新月，不知何意。

全寺的中心建筑是建在高出地面一米多的台基之上的礼拜殿，面阔38间，由140根雕花油饰木柱支撑，以网状式排列，以支撑白色顶棚。顶棚绘有植物图形与几何图形组成的藻井，美观大方。大殿可同时容纳六七千名教徒做礼拜。

“艾提尕尔”之名，是阿拉伯语与波斯语的复合词，意为“节日礼拜场所”。喀什很早就是丝绸路上的交会点，许多外国人到此经商、传教，带来了很多国家的文化，艾提尕尔清真寺就是中西方文化相融合的产物，是最受欢迎的节日礼拜场所。从整体布局、造型、结构和装饰来看，具有浓郁的地方特色和民族特色，不愧是极具代表性的维吾尔民族的优秀文化遗产。2001年，喀什艾提尕尔清真寺由国务院公布为第五批全国重点文物保护单位。

在喀什，我们还去逛了“喀什中西亚国际贸易市场”。这个庞大的商贸城国内外商品琳琅满目，人流如织，我亲眼见证了“一带一路”上商贸业的繁荣。我爱人还在这座城里买了一顶俄罗斯生产的水貂皮帽。

现作小诗《游喀什》：

香女尕寺名九州，古城巷幽尽悠游。

国际商埠枢纽地，一带一路写春秋。

喀什中西亚国际贸易市场

附　录

陶然亭往事

——我与“半个法律人”曹进堂的故事

《法治日报》原总编辑 陈应革

更待菊黄家酝熟，共君一醉一陶然。

——白居易《与梦得沽酒闲饮且约后期》

一泓清水，几座亭台。杨柳依依，小山缓缓，桥身俊秀，船儿悠悠……这座亭取名于白居易诗“一醉一陶然”中的“陶然”二字。经清代乾隆三十四年，工部郎中江藻以中国古代四大名亭之一的陶然亭命名的北京城南著名园林——陶然亭公园，以其古朴的建筑、旖旎的风光、独特的名园文化，吸引着络绎不绝的游人。

可能少有人知道，园林里曾暂住着另外一拨人，他们形同游人，却不为园中景致所动，总是表情凝重、脚步匆匆，每日往返于园子内东西两端的房舍之中。

他们是一群什么样的人？他们在忙着什么呢？

不速之客

仲春4月。一天，园子里东端房舍的一扇屋门，传来了几下轻轻的敲门声。未等主人应答，来人就已推门而入。

“请问，这是——”来者问。

“您找谁?”我忙着迎上去问。我看到，站在我面前的是一位身材敦实的中年男子，头上沁满了汗水。

“哎呀，我没找错吧?你们在这儿办公，我费好大劲儿，打听半天才找到你们。太不容易了!”

不知他是怎么作出判断的，反正我还没来得及作自我介绍，他倒认定了：此处，就是他要寻找的地方。我们，就是他要找的人。

“我是来给你们送稿的。前些天你们登了我的稿子，效果特好，我们领导高兴坏了，说让我代表他谢谢你们报社，给我们工作帮了大忙。这不，今天又特意指示我登门向你们致谢。我还带来了几篇稿子。”他一边不停地抹头上的汗水一边不住地说，一口浓重的山东腔儿，语速还挺快，有些话我根本没听明白，弄得我一头雾水。可他似乎全然不顾：“你就是陈主任吧?我早听说过你。对了，上次因为那个稿子，咱们还通过电话。”

此时，我才恍然大悟，已经猜到他了，连忙请他坐下。呵呵，单刀直入、快言快语，真乃文如其人、人如其文。

这就是我与这位不速之客的首次相见。时间：1984年4月2日。地点：北京市宣武区陶然亭公园东旅，中国法制报经济部编辑室。来者大名曹进堂，中华人民共和国商业部干部。

“哎呀，陈主任，你们这环境真不错呀，有山有水、桃红柳绿，真舒

服。”他的感慨让我顿时心生苦水。老曹啊老曹，你哪知道，我们是无家可归，只能寄人篱下，暂且栖身呀。真是饱汉子不知饿汉子饥啊。

然而，曹进堂的不约而至，既让我感到突然，又让我感到高兴。因为我们早就因稿件而相知，还为稿子的事通过一次电话，今天，又终于识了他的“庐山真面目”。况且，他又送来了稿子。这是我们急需的呀。他的稿子能紧跟形势，问题抓得准确，时效性强，文笔又十分流畅，我们略加编辑即可使用，这是我们求之不得的。虽然我们一直未曾谋面，但他的名字我们已不陌生。

雪中送炭

20世纪80年代初期，饱经风霜、历尽沧桑的祖国，沐浴着党的十一届三中全会的阳光雨露，开启了以经济建设为中心新的伟大航程。在邓小平关于发展社会主义民主、健全社会主义法治的伟大号召下，伴随着党和国家改革开放前进的步伐，中国新闻史上破天荒第一张以宣传报道社会主义民主法治建设为主旨的《中国法制报》应运而生。

报纸初创时期，办报条件非常艰苦，是一家无办公室、无印刷厂、无员工宿舍的“三无”报社。没有办公室，几经辗转，好不容易才临时租到陶然亭公园内的三处房舍临时办公。但是，年轻的法制报人，人人都怀揣梦想，决心不辱使命，克服困难，奋然前行，铆足劲儿要把这张报纸办出个样儿来，为社会主义民主法治建设作出贡献。

那时，我们缺少好稿，犹如有了好厨师，也有了临时“厨房”，却没有好的“食材”。我们当编辑的，最缺的就是好稿。好稿何处来？当时，我们人手少，不仅自身采访力量十分薄弱，而且编辑部也尚未建立起可依靠和可倚重的通联及作者队伍，好稿自然少之又少。每天上班，大家都反复翻阅着自然来稿，盼望从中找到“好米”下锅。

尤其当时由于受“法，即刑也”传统法治思维观念的束缚和影响，“经济法制”这个词，对当时的人们来说还是个出现不久且陌生的概念，不被大家理解和接受。所以，当时整个编辑部缺稿，组建不久的经济部更是缺稿。

那时，即使我们走出去前往国家经济管理部门或厂矿企业单位参加相关采访活动时，也常遭误解。我们的记者或往往被“对口”安排到安保部门接待，或在许多时候干脆被谢绝采访，还被告知他们单位没有违法犯罪的人和问题，无法提供采访内容和任何材料。面对此种局面，我们欲哭无泪呀。

记得有一次，我带着年轻编辑小杜去北京市百货大楼采访，就遭遇了这样尴尬的局面，要不是有老模范张秉贵鼎力相助，那次采访肯定落得两手空空。

可以想见，当时要想获取符合报道要求，质量又高的经济法制新闻稿件，难度有多大。而恰在此时，我们意外地从为数不多的来稿中，发现了曹进堂这个名字和他的来稿。他的稿子既对路子，质量又好，同时，像曹进堂这样工作在政府经济部门，具有较强法治观念且能写出符合经济法制新闻味道、文字功力又好的人，当时的确尚不多见。所以在我们心目中，曹进堂无疑是一位雪中送炭者，我们和他自然一见如故。

记得当时，我指定经济部蒿梅升副主任与他保持热线联系。此后，他的稿子经常见诸我们经济法制新闻版面。他的有些稿子经我们推荐，还上了综合新闻版，一版头条也发过多篇，有的评论文章还发表在评论专栏《暮鼓晨钟》上。一度，他的名字为《中国法制报》的许多编辑所熟知。

法治为魂，新闻为桥，陶然亭的那次突然见面，让我们相识，且彼此

成为日后的莫逆之交。

屈指算来，35年过去，人生经历了多少风霜雪雨，岁月拂去了几多美好记忆？虽然我们都早已退休，且彼此见面不多，但友情日久弥深，他在我心目中，无疑是一位不折不扣的编外法制新闻人，是我们《法治日报》的一位挚友。

因报结缘

遥想当年，曹进堂，这位原本与我和我们报社素昧平生的人，是如何会积极为报纸投稿并与我们结下不解之缘的?

水有源，树有根。是《中国法制报》作为中央政法委员会机关报的权威性、重大社会影响力和其独具的法制新闻的特质。

有人说，事物的偶然性存在于必然性之中。或许这是哲学家们探讨的课题，但实事求是地说，曹进堂看到、了解《中国法制报》，的确始于偶然。

他这个人，平日喜欢读报，爱好写作。他要从报纸上获取信息和“有感而发”的话题。在回忆这段往事时，曹进堂深情地说，当时商业部收发室每天都要给各司局分送所订报刊，曹进堂所能看到的报纸十分有限。而他觉得，一天不看报，就等于两眼瞎。怎么办？他想到了一个办法，就是每天早点上班，抢在报纸分下去之前到收发室去看工作人员分发报纸。

说来就巧了，1984年年初的一天上班后，曹进堂径直走进了收发室，看见工作人员正在分发的报纸中，有一张《中国法制报》。

他拿过来一看内容，立即爱不释手，一下迷上了，还赶紧用笔记下了几篇报道内容。那时，《中国法制报》还不是日报，他弄清了报纸出版时间，每次赶在出版那天准时去收发室先读为快。

记得那年2月13日早晨上班后，他照例去收发室看《中国法制报》。第二版上刊登的一篇题为《一份假档案》的报道，吸引了他的眼球。他反复读了两遍，对文中揭露的造假行径十分气愤。尤其是报道中讲到的违法犯罪人，不但未受到严厉谴责，还有多人为其说情，开脱罪责。他顿时感到有些人太缺乏法律意识了，联想到自己平日在看材料中发现的类似问题，心中无法平静。当晚，他就以此篇报道为由头，连夜写出了题为《邪不压正》的评论文章，第二天早上就寄往报社。

他日后笑着对我说："我当时只是抱着试试看的想法把稿子寄给你们，没想到，很快稿子就被你们采用并发表在2月27日的《中国法制报》上。看稿子登了，我十分高兴。从此我下定决心，多给你们写稿。经济部门类似事件不少，要通过新闻报道，弘扬法制，提高人们的法律意识，让他们知法守法、不敢胡来。所以我要和你们一起战斗。"

我记得，当时他写的这篇评论，层次分明、逻辑性强，以犀利的笔法，在分析了问题产生的原因后特别写道：不论是什么人，不管他职位有多高，权势有多大，只要触犯了法律，或者违反了党的纪律，就要受到应有的惩处。语言中透出的分明是一位护法勇士的形象。

这几句话，令我印象深刻，也是决定采用此稿的主要原因。我们经济部的人，都说他写得好，感到遇见了一位经济法制新闻的知音、一位志同道合者。经济法制新闻天地广阔，大有可为。这无疑给我们这些奋力拓展经济法制新闻的人，增加了一份信心。

身手不凡

陶然亭的初次相见，似乎成为他的一个新的起跑点。每每谈及他都禁

不住感慨。他说，从那个地方开始，他更热爱法律，喜欢研究法制、写作法制新闻文章。法制是人类的重要文明。法治社会，是进步的社会。社会主义市场经济，其实就是法治经济。这一点，我们英雄所见略同啊。

的确，回首几十年间，他干的活儿，就像一贴老膏药，与法制和法制新闻工作贴得紧紧的，撕都撕不开。

他说他年轻时，曾经是一位优秀的解放军战士。练兵场上，摸爬滚打、样样在先，连续4年被当时的济南军区评为标兵，多次立功受奖。可他偏偏又喜欢舞文弄墨，一不留神，成了文武双全的好兵。首长、战友，无不啧啧赞叹，对他喜爱有加。他还被调到解放军报社做了十几年政工工作。

说来又是一怪，转业时，他被分配到了国家商业部门，从事信访工作，每天要从群众来信中选择有参考价值的内容，编辑《群众来信》简报，送领导参阅。这无疑是一个麻烦活儿。

“一个老兵的天职就是服从命令听指挥。领导安排了，我就好好干。”他常常这样说，这样勉励自己。

是金子总会发光。他来到这个陌生的领域，竟大有他的用武之地。

每日，成百上千封群众来信，就是他的工作对象。他要一封一封拆开，仔细阅读。他要用自己的“火眼金睛”去发现和寻找有分量、有价值的内容，编成简报，提供给领导参阅。与此同时，这些来信也成了他的“为炊之米”。他从正反两方面去寻找、发现规范市场秩序，保证经济正常运行的规章制度及防范措施。这些内容，都具法律特征和效果。他走火入魔般地研究、分析，将自己完全融入了法制的天地。

与此同时，他积极为报纸写稿。1984年至1989年5年间，他仅在《中国法制报》上，就发表了120多篇稿子。

然而，就在他顺风顺水、踌躇满志时，困惑也来了。他说，照一般情况而言，自己那次不是十分想要骑着自行车，绕大半个北京城区，东问西问、满头大汗，来到陶然亭公园找我们的。

“当时不去不行了，也是领导指示我去找你们的。”提起往事，他又来劲了。

原来，当时他接到多封来信，揭发安徽一家面粉厂的副厂长无视食品安全，擅自将发霉变质面粉掺进200多万斤好面粉中，勾结基层粮食部门非法销售、牟取私利。两位时任商业部部领导对此作出重要批示，要求严肃查处。曹进堂很受鼓舞，立即动手将此案写成稿子欲寄报社。但他思忖再三，觉得问题严重，影响很坏，对于是否可以报道拿捏不准。他向领导请示，领导也说应与报社沟通，请报社定夺。

在这种情况下，他才找到我。当时我看了稿子，觉得很有分量，决定编发，他听了很高兴。后来我配了一篇短评，将此稿发表在1984年4月6日的《中国法制报》一版头条位置。

稿子见报当日早晨，中央人民广播电台就在新闻和报纸摘要节目中予以摘播，产生了很大的社会影响。商业部上下，反响自然也十分强烈，领导对他的赞扬和对《中国法制报》的感谢之声，不绝于耳。

他说，自此他就与《中国法制报》乃至后来更名的《法治日报》结下了不解之缘。陶然亭公园里中国法制报经济部的那两间临时办公室，也深深地留在了他的记忆中。

宣传报道法制，维护法治尊严，依法开展舆论监督，过程不会一帆风顺，受到抵制或反告的情况，时有发生。尤其在当时人们法治观念淡薄，某些基层干部自恃手中有权，便对舆论监督进行反制。他们或否认和掩盖错误，或通过其有关主管部门对媒体施压，甚至反诬媒体损害他们声誉而威胁予以起诉。曹进堂自然也遭遇了这样的“待遇”。

一次，我们发表了他撰写的一些地方乱搞非法有奖销售活动、坑害消费者的报道。不料有的被批评单位不仅不去认真查处问题，反而派人四处活动，竭力否认其不法行为，扬言要起诉曹进堂，还说要与他进行公开辩论。我当时也接到了这类电话，气势汹汹地质问报社为什么发这篇报道。

我把这个情况转告了曹进堂，他听后斩钉截铁地回答：事实俱在，不怕他们反诬，也欢迎他们来和我辩论。他还要我把他的表态转告那家基层单位。

话是这么说了，但曹进堂内心也打起了小鼓：毕竟自己没有专门学过法律，要与那些人正面交锋，还是觉得底气不足。打铁还需自身硬啊。他想到，解决问题的方法只有一个：学！学习法律！他把想法对我说了，我说：你的想法太对了！只有学好法律，才能把活儿干得更漂亮!

恰逢其时，他被调到商业部新组建的法规处工作。他立即将这个消息告诉我，高兴地说：“我现在算得上是一个正儿八经的政府法制工作者了吧？咱们是一家人了！”

不久，他又告诉我，他向领导要求出去学习，领导批准了并送他到国务院举办的政府法制干部高级培训班学习。他收获满满，但仍觉不足。

我告诉他：我们中国法制报社受司法部委托，开办了一个专门培训律考人员的中华全国律师函授中心，面向全国招生。该中心聘请知名法学专家授课，配有专门法学教材，十分专业，你何不一学。他听了十分高兴，跃跃欲试。之后，他成为中华全国律师函授中心的学员，系统学习了法学各科教材，以优异成绩获得结业证书，并被司法部聘为中国律师事务中心专业顾问。从此，他的“法翅”更坚硬了，他的“法眼”更敏锐了，他的“法笔”更犀利了，先后撰写了千余篇有关普及法律常识、依法治商的文章，体裁包括评论、论文、法律知识介绍、案例分析等。

或许，他的这些成果已令我惊叹，但他并未止步于此。更令我刮目相看的是，曹进堂竟然写起关于法制新闻写作技巧的文章了。最先映入我眼帘的，是他发表在中国法制报社主办的《法制新闻业务》1987年第一期上的《我是如何抓法制新闻的》一文，他从法制新闻工作者要有新闻敏感性、抓具有社会普遍性、群众关心的问题等方面入手，结合自己撰写法制新闻的实践和体会，论述深入浅出，颇具独到见地，在当时引起了反响。

1989年6月1日，他在《法制日报》上发表了《还赌债的描写与法律相悖》一文，一针见血地指出一则新闻稿的作者出发点是好的，但文字的描述与法严重不符。

在另一篇题为《我是如何捕捉新闻线索的》文章中，他谈了自己如何在日常工作和生活中，通过与人聊天、坚持读书、阅读报刊、收听广播等方法，捕捉新闻线索，撰写法制新闻的体会。报社的编采人员读后，纷纷竖起大拇指，赞不绝口。甚至有人说，我们这些职业法制新闻人，都自愧弗如了。

曹进堂是个追求更高境界的人。他要在经济法制新闻道路上继续前行，让自己走得更高，飞得更远。

1991年年底的一天，他突然打来电话问我能否和他见个面。我意识到，他肯定无事不登三宝殿，无言不会打电话。如同当年的不约而至。这时，他到陶然亭找我的一幕又浮现在眼前。

我自然答应了。果然不出所料，他十分认真地告诉我，在他们政策法规司的积极建议下，商业部要创办一本杂志，刊名叫《中国商业法制》。我听了立即表示祝贺，说你老兄是货真价实的经济法制新闻专业人了，要和我们比个高低。

他仍旧一笑："嘿嘿，不敢不敢。工作需要呗，哪能跟你们中央大媒

体比。不过，咱们可以比翼齐飞嘛。”他接着神秘一笑，给我派了活儿：“我们领导要我请你为杂志创刊写开篇词。”我推辞。他说：不行，我们领导说，就相中你了，你得帮我这个忙，必须完成任务。他像是在命令，我只好从命了。

“市场经济就是法制经济”的认知正在为各级领导，尤其经济主管部门领导所接受。在此种背景下，商业系统破土而出的《中国商业法制》杂志，真是呼之欲出了。我以《随想与祝愿》为题写了一篇文章，刊登在了杂志的创刊号上，表达了我对依法治商，依法兴商，企盼商业法制尽快建立与不断完善的衷心祝愿。

日后，曹进堂说，你的文章反响特好，领导让我转达谢意。但我脑子里想到的是，你曹进堂真是个有决心、有毅力、锲而不舍的追梦人。你完完全全成为我的同行。钦佩之情，油然而生。

不是尾声

光阴似箭，仿佛一瞬间35年过去了。

我不知道，陶然亭公园，北京南城的这座美丽园林，是以怎样的魔法牢牢地牵住了我的记忆，令我魂牵梦萦，并让我结识了热心而执着，不知疲倦，孜孜以求，终为挚友的曹进堂。

我知道，他至今退而未休，依然帮助机关干着老本行，文思如泉，笔耕不辍，续写着商业法治建设的新篇章。我和他之间的故事，依然在继续……

这段故事要从5年前的一天讲起。时隔多年，我们一次偶然见面，陶然亭的初次相见，是油然而生的话题，当然也是忘不了的记忆。聊起他给我们写稿、我们给他发稿的件件往事，感慨颇多。其间，我将自己出版的几本小书送他存念。他看了兴奋异常、喜爱有加，不住地啧啧称赞。

瞬间，我突然想到，老曹啊，你老兄几十年写了那么多好文章，为何不结集出版，留下个念想？有无读者不重要，但那是自己付出大半生心血的痕迹呀。

我的话，似乎没有刺到他的神经："这个事，我还真没想过。反正当时工作需要，我就写呗。"倒是在场的他的夫人领悟了："哎呀，陈老总的建议多好啊，你还犯什么傻呀。你看他出了这么多书多好啊。进堂，你听他的，出吧，我给你当第一读者。"

曹进堂似乎还有些蒙："行，我想想吧！"

一个人，写一本好书，传递正能量，为培育或构筑社会主义核心价值观，传播健康有益的文化知识，提高民族素养，从而激发正在为实现中华民族伟大复兴中国梦的亿万人民群众的斗志，是何等有意义的好事。老曹啊，你写了那么多好文字，却没有想到出书，你和那些沽名钓誉，处心积虑，甚至雇用写手代己出书的贴金者，是何等的泾渭分明。

几天后，他说他听我的劝告，着手编他的书了。又过了几个月，他送来了小样，并又给我派了活儿：撰写序言，非你莫属。又是命令式。我只能应允，之后，我以《孜孜不倦的歌者》为题，为他的《春华秋实——曹进堂文集》写了序言。天哪，这是一部鸿篇巨制，洋洋洒洒，分上下两册，总字数竟达74万。在总共500多篇各类文章中，直接写到法治内容的就有264篇。在我看来，他的书堪称一部经济法制及其新闻的专著，不禁令我拍案叫好。

在此后的一段时间里，我以为他了却了出书事，该休养生息了吧。不料，他未善罢甘休，开始了一本新书的写作。就在他的文集出版后的第三

年，即2017年，他又出版了40万字的长篇《人生三杯水》一书！他从书中透露出，他曾为《中国法律年鉴》《中国商业年鉴》撰文20多万字，并与同事合著出版了《法律时效指南》《商业实用法律答疑800句》两部法律专著，计50余万字。2019年他又出版了《天涯览胜——境外旅游杂记》，计70多万字。他那不泯的初心，执着的追求，鲜明的个性，激扬的文字，淋漓尽致，跃然纸上。“我这个半路出家的半个法律人，法律法规、经济法制新闻和写作，伴随了我从20世纪80年代初至今天整个人生。别的不敢说，但我脑子里的法律和法制这根弦，一直绷得很紧很紧，从未松过。”他像对我表白，又像自言自语，平淡中袒露着心声。

“别的方面呢？还有没有你不能忘记的东西？”我故意反问他。

“噢，这你不用问。我取得的点点成果，绝对要感谢你。感谢你们《中国法制报》和后来改了名的《法治日报》。我还老是忘不了并且非常喜欢那个陶然亭公园。就是在那里与你和你的同事相识相知、与你们的报纸结下不解之缘的。你们为我提供了发表文章的重要平台。而且，对我们部门的工作帮助太大了。不过，遗憾的是，那次到陶然亭公园，可惜我当时没时间、没心情去欣赏那桃红柳绿，还有那一池碧绿的湖水。”

此时，我才听到他感慨起来了，觉得他也浪漫起来了。

呵呵，岁月静好，往事如歌。陶然亭，你陪伴并见证了《中国法制报》创办早期的艰难时光，以及一代法制报人的追求和快乐。一路走来，直到今天，报纸从小到大，成长为今天的中央主要新闻媒体的《法治日报》。

陶然亭，你曾是一座古代文人墨客相聚相磋、抒发情怀、吟诗作对之名亭，留下多少佳话名篇。你可曾知道，多少年后，你又成为一代年轻的法制新闻人，与曹进堂先生这样并肩作战的法制新闻战友相见、相识以至成为忠诚战友的“接头”之处，成为他们携手为推进社会主义民主法治建设，尤其经济法制新闻事业发展的一个前沿阵地。

陶然亭公园，在新时代的此时此刻，当我再度踏入你的园区，眼前那既熟悉又陌生的一切都令我触景生情，浮想联翩。往事历历在目，感慨汩汩泉涌。

陶然亭，我心中的亭。我为你陶醉，为你欣然。我知道，今天的法制日报人，包括和我们并肩奋斗过来的谦称自己是“半个法律人”的曹进堂先生，仍在以你作为曾经的一个出发点，迈着矫健的步伐，在依法治国的征途上奋然前行，谱写着一曲曲更加嘹亮、更加高亢的法治新闻乐章。

（原载2019年10月10日《法治日报·法治周末》）

后　记

后 记

我的这部著作，差点儿不能面世。因为，在2022年12月15日我感染新冠病毒，连续高烧9天，三次病危，命悬一线。在病重期间，令我魂牵梦萦的是我那本游记还没写完。我有气无力地对老伴说："我这病啊，看来是够呛了，只可惜我那本游记了，还有12篇没写呢。如果我死了，你能为我续写吗？那十几个景点你都去过，咱俩一起去的。"

老伴流着泪说："我也想过这件事，可我写得没你写得好啊！咱不想这事了，你还是好好配合治疗，争取早日出院，回家你继续写。"

出院后第10天，也就是2023年元月22日，大年初一，我一边吸着氧气，一边开始写，边养病边写作。到2月下旬，仅用了一个月的时间，终于将最后的12篇游记和"作者的话""作者简介"写完，并整理了总目录、附件和要配发的一百多张照片，打印完后于4月25日将书稿送到出版社。

中国商业出版社和中国商报社都在报国寺大院办公。送完书稿后，在与中国商报社社长兼总编辑陈高宏、副总编辑胡斌，中国商业出版社原执行总编辑刘洪涛几位老朋友聊天时，他们谈到了今年1月我出院后写的《新冠病毒感染历险记》一文，说写得非常感人，看后令人泪奔。

我说，凡是看过这篇文章的，无不发出"情真意切、感人至深"的感叹，我的手机里还存有几十个人写的感言。如国家粮食局信息中心原主任尚强民写道：曹公进堂书记好！此次遭劫，幸有老伴悉心照料，君努力抗争，得以康复，天大幸事！读病后长文，“跟我回家”一句，令余泪奔。湿巾长叹，诗成一首：居家疫疠犯君身，康复诚心谢鹊神。老叟幸依神媪佑，花团锦簇又乾坤（媪，ǎo，指老年妇女）。

几位总编听后，感慨万千，极力推荐将此文收录到这部游记中，就叫“生死游”，既是一份珍贵的历史资料，又是一篇宣传正能量的纪实报道，具有一定的教育意义。

对此建议，以及范立新老师关于把这篇文章作为“后记”的建议，我认为很有见地，予以采纳，并改了标题，对正文作了进一步润色，附在书后，供读者品读消遣。如有欠妥之处，请批评指正。

命悬一线生死游

自2020年以来，我国对突如其来的新冠病毒感染所采取的“动态清零”防控政策，有效地保护了广大人民群众的身体健康和生命安全。从2022年12月7日起，党和政府根据国内外疫情防控形势的变化，从党的建设、国家发展、人民利益的大局出发，在调查论证的基础上，毅然决定实行“放开”政策，这是党中央从长计议所作出的伟大战略部署。作为一个有着近60年党龄的老共产党员，对党中央的英明决策，我是积极拥护的。

令人始料不及的是，放开后的新冠病毒感染犹如急风骤雨，其来势速

度之快，感染面积之广，中招人数之多，患者症状之重，都是前所未有的。

住在我家对面、仅一河之隔的内妹于方莉夫妇首先中招，我老伴也于12月12日开始发烧，但只高烧了一天。由于他们三人病情较轻，很快就好些了。而我自认为身体棒，不会被感染，所以根本没在意。没想到，12月15日也开始发烧，浑身无力，很不舒服。

高烧九天

“中招”的第二天我开始发高烧，39.4℃，连续高烧两天后，老伴和内妹劝我去医院看看。而我当时相信有些专家关于“高烧没有什么了不起，挺三天就过去了”的说法，坚持在家服药，总认为“挺一挺就过去了”。可家里缺少有效的退烧药，楼下的药店和附近的几家药房也无退烧药可买，只能服用一般的感冒药。对此，老伴焦急万分，便问妹妹于方莉是否有办法？

有着很好的人脉关系和较强号召力的内妹于方莉，在她的朋友圈里介绍了我高烧的病况，呼吁家中有退烧药的捐赠几片，以解燃眉之急！

心诚不负善心人。内妹的“动员令”很快得到了回应。有位朋友看到微信后立即送来了在当时一片难求的有效退烧药——布洛芬，我服下后当晚就退烧了，我们高兴地称它为“神药”。

但到第二天高烧又起，再服布洛芬竟不灵了。高烧第四天的19日晚上实在挺不住了，老伴和内妹夫妇将我急送北大医院急诊室。急诊大厅里，近百名患者排成长长的队伍，如果排到我，可能要到次日上午了。

急诊室医务人员看我异常憔悴，给我一测体温，39.4℃，便让我们赶紧到南楼发烧门诊去就诊。经做CT和血液化验，确诊为新冠病毒感染，细菌与病毒交叉感染，属于危重患者，应当立即住院治疗。但医生说：本院病房已经爆满，急诊室连输液的地方都没有了。我给你们开两种退烧药，回去马上服下。你们拿着我开的化验单、CT片和诊断书，到北京任何一家医院都可以输液，每天两次，最好想办法住上院，能够得到更好的治疗。

回到家后，我急不可待地服下退烧药。第二天早上一测体温，高烧依旧。早餐后老伴陪我到离家最近的复兴医院排队输液，下午又去输了一次，但高烧仍然不退。

艰难住院

21日上午再到复兴医院，在排队输液时，老伴和内妹找到急诊室主任，苦苦祈求收我住院。理由是，一个近80周岁的老人连续高烧6天，如不住院治疗，后果不堪设想。

急诊室主任无奈地说："你们的心情我完全理解，可你们看看，这走廊里、大厅里，坐着的、躺着的，全在等着住院，可就是没有床位呀！"

老伴和内妹继续说好话，再三恳求主任"行行好"，想办法让病人住院抢救。急诊室主任幽默地说："千万别吹捧我，我耳根子软，经不住这个，还是耐心等吧。"

老伴灰心了，坐在我身边直流泪。内妹于方莉却锲而不舍地缠着急诊室主任，不知她用了何种"魔法"，急诊室主任终于答应："一个病房一个病房地打电话联系，哪里有病床就到哪里去。"一小时左右，说消化科刚"走"一个重病患者，空出的床位可以收我住院。

谢天谢地谢方莉。我真佩服内妹的"软磨硬泡"功，钦佩她那种"不达目的，决不罢休"的韧劲儿！

我们对急诊室主任千恩万谢后，便怀着“有救了”的心情走进病房。消化科胡景主任和林吉娜医生立即给我做检查，并说：“你真好福气，在这之前医院也缺少有效的退烧药，今天刚进了一部分布洛芬，先给你用上。”

服药后，到了下午高烧依然不退，枉费了医生的一片好心和期盼。

于是，各种输液齐上，昼夜不停，每天三大袋、五六小袋。退烧的、杀菌的、消炎的、止咳的、补充蛋白的，等等。

第二天，即12月22日，老伴陪我去做CT、心电图、超声心动等方面的检查时，我浑身发冷，气喘如风，感到心脏都在颤抖。回到病房后躺在床上，双眼紧闭，全身无力，连翻身、起坐、喝水的力气都没有了，完全丧失了生活自理能力，全靠老伴日夜照料。有时退一会儿烧，但很快又升上去了，服药、输液似乎都不灵了。

三次病危

医生见状，立即为我安装了心电监护仪，随时监测血氧、血压和心脏情况。当天下午，老伴发现我的血氧显示87。护士、医生都急匆匆地跑了过来，立即让我吸氧。

据说血氧的正常指标是93~100，降至87是危险临界点，再往下降会有生命危险，怪不得医护人员那么紧张呢。

不一会儿，科主任和主治医生把我老伴叫去，向她介绍了我的病情。说经过各方面检查，病情很严重，可以说很危险，随时都有可能发生意外。并介绍了他们曾经遇到过的因连续高烧导致病人失去认知能力、双目失明、烧坏大脑，甚至死亡或睡中静默死亡等病例。这就需要双方签订一份协议，病人随时准备进ICU（抢救室），采取一切措施进行抢救，也可能抢救无效，等等。

我老伴一听，如五雷轰顶，顿时泣不成声。她是医生，深知进了ICU凶多吉少，很少有人活着出来。一个80岁的重症病人，怎能经得住切（气）管、插管、电击等强力折腾？经与内妹商议，只能“死马当活马医”。为了救命，除不同意切管、给我留个囫囵身子外，其他的条款只能同意。就这样，老伴于芳茹怀着极其痛苦的心情，含泪签了“生死状”。一连三天病危，三次谈话，三次签状，老伴也哭了三天。

医生还说：病人有肾炎这个基础病，加之高烧时间长，破坏了脏器，身体严重缺少蛋白，不管给他补充多少蛋白，都从肾脏漏掉了，这是一个难以解决的矛盾。如果要补，食补是最好的办法。你要劝他打起精神，多吃多喝，补充营养，还要多吐黏痰，清除食道中的障碍，否则，后果的确不堪设想，你要有充分的思想准备。

老伴回到病房后以泪洗面，哭声连连。我立即意识到情况不妙，有气无力地问她：“我是不是快不行了？”她欲言又止，欲说还休。我说：“我有心理准备，能顶得住，就是死了，也要死个明白，没必要瞒着我。”她才向我道出了实情。

我强忍着泪水说：“我虽然这个样子了，但总感到还没到病入膏肓的程度，我不能就这样撒手人寰，我的国内游记还有十几篇没写完呢。”

歇了一会儿又对她说：“退一步讲，我都80岁了，即使现在死了，也算高寿，只是舍不得你啊！”

老伴抱着我的头哭着说：“你一直很坚强，你不能‘走’，一定要跟我回家。大夫说你要多吃多喝，增加营养，才能有救，你得听话啊！”

看着她那种柔肠寸断、涕泪交零、孤独无助的样子，我心如刀绞，痛

心不已！

我说："我也知道药补不如食补的道理，可就是极其厌食厌水，咽不下去呀！从今开始，我一定强打精神，硬吃硬喝。"虽然吃饭如嚼蜡，我还是强迫自己强吃强咽，以增强体质。

12月23日继续发高烧，而且咳嗽得相当厉害。当天晚上我连续咳嗽了一两个小时，老伴不停地拍打我的后背，但深处的黏痰就是咳不出来，非常难受。强咳震得头疼、胸疼、肚皮疼，甚至各个关节都疼，呼吸也较困难。我自我感觉病情较重，便喘着粗气，声微神颓地向老伴口述遗嘱。老伴哭着说："我不听我不听，你不能太自私，扔下我就这么走了，我要你跟我回家。"

"跟我回家"，是她在医院对我说得最多的一句话，也成了我战胜病魔的强有力动力。我靠在她身上，不停地给自己打气："下定决心，不怕牺牲，排除万难，去争取胜利。"老伴为了鼓励我，也跟着我一起念叨。

为了尽快给我退烧，医院将青霉素、激素等也都用上了，昼夜输液，服用各种药物。老伴为了改善我的伙食，一天三顿换着样地到院外庆丰包子店等饭馆为我买食品。内妹两口子也到医院送饺子、炖牛肉和水果。我是来者不拒，硬吃硬喝，病重时就用吸管吸水吸粥吸营养液——肠内营养剂（安素）等。到12月25日，连续9天高烧终于退下去了。这意味着我基本脱离了生命危险，医生、护士和我老伴等才松了一口气，老伴竟激动得喜极而泣，泪中含笑。

低烧添堵

从2022年12月25日到2023年1月2日这9天，体温一直在37℃~38.5℃之间，属于低烧阶段。但我仍然浑身无力，咳嗽不止，血氧时高时低，基本离不开吸氧，而且各种检查、化验、治疗仍在继续。

令人心烦的是，病未痊愈又添堵。血液科除常规验血外，又分别抽了动、静脉血化验，显示不正常，怀疑患有血癌。肾脏科专家看了所有的化验结果，说有肾癌嫌疑。这两个所谓的“癌症”，必须分别经过骨穿和肾穿这两个“金指标”才能最后确诊。

我老伴一听，刚晴了的“天”顿时又“阴云密布”。的确，癌症是挺吓人的，心里能不添堵吗？但她还是有定力的，表示出院后在家休养一段时间，增加点体力后，到治疗这两种病更好的北大医院去做骨穿和肾穿（后到北大医院检查，排除了这两个癌症疑点，血液没问题，肾脏确诊为“膜性肾病”，属于慢性病，在家服药，每月去检查一次）。

2023年1月3日以后，体温恢复到37℃左右。医生说，虽然体表温度基本正常了，但肺脏、肾脏、骨髓的温度仍然较高，而且极度怕风寒，必须继续检查和治疗，直到基本恢复。

2023年1月10日，经第三次CT检查和血液、尿液化验后，才被告知各项指标基本恢复正常。胸腔虽然还有积水，但很快会被吸收，因此，可以考虑出院。

“太好了，进堂可以活着出院了，祝贺你。”高兴万分的老伴，情不自禁地搂住了我的脖子。

1月12日上午，我们在出院时，老伴激动地对胡景主任说：“胡主任，老伴这次住院，我是从他9天高烧的惊心到3次病危的惊魂，从你们能否治好的疑心，到你们制订的治疗方案和恰到好处用药和处置的放心，从你们锲而不舍、广请专家会诊的用心到我老伴安全出院的欢心，我真真切切地感到这简直是一个奇迹，令人对复兴医院刮目相看。我们回家后一定

遵照医嘱继续服药，好好休养，永不忘记你们的救命之恩。”相互客气一番后，便去办理了出院手续，怀着“我活着回家了”的激动心情回家了。一进家门，不由得泪流满面。

大爱无疆

这次患病住院，可谓惊心动魄，命悬一线。能从死亡线上抢回一条老命，是各方人士心存大爱、精心治疗、尽力抢救、悉心护理的结果。因此，我要特别感恩那些大爱无疆的恩人、亲人和为我献出爱心的所有人。

一是医务人员。因为当时感染新冠病毒的病人特别多，为了抢救更多的重症患者，复兴医院紧急决定，所有病房都要收治这类病人。作为不是专治这种病的消化科，的确是一个新课题。该科胡主任和林医生高度负责，天天到病房检查我的病情，到网上寻找相关资料，及时调整治疗方案，做各种化验、拍片，千方百计地邀请急诊室、呼吸科、肾脏科、内科、血液科等科室的专家以及外院的专家来会诊。即使下班后，还以个人关系硬拽着相关专家来为我检查，共同商量治疗方案。可以说，为了治好我的病，他们真是殚精竭虑，全力以赴。护士们也是认真负责，一丝不苟，经常是一溜小跑过来查看输液、吸氧、血氧等情况，并注意做病人的安慰、鼓励工作，令人感到暖暖的。从她们的行动中，我们感受到了对工作极端负责、对病人极端热忱的白求恩精神。据说该病房这么快就治好了一位濒临死亡的危重病人，是该院的一个典型案例。看得出，科主任、医生、护士等都有一种成就感。出院时，我老伴给病房写了一封感谢信，并给胡景主任送了一面锦旗，上写：“命悬一线，妙手回春。深谢主任，救命之恩。”内妹于方莉还代表我们老两口，专门找到为我们联系住院的那位急诊室主任致谢！这也是我们知恩图报、感恩戴德的一种表达方式吧！

二是单位领导。2022年12月18日，国家粮食和物资储备局离退休干部办公室领导得知我发高烧的消息后，立即派人采购药物送到我家。住院期间，因医院不准外人探视，离退办主任、党委书记金贤和处长邵晨艳多次打电话或发微信问候。我出院后便到家中慰问，使我感到了组织的温暖。

三是我的老伴于芳茹女士。从内心讲，这次身患重病，如果没有老伴的日夜陪护和悉心照料，我是不可能活下来的。

当时，我完全丧失了生活自理能力，吃喝拉撒睡，以及与医生护士沟通，做各项检查等，一切都靠老伴护理。夜间两人挤在较窄的一张病床上，她怕挤着我，根本休息不好，半夜还要陪我输液、吸氧、喂药、倒尿什么的。我时常醒后见她坐在床边，握着我的手，流着泪水念叨：“进堂啊，你快好起来吧，咱不进ICU，跟我回家。”有时还听医生小声跟她说：“你老伴病得不轻，你要有思想准备啊。”老伴说：“我只有一个思想准备，就是带他回家。”

夜间，老伴还不时地将手放在我的口鼻上方，试试是否还有呼吸，唯恐我静默而“去”。我发现后就说：“还有气，没事儿。”或者说：“还没死呢！”逗得她也乐了。

老伴昼夜为我想，跑进跑出为我忙。要知道，她也是80多岁的人了，长年高血压、腰腿疼，在医院陪了我23个昼夜，体重降了七八斤，令人十分心痛。有好几个人劝她找个护工，她坚决不肯，怕别人照顾不好我。她对我说：“你是我的精神支柱，我不在你跟前，我有一百个不放心，谁也代替不了我。只要你跟我回家，我受多大的罪都心甘情愿。”句句话语暖人心，令我没齿难忘。有人说，爱能创造奇迹，我真真切切体验到了。在我的心里，我老伴是世界上最伟大的老伴。

四是内妹夫妇。一直秉持以善为乐的内妹于方莉，在这次抢夺我这条老命中是立了大功的。如前所述，在我高烧不退的关键时刻，为我募集到了在当时一片难求的布洛芬，解了燃眉之急。她以“钉子”精神，用真情善语感动了急诊室主任，使其不辞辛劳地逐个病房联系，让我如愿以偿地住进了医院，得以及时治疗。住院期间，她和妹夫赵建国承担了汽车接送、购买住院所用物品的任务。尤其是不断地安慰我那处在痛苦中的老伴，为我们出主意、想办法，做了许多实实在在的工作，办了不少我们未想到的事情。我老伴深有感触地说：“要不是方莉、建国为我壮胆和大力帮忙，我早就垮了。”这就是善心和亲情的力量啊！

最后，我还要感谢在关键时刻为我捐助布洛芬退烧药的那位好心人；感谢那些关心、慰问、鼓励、祝愿我早日康复的老领导、老战友、老同事、老朋友和家乡的亲人。我不仅感叹：在我们这个国家里，还是好人多啊！他们所表现出来的，是以人为本、护佑众生的大爱，是中华民族传统美德的大善，是思想境界高尚的大美。这些仁善慈爱的优秀品德，在我近一个月的“生死游”中，体现得淋漓尽致！

曹进堂
2023年1月于北京